# 가끔
# 깊어질
# 때가 있다

인생·우주·언어·사회·일상

# 가끔 깊어질 때가 있다

이창우 지음

생각나눔

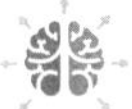

# 시작하면서

대선정국을 거치면서 팩트체크라는 외래어에 관심이 많았다. 대선후보들에 대한 팩트체크를 보면 ①사실, ②대체로 사실, ③사실 반 거짓 반, ④대체로 거짓, ⑤거짓, ⑥판단유보, 이렇게 여섯 가지 결과로 나눈다. 만약 이 책의 내용을 팩트체크한다면 '대체로 사실'로 체크될 것이다. 아니, 그렇게 될 것을 기대하고 있다. 사실 이 책의 내용에는 약간의 허구가 포함되어 있음을 부인할 수 없다. '대체로'라는 단어는 '십중팔구'라는 단어로 치환될 수가 있다. 즉, 정량적으로는 체크 대상 표본의 내용에 10~20%의 거짓이 포함되어 있을 수도 있다는 뜻이다. 여기서 '대체로'라는 단어는 제도권의 규격이고 '약간의'라는 단어는 필자의 규격이다. 필자의 정의에 의하면, '약간의' 속에는 필자의 사고실험을 포함한 상상력과 네트워크상에서 수집한 정보, 인용한 여타 문헌의 내용을 망라한다. 따라서 필자의 정의에 따르더라도 이 책의 내용을 학문적으로, 또는 어떤 논리의 소재로나마 활용하기에는 다소 부담이 있다. 또한, 이 책의 내용 중에 인용의 표시가 없다면 그 내용은 거의 필자의 좁은 식견으로부터 도출하였을 가능성이 높은 데다 무엇보다도 필자의 학력은 고졸이다. 그것도 대학 문턱이라고는 넘어 보지 못한 매우(!) 고졸이다! 여기에다 필자의 고등학교 시절의 아이큐 검사에서는 아이큐 100을 판정받았다. 그와 같이 문제의 소지가 다분한 필자가 쓴 이 책을 학문적으로 참고할 것인지에 대한 여부는 독자의 결정에 따른다.

필자는 생각이 너무나 많은 편이다. 방금 이 '생각이 너무나 많은 편이다.'라는 문장을 쓰면서도 '너무나'에 '편이다'는 어울리지가 않는다는 생각을 했다. 생각이 꼬리에 꼬리를 물고 온통 걷잡을 수 없이 공격을 멈추지 않다 보니 생각을 한곳에다 집중할 수가 없다. 집중력이란 생각을 이리저리 돌아다니지 않고 한곳에다 머물 수 있도록 강제하는 능력이다. 집중력은 생각이 깊은 것과는 별개다. 생각이 많다는 것은 넓이의 표현이고 생각이 깊다는 것은 말 그대로 깊이의 표현이다. 이 책의 제목은 '가끔 깊어질 때가 있다'이다. 이 책의 제목 앞에는 '나는 생각이'라는 주어가 생략되었다. 궁금증을 유발하여 여러분의 시선을 끌 생각으로 골자를 은폐해둔 얄팍한 상술이다. 생각이 깊다는 것은 사려가 깊다, 우정이 깊다 등과 같이 깊이를 이야기하는 것이고, 집중력은 넓이에서 분포하고 있는 생각을 하나의 점으로 모을 수 있는 능력이라는 것이다. 표준편차에서 정밀도가 곧 집중력이라고 할 수가 있다. 정확도가 위치 중심이라면 정밀도는 산포 중심이다. 곧 필자의 생각은 매우 산만하다는 뜻이다. 또한, 필자의 생각은 무척 엉뚱하다. 책을 읽다 보면 군데군데 자주 엉뚱한 면이 발견될 것이다. 읽는 사람의 성격에 따라 반응이 다를 수가 있다. 허접스럽게 생각될 수도 있고 우스울 수도 있다. 생각이 너무 많다는 측면은 생각으로 갈피를 못 잡고 있는 필자가 냉정하고 차분하게 글을 읽는 독자를 닮을 필요가 있고, 엉뚱하다는 측면은 독자가 필자를 닮아야 할 것이라는 생각이 든다. 즉, 생각이 많은 부분은 단점에 속하고 엉뚱한 부분은 장점에 속한다는 뜻이다. 만약 필자의 머리에서 생각을 좀 더 줄이고 엉뚱한 면을 소거해버린다면 이 책은 태동할 수가 없을 것이다.

이 책을 독자 한 사람 한 사람의 성격에 다 맞출 수는 없으므로, 이 책의 방향에 대한 설정은 필자의 결정에 따른다. 이 책의 내용은 다섯 개 부문으로 나눈다. 각각의 내용 중에는 여타 다른 분야의 이야기가 중첩되거나 희석되어 있을 수도 있다. 1부 인생각론은 말 그대로 인생에 대한 이야기와 인문학 일반에 대한 내용이다. 인생은 철학의 범주에 속한다. 철학이라고는 하지만 철학이라는 학문은 개입되지 않는다. 오직 필자의 생각만을 두서없이 글로써 적어낸 것이다. 2부 우주 산책은 우주에 대한 이야기를 그 바탕으로 하지만 이 또한 거의 철학적이다. 우주는 과학이고 철학은 형이상학이다. 이 두 분야를 구분할 수 없는 이유는 앞에서 언급했듯이 이 책에서는 가능한 학문의 성격이 배제되기 때문이다. 학문은 이론으로 구성되고 이론은 곧 원리의 체계이기 때문이다. 따라서 이 책에서는 어떤 원리는 발견할 수도 있으나 체계적인 이론은 기대할 수 없다. 이 책에서 인생은 곧 우주요, 우주는 곧 철학이다. 각각 분간이 어렵다는 말이다. 3부 언어유희는 목차에서 그대로 전하였듯이 언어에 대한 가벼운 유희다. 거의 3류 개그콘서트다. 아니 이보다 더 개그일 수는 없다. 필자의 엉뚱한 성격을 몽땅 여기에 쏟아 부어놓았다. 4부 도시풍경은 사회일상 및 시국에 대한 필자의 생각을 피력한 것이다. 필자의 무식은 여기서 탄로가 날지도 모른다. 그걸 감수하고 오직 책의 쪽수를 늘려보려고 쓴 것이다. 필자로서는 대체로 감당하기 어려운 이념에 대한 이야기와 국가나 시국에 대한 재미없는 이야기로 구성된다. 더러는 좌우가 분명한 민감한 사안들로 다루어지므로 읽는 데에도 평정심을 유지하는 것이 필요하다. 솔직히 고백하건대, 필자가 이 글을 쓸 당시에는 우현으로 쏠리는 매우 편협한 시각이었다. 누군가 둘이서 싸움이 나면 필자는 언제나 조용한 약자의 편에 선다. 시끄러운 약자보다는 침묵하는 강자를 택할 때도 있다. 예를 들어, 축구 한일전 홈경기에서 일본이 한국에 대해 도저히 만회할 수 없을 정도로 대패하고 있다면 필자는 어느새 응원 인원이 상대적으로 적은 일본 편에 서 있는 것이다. 5부 일취월장은 글귀 그대로 나날이 발전해나간다는 뜻으로 필자가 정진해 왔던 공부나 직업에 관한 이야기를 다루고 있다. 몇 가지 업무에서 터득한 스킬도 소개하고 있다. 특히 필자는 고졸 출신으로서는 드물게 기술사라는 분야 최고의 자격을 취득한 '빛나는 업적'을 수립한 경험이 있다. 당시의 그 영광, 그 기쁨은 평생을 우려먹고 있다.

초등학교 봄 소풍에는 마지막 이벤트가 보물찾기였다. 선생님이 숲속 곳곳에 꼭꼭 숨겨둔 보물을 우리가 찾아내는 것이었다. 보물을 찾아내고 보면 숨겨놓은 방법이 참 기발하기도 하고 엉뚱하기도 하고 싱겁게 느껴지기도 했다. 보물을 찾아내면 기분이 좋고 찾지 못해도 그토록 애석한 마음이 들지 않는 것은 숲속 곳곳을 탐색할 때의 설레는 마음이 더 크기 때문이다. 이 책은 초등학교 봄 소풍에서 보물찾기를 하듯이 약간은 설레는 마음으로 가볍게 읽을 것을 권한다. 이 책에는 필자가 전하는 보물이 은유 속에 얄팍하게 숨겨져 있기도 하고 깊은 생각 속에 숨겨져 있을 수도 있다. 보물을 숲속에서 찾아내듯이 필자가 숨겨둔 그 엉뚱하기 짝이 없는 보물을 찾아내는 것이 이 책을 읽는 의미일 것이다. 최근의 문화콘텐츠 중에서 아재 개그의 의미는 그 누구도 웃어주지 못할 뒤끝의 썰렁함에 있다. 필자는 썰렁하기 짝이 없는 아재 개그를 감히 보물에다 비유하고 말았다. 그러나 아재 개그의 뒤끝에는 웃어야 할지, 말아야 할지 어느 정도의 깊이 있는 사유가 요구된다. 아무쪼록 이 한 권의 책이 잠시나마 여러분께 아름답고 심오한 사색의 길로 안내할 수 있는 통로가 되기를 기대해본다.

# 차 례

## 제3부 / 언어유희



## 제4부 / 도시풍경

## 제5부 / 일취월장



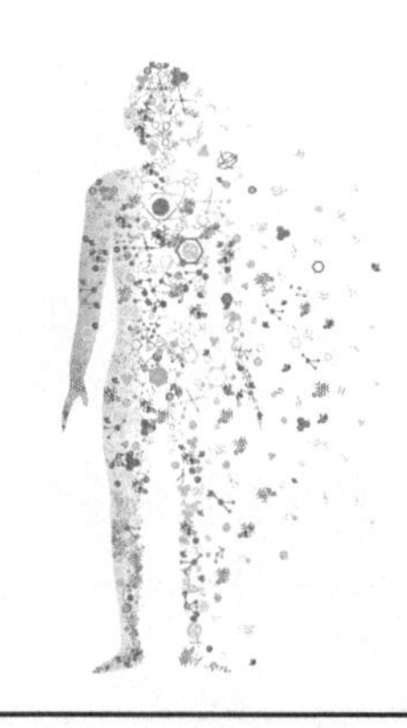

## 제1부

# 인생각론

1. 인생에 대한 고찰
2. 아녀니 무녀니의 추억
3. 욕구의 해소방안에 대하여
4. 자연적인 것은 아름다운 것인가
5. 인생을 살아가는 방법에 대하여
6. 인격을 구성하는 요소
7. 일출의 의미에 대하여

진실은 거짓에 대한 상대적인 언어이고, 지식은 모르는 것에 대한 상대적인 언어이며, 진리는 밝혀지지 않은 것에 대한 상대적인 언어이다. 이 말이 명제가 될 수 있을지는 모르겠지만, 만약 이 세상의 진리가 다 밝혀지는 날이 온다면? 우리가 아직 모르고 있는 지식이 모조리 다 밝혀져 더는 배울 것이 없는 날이 온다면? 만일 그렇게 된다면 우리는 무척 무료하게 시간을 보내야 할지도 모른다. 사는 게 무료할 정도로 이제 모든 것을 알고 있다면 우리는 앞으로 무엇을 희망하면서 살아야 할까? '왜?'라는 의문문과 의문부호, 이 세상의 모든 궁금증은 사라질 것이고 '잠정적인', '아마 그것은', '대략적' 등 데이터의 추정치 같은 것은 이제 필요가 없을 것이다. 모든 미래는 정해져 있고, 나의 앞길을 훤히 내다볼 수가 있다면 우리에게 이제 희망이란 없다.

## 인생에 대한 고찰

### 1. 허무에 대하여

인생을 일러 하숙생이라고 했던가? 흔히들 인생을 여행이라고도 표현을 한다. 목적지도 없이 왔다가 하룻밤을 묵고는 뿌옇게 내리깔린 안개 속으로 정처 없이 떠나야 하는 나그네처럼 아! 정말 서글픈 것이 인생인 것 같다. 이러한 인생을 긴 여정이라고 권태를 피력하는 사람도 있고, 화살처럼 지나가는 것이 인생이라고, 여기에 흠뻑 도취된 사람도 있다. 저마다 그 길이가 다양하고 느끼는 시각(視角)도 다양하지만, 떠나는 뒷모습은 언제나 처량한 것이 인생이다. 때로는 인생을 허무하다고 표현을 한다. 누구나 살면서 뭔가를 소망하고 기대하며 살아가는데, 원대한 포부나 소박한 꿈, 또는 어떤 목적의식을 가지고 살다 보면 그 소망했던 꿈이 이루어지는 경우도 더러는 있고 그렇지 못한 경우도 있다. 꿈을 꾸면서 살다가 바라던 시점에서 이루어지지 않으면 참 허무하게 느껴진다. 삶으로부터 경험한 허무의 결과는 타인의 인생에 대비되고, 거기에서 산출된 약간의 여유 값으로 카타르시스를 느끼기도 한다. 이렇듯 나약하고 간사하고 경거망동이 함께하는 것이 또한 인생이 아닐까?

칠팔 년 전, 울산 살 때의 일이다. 강원도 동해에 살고 있던 지인이 울산에 잠깐 온다고 전화를 했다. 아들의 친구 부친인데, 동해에 있을 때 자주 학부형들끼리 모임도 하고 친하게 지내던 사이였다. 이유인즉, 그의 자형이 폐암 말기로 울산에 있는 대학병원에서 돌아가실 날만을 기다리고 있는데, 이제 가실 날이 며칠 남지 않았으니 자형의 얼굴을 마지막으로 볼 겸 온다고 했다. 그러면서 우리에게 동행을 하자고 하여 집사람과 함께 따라간 적이 있다. 우리가 간 곳은 병원이 아니라 그 환자분이 마지막으로 집에서 하루를 지내겠다고 병원으로부터 허락을 받고 식구들과 함께 석별의 정을 나누고 있던 방어진의 한 아파트였다. 우리는 며칠 후면 이 세상으로부터 영영 떠나갈 그 환자분과 같이 차도 마시면서 담소를 나누었는데, 그분은 쉰 후반의 나이에도 곧 죽을 사람 같지 않게 겉모습으로나 표정에 전혀 환자 같은 기색을 느낄 수가 없었고 행동 자체가 조용조용하면서 너무나 무덤덤했다.

환자와 가족의 대화에는, 이제 갈 날짜가 한 달이 채 남지 않았다느니 어쩌니 하면서 죽는 날짜를 무슨 결혼식 날짜 이야기하듯 아무 거리낌 없이 밝히고 있고, 자신이 가고 나면 도배를 새로 하라느니 가구는 어떻게 옮기고 어느 방을 어떻게 꾸미고 애들 방은 어디로 옮기라느니 꼭 몇 달을 지방에 다녀올 사람처럼 예사롭게 대화를 주고받고 있었다. 듣기가 너무 서글펐던지, "주변 경관도 그렇고 아파트가 깨끗하고 살기가 참 좋은 것 같아요!"라는 집사람의 뜬금없는 멘트에 그분은 "예, 다니던 회사에서 지었는데, 그 당시에는 최고급으로 지어 이십 년이 돼 가는데도 고장 하나 없습니다. 겨울에는 따뜻하고 여름에는 시원하고 공기 자체가 다르지요. 옥상에 올라가면 바다도 보여요. 살아보니 참 좋습니다!"라고 여유 있게 응수를 한다. 유산에 관한 이야기나 자신의 사후에 관한 중요한 이야기는 식구들과 이미 나누었겠지만, 그의 처남에게도 여러 가지 당부의 말을 잊지 않고 하나하나 자상하게 설명을 했다. 아마 처남에게는 자신이 타던 자동차를 주는 모양이었다. 자동차의 어디가 어떻고, 미션은 언제 교체했고, 타이밍벨트는 언제 교체했고, 뒤 타이어 상태가 어떻고 하면서 베란다 한쪽에 있는 창고에 가서 자동차 수리용 공구까지 꺼내 와서는 또 설명을 했다.

곧 죽는 사람이, 이제 떠나면 영영 돌아올 수 없는 머나먼 길을 당장 떠나야 할 사람이, 웬 도배며 가구며 자동차 이야기인가? 일 초, 일 초의 시간이 생명보다도 더 소중하고 이 세상 그 무엇과도 바꿀 수 없는 전부일진대 어찌하면 저토록 여유가 있단 말인가? 그렇지만 한편으로는, 그렇다고 뭘 할 수가 있겠는가? 아까운 시간이니 공부를 하겠는가? 식구들과 극장에 가서 영화를 보겠는가? 흐르고 있는 시간을 동여맬 수도 없고, 사람이라면 언젠가는 한번은 겪어야 할 일이기에 나는 할 말을 잊은 채 그의 행동을 보면서 한참 동안 생각에 잠겨 있었다. 생명은 허무한 가운데 끈질기다고 했던가? 그분은 며칠이 아니라 대략 석 달쯤을 버티다가는 끝내가셨다. 동해의 지인은 다시 왔고 우리는 지인과 함께 빈소를 찾아 이승과 저승이라는 보이지 않는 경계를 사이에 두고 영정사진 앞에서 그분을 다시 만났다. 이승과 저승의 경계는 참으로 멀고도 가까운 곳에 있다. 시간개념이 전혀 다른 우주와 우주, 세월이 화살과도 같거나 시간이 영영 흐르지 않는 우주, 그 사이에 있거나 가까운 거리라면 그것은 얇디얇은 종이 한 장 차이일 뿐이다.

## 2. 인생의 물리학적 고찰

인생은 빠르거나 느리거나, 길거나 짧거나, 넓거나 좁거나, 쓰거나 달거나 또는 위대하거나 무의미한 그 무엇으로 종종 표현되므로 분명 물리적인 실체로 해석이 가능할 것으로 생각한다. 따라서 의식 속의 관념으로서가 아닌, 다만 공학적이거나 물리학적인 시각으로 고찰해본다면 인생은 선(線)이거나 면(面)이거나 공간이거나 또는 어떤 환경 속에서 시간의 길이를 추가하여 산출해낼 수가 있는 것이다. 우주는 무(無)에서 시작한다는 이론을 사실이라고 가정하면 우주의 출발점은 제로가 된다. 따라서 에너지보존의 법칙[1]에 근거하여, 우주가 제로로부터 출발했으니 물질과 反물질, 에너지와 反에너지, 생성된 우주의 모든 것의 합은 또한 제로일 것으로 가정이 가능하다. 正과 反으로 合을 이룬다고 할 때 이 공식을 대입하면, 이때의 삶과 죽음의 합은 제로가 된다. 그렇다면 단지 시간으로만 대비해본다면 죽음도 살아온 만큼의 길이가 필요하다. 사후세계가 존재한다고 생각하는 대목이다.

어떤 사람은 임사체험을 경험한 사람들의 말을 믿고 사후세계가 존재할지도 모른다는 생각을 한다. 물론 가능성을 배제할 수는 없다. 물질과 의식이 독립하여 존재할 수 있다는 가정하에서는 가능한 생각이다. 그러나 우리 신체의 뉴런과 대략 100조($10^{14}$) 개의 시냅스 연결이라는 미세한 기관을 통하여 의식이 전달된다는 관점에서 비추어보면, 매우 비관적이다. 임사체험을 한 사람의 대다수는 의식이 신체로부터 분리되는 과정을 겪는다고 한다. 그 체험의 순간이 시간적으로 얼마나 긴지는 알 수가 없지만, 의식이 신체로 다시 돌아와서 임사체험담을 우리에게 전해주려면 우선은 신체가 부패하지 않고 신선한 상태로 유지되고 있는 것을 전제로 한다. 신체가 죽어 부패한다는 것은 신체를 이루고 있는 각각의 원소가 각각의 특성대로 분해된다는 뜻이다. 즉, 뚜렷한 우리의 모습이 흐물흐물 찌부러지고 마침내 한 줌의 먼지, 한 통의 물, 그리고 흩어져 날아오르는 공기가 되어 더는 고유한 형체로 재생할 수 없는 상태가 되어간다는 말이다. 반면 임사체험 중인 사람의 신체는 신체를 이루고 있는 탄소, 산소, 수소, 질소, 칼슘, 나트륨, 기타 등등의 분자나 원자가 그 물질의 고유특성대로 분해되거나 정제되지 않고 직전의 배열을 유지하고 있어야 한다는 뜻이다. 그러한 측면에서 임사체험은 깊은 잠 속에서 꾸는 매우 뚜렷한 꿈이 아닐까 의심을 하게 된다.

살아 있는 모든 것을 생명이라 일컫는다. 원자가 모여 분자를 이루고 분자가 모여 세포를 이룬다. 세포도 각각 활동하는 하나의 생명이다. 사람의 몸은 좀 전의 시냅스 연결과 같은 대략 100조 개의 세포로 구성된다고 하니 우리는 각각 100조 개의 생명이 군집하고 있는 생명의 집합체인 셈이다.[2] 한편, 우리의 신체는 혈관을 따라 혈액이 순환하면서 신체 각 기관에 영양분을 공급하고 각각의 기관에서 대사를 진행함으로써 생명이 유지된다. 그렇다면 과연 나의 생명은 어디까지일까? 시냇물이 흘러 대지(大地)에 영양분을 공급함으로써 산천초목이 생장을 하고 그것이 계속 순환하여 대자연이 생명을 얻고 있다면, 순환하여 영양분을 공급받고 생명을 유지한다는 점에서 자연과 우리의 신체는 다를 것이 없다. 이렇듯 생명을 단언하기에도 첨예한 대립이 있고 사후세계도 선뜻 긍정할 수 있는 논리가 부족해 보인다. 따라서 만약 사후세계의 존재를 인정할 수 없고 생명도 우리의 목숨이 그 전부라고 한다면, 삶에는 시간적으로 길이가 있지만, 죽음은 그 자체로서 모든 것이 멈추니 길이가 없고 크기나 형체도 없는 것이 된다.

흔히들 삶과 죽음의 격차를 차원으로 이해하기도 한다. 따라서 이때 합을 도출해내는 방법은 삶의 궤적을 죽음의 차원으로 상쇄하는 것이다. 여기서 죽음의 차원은 삶에서 정량적으로 구할 수 있는 모든 제원의 합과 그 크기가 비례하는 것으로 가정한다. 그렇다면, 죽음의 차원은 '자신의 수명÷인간의 평균수명×(행복+불행)−χ=0'라는 방정식으로 구해낼 수가 있을 것이다. 여기에서 χ는 죽음의 차원을 이르는 것으로 삶과 죽음의 차는 제로이며 이것이 곧 삶과 죽음의 경계가 된다. 지금까지의 설명은 너무 막연하고 추상적이다. 좀 더 구체적으로 고찰해보면, 우주의 탄생 초기로 거슬러 올라가서 빅뱅을 떠올려보자. 우주는 빅뱅으로부터 시작되고 빅뱅의 시작 초기에 인플레이션이라고 하는 급팽창과정이 있다. 여기에서 $10^{-35}$초라는 소수점 이하 0이 34자리까지 지나가야 하는 시간 단위가 나온다.[3] 0이 너무 많아서 독해하는데도 상당 시간이 소요될 정도로 긴 숫자임에도 그 의미는 눈 깜짝할 사이와는 비교도 안 될 정도로 짧다. 도대체 이 거대하기 짝이 없는 우주, 137억 년이라는 장구한 세월이 흐른 우주를 설명하는 데 0.0000000000000…1초가 무슨 의미가 있다는 걸까? 끝이라는 것은 또 하나의 시작이라고 했다. 바꿔 말하면 어떤 단계의 시작은 그전번 단계의 끝이 되는 것인데, 그것이 곧 경계인 셈이다. 그렇다면 또 하나의 질문이 떠오른다. 우주의 시작점에도 끝이 존재하는가?

삶과 죽음의 경계를 찾다가 나의 원초적 본능 쪽으로 잠깐 새고 말았다. 위에서는 별 의미가 없이 느껴지는 극미세단위의 시간개념을 끌어다가 삶과 죽음의 경계에다 초점을 맞춰보자. 정상적인 의식에서부터 혼수상태를 거쳐 완전히 의식이 멎는 그 순간까지 의식의 변화과정을 $10^{-35}$초 단위로 관찰해보면, (여기서 숫자는 위에서의 차용일 뿐 아무 의미가 없다.) 어느 지점이 진정한 경계인지 아주 짧은 순간이 명확하게 드러날 것이다. 아울러 그렇게 미세한 단위로 시간을 나누어서 살아갈 수 있는 테크닉이 발견된다면 우리는 거의 영원하게 죽지 않고 살 수 있을지도 모른다. 아마 그렇게 되려면 우리의 몸은 원자가 되어야 할지도 모르겠다. 참고로 원자의 지름이 60피코미터, 피코미터가 무엇에 쓰는 물건인지는 모르겠으나 70kg 정도의 몸무게를 가진 사람은 $7 \times 10^{27}$개의 원자로 이루어졌다고 하는데, 만약 원자 하나의 크기가 우리 눈에 보일락 말락 하는 모래알만 하다고 가정하면 사람 1인당 몸의 크기는 지구 5개와 맞먹는다고 한다. 원자가 얼마나 작은지, 또한 $7 \times 10^{27}$개라는 숫자가 얼마나 많은 양인지 상상이나 가는가?

우리의 몸이 원자만큼 작고 시간의 개념을 $10^{-35}$초 정도로 나누어서 살아갈 수 있다면 영원히 죽지 않을 것이라는, 필자의 생각과 비슷한 생각을 한 사람이 지금으로부터 2400년 전 고대 그리스에도 있었다. 어떤 다리가 있는데 그 다리를 건너기 위해서는 시간이 필요하다. 그 시간들은 0보다는 큰 수일 것을 전제로 한다. 그런데 0보다 큰 수의 시간을 무한히 소비하는데도 절대 다리를 건널 수 없는 일이 있다는 것이다. 무슨 말인고 하니, 어떤 다리의 출발점에서 시작해서 다리의 중간지점까지 가는데 1초가 걸린다면 남은 거리의 절반까지 가는데는 1/2초가 걸릴 것이며, 나머지의 절반까지 가는 데 1/4초, 또 절반까지 1/8초…. 이런 식으로 영원히 절반의 시간을 소비하므로 다리를 건널 수가 없다는 것이다. 이른바 제논의 역설이다. 이 역설에 비하면 필자의 논리는 현실성이 있다. $10^{-35}$초라는 시간개념이 실제로 존재할 뿐만 아니라 원자보다도 몸집이 거대한 미생물의 일생은 우리의 시간으로 분 단위에 불과하다고 한다. 우리 인간의 일생은 연 단위다.

일례로 대장균을 배양하면 20분 뒤에는 두 마리로 분열하는데, 그것이 우리로 따지면 일생인 것이다. 우리의 일생이 80년이라고 한다면 그들은 20분을 우리의 80년 정도로 의식할 것이다. 따라서 우리의 일생 80년은 그들에게 있어서 1억 6819만 2천 년이라는 계산이 나온다. 즉, (60분×24시간×365일×80년)÷20분은 2,102,400번의 누적일생이 된다. 여기서 미생물의 일생이 인간의 개념으로 20분이라고 하였으니, 인간과 동일하게 80년을 산다고 한다면 그들의 길이로는 1억 6819만 2천 년을 사는 셈이 되는 것이다. 지구상에 인간인지 원숭이인지 거의 구별이 없는 상태인 오스트랄로피테쿠스의 출현이 지금으로부터 300만 년 전이었고, 인간의 직계조상으로 분류되는 호모사피엔스의 출현이 고작 20만 년 전이다. 고대 인류의 유적이라고 해봐야 아무리 오래된 것도 1만 년을 넘지 않는다. 그렇다고 한다면 1억 6819만 2천 년이라는 세월은 가히 영원의 시간에 해당하는 것이다!

"세상은 넓고 할 일은 많다." 어느 경제단체에서 뽑은 기업인 최고어록 3위에 랭크된 대우 김우중 회장의 어록이다. 김우중 회장은 젊은 시절 대단한 활동가로 알려져 있다. 위 어록에서 보이듯이, 그가 일을 벌이고자 했던 목표는 세상! 둥글고 넓은 세상이었다. 세상은 면과 공간으로 구성된다. "인간을 단지 수단으로만 대하지 말고, 동시에 목적으로 대우하라!"라는 대철학자 칸트의 충고에도 그를 수단으로 이용했더라면 진작 대한민국은 세계 경제를 제패했을지도 모른다. 세계를 무대로 활동했던 그의 시각은 인생을 선(線)이나 길이로 보는 것이 아니고 면(面) 또는 공간으로 보는 경우다. 공간에 시간을 더하여 세상은 4차원이다. 선이나 길이로 본다는 것은 일차원적인 시각이고 면이나 공간으로 본다는 것은 다차원의 시각으로써 그 차원이 일차원에 비해 상당히 높은 수준인 것이다.

잠깐, 일차원으로 오해할 수 있는 다차원의 인생이 또 하나 있다. “굵고 짧게 살자!” 구르는 수류탄을 몸으로 덮어 부하들은 살려내고 자신은 장렬히 산화해간 강재구 소령이 생전에 생활신조로 쓰고는 짧게 남긴 말이다. 굵고 짧다는 것에는 형태가 주어진다. 하나의 물체이자 길이가 주어지니 선(線)으로 유추된다. 선(線)은 분명 면(面)이나 공간이 아니다. 그러나 강재구 소령의 선은 단지 짧은 것이 아니고 굵고 짧다. 위의 경구를 자세히 들여다보면 짧을수록 굵어진다는 가변성도 존재한다. 따라서 선의 단면이차반경에 주의할 필요가 있다. 즉, 굵고 짧은 선에는 단면이 있고 일차원의 진정한 선은 단면이 없다. 단면이 있다는 것은 그 자체에 모멘트를 가지며 또 하나의 차원이 추가된다는 뜻이다.

여기서 잠깐 글쓰기를 멈추고 반성을 해본다. 과연 인생은 짧은가? 이 물음에 짧다고 생각하거나 이제 갓 환갑이니 백 세가 되려면 아직은 여유가 있다고 생각하게 되는데, 그 생각과 동시에 나는 일차원의 인생인 것이다. 짧거나 길다는 것은 곧 선으로 유추되기 때문이다. “나는 왜 이렇게 빨리 달리고 있지?” 이건 아마 총알 탄 사나이 우사인 볼트의 ‘작업 중의 생각’일 것이다. 우리가 볼트가 아닌 이상 인생을 빠르다고 평가할 이유가 없다. 빠르다는 것은 곧 짧다는 것을 의미하기 때문이다. 세월이 빠르다고 생각함과 동시에 우리의 인생은 그만큼 짧고 인생이 짧다고 생각함과 동시에 우리는 일차원의 인생인 것이다.

### 3. 인생의 생물학적 고찰

[들풀] 클로버, 잔디, 질경이, 민들레

어떤 식물 같은 인생을 일러 "그 인생은 싹수가 노랗다!"고 표현을 한다. 노란색은 일차원의 색이다. 다른 색과 섞지 않았으므로 원색 또는 일차색이라고도 한다. 또한, 아름답거나 성공적이거나 미래가 밝은 인생에게는 '장밋빛 인생' 또는 '보랏빛 인생'이라고 표현을 한다. 장밋빛이나 보랏빛의 색상은 두 가지 이상의 색상들끼리 섞어 만든 다차원의 색상들이다. 물론 이러한 수식은 인생의 전 과정에 대한 수식일 수도 있고 어느 기간에 한정된 수식일 수도 있다. 사진은 요 얼마 전 서울에 있는 아들 집에 갔다가, 길가 보도블록의 비좁은 틈 사이에서 최소한의 생명력을 유지하고 있는 가녀린 들풀들을 담아본 것이다. 자세히 들여다보면 클로버, 잔디, 질경이, 민들레인데 내기라도 하듯 저마다 이파리가 장난감처럼 작고 귀엽다. 자신의 신체를 가장 경제적으로 환경에 적응시킨 것이다. 몸이 남산만 한 거구에 식탐이 있는 나는 다분히 배울 점이 있다. 가끔 우리의 인생에 은유되는 들풀은 녹색으로 그나마 이차원의 색상이다. 파랑과 노랑을 섞으면 녹색이 된다. 원색 두 가지를 섞어 만든 색상을 이차색, 세 가지를 섞어 만든 색상을 삼차색이라 일컫는다.

인생에서 느낀 바를 표현할 때에는 '달콤한 생활이었다.', '쓰디쓴 맛을 경험했다.', '무미건조한 나날이었다.' 등과 같이 행복한 경우 달콤하다고 표현을 하고, 불행은 쓴맛으로, 허무함을 느꼈을 경우에는 무미건조함으로 인생을 미각에 유비시키는 경우도 있다. 지금까지 느끼는 바로는 색상이 고상할수록 차원이 높고 차원이 높을수록 달콤한 인생이며, 색상이 원색에 가까울수록 차원이 낮고 차원이 낮을수록 무미건조하거나 맛이 쓴 인생이라는 등식의 배치가 가능해진다. 또한, 차원이 높은 인생일수록 그 길이가 갖는 표면적은 크고 가치는 항상 높게 평가된다.

우주는 無(제로)에서 시작한다고 했고, 에너지보존의 법칙에 따르면 에너지의 총량은 변하지 않는 것이라고 했다. 여기에 세상의 모든 현상이 제로섬(Zero sum)으로 구성되어있다면, 음과 양의 합은 언제나 제로이다. 따라서 한 사람의 일생에는 행복과 불행이 공존하며 평생에서 겪는 행복과 불행의 비율은 제로(±0)일 것이다. 긴 불행 중에 맛보는 짧은 행복은 긴 불행의 길이에 비례하여 행복감은 크다. 불행의 길이와 행복의 높이가 상쇄되는 것이다. 조사가 가능할지는 몰라도 아마 태초에 처음 탄생한 인간부터 방금 태어난 아기까지 전체인구조사를 한다면 남자와 여자의 성비는 제로일지도 모른다.

"선이 부재하므로 악이 존재하는 것이니라." 성경에서 회자되는 말씀이다. 조금 비약하면, 선(善)이 있으면 그 반대편에는 분명 악(惡)도 존재하고 선이 없다면 악도 없는 것이다. 즉, 선이 +100이라면 악은 −100이요 선이 제로(0)라면 악도 제로(0)인 것이다. 문득 선과 악이 제로인 상황을 떠올려본다. 우리가 살고 있는 이 세상에 선이 없거나 악이 없다면, 또는 선과 악이 동시에 없어진다면 어떻게 될까? 선과 악이 완전히 없어진다면 그야말로 '멍 때리는' 상황이 연출되고 말 것이다. '필요악'이라는 낱말은 이러한 상황에서 유래된 것이 아닐까?

옳고 그름이나 빛과 어둠도 대체로 같은 이치에 있다. 옳은 일이 있다면 그른 일도 있고 빛이 있다면 어둠이 있는 것이다. 옳은 사회가 존재하면 그른 사회도 존재한다는 것은 다소 주관적인 입장으로 귀결되지만, 자본주의와 공산주의가 그렇고 개방주의와 폐쇄주의가 그렇고 평화주의와 파괴주의가 그렇고 북한과 남한처럼 대립관계라는 것이 또한 그렇지 않은가? 그런데 빛과 어둠은 뭔가 좀 달라 보인다. 위의 선과 악에서의 논리대로라면 빛이 있다면 어둠도 있고 빛이 없다면 어둠도 없을진대, 그렇다면 동시에 존재하거나 동시에 부재할 경우 과연 그 빛의 광도와 어둠의 조도는 얼마일까? 예를 들어 동시에 빛도 없고 어둠도 없다면, 빛이 없으니 어두울 것이고 어둠이 없으니 밝을 것이다. 이 둘을 합치면?

세상의 모든 것이 제로섬으로 구성되어 있다면 서로 상쇄된다. 그런데 상쇄되지 않는 것이 있다. 흑과 백, 높은 것과 낮은 것, 아름다움과 추함, 향기와 非향기(무향과는 다르다), 그리고 너와 나. 여기에서 흑과 백은 대립의 관계에 있다. 높은 것과 낮은 것은 보완의 관계이다. 아름다움과 추함은 서로 비교대상이다. 향기와 無향기는 상호보완의 관계이지만, 향기와 非향기는 대립의 관계이다. 너와 나는 대립의 관계일 수도 있고, 보완의 관계일 수도 있고 비교대상일 수도 있다. 세상에는 전혀 무관한 관계란 없다. 공기를 나눠 마시는 공생관계일 수도 있고, 서로 쳐다보는 입장에서 마주하는 관계일 수도 있고,

주체와 객체의 관계일 수도 있다. 하늘에 반짝이는 별과 나는 같은 공간 안에서 존재하고 쳐다본다는 입장에서 서로 관계가 있다. 당신과 나 역시 동일한 시간대에 동일한 공간에서 '인간'이라는 이름으로 공생하며 유기적으로 관계하고 있다는 것이 무엇보다도 각별한 관계인 것이다. 더욱이 당신과 내가 수십억의 인간 중에서, 수천억의 별들 중에서 오늘 이 시간 이 지면을 통하여 함께하고 있다는 사실은 어쩌면 기적일지도 모른다.

## 아녀니 무녀니의 추억

때는 바야흐로 국가 경제개발 5개년계획의 기치 아래 거대한 불도저들이 물밀 듯이 몰려와 유서 깊은 내 고향 마을을 막 삼켜버리기 몇 해 전. 바닷물도 얼어버린 해안의 엄동설한에 거처도 없이 떠돌아다니면서 구걸행각을 하는 '아녀니 무녀니'라는 별명을 가진 걸인이 있었으니, 구걸을 할 때 삽짝 문에 들어서면서 큰 소리로 다음과 같이 읊어댄다고 해서 붙여진 별명이다. "아녀니 무녀니 복녀니모 간다 자왈 비래무시하모 비래무련하모 비래물똥 하노라! 밥 좀 주소!" 열거한 문자들은 "밥 좀 주소!"만 빼고 본래는 전부 한문으로 이루어진 어려운 낱말들이 중간중간 어조사들로 연결된 것으로 추정되고, 그 발음이 정확하지는 않겠지만 수십 년 전의 기억으로 따라 적어보면 위와 비슷한데, 이게 과연 무슨 말인지 모르겠으나 살펴보면 '자왈'이라는 낱말이 눈에 들어온다. (실제로는 이보다 한참 더 길었던 것으로 생각되고 '~하모'는 '~하면'의 경남지방 사투리발음으로 유추된다.)

우리 눈에 당시로서는 글이라고는 모를 것 같았던 걸인에 불과했지만, 공자님 말씀을 읊을 정도로 고매한 인품을 갖춘 대단한 위인으로 추정되는 대목이다. (물론 공자님 말씀 외운다고 하여 인품이 고매하다고 할 수는 없다.) 내용인즉, 아마 상대편인 집주인에게 선행을 베풀어달라는 주문이었거나 아니면 자신의 과거를 뉘우치는 내용인지도 모르겠다. 우리는 그 걸인이 백발의 나이였음에도 거지라는 이유 하나만으로 골목에서 만나면 "아녀니! 무녀니!" 하고 면전에서 놀려대기 일쑤였다. 그러한 우리를 누가 말려대는 어른도 없었으니, 세상 물정 모르고 어리디어린 우리는 그에게 가엽다거나 불쌍하다는 마음을 가졌을 리 만무했다. (아마 우리의 만행현장을 직접 목격한 어른이 없었던 것 같다.)

당시 들리는 소문에는 그 걸인의 배경이 꽤 괜찮은 집안으로, 자식들도 도시에서 입신출세하여 떵떵거리며 잘살고 있다는 소리도 들리고, 공부를 너무 많이 한 데다 머리가 너무 좋은 나머지 정신이 이상해져 집을 나와 저러고 있다고도 했다. 위에서의 '들리는 소문'을 수십 년이 흐른 현재의 시각(視角)으로 의심해본다면 첫째, 꽤 부자였는데 사업에 실패하였거나, 또는 주식에 투자하여 재산을 몽땅 날리고 하루아침에 거지로 전락했을 수가 있고, 둘째, 빈둥빈둥 놀고먹다가 그 많던 부모 재산 다 탕진하고 저 모양이 되었을 수도 있고, 셋째, 며느리로부터 버림받고 거리에 나 앉은 시부모 중에 한 사람이었거나, 넷

째, 자식에게 허구한 날 폭행을 당하고는 견디지 못해 탈출한 애비였거나, 다섯째, 정신은 멀쩡한데 어떤 충격을 받고는 자신에게 가하는 체벌의 행위로써 저 모양의 생활을 하고 있지 않았을까?

옛날이나 지금이나 누구나 거지가 되는 길은 여러 가지 경로로 가능하고, 결과만을 놓고 본다면 빈곤은 죄악이요, 거지로 전락한다는 것은 곧 대역죄를 짓는 것이나 다름없다. 노력하거나 구하지 않고 가만히 있는 자에게는 언제나 위험이 도사리고 있을 뿐이며 마음 내킨 대로, 자기 하고 싶은 대로만 살다 보면 결과는 뻔하다. 누구도 그럴 리야 없겠지만 죽거나 망하거나 사고를 치거나 불행하게 살고자 마음먹는다면, 원대한 포부를 갖거나 치밀하게 계획을 세우지 않고도 또 특별한 기술이 없이도 인생을 제멋대로 살기만 하면 머지않아, 경우에 따라서는 눈 깜짝할 사이에 마음먹은 대로 도달할 수가 있다. 즉 인생 종 치는 데는 별다른 노력이나 기술이 필요치 않고 마음먹기에 달렸다는 말이다.

반면 부자가 된다거나 성공을 한다거나 순리적으로 어떤 꿈을 이루고자 하는 데는 특별한 테크닉과 실행이 따라야 하고, 목적한 바를 달성하기까지 끊임없는 각성과 길고 긴 시간을 투자해야 가능해진다. 물론 능력이나 소질 혹은 적성에 따라 노력이나 시간을 절약할 수 있는 지름길도 있을 수는 있지만, 최소한의 필요조건을 충족해야 함은 두말할 나위가 없다. 부자가 되고 성공을 하여 사람답게 오래 살고 싶은 마음은 누구나 자유로이 가질 수가 있고, 대개의 사람들은 그러한 것이 곧 인생의 목적이라 생각하고 끊임없이 그것을 갈망하게 된다.

그리하여 마음만큼은 부단한 노력을 경주해 보지만, 대부분의 사람들은 감당하기 어려운 너무 원대한 포부를 품은 나머지 아예 엄두를 내지 못하거나 가던 길을 중도에서 포기해버리고 마는 것이 다반사다. 그래서 사회는 높은 사람, 낮은 사람, 평범한 사람이 고루고루 분포하고, 이 지역 저 지역 평준화가 가능한 것이 아닐까?

인간의 행위를 육체의 호감도 면에서 긍정적인 면과 부정적인 면으로 양분하고 전자와 후자에 배치해본다면 오락과 과업, 재미있는 일과 힘든 일, 하고 싶은 일과 하기 싫은 일, 하지 말아야 할 일과 해야 할 일, 나쁜 일과 옳은 일 등으로 대략 편성해 볼 수 있는데, 이것을 다시 오직 인생에서의 결과론만 고려하여 긍정적인 요소들로 발췌해본다면 과업, 힘든 일, 싫은 일, 해야 할 일, 옳은 일 등이 여기에 해당된다. 즉, 대체로 싫거나 힘든 일들이 인생에서 긍정적인 결과를 유도하고 그러한 결과가 성공을 좌우하게 되는 것이다. 다소 공자님 말씀처럼 들리는 이 말들을 한마디로 줄이면, "양약은 입에 쓰다."로 축약할 수가 있고 부자 또는 빈자는 위에서 나열한 단어들의 선택과 그 실천의 강도에서부터 결정된다고 볼 수가 있는데, 문제는 정작 이 논리를 펴고 있는 필자 자신도 그렇게는 살아가지 못하고 있다는 것이다.

언제부턴가 거지 대신 노숙자라는 새로운 직업이 생겨났다. 거지나 노숙자는 그 과정이 부모로부터 가난을 물려받음으로써 진입할 수도 있지만, 매사 하는 일에 싹수만 노랗다면 그다지 긴 세월을 수반하지 않는 것이 일반적이며 요즘의 노숙자는 그 과정이 쾌속이다. 따라서 노숙자가 되는 과정 뒤에는 항상 '전략'이라는 수식어가 붙어 다닌다. 즉, '노숙자로 전락하다!'는 멀쩡한 사람이 하루아침에 노숙자가 된다는 뜻이다. 물론 거지가 되는 데에도 '전락'이란 수식어가 따를 수도 있고 '하루아침에 패가망신'이라는 말은 아주 오래전부터 생겨난 말로써 지금도 유효하게 사용되는 말이지만, 발생빈도의 차이만 있을 뿐이다. 부모로부터 물려받은 가난이 원인이었다면 거지는 할 말이 있지만, 노숙자는 입이 열 개라도 할 말이 없다는 것이 다를 뿐이다. 즉, 시대적인 배경을 깔고 본다면 거지는 부모의 책임도 크지만, 노숙자가 되고 말고는 100% 자신의 책임하에 있다는 말이다.

거지는 주로 구걸하여 얻은 음식의 양이나 질에 생활의 가치를 두지만, 노숙자는 잠을 자고 거처하는 곳에 가치를 둔다. 한편, 거지와 비슷한 부류로 각설이가 있다. 거지와 노숙자는 외톨이 생활을 하는 것이 보통인데 비해, 각설이는 가족 단위로 구성하거나 각설이들끼리 모여 단체로 생활하는 것이 다르다. 각설이는 대체로 일용할 양식에도 가치를 두고 거주에도 가치를 두고 있지만, 각설이로서 가장 빛나는 업적은 새로운 장르로써의 예술의 창달에 있다. 그들의 각설이 타령은 시각, 청각, 후각, 미각, 촉각, 심지어는 지각까지 모든 감각을 총망라하여 건드린다. 최근의 행사장에서의 각설이 이야기다. 마침 각설이가 나왔으니 이쯤 각설하고.

지난날 우리의 행각도 문제였거니와, 가끔 뉴스를 통하여 가족이나 친족 간에 벌어지는 반인륜적 범죄행위를 접하다 보면 그야말로 지금이 말세가 아닌가 하는 생각이 든다. 돈을 사이에 두고 형제간에 또는 부모와 자식 간에 소송하는 일은 예사고, 친부모를 소나 돼지 대하듯이 학대하면서 거리에서 앵벌이를 시키고, 상속에 눈이 어두워 부모를 살해한 후 시신을 유기하고, 화재보험금을 타내려고 부모를 살해한 후 집에 불을 지르고, 의붓딸을 성 노리개의 대상으로 삼아 강간을 일삼거나 친딸을 성폭행하는 사건은 이제 지구 저편 남의 나라에서 일어나는 사건이 아니라 동방예의지국이라 자처하던 이 나라 일상의 풍경이 되어버렸다.

그러한 일련의 사실들을 접하면서 인간 내면의 실상이 비로소 밝혀지는 것이 아닌가 하여 자못 걱정이 앞선다. 누가 인간을 만물의 영장이라고 했던가? 이제 그 명예는 땅에다 묻고 하늘을 치솟던 이기심은 쓰레기통에 던져버려야 할 차례인 것 같다. 씻을 수 없는 무수한 악행들이 지난 과거만의 문제도 아니고 현세대에서 날로 깊어지고만 있다는 데 주목할 필요가 있고, 우리가 이 시대의 기성세대이고 이 시대를 열어놓은 장본인이라는 사실 하나만으로도 사회에 대한 도의적인 책임을 느껴야 할 때인 것 같다. 하물며 그 쓰리고 쓰린 가슴에 만고풍상을 다 담고 있는 노인 앞에 다가가 "아녀니! 무녀니!"를 온몸 비틀어가면서 흉내 내고, 땅을 치고 통곡해도 삭일 수 없는 한을 품고 있는 노인에게 측은해 하거나 슬픔을 느끼기보다는 그를 조롱하면서 철없이 환희에 젖었던 우리. 지금도 남의 불행을 보면서 밀려오는 카타르시스에 안주하고 있는 건 아닌지? 가슴에 손을 얹고 깊이 반성할지어다!

## 욕구의 해소방안에 대하여

두 마리의 실험 쥐가 있다. 편의상 A 쥐와 B 쥐라고 해두자. 참고로 논리상 필요하면 쥐가 아닌 인간의 경우라고 생각을 하자. 이들 쥐는 부모가 동일하고 한날한시에 태어난 형제 쥐다. 이들 두 마리의 실험쥐에게 생체반응을 시험해보기 위해 A 쥐에게는 쥐들의 세계에서는 가장 맛있는 음식을 원하는 만큼 주고, B 쥐에게는 맛없고 부실한 음식을 간신히 생명만 부지할 정도로 주되 각각 생명이 다할 때까지 공급을 하였다고 하자. 미물인 이들에게 형평성을 평가할 필요까지는 없다고 하더라도 그들의 인생에 있어서는 그들의 노력과는 상관없이 대단한 불평등이 원초적으로 제공되었음은 부인할 수 없다.

그러한 결과로 A 쥐는 맛있는 음식에 도취되어 사는 게 너무나 즐겁고 B 쥐는 배가 고파 하루하루가 고통의 나날을 보낸 인생이었다고 했을 때, A 쥐는 비만으로 3년을 살았고 B 쥐는 영양결핍이지만 4년을 살다가 죽었다고 하자. 우리가 얼핏 생각하기에 A 쥐는 행복, B 쥐는 불행한 인생이었다고 할 수가 있다. 그런데 우리가 늘 갈망하는바 '오래오래 즐겁게 사는 것'을 성공한 인생이라고 조건을 부여한다면 A 쥐는 짧지만 즐겁게 보낸 인생이었고, B 쥐는 불행했지만 A 쥐보다는 1년을 더 살았다. 오래오래 산다는 측면에서는 B 쥐가 성공한 인생이었고 즐겁게 산다는 측면에서는 A 쥐가 성공한 인생인 것이다.

이번에는 인생이 진행되고 있는 과정에서 생각해보자. 실험개시 후

대략 2년 6개월을 경과한 시점이라면 두 쥐 모두 청춘을 다 보내고 난 인생 후반기에 해당하는 시기쯤 된다. 늘 궁핍하게 살고 있는 B 쥐는 부유하게 살고 있는 A 쥐에 대한 질투심과 함께 먹이 공급자인 인간에게 불평등에 대한 반감이 극도에 달해있을 것이다. 여기서 두 쥐를 상대로 똑같은 맛과 양으로 배급단위를 조정하게 되면 A 쥐는 불평을 할 것이고 B 쥐는 그나마 다행스럽게 생각하고는 주는 대로 받아먹을 것이다. 그러다가 B 쥐가 자신의 위치가 굳어지면 언젠가는 불평등했던 과거를 들추어낸다. 거울을 보면서 '청춘을 돌려다오!' 유행가 가사가 튀어나올지도 모른다.

또 하나의 예를 들기로 하자. 똑같은 일을 한 뒤 보수를 받고는 둘이서 나누어 가지라고 덤으로 주는 돈이 만 오천 원이 있었는데, 분배를 잘못했다거나 거스름돈이 없다 보면 누구는 만 원을 받고 누구는 오천 원을 받고는 정리가 되는 경우가 있다. 오천 원을 받은 사람이 상대편보다 덜 받은 돈이 아까워 잠을 이루지 못하는 것이다. 그 돈을 두고두고 생각하면서 스트레스를 안고 살아가는 사람들이 있다. 생활이 궁핍할 정도도 아니고 덤으로 받은 돈이었는데도 말이다. 좀 더 건강하게 생명을 부지하고 싶다면 가능한 단념하라고 말하고 싶다. 위에서 실험 쥐가 인간이라면 먹이 공급자인 인간은 신으로 의제된다. 세상은 공평하다고는 하지만 공평은 지극히 인위적인 것일 뿐이다. 세상일은 절대로 공평할 수가 없는 것이 실험 쥐의 팔자다.

잠시 시국에 대한 이야기로 이어가 보자. 권력자와 소속 국민의 관계는 인간과 실험 쥐의 관계와 다를 바가 없다. 민방공훈련의 공습경

보라든가 북한의 미사일 발사 직후 일본의 지하철 운행중단훈련 등이 바로 그와 같은 것이다. 위와 같은 행위는 쥐틀 속에서 위험이 예지되는 경우 실험 쥐들로 하여금 자발적으로 경계심을 갖게 하면서 쥐틀의 존립을 굳건히 지키기 위한 권력자들의 술수에 불과한 것이다. 말썽도 많고 끝이 없는 대한민국의 교육정책은 아직까지도 실험 중이다. 여기에는 수많은 젊은 실험 쥐가 그 대상을 이루고 있다. 나아가서는 소련의 붕괴와 미국의 건재, 중국의 자본주의 진입도 실험 쥐 집단으로부터 추출되고 있는 결과에 지나지 않는다.

위에서 권력자와 피권력자의 관계가 그러하듯이, 신에게 있어서 인간은 곧 실험 쥐일 뿐이다. 과거의 행적을 돌이켜보면, 신은 모름지기 실험쥐로의 기능을 모든 인간에게 부여하고 있다. 신에게 이토록 많은 실험쥐가 요구되고 있다는 것은 그분은 아직까지도 전지전능하고는 거리가 있다는 방증이다. 그렇다면 우리는 누구를 믿어야 하는가? 우리의 실험은 언제쯤이나 끝나는가? 최근에 실험 쥐인 우리에게 '진보와 보수의 호감도'라는 미션이 주어졌다. 여기에는 두 가지의 실험결과가 있을 뿐이다. 승리자와 패배자. 전지전능하지 못한 신은 두 가지의 실험결과 중에서 개체의 호감도에 따라 당연한 결과로써 어느 하나를 정의로, 그 반대를 불의로 만들어버릴 공산이 크다.

우주의 기원을 설명하는 이론 중에서 빅뱅이론은 다른 이론을 압도하고 있으나, 발생 시기로 보면 다소 고전적인 이론으로 평가된다. 여기에 비하면 끈 이론은 빅뱅이론을 부정하기 위하여 태동된 한 단계 진일보한 이론이다. 빅뱅이론을 보수주의라고 한다면, 끈 이론은 빅뱅

이론을 기원으로 하여 한 발짝 앞으로 나아가려고 하는 진보주의라고 할 수가 있다. 만약 빅뱅이론을 완전히 무시하였다면 끈 이론이 도출되었을까? 보수와 진보는 이와 같이 메커니즘을 공유하는 것이다. 우리나라의 이념논쟁에 문제가 있다는 것은 각각 상대진영을 완전히 궤멸시켜야 자신들의 존립이 가능하다고 생각한다는 데 있다. 즉, 한 치의 양보도 없이 메커니즘의 공유를 거부하고 있는 것이다. 공유를 거부한다는 말은 욕심이 지나치다는 말과 유사점이 있다.

적당한 욕구는 인간에게는 생명을 유지하고 보전하기 위하여 요구되는 필수불가결의 요소다. 욕구는 육체의 적극적인 욕구 외에도 정신적인 욕구를 포함한다. 낱말이 활용되는 측면에서 보면, 욕구는 단속적이고 욕심은 연속적이며 공히 불의에 해당할 것이라는 생각이 든다. 그렇다면 선악으로 양분하여본다면 죽음은 선에 해당하는 것일까, 혹은 악에 해당하는 것일까? 이 물음은 '악인의 종말은 언제나 아름답다'라는 말로 유추해볼 수도 있을 것이다. 그렇게 되면 죽음은 선에 가까워지고 있다. 아름다움은 선이기 때문이다. 하이데거는 인간은 죽음을 향하는 존재라고 했고, 죽음을 향해 달려감이야말로 현존재가 본래성을 발휘하는 최고의 능력이라고 했다. 죽어야 함을 욕구의 표현으로 나타낸다면 '살고 싶지 않다', '죽고 싶다' 등으로 활용이 된다. 비록 죽음 앞에서도 '살고 싶지 않다'는 말과 '죽고 싶다'는 말은 같은 의미이면서도 미묘한 차이가 발생한다. 전자는 살고 싶은 쪽으로 기울어 있는 경우고, 후자는 죽고 싶은 쪽으로 기울어 있는 경우다. 또한, 전자는 삶에서부터 자포자기의 상태이고 후자는 죽음을 향한 적극적인 상태이다.

죽음이란 낱말을 접하니 고등학교 시절 친구와 죽음에 대한 논리를 두고 다투었던 날이 생각이 난다. 내가 "죽음도 희망일 수가 있다!"라고 했다. 친구는 죽음이 어떻게 희망이 될 수 있느냐고 반문했다. 나는 살기 싫으면 마지막에 자의적으로 선택할 수 있는 것이 바로 죽음이다. 자살은 누가 시켜서도 아니고 자의에 따라 선택하는 것이기 때문에 그것은 희망 사항일 수밖에 없지 않느냐고 했다. 친구는 자살도 외부의 조건 때문에 어쩔 수 없이 선택할 수밖에 없는 것이므로 엄격하게는 타살로 보아야 하는 것이라고 했다. 지금 생각해보면 친구의 말이 일리가 있다. 그와 같이 죽음도 여러 원인이 있겠지만, 결과론적으로만 생각해보면 죽음은 그 사람의 운명이 다했기 때문에 맞게 되는 것이다. 그런데 곰곰이 생각해보면 십 대 후반 고등학생의 신분으로서 이렇게 심오한 이야기를 논제로 다루었던 사실이 참으로 대견스럽다. 이미 산전수전을 다 겪은 사람들처럼 우리는 아주 진지하게, 그것도 얼굴을 붉혀가면서까지 각자의 논리를 펴고 있었던 것이다. 그러나 이런 생각이 든다. 여기에서 우리는 각자 자신의 주장을 관철시키고자 하는 욕심만 있었을 뿐이었지, 상대 이야기를 조금이라도 이해해보려고 노력하지는 않았다는 것이다. 지금도 그럴까? 아마 그때와는 사뭇 다를 것이다. 우선 내 주장을 펼치기 전에 상대방의 이야기에 귀를 기울여야겠다고 의지를 갖췄을지도 모른다. 연륜의 차이라는 것이 그렇게 크지는 않더라도 지금 생각해보면 스스로를 통제하는 능력을 얼마만큼은 배양했을 것이라는 생각이 든다.

번지점프를 경험해보지는 못했지만, 번지점프는 아마 죽음 가까이까지 가 보기 위한 체험방법일 것이다. 우선 그 느낌은 공포와 불안의 극치일 것으로 짐작된다. 번지점프에서의 공포와 불안은 곧 죽음 직전의 느낌이라고 할 수가 있다. 번지점프는 죽음 직전의 공포와 불안으로부터 쾌감을 도출해내는 어느 한 방법에 속할 것이라는 생각을 해본다. 다만 번지점프 각각의 과정에는 철저하게 안전장치가 마련되어 있을 것이다. 그러나 한편으로는 만에 하나 줄이 끊어질지도 모른다는 생각을 피할 수가 없다. '만에 하나'라는 이 짧은 문장 속에는 번지점프를 즐길수록 죽음과의 거리는 좁혀진다는 계산이 들어있다. 그럼에도 번지점프를 한다. 래프팅에서, 낙하하는 급류에 몸을 맡겼을 때의 그 스릴, 절벽타기에서의 아슬아슬함, 스포츠카의 광란의 질주에서 느끼는 스릴도 공포로부터 획득하는 쾌감이다. 쾌감이라는 언덕너머에 죽음이 있다면 죽음은 우리가 늘 갈망하고 있는 욕구는 아닐까? 우리의 일상 하나하나의 바로 뒤편, 그 가까운 지척에는 우리가 원하든 원치 아니하든 바로 죽음과 연결된 통로가 있다. 어쩌면 우리는 자신도 모르는 사이에 아슬아슬한 죽음과 생존의 교차로에서 공포로부터 산출되는 쾌감을 만끽하면서 살고 있는지도 모른다.

욕심과 희망 사항은 같을 수는 없다. 심취해보면 희망 사항은 어느 상대도 없이 혼자서 갈구하는 것이다. 욕심에 비하면 희망 사항은 오염되지 않은 맑은 공기다. 그러나 욕심이라는 단어는 누군가 비교 상대가 없으면 어울리지 않는다. 욕심은 타인과의 경쟁에서 이겨서 선점하여야겠다는 측면이 강하다. 또 욕심은 강제로 빼앗거나 지극히 도발적이어야 한다는 것이다. 별 노력 없이도 쉽게 손에 넣을 수 있다면, 또한 아무런 생각도 없는데 저절로 굴러들어 온다면 욕심이란 낱말이 성립할 수가 없다. 이미 욕심을 갖고 있지 않았으므로 그러한 경우 욕심이라기보다는 욕심을 가진 자의 입장에서는 굴러 들어왔다고 하여 횡재라는 단어를 쓴다. 그런데 이 말에는 논리적 모순이 있다. 욕심을 갖고 있지 않았는데, 어떻게 욕심을 가진 자라는 표현이 가능한가? 이 경우 욕심을 가진 자의 입장이라고 함은 욕심을 품고 있지 않았을지언정 횡재를 맞는 순간 욕심은 불현듯 솟아난다는 뜻이다. 횡재를 맞는 순간은 충격적이지 않는가? 그 충격적인 마음, 날 듯이 기쁠 수도 있고 불안할 수도 있다. 그것이 곧 욕심의 표출인 것이다. 만일 이 논리가 해당이 되지 않는다면 그는 정말 해탈한 사람이다. 횡재로부터 얼핏 보면 욕심이 채워지는 것이라고 생각되지만, 욕심이 채워진다는 것은 욕심이 해소가 된다는 뜻이 아니고 욕심의 그릇만 커진다는 뜻이다. 욕심은 화수분의 원리와 같아서, 일단 욕심을 갖기 시작하면 그 그릇은 무한히 커진다. 욕심은 커질수록 욕심을 담는 그릇은 커지고 그릇이 커질수록 욕심도 커진다.

무릇 오욕이라고 하면 식욕, 색욕, 수면욕, 명예욕, 물욕이 여기에 해당한다. 열거한 욕심 말고도 사안별로는 무수히 많은 욕심이 우리를 지배하고 있다. 위에서의 언급과 같이 흔히 욕구를 '채운다'고 한다. 욕구의 그릇은 욕구로 채우는 것이 아니고 대체로 마음을 비움으로써 욕구의 그릇은 채워지는 것이다. 모든 욕심에는 각각 해소방법이 있다. 그 작용이 육체로부터 나온다면 생리적인 욕구이고 정신으로부터 나온다면 마음의 욕구라고 할 수 있다. 우선 매우 단순하고도 원시적인 방법으로 식욕은 먹으면 해소가 되고 수면욕은 잠을 자면 해소가 된다. 명예욕과 물욕은 그 저장 용기의 크기가 한정이 없다. 절대 다른 방법으로는 해소할 방법이 없고 마음을 비워야만 해소할 수가 있다.

색욕도 비워 해소할 수가 있으나, 그 메커니즘이 명예욕이나 물욕과는 다르다.

굳이 문자를 쓰자면 욕구는 본능이고 본능은 그 바탕이 자아[4]의 원초, 즉 원초아[5]다. 원초아는 우리가 잘 아는 '원초적인 본능'이라는 문구에서도 잘 드러나듯이, 그것은 쾌락적 욕구의 원천이며 내가 태어남과 동시에 존재하던 발가벗은 자아라고 해도 무방할 것이다. 원초아는 자아의 갈등을 통하여 초자아[6]로부터 통제될 수가 있다. 본능은 자기와의 싸움을 거쳐 자기 내면에 체화되어있는 윤리의식으로부터 통제가 될 수 있다는 말이다. 초자아는 정화된 의식으로의 유도기제이며, 가정교육으로부터 발달하는 양심과 자아이상이라는 두 가지 과정에 의해 형성된다. 중요한 것은 보고 듣는 것만으로 초자아가 형성되지는 않고 생각을 함으로써 형성된다는 점이다. 생각을 한다는 것. 이 책이 전하고 싶은 단 한마디가 바로 그것이다. 자아의 상태에서 어느 한계에까지 깊게 생각을 하다 보면 마침내 생각의 종점에 달할 것이다. 생각의 종점, 그곳이 곧 초자아가 아닐까? 초자아는 말 그대로 자아를 초월한다는 뜻이니 아무 생각이 없다는 뜻일 것이다. 아무 생각이 없다는 말은, 아무런 욕심이 없다는 말이다. 욕심이 없다는 말은 욕동(欲動, drive, 욕망의 원인)을 일으키지 않았거나 욕동에 맞서 초자아의 통제기능이 발휘된다는 뜻이다.

색욕은 생리적인 욕구다. 생리적인 욕구는 생리적으로 해결하여야 한다. 즉, 배출하여 비우는 것이다. 여기서 배출의 행위는 지금 우리가 상상하고 있는 그 작위적 행위이고 비우는 행위는 행위라기보다는 기관의 작용이다. 좀 더 완전한 색욕의 해소방법으로는 거세라는 방법이 있다. 말 그대로 뭔가를 자르거나 차단하여 생식기능을 잃게 해버리는 경우인데, 거세도 물리적 거세와 화학적 거세로 나누어진다. 이러한 경우, 돌출된 생식기만 잘라버린다고 해결될 일이 아니라는 것이다. 이를테면 정낭이 비워지지 않는다면 정낭과 대뇌의 소통으로 욕구는 그대로 유지된다는 뜻이다. 정낭을 비우는 방법으로는 행위로 비우거나 외과적 수술로 비우거나 화학적 작용으로 비울 수가 있다. 그리고 초자아를 발휘하여 감정을 마음으로부터 비움으로 색욕을 해소할 수가 있다.

비움에 대한 원리는 '우주 산책 편– 비움과 채움의 딜레마'에서도 설명이 있다. 곧 비운다는 것은 채운다는 것과 같다는 설명이다. 밀폐된 용기 속에 채워져 있던 공기를 모조리 빼면 진공으로 다시 채워진다는, 말 같지도 않는 소리로 설명을 하고 있다. 상식으로도 선뜻 이해되지 않는 소리일 것이다. 그러나 마음속에 응고되어있는 그 상식만 비운다면 이해가 갈 수도 있지 않을까 하는 생각이 든다. 우선 어떤 그릇에 물이 채워지면 그 물을 비우고 나면 그릇에는 더 이상 뭔가가 담겨있지 않듯이, 색욕이라는 감정이 엄습해오면 감정이 담긴 그 마음을 완전히 비우면 된다. 마음을 비운다는 것은 곧 욕구를 채우는 효과와 하나도 다를 것이 없다. 따라서 용기 속의 공기를 비우면 진공으로 다시 채워질 것이라는 논리와도 같이 마음속에 있는 색욕의 감정을 비우면 정화된 마음으로 다시 채워지는 것이다.

마음속의 욕구를 완전히 비우고 나면 이제 배려와 헌신이라는 낱말이 등장한다. 배려와 헌신은 이타심의 발로이다. 누군가를 위하여 "자신의 목숨을 초개처럼 버렸다."라는 말이 있다. 이 말에 대하여 나는 다음과 같은 의문을 가진 적이 있다. 오직 자기의 자식을 위해 한평생을 바치는 어머니의 삶은 정말 가치가 있는 것일까? 자신이 아닌 그 누군가를 위해 사는 것이 가치가 있는 인생일까? 그 누군가란 어떤 특정한 존재에 한정된 것일까? 인간이 아닌 그 무엇일 수도 있는 걸까? 선과 악을 구분해야 하는 걸까? 그렇다면 한 사람의 악인을 신앙처럼 섬기는 북한 주민들은 하나같이 이 세상에서 불필요한 존재들일까? 여기에 대하여 내가 얻은 결론은 이렇다.

누군가를 위해 희생한다는 것은 그 자체로 가치가 있는 행동이다. 헌신이란 낱말은 어디에서나 그 의미가 긍정적으로 해석된다. 다만 사회적 역학관계를 고려하지 않는다면 대를 위해 소를 희생하는 것은 두말할 나위가 없고, 비록 결과가 목적과는 모순의 관계로 귀결될지라도 어느 개체가 또 다른 어느 개체를 위하여 희생한다는 것은 그 행위만으로 볼 때 가치가 있다. '어머님의 은혜'는 차치하고라도 주인의 목숨을 지키기 위해 자신을 희생한 어느 강아지의 이야기나 평생을 사람 대신 일만 하다가 사람을 위해 기꺼이 목숨을 바치고 가는 소의 일생은 필자가 보기에는 참으로 숭고하고 가치가 있다.

## 자연적인 것은 아름다운 것인가

사진이나 그림에서의 구도라든가 시각적 황금비율이라는 개념은 우리 의식이 습숙 효과로부터 취득하는 선호도에 기인한다. 늘 해오던 일들, 일상에서 늘 있던 것이 갑자기 없어지면 허전하듯이 뭔가가 어딘가에 놓여 있을 때 자연스러운 것이 어색하지도 않고 보기가 좋다. 특히 자연적인 것에 가치를 두고 있는 수석작품이나 자연 그대로의 물체를 이용한 작품은 자연에 가까울수록 좋다. 꽃병의 꽃도 생화인지 조화인지 여부에 따라 자연미가 부여되고 생화도 꽃의 선택이라든가 화종끼리의 배합, 다듬는 기술에 따라 자연스러운 것과 그렇지 못한 것이 된다. 자연적인 것과 인공적인 것에 가치를 부여하는 것을 예로 들자면 수석만 한 것이 없을 것이다. 수석 중에는 자연에서 수집한 그대로가 곧 작품이 되는 경우도 있고 자연석을 인공으로 다듬어 작품으로 만드는 경우가 있다. 이와 같은 경우에 두 작품이 똑같은 형체라면 인공이 조금이라도 가미된 작품보다는 자연 그대로의 작품이 훨씬 더 가치가 있다는 사실은 굳이 수석전문가가 아니라도 알 수가 있다.

비슷한 사례로 조경석 중에 자연석과 굴림석이 있다. 평생을 건설기술자로 종사했었고, 몇 해 전부터 법원감정인으로 업종을 바꾼 필자는 건설업과 관련하여 분쟁이 생기면 곧장 달려가는 곳이 건축이나 토목분야의 현장으로, 조경은 자주 접하는 메뉴다. 가끔은 돌 하나도 가치를 따져 봐야 하는 감정인으로서는 잘 생긴 돌은 당연히 가치가 있어 보인다. 그러나 자연과 非자연 사이에서 가끔 갈등에 직면하는 경우가 있다. 자연석은 말 그대로 자연에서 적당한 크기로 할석이 되어 자연적으로 마모된 석재이고, 굴림석은 석광에서 폭약으로 발파하여 채취한 발파석을 선별하여 기계에 넣고 인공으로 마모시켜 자연스럽게 만든 석재를 말한다. 즉, 기계에 넣고 굴린다는 뜻으로 굴림석이다. 주로 조경작품을 감상할 때에는 화각이 대체로 넓은 원거리에서 이루어진다. 조성 후에 보면 둘 다 이끼가 돋지 않은 상태라면 자연석과 굴림석의 차이는 그다지 크지 않다. 그러나 우리는 조경석 하나도 인공적인 것 보다는 자연적인 것을 선호하고 거기에 더 가치를 부여한다.

수천 년의 세월은 물로 바위를 깎는다. 물로 바위를 깎는다는 말은 다분히 철학적인 언어다. 그러나 여기서는 물리적인 관점에서의 이야기다. 즉, 물로 바위를 깎는다는 말은 위치에너지를 동력으로 하는 물의 포집 및 유하 작용에 대한 설명이다. 물이 돌이나 모래를 포집하여 유하할 때 그 마찰로 바위가 마모된다는 뜻이다. 작은 돌은 위치에너지의 소비로 스스로 굴러 마찰을 얻지만, 움직임이 없는 큰 바위는 다른 돌에 의하여 마찰을 얻는다. 수천 년에 걸쳐 물과 시간이라는 예술가에 의해 공동 제작된 수석은 시간적 가치로는 수천 년의 가치를 가진다고 볼 수도 있다. 이른바 돈으로 바꿀 수 없는 가치에 해당하는 것이다. 그렇다면 과연 자연적인 것과 인공적인 것의 가치는 그토록 차이가 있는 걸까? 자연은 인공보다 더 아름다운 것일까?

바위가 그 속내를 드러내놓고 있는 산들은 대체로 아름다운 산으로 분류되고 있다. 금강산, 설악산, 도봉산 등등 기암괴석, 아슬아슬한 낭떠러지, 인고의 세월을 바람에 스치고 깎여 언제나 원천의 모습이

드러난 채로 하늘을 뚫고 있는 바위산, 인공으로는 도저히 흉내조차 낼 수 없는 이토록 아름다운 풍광을 일러 자연이라고 일컫는다. 자연이 빚은 결과, 즉 자연 자체에도 인공적이거나 인공적으로 보이는 것이 많다. 산사태가 그렇고 오랜 시간 풍화작용이나 기후변화에 의하여 큰 바위에서 박리되어 나가 산언저리에 쌓인 암석의 파편들이 그렇다. 여기에서 채취한 암석의 파편들은 대개가 발파석의 파편과 형태상 별다를 게 없다. 자연이지만 결코 아름답다고는 볼 수가 없는 광경이다. 가치로 따져도 이 파편들은 발파석보다도 오히려 가치가 없는 폐기물일 뿐이다.

보석은 아름답기에 보석이라고 한다. 그러나 보석이 갖는 가치는 희소성에서 부여받는 것이다. 똑같은 성분이지만 하찮은 돌 하나도 달에서 가져온 월석과 지구의 땅에서 채취한 돌의 가치는 엄청나게 다르다. 그러나 조경을 하는데 그 많은 석재를 월석으로 사용했다고 치자. 여기서 구입비는 무시하고 운송비용은 공급자부담이라고 하자. 성분도 모양도 지구의 돌과 다르지 않다면 그 월석은 그로부터는 조경석일 뿐이다. 그림에 별 조애가 없는 사람들은 대체로 사진처럼 사실적으로 표현한 그림을 잘 그린 그림으로 이해하며 실물과 닮을수록 더 높은 가치를 부여한다. 반면 피카소, 칸딘스키, 달리 같은 거장들의 작품들은 우리가 보기에 비 자연스러운 것들이 많다. 살바도르 달리의 「기억의 지속」이라는 그림은 벽시계가 빨래처럼 널려있다. 내가 보기에 이 그림은 아름답다기보다는 공상과학만화처럼 신기할 뿐이다. 달리가 아니라면 걸어두고 감상할 정도까지는 아니라는 뜻이다.

있어야 할 자리 또는 없어야 할 자리에 무엇이 있다거나 없는 것도 자연적임을 결정짓는 요소가 된다. 현실적인 것, 즉 있어야 할 자리에 있고 없어야 할 자리에 없는 것이 곧 자연적인 것이다. 차제에 고백하건대 필자가 청소년기에 또래들과 어울려 다니면서 동네에서 '천인공노할' 온갖 짓궂은 행동으로 어른들의 눈총을 받았던 적이 한두 번이 아니었다. 하루는 달빛도 으스름한 밤에 해안에 걸쳐져 있는 소형낚싯배를 칠팔 명의 장정들이 들쳐메고 주인 몰래 백여 미터나 떨어져 있는 신작로에다 옮겨놔 버리고는 시치미를 뚝 떼고 지낸 적이 있었다. 자고 나니 해안에 걸쳐놓았던 자기의 배가 온데간데없이 사라졌고, 주민들의 눈에는 바다에 떠 있어야 할 누군가의 배가 차도에 덩그러니 세워져 있다고 상상해보라. 여기서 배 주인이 본 것은 있어야 할 자리에 없다는 것이었고, 동네주민들이 본 것은 없어야 할 자리에 뭔가가 있다는 부자연스러운 사실의 목격이다. 우리의 만행은 요즘 유행어로 '웃어보자고 한 일'이었고, 말로 치면 '농담으로 한 일'이었다. 그러나 배 주인 입장에서는 하루 일을 망쳤을 것이고 배를 원래 자리에 옮기는 데 비용이며 상당한 손해를 입었음은 두말할 나위가 없었으리라. 하물며 이 이야기를 소재로 다룬다는 자체가 참으로 철면피 같은 행동이 아닐 수 없다. 그때의 배 주인께 송구스러운 마음 금할 길 없고, 이를 반성하는 차원에서 만방에 고하는바 널리 용서를 바랄 뿐이다.

* * * *

10월이 저물어 가면 가수 이용의 잊혀진 계절이 떠오른다. 가수 이용은 잊혀진 계절 노래 하나 가지고 일 년마다 히트를 친다. 오늘도 창밖에는 가을비가 주룩주룩 내 가슴을 적시고 있다. '창밖에'하면 조용필의 「창밖의 여자」가 생각이 나고, 오늘처럼 가을비가 주룩주룩 내리는 날에는 가을비에 묻어있는 추억 속에서 나는 또 하나의 노래를 생각하게 된다.

"그리움이 눈처럼 쌓인 거리를/ 나 혼자서 걸었네 미련 때문에/ 흐르는 세월 따라 잊혀진 그 얼굴이/ 왜 이다지 속눈썹에 또다시 떠오르나/ 정다웠던 그 눈길 목소리 어딜 갔나/ 아픈 가슴 달래며 찾아 헤매이는/ 가을비 우산 속에 이슬 맺힌다."

가수 최헌의 「가을비 우산 속」이다. 최헌은 위와 같은 쓸쓸한 노래를 남기고는 몇 년 전에 갔다. 우리는 아름다운 음악을 일컬어 "참 주옥같다."라고 표현한다. 주옥은 구슬과도 같은 영롱함이다. 그런데 주옥같은 음악을 조용히 눈을 감고 거기에 취해보면 한편으로는 슬프다. 정말 슬프다. 그래서 슬픈 노래는 영롱한 구슬처럼 아름다운 것이다. 아름다운 것은 인간으로서 갈망하고 지향하는 것이다.

말이 씨가 된다는 속담이 있다. 바라는 바를 줄기차게 요청하면 성취되는 것이나, "두드리라! 열릴 것이니."라는 성경의 말씀도 같은 맥락이다. 슬픈 노래를 자주 부르면 그 인생이 슬퍼지는 것 같다. '보내야 할 당신'으로 시작되는 배호의 「당신」, 차중락의 「낙엽 따라 가버린 사랑」, 김정호의 「이름 모를 소녀」, 김현식의 「내 사랑 내 곁에」, 그 외에도 분위기 있고 주옥 같은, 슬픈 노래를 부른 많은 가수들이 슬프게도 일찍 떠나버리고 말았다. 죽는다는 이야기 중에 농담같이 들릴 수 있는 참 미안한 소리지만, 평생을 우리에게 웃음만을 주고 간 코미디언 이기동은 당시 최고의 유행어 '아~ 어디론가 멀리 가고 싶구나!'를 연발하다가 끝내 우리가 알 수 없는 그 어디론가 멀리 떠나버리고 말았다. 살고 싶다면 특히 말조심을 해야 한다는 뜻이리라. 곰곰이 꼽아 보면 나의 18번 곡들도 대체로 음울하거나 템포가 느린 노래일색이다. 기회가 되면 다음부터는 좀 더 경쾌한 노래를 불러야겠다.

앞에서 설명이 있었지만 슬픈 노래는 주옥과도 같고 주옥이란 아름다운 것이라고 했다. 주옥은 영롱한 보석이며 그 실체는 암석으로 곧 자연이다. 그렇다면 그들의 슬픈 노래는 자연의 범주에 있다. 그들의 노래가 자연이듯이 그들은 한 줌의 탄소로 회귀하여 자연으로 돌아간 것이다. 그들은 이제 자연이다. 우리는 자연으로부터 와서는 자연과 더불어 살다가 자연으로 돌아가는 것이다. 우리는 슬픈 노래를 남기고 간 그들을 때때로 그리워한다. 자연으로 돌아간 그들을 그리워하고 자연으로서의 노래를 그리워하는 것이다. 떠나가 버린다는 것, 지나가 버린다는 것, 흘러가 버린다는 것, 가버리고 없다는 것은 자연으로 돌아간다거나 돌아갔다는 뜻을 설명하는 또 하나의 메타언어다. 가을비가 내리는 쓸쓸한 날에는 「가을비 우산 속」이 생각이 나고 사랑하던 당신이 멀어져 갈 때는 배호의 「보내야 할 당신」이 생각이 난다. 그러다가 어느 날 사랑이 추억처럼 밀려올 때면 그때의 「이름 모를 소녀」가 생각이 난다. 아! 나는 자연이었기에 지나간 것은 그렇게도 그리워지는가 보다.

# 인생을 살아가는 방법에 대하여

## 1. 표절 시비에 대하여

가끔 표절 시비가 지면을 장식하는 경우가 있다. 그럴 때마다 드는 의문은 우연히 자신의 생각과 이미 발표된 누군가의 작품이 내용 면에서 일치할 수도 있지 않을까 하는 것이다. 과연 자기의식으로부터 순수하게 창출되는 창작의 범위는 어디까지이고 표절은 어디부터 시작되는 것일까? 자기 내면에 체화되어있는 지식은 그 전부가 자신의 고유한 지식이며 그로부터 도출되는 정보가 창작인가? 우리 기억 속에 담겨있는 지식은 우리의 정신 속에 내재해있던 자아로부터 자연발생적으로 생산되지는 않았을 것이다. 언젠가 또는 어디선가 그 누구로부터 전수받았거나 학습을 통해 축적되어 있던 것을 자신의 논리를 첨가하여 약간의 각색을 통하여 재생산해내는 것이 아닐까 하는 생각이다.

"우리의 영혼은 불멸할뿐더러, 거듭 태어나서 이 세상의 것이든 저승의 것이든 모든 것을 다 보았기에 혼(魂)이 배우지 못한 것은 아무것도 없다. 그러므로 어떤 문제의 답이든 자력으로 찾아내지 못할 이유가 없다. (플라톤)" 인류의 스승 플라톤의 가르침으로 비추어본다면, 필자의 생각에 오류가 있을 수 있다. 전생에서 습득한 잠재적인 지식을 자신의 머리에서 도출해낸다면 현생에서는 그것이 자연발생적인 현상으로 비칠 수도 있기 때문이다. 그러나 억겁의 세월 속에서 태어나고 죽는 것을 반복하다 보면 플라톤의 말씀처럼 혼이 배우지 못한 것은 없을 터, 전생에서 배운 지식이 현생의 누군가가 발표한 지식과 유사할 수도 있고, 전생은 나에게만 있는 것이 아니니 또 다른 전생이 나의 전생과 만났을 수도 있고, 현생에서 배운 지식이 그 누군가와 동일한 책을 읽고 습득했거나 동일한 교수법으로 가르침을 받았다면 우연히 유사한 문장을 구사할 수도 있지 않을까?

필자의 경우, 일상생활이나 작업 중에라도 글을 쓸 소재가 떠오르면 그때그때 핸드폰에다가 메모를 해둔다. 모아둔 메모를 '내게 쓰기' 기능을 이용하여 메일로 보내고는 PC에서 유사한 성질들의 문장들끼리 모아서 본격적으로 살을 붙여가며 글을 만들어낸다. 글을 쓰다 보면 문득 기발하고 멋진(자아도취에 빠져!) 문장이 떠오를 때가 있다. 이때는 정말 가슴이 두근거린다. 글을 쓰는 재미는 이때 느끼게 되는 것이리라. 요즘은 한글파일 자체에 맞춤법 검사 기능이 있어 띄어쓰기 같은 간단한 맞춤법 오류는 스스로 지적해주니 이 부분은 참 쉽다.

글은 보통 필자와 독자 사이에 공감대가 형성될 것이라는 막연한 기대 속에서 쓰이는 것이다. 내가 글을 쓰게 된 동기는 불과 4~5년 전, 다니던 회사를 그만두고 대략 3년간의 기간 동안 1백여 권의 책을 연달아 읽으면서부터다. 절대로 나의 머릿속에서 그 어려운 뭔가를 스스로 창조할 수는 없다. 얄팍한 지식을 얄팍하게 모사하는 것일 뿐이다. 나의 지식이라고는 직업적인 것 외에는 우주에 관한 약간의 호기심과 학창시절에 심취했던 그림공부의 일천한 경험이 전부였고, 머릿속은 허공처럼 늘 텅텅 비어있었다. 그러나 책을 접하고부터는 어느새 나의 머리가 구름이 걷히듯 맑아지는 것을 느낄 수가 있었다. 내가 읽은 책의 저자들마다에 배어있는 수많은 노력의 결정들이 나의 정신에 스며드는 것이었다. 어쩌면 그렇게 체화된 지식들로부터 나는 인생을 표절하고 있는지도 모른다.

세상을 살면서 나는 중요한 부분을 독학으로 해결하고 있다. 고등학교 때 음악은 주로 당시의 유행가에만 귀가 뚫려있어서 클래식은 전혀 감정을 느낄 수가 없었다. 나는 그 이유를 나의 의식이 천박한 탓이라 생각했다. 그렇다면 자꾸만 듣다 보면 뭔가 느끼는 바가 있지 않을까 하고 싫지만, 클래식을 억지로 듣기 시작했다. 지금은 그토록 마니아는 아니지만, 뭐가 아름다운지는 느낄 수가 있고 거기에 도취될 수가 있다. 책도 마찬가지다. 철학! 참 난해한 부분이 많다. 무슨 뜻인지 알 수 없는 난해한 내용 앞에서 책을 읽다가 덮고 만 경우가 한두 번이 아니다. 그러나 읽고 또 읽기를 거듭하면 마침내 이해되는 부분이 나온다. 최근의 독서법에 대하여 특기할 사항은 책을 읽을 때 내용도 내용이지만 기교에 관심을 두고 읽는다는 점이다. 젊은 날에는 책을 읽었던 것이고 지금은 글을 읽는다고 할 수가 있다.

나는 나를 표절하고 있는지도 모른다. 나는 인생의 거의 모든 시기를 나를 향해 달린다. 어떤 사람은 현실의 자신을 벗어나기 위하여 또는 하위그룹에서부터 상위그룹으로의 승급을 꾀하기 위하여 거의 모든 인생을 소비하는데 나는 이미 정해진 나를, 나보다 먼저 앞을 가고 있는 자신을 좇아가는 것으로 인생 대부분을 소진하고 있다. 머릿속에는 든 것이라고는 없는데, 이상은 높아 앞서가는 누군가의 뒤를 밟고 있는 자신을 따라가고 있는 것이다. 세상을 살다 보면 이상형이 있듯이 누군가 닮고 싶은 사람이 있다. 위인전기를 읽고 감명을 받은 나머지 그의 인생을 실천에 옮겨 성공하는 예는 자주 들리는 이야기다. 우리가 미리 정해둔 자신의 이상을 표절하고 있듯이 자신도 모르는 사이에 그 누군가의 인생을 표절하기 위해 오늘도 노심초사 하루를 살아가고 있는지도 모른다.

## 2. 성공의 비결

"앞을 내다볼 줄 안다."라는 긍정의 말과 "한 치 앞을 구분하지 못한다."라는 부정의 말이 있다. 바둑에서 일곱 수를 본다느니, 여덟 수를 본다느니 하는 말은 먼 앞의 수까지를 읽는다는 말이다. 선견지명이 있다는 말로도 표현되는, 미래를 볼 줄 아는 안목을 가진 자는 대체로 현명하다는 소리를 듣는다. '현명하다'라는 단어는 '두뇌가 명석하다'라는 말로는 치환될 수 없다. 현명하다는 말은 명석하다는 말보다는 좀 더 포괄적인 의미를 갖는다. 두뇌의 활동은 젊은 청춘기 시절에 절정을 이룬다. 명석한 자는 젊은 시절 한때 바싹 공부를 하여 경쟁자를 물리치고 인생의 우위를 선점하려고 노력한다.

천성은 타고난다거나 세 살 버릇 여든까지 간다는 말은 맞는 말이면서도 틀린 말이다. 그것은 어떠한 노력도 강구하지 않고 자신의 인생을 세월에만 기대고 있을 때의 이야기이다. 노력을 하지 않는다면 버릇이 여든까지 갈 수가 있다. 위에서 '젊은 시절 한때'라는 표현을 썼지만 여기에 나이제한은 없다. 또한, 그 구체적인 기간은 일 년이면 족하다. 절망에서 벗어나기 위하여 뭔가를 계획했을 때 1년간만 그 절망의 강도만큼만 꾸준히 노력해보자. 아무리 어려운 난관도 1년이면 해결이 되거나 바로 도달하지는 못하더라도 절망으로부터의 도피는 가능하다.

불가능이란 없다. 거듭 이야기하지만, 절망의 강도 만큼이라고 했다. 절망의 강도만큼, 무슨 일이든지 1년만 노력해보자. 보통사람이라면 단 1년만 바싹 노력해도 자신의 환경을 완전히 바꿀 수가 있다. 환경이 바뀌면 버릇이나 성격은 바뀌기 마련이다. 웬만한 일은 1년 안에 해치울 수가 있고, 난해한 일이라도 1년이면 반을 이룰 수가 있다. 시작이 반이라는 말이 있지 않은가? 시작이 된다면 모든 일은 시간문제일 뿐이다. 포기만 없다면 희망이 동력으로 함께하면서 언젠가는 고지에 도달하게 된다. 참으로 간단한 방법임에도 중도에 포기해 버리는 경우가 '대부분'이다. 현명한 사람은 이 '대부분'이라는 낱말을 이용한다.

인생은 자기와의 싸움이라고 했다. 자기와의 싸움에서 성공하는 사람들은 그리 많지가 않다. 남들이 '대부분'이라는 그 낱말 속에 침잠해 있을 때 혼자서 소리 없이 고지를 점령하는 사람들이 곧 성공하는 사람들이다. 이와 같은 행동은 뭔가 노력을 하여 자신을 향상해 나간다는 점에서는 현명한 처사가 될 수도 있고 경쟁자를 의식하면서 꼴 방에 틀어박혀 공부만 한다는 측면에서는 비굴한 행동일 수도 있다. 그러나 비굴한 행동이라고 하여 자신을 희생하겠다는 이유로, 또는 일시적인 육체의 고단함 때문에 인생을 포기하겠다면 그게 어디 현명한 처사라고 할 수 있겠는가?

그런데 지금 필자가 전하고 있는 성공에 대한 이 충고는 믿을 수가 없다. 무자격자의 정보이므로 사실과는 거리가 있을 수 있다는 뜻이다. 필자는 본인의 인생이 실패작이었다는 사실을 스스로 인정하기까지 유아기를 포함하여 육십 년의 세월이 걸렸다. 일 년만, 일 년만 하면서 보낸 세월이 육십 년이다. 이 나이가 되기까지 줄곧 생각하는 것이 언젠가는 뭔가를 이룰 수 있을 것이라고 거의 확신에 찬 희망을 고수하고 있었다. 지금도 책을 낸다거나 사회활동을 한다는 등의 소박한 희망은 멈추지 않고 있다. 필자의 일 년은 언제까지 계속될지는 필자 자신도 모르고 있다.

앞을 보는 안목에는 넓거나 좁은 시각, 즉 시각(視角)의 폭이 포함된다. 앞을 보는 안목을 가진 사람은 대체로 시각의 폭이 넓다. 두뇌는 명석하나 시각이 좁으면 현명하다고는 할 수 없다. 현명한 사람은 시각이 넓고 앞을 내다보는 안목을 가져야 하고 언제나 중심이 바로 서야 한다. 바둑판 전체를 훑어보면서 대마를 어떻게 잡을 것인가를 궁리하는 것과 대마만을 집중하면서 대마를 어떻게 잡을 것인가를 궁리하는 것은 다르다. 참고로 필자는 오목만 둔다.

나비효과라든가 개미의 발놀림이 지구를 진동시킨다는 말은 무지몽매한 지구인을 우롱하는 처사로만 들린다. 한마디로 과학자들의 하나같이 간교하고도 과장된 성격을 대변해주고 있는 것이리라. 아무리 세상을 말로 표현해버릴 수 있는 것이라고 하더라도 지구 반대편에 있는 나비의 날갯짓으로 어떻게 태풍을 만들어 낼 수 있으며, 개미의 발놀림에 의한 지진동으로 지반 위에 파장이 어떻게 형성될 수가 있겠는가? 그러나 의미를 두고 곱씹어보면 이것이 곧 시각의 폭이라는 생각이 든다.

바둑의 대마 이야기와 비슷한 경우로 숲과 나무 이야기가 있다. 뭔가를 근시안적으로 보는 사람에게 나무를 보지 말고 숲을 보라고 이야기한다. 이것을 더 발전시킨다면 '숲만 보지 말고 산을 보라!'가 된다. 이 또한 부족하면 '산만 보지 말고 대륙을 보라!', '대륙만 보지 말고 지구 전체를 보라!' 여기서 성질 급한 사람은 '볼 것은 다 보아라!' 하고는 끝낼 것이다. 아직 끝나지 않았다. '지구를 보지 말고 그대 자신을 보라!' 자신을 관찰하고 끊임없이 반성해 나가는 것. 그것이 곧 성공의 비결이다.

## 인격을 구성하는 요소

'싱크로니 현상'이라는 용어가 있다. 부부는 닮는다는 말이 있듯이 주변을 닮아가는 현상이다. 매운 청양고추밭에 맵지 않은 일반고추를 함께 심으면 각각의 특성을 서로 나눈다고 한다. 진화론의 원리도 아마 이와 비슷할 것이다. 고추가 서로 닮아가듯이 그렇게 진화(또는 퇴화)해 나가다 보면 마침내 모든 사람은 얼굴이고 성격이고 하나의 모습이 될지도 모른다. 매운 고추와 맵지 않은 고추가 서로 상대를 닮아가다 보면 이 세상에 맵거나 싱거운 맛은 사라져버릴지도 모른다. 처음 시작한 단세포의 생물이 우리의 가까운 조상이라고 한다면 이 세상의 모든 자연과 현상은 하나의 원소로부터 시작하여 소정의 목적지까지 진화하고는 다시 하나의 원소로 도태되어가고 있는지도 모른다.

우리는 정화되는 중이다. 양치기 소년의 이야기가 있다. 늑대가 나타났다고 몇 번의 거짓말을 하게 되면 동네 사람들이 마침내 각성을 한다는 이야기다. 돈을 차용하고는 갚지 않는 행위도 같은 맥락이다. 만일 A라는 친구가 돈이 많은 B라는 친구에게 며칠 후에 갚겠다고 약속하면서 돈을 빌렸다고 하자. 돈을 빌린 A는 본의 아니게 약속을 어기고 만다. 그런 일이 몇 차례 생기고 나면 돈을 떼인 B는 각성을 한다. 이 각성은 B의 의식 내면에 체화된다. 그리고 후대에 걸쳐서 반복이 된다. 각성의 결과가 마침내 엔트로피를 낮추게 될 것이라는 이야기다. 도대체가 말이 되지는 않겠지만, 그러한 결과는 인간의 보편적인 도덕의 가치로 관념 속에 각인이 되고 이러한 관념이 쌓이고 쌓여서 진화해갈 것이다. 먼 훗날 수천 세대가 지나고 나면 우리 의식에는 선과 악이 극명하게 구분이 되어 행동에 반영될 것이다. 이제 더 이상 속을 사람이 없고 속이고자 하는 행동도 세상에서 사라지고 말 것이다. 지구라는 고립된 계에서 엔트로피를 낮춘다는 이야기는 결과적으로 열역학 제2법칙[7]을 거스른다는 뜻이다. 여기서 법칙이 진리인지 필자의 논리가 진리인지의 문제는  우선 덮어두기로 하자.

진화론을 근거로 하면 대략 2천 년 전 사람들은 현대의 사람들에 비해 생각이나 정신 수준이 무척 미개했을 거라는 생각을 하게 된다. 심지어는 지금의 내가 조선 시대에 존재한다면 정약용쯤 되지 않았을까 하는 망상을 아무런 부끄러움 없이 가져보는 사람들도 있다. 실제로 불과 몇십 년 전의 과거와 비교해보면 우리는 엄청 똑똑해져 보이고 실제로 똑똑해져 있다. 그러나 그것은 자만이다. 플라톤, 피타고라스, 공자, 맹자, 그리스도…. 우리가 알고 있는 선각자들은 2천 년 그 이전의 사람들이다. 우리는 아직도 그들의 이론과 그들의 정신을 배우고 있다. 현재의 우리가 똑똑하게 보이는 것은 우리가 기하급수적으로 발달하여가는 문명의 구성부품으로 자기조직화에 충실하기 때문일 것이다.

우리나라의 평균지능지수가 세계랭킹 2위에 랭크되고 있는 자료가 있다. 지리적 여건을 참고하면 지능지수는 아마 눈치와도 일맥상통하는 것이 아닐까 하는 추측을 한다. 우리나라는 지리적으로 중국, 일본 등 우리에게는 침탈의 경험이 있는 위험한 국가들로부터 늘 포위된 상태에서 여기저기 눈치를 살피면서 긴긴 나날을 유지해 왔다. 눈치를 본다는 것은 그만큼 생각이 많다는 뜻이다. 곧 머리 회전율을 늘린다는 말과도 같다. 그 결과, 지능검사에 쉽게 노출될 수 있는 두뇌의 어느 한쪽으로 발달하지 않았을까 하는 생각이다. 참고로 같은 자료에서 일본인과 중국인의 지능은 우리보다는 조금 아래에 속하나 그들도 여전히 지능이 높다. 우리가 그들의 눈치를 살피는 사이, 그들은 우리나라를 어떻게 하면 손아귀에 넣을 수 있을까 하고 머리를 굴린 결과 그만큼의 지능 수준을 유지하고 있지 않을까? 다만 이 설명은 자만을 버려야 한다는 충고일 뿐 크게 의미를 둘 필요는 없다.

[표] 국가별 평균지능지수 순위그룹

| 순위 | 국가 | IQ | 순위 | 국가 | IQ | 순위 | 국가 | IQ |
|---|---|---|---|---|---|---|---|---|
| 1 | 홍콩 | 107 | 15 | 그리스, 말레이 | 92 | 29 | 잠비아 | 77 |
| 2 | 대한민국 | 106 | 16 | 태국, 코스타리카 | 91 | 30 | 도미니카 | 75 |
| 3 | 일본, 북한 | 105 | 17 | 터키, 페루 | 90 | 31 | 콩고, 우간다 | 73 |
| 4 | 타이완 | 104 | 18 | 라오스, 캄보디아 | 89 | 32 | 케냐, 수단, 남아공 | 72 |
| 5 | 독일, 오스트리아 | 102 | 19 | 콜롬비아, 베네수엘 | 88 | 33 | 코트디부아르, 가나 | 71 |
| 6 | 스웨덴, 스위스 | 101 | 20 | 브라질, 이라크 | 87 | 34 | 카메룬, 르완다 | 70 |
| 7 | 중국, 영국, 벨기에 | 100 | 21 | 필리핀, 미얀마 | 86 | 35 | 앙골라, 토고 | 69 |
| 8 | 스페인, 폴란드 | 99 | 22 | 쿠바, 볼리비아 | 85 | 36 | 중앙아, 소말리아 | 68 |
| 9 | 미국, 호주, 프랑스 | 98 | 23 | 이란, 리비아 | 84 | 37 | 나이지리아 | 67 |
| 10 | 캐나다, 핀란드 | 97 | 24 | 이집트, 사우디 | 83 | 38 | 가봉, 짐바브웨 | 66 |
| 11 | 러시아, 아르헨 | 96 | 25 | 인디아, 방글라데시 | 81 | 39 | 콩고(자이레) | 65 |
| 12 | 포르투갈, 몰도바 | 95 | 26 | 에콰도르 | 80 | 40 | 세네갈, 시에라리온 | 64 |
| 13 | 이스라엘, 루마니아 | 94 | 27 | 코모로, 과테말라 | 79 | 41 | 에티오피아 | 63 |
| 14 | 칠레, 아일랜드 | 93 | 28 | 네팔, 부탄, 카타르 | 78 | 42 | 적도기니, 상투에 | 59 |

필자는 고등학교 3학년이던 시절에 남들보다는 차트 글씨에 재능이 있었던 관계로 진학상황실장 선생님으로부터 특별히 차출되어 졸업 때까지 내내 진학상황실을 관리했던 경험이 있다. 직책이 진학상황실보조였는데 개개인의 생활기록부라든가 여러 가지 비밀스러운 자료들을 마음대로 열람할 수가 있었고 수업시간 중에도 마음대로 드나들 수 있는 특권이 주어져 있었다. 공부 자체를 그렇게도 싫어했던 필자는 가끔 진학상황실 업무를 핑계로 수업시간 중에 슬며시 빠져나오

거나, 등교 시간에도 교실로 가지는 않고 곧바로 진학상황실로 직행하여 출석체크에는 열외가 되는 경우가 다반사였다. (쉿! 검찰에는 절대로 비밀로 해 달라. 자칫 중졸이 되어버릴 수도 있다.) 진학상황실은 건물의 맨 꼭대기 층에 있는 데다가 선생님들이나 학생들의 왕래가 거의 없는 외진 곳에 있었기 때문에 내방처럼 조용하고 아늑했다. 한날은 자료를 뒤척이다가 마침 우리 반의 개인별 지능지수조사표를 펼쳐보게 되었는데 그 내용은 엄청난 사건이었다. 필자는 이제까지 사람의 아이큐는 세 자릿수고 강아지 아이큐가 두 자릿수에 해당한다고 알고 있었는데, 우리들의 아이큐가 거의 두 자리였다는 것이다. 필자는 간신히 턱걸이를 했다. 여기서 처음 발견한 필자의 지능지수는 강아지보다 조금 높은 100이었다는 말이다.

"그대가 모른다는 것을 아는 것, 그것이 진정으로 아는 것이다." 소크라테스의 가르침이다. 모른다는 것은 안다는 것보다 훨씬 수준이 높다. 일상에서는 오만한 자와 겸손한 자의 차이가 여기에서부터 나타난다. 다만 무지 또는 무식한 것과 모른다는 것에는 차이가 있음에 주의하자. 무지는 방관자의 자세 그 자체이지만, 모른다는 것은 모든 사실을 탐구한 후에야 비로소 그 결과가 도출된다. 안다는 것은 학습을 통하면 도달할 수도 있는 일이지만, 모른다는 것은 그것을 스스로 깨우치지 않고는 도달할 수가 없다. 즉 아는 것은 논리나 계산에 의해 증명해낼 수가 있지만, 모른다는 것은 딱히 증명할 길이 없음이리라.

진실은 거짓에 대한 상대적인 언어이고, 지식은 모르는 것에 대한 상대적인 언어이며, 진리는 밝혀지지 않은 것에 대한 상대적인 언어이다. 이 말이 명제가 될 수 있을지는 모르겠지만, 만약 이 세상의 진리가 다 밝혀지는 날이 온다면? 우리가 아직 모르고 있는 지식이 모조리 다 밝혀져 더는 배울 것이 없는 날이 온다면? 만일 그렇게 된다면 우리는 무척 무료하게 시간을 보내야 할지도 모른다. 사는 게 무료할 정도로 이제 모든 것을 알고 있다면 우리는 앞으로 무엇을 희망하면서 살아야 할까? '왜?'라는 의문문과 의문부호, 이 세상의 모든 궁금증은 사라질 것이고, '잠정적인', '아마 그것은', '대략적' 등 데이터의 추정치 같은 것은 이제 필요가 없을 것이다. 모든 미래는 정해져 있고, 나의 앞길을 훤히 내다볼 수가 있다면 우리에게 이제 희망이란 없다.

그런데 과연 모든 것을 안다는 것의 한계는 어디까지일까? 이를테면 정확하게 삼천만 년 후에 나의 존재는 모든 것의 원자가 되어 흩어져 존재할 터인데 이 육신이 바람과 함께, 강물처럼 흘러, 어디로 퍼져서 어떻게 분포해 있는지도 알 수가 있을까? 어떤 개인에게 모든 것을 아는 날이 온다면 그는 신의 경지에 도달한 것일까? 바둑의 고수와 하수는 수를 몇 수까지 읽을 수 있느냐의 차이에서 결정된다고 한다. 인생이 그러하듯이 통찰력의 여부에서 고수가 되거나 하수가 된다는 뜻이다. 그렇다면 진리를 다 알고 있는 어떤 사람의 경우, 바둑판의 19×19에 대한 경우의 수를 한꺼번에 모조리 읽고 있다는 뜻일 것이다. 바둑의 바 자도 모르는 필자가 자주 바둑을 인생에 비추어 예로 드는 것은 바둑에서 경우의 수는 무한하다는 것을 희미하게나마 알고 있기 때문이다. 네덜란드의 한 컴퓨터과학자가 가로세로 각각 19줄인 바둑판에서 돌을 놓을 수 있는 경우의 수를 계산했더니 $2 \times 10^{170}$이 나왔다고 한다. 이 값은 우주 전체에 존재하는 원자의 수 $12 \times 10^{78}$보다 많은 수에 해당한다. 그것은 곧 무한에 해당하는 것이다. 인간이 절대 무한의 경지에 도달할 수는 없겠지만, 만에 하나 인간이 그렇게 되기 위해서는 또 하나의 전제가 붙는다.

진리를 완전히 터득함과 동시에 지능이 그만큼 높아져야 할 것이다. 아니 순서를 바꿔야 한다. 지능이 뒷받침되어야만 모든 것의 진리를 터득할 수가 있을 것이다. 인간의 신체에서 지각을 담당하는 부분은 대뇌피질인데 우리 몸에는 약 1,000억 개의 뉴런이 분포하고 있고, 뉴런과 뉴런 사이에 시냅스라는 회로를 통하여 전기적신호가 전달됨으로써 지각체계가 형성되는 것이라고 한다. 대뇌피질의 뉴런, 즉 신경세포 수는 대략 140억 개로 이루어져 있다고 하는데, 사람마다 조금씩 다르겠지만, 보통사람의 경우 이 중에서 고작 5%인 7억 개만 사용하고 있다는 것이다. 따라서 우리에게는 95% 지능의 잠재력이 지금도 남아있다는 뜻이다. 만약 필자의 경우가 전체지능의 5%를 사용하는 경우라고 가정하고, 현재 지능이 100이라고 한다면 필자가 잠재력을 전부 발휘할 경우 지능은 2천이 된다. 아이큐 2천! 과연 신의 경지가 아니겠는가? 그러나 그것도 $2\times10^{170}$이라는 숫자에는 어림 반 푼어치도 없는 초라한 숫자일 뿐이다.

3년을 읽어도 못다 읽은 책이 있다. 일본의 철학자 미키 기요시가 쓴 「인생론 노트」(1988, 李英朝 역)라는 고작 130쪽짜리 얇은 책이다. 이 책을 접하다 보면 어릴 적에 읽었던 만화가 생각난다. 때는 바야흐로 무림고수들이 서슬 퍼런 칼날을 휘두르며 천하를 주름잡던 고려중엽의 어느 깊은 산중. 한 사람의 무사 지망생이 칼 쓰는 법을 배우기 위해 당대 최고의 무림고수를 찾아가 검법을 배우기 시작한다. 스승은 깎아지른 절벽 위에서 제자를 옆에 앉혀놓고 가부좌를 튼 채로 정신통일의 방법을 제자에게 가르친 다음 검술을 가르치기로 한다. 그러나 스승은 어찌 된 영문인지, 칼 쓰는 법은 가르쳐주지는 않고 허구한 날 하늘로 치솟은 전나무 한 그루를 뚫어지게 쳐다보고만 있으라고 한다. 정신통일을 이루고 나무를 하염없이 바라보고 있으면 나무는 마침내 젓가락처럼 가늘어진다고 한다. 그때는 젓가락 베는 힘만으로도 나무는 베어질 것이라고 했다. 참 허황된 내용 같지만, 무릇 철학의 탐구가 이러한 경지가 아닐까 생각해본다.

포부는 굳건하고 가방끈은 턱없이 짧았던 필자는 젊은 시절부터 가끔 아무 할 일도 없이 서점에 들러보곤 했었는데, 어느 날 문득 눈에 띄는 책을 발견하고 언젠가는 읽어야겠다고, 오직 욕심만으로 구입하여 책장에 꽂아두고는 이십여 년을 잊고 있던 그 책을 비로소 꺼내 든 건 대략 칠팔 년 전, 그동안 책장 속에서 색까지 바래진 미키 기요시의 철학책을 처음 접했을 때 나에게는 그야말로 누런 것은 종이요, 검은 것은 글씨였다. 읽고 또 읽고, 생각하고 또 생각해봐도 도무지 무슨 말인지 이해를 할 수가 없었다. 그러나 세월이 가니 전나무가 젓가락으로 가늘어져 보이듯이 띄엄띄엄, 그것도 어렴풋이 이해가 가는 문장들이 생기기도 하는 것이었다.

필자는 생각이 너무나 많다. 생각이 꼬리에 꼬리를 물고 온통 걷잡을 수 없이 공격을 멈추지 않다 보니 생각을 한곳에다 집중할 수가 없다. 집중력이란 자신의 생각을 이리저리 돌아다니지 않고 한곳에다 머물 수 있도록 강제하는 능력이다. 집중력은 생각이 깊은 것과는 별개다. 생각이 많다는 것은 넓이의 표현이고 생각이 깊다는 것은 말 그대로 깊이의 표현이다. 이 책의 제목은 '가끔 깊어질 때가 있다'이다. 이 책의 제목 앞에는 '나는 생각이'라는 주어가 생략되었다. 궁금증을 유발하여 여러분의 시선을 끌 생각으로 골자를 은폐해둔 얄팍한 상술이다. 생각이 깊다는 것은 사려가 깊다, 우정이 깊다 등과 같이 깊이를 이야기하는 것이고 집중력은 넓이에서 분포하고 있는 생각을 하나의 점으로 모을 수 있는 능력이라는 것이다. 표준편차에서 정밀도가 곧 집중력이라고 할 수가 있다. 정확도가 위치 중심이라면 정밀도는 산포 중심이다. 곧 필자의 생각은 매우 산만하다는 뜻이다.

한편, 생각의 깊이에는 흙이나 모래에서와같이 안식각이 존재하는 것으로 유추된다. 안식각이란 흙이나 모래를 수직으로 올려 쌓거나 파 내려가면 어느 한계에 도달하여 무너져 내리는데, 이때 무너져 내려 사면을 이루고 있는 경사 각도를 말한다. 안식각을 다른 말로는 휴식각(休息角)이라고도 한다. 휴식이라는 말속에는 긴장이 해제된다는 뜻을 함의하고 있다. 즉, 위치에너지가 운동에너지로 교환되고 에너지의 값이 마침내 평정된다는 뜻이다. 여기서 흙 입자 간의 점착력과 내부마찰각의 합으로 무너짐에 저항하려는 힘이 생기는데, 이때의 저항력이 곧 전단강도이다. 전문용어로는 $\tau = C + \sigma \tan \cdot \varphi$이다. 안식각은 점착력은 무시되고 내부마찰각만으로 사면을 이루는 각도이다. 모래를 깊숙이 파내려가면 마침내 무너져내려 안식각을 이루듯이, 생각을 깊숙이

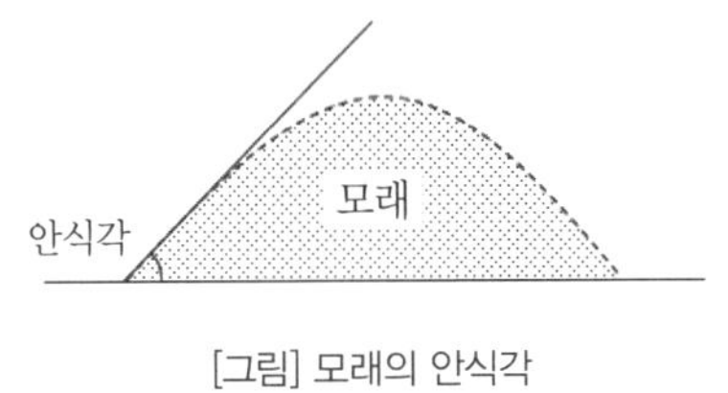

[그림] 모래의 안식각

파내려가면 사람이 곧이곧대로 매우 옹졸하게 변할 것이다. 옹졸하다는 말속에는 갑자기 무너져 내릴 수 있다는 뜻도 포함이 된다. 생각이 넓고 비범한 사람은 모든 것을 포용하여 이미 물처럼 자세를 낮추고 있지만, 옹졸한 사람은 자기의 고집대로만 꼿꼿하므로 언젠가는 무너져 내릴 수가 있는 것이다. 또한, 귀가 얇아 주변의 어떤 작용에 쉽게 동요되고 만다. 생각은 깊으나 융통성이 없다면 그 사람은 매우 옹졸한 사람일 것이다. 사람이 옹졸하게 변해갈 때 융통성이 필요한 것이다. 안식각은 곧 융통성이다.

두뇌로부터 생성된 생각이나 가슴속에 축적된 오래된 관념이 입을 통하여 소리로 변환되어 나타날 때 우리는 그것을 말이라고 하는데, 말에는 '무겁다', '가볍다' 등의 표현과 같이 질량이 존재한다. 말은 침묵에 가까울수록 또한 가슴 깊숙한 곳으로부터 나올수록 그 무게는 크다. 오랜 침묵 끝에 나오는 말일수록 무겁고 침묵을 깨고 나오는 한숨은 그 자체로도 '땅이 꺼진다'고 표현될 정도이니 가히 그 질량을 짐작할 수 있다. 침묵은 쓰라린 아픔도, 북받쳐 오르는 설움도 노여움도 인내라는 이름으로 가둬두고 있다. 모든 정보를 함축하고 있으나 그것을 드러내지 않고 있는 것이 곧 침묵이다. '오랜 침묵을 깨고', '침묵이 길어지니', '침묵이 흐르니' 등은 침묵의 성질을 잘 묘사한 경우다. 이와 같이 침묵은 말과 함께 질량이 있고 동시에 취성이면서도 연신율을 가지며 때로는 유체로 거동한다. "웅변은 은이요, 침묵은 금이다."라는 명제가 있다. 웅변과 침묵의 가치를 나타낸 것으로 은에 비해 금이 훨씬 더 가치가 있다는 뜻이다. 이 명제의 물리화학적 증명방법은 다음과 같다. 위에서 언급했듯이 말에는 질량이 존재한다고 했다. 은의 원자량은 107.868이고 비중은 10.49, 금의 원자량은 196.967이고 비중은 19.3으로 금이 훨씬 더 질량이 크고 비중이 높다는 것을 알 수 있다. 따라서 웅변=은이요, 침묵=금이라고 했으니 웅변과 침묵의 질량은 108:197로 금이 은에 비해 1.8배 무거운 것이다. 따라서 가벼운 것은 웅변이요, 무거운 것은 침묵이니 위 명제는 참이다.

'사람'과 '인간'은 동일한 의미를 가지는 보통명사이다. 사람은 순 한글이고 인간은 한자 말이다. 그런데 그 의미는 경우에 따라서는 미묘한 차이가 있다. "이 인간!"은 악처가 인간 구실을 하지 못하는 자기의 남편을 면전에다 대고 윽박지를 때 사용하는 인칭대명사이고, "이 사람!"은 친구나 손윗사람이 친구 또는 손아랫사람에게 이름 대신 지칭할 때 사용하는 인칭대명사이다. 또 "사람 구실을 못하다."와 "인간 구실을 못하다."에서 전자는 신체 또는 생물학적인 기능에 대해 일컫는 말로 대체로 사실적인 표현이고 후자는 인격체의 기능에 대해 일컫는 말로 대체로 은유가 짙은 표현이다. 어떤 사고나 뇌졸중의 후유증으로 신체적으로 거동이 불편한 사람을 일컬어 "저 친구는 사람 구실이 힘들어!"라고 하고, 어떤 개망나니 같은 행세를 하는 사람을 일컬어 "저놈은 인간 구실을 못해!"라고 하는 것이다. 한자로 풀이하면 사람은 사람 人에 해당하고, 인간은 놈 者에 해당한다. 그런데 필자(筆者)는 이 책의 저자(著者)임이 그렇게도 자랑스럽다. 왜 그럴까?

'사랑이 꽃피다'라든가 '가슴에 맺힌 한'이라는 은유가 있다. 활용되는 언어로 유추해보면 사랑은 꽃과 같이 피어나는 것이고 한(恨)은 이슬과 같이 맺히는 것이다. 우리는 사랑이라든가 한(恨)처럼 중대한 사안들은 '가슴 깊숙한 곳에' 넣는다고 한다. 반면에 얕은 생각이나 일반적인 지식은 가슴이 아니고 머리에다 넣어둔다. 즉, 머리는 기억을 담는 그릇이고, 가슴은 마음을 담는 그릇인 것이다. 머리에 넣는다는 것은 그 process가 과학적으로 설명이 가능한 반면에, 가슴에 넣는다는 것은 그 자체가 지극히 추상적이며 철학적이다. 만약 의식 자체가 완전히 그렇게 분리 저장된다면 어떤 사람은 머리가 꽉 차게 될 것이고 어떤 사람은 가슴이 충만하게 될 것이다. "열 길 물속은 알아도 한 길 사람 속은 모른다."는 속담에서 한 길은 가슴의 깊이를 뜻하는 말로 해석된다. 유추해보면 머리는 그 깊이에 한계가 있는 반면에 가슴은 한계가 없다.

우리의 신체는 섭씨 36.5℃이다. 그러나 가슴에서 발산되는 에너지는 더욱더 높은 온도와 큰 열용량을 가진다. 청춘이라든가 정열, 사랑, 열정은 가슴으로부터 나오는 에너지다. 불타는 청춘, 불타는 정열, 뜨거운 사랑, 이글이글 타오르는 열정 등등 그 표현상으로 미루어 최고조에 달했을 때 온도는 최소 비등점 이상 섭씨 수 천도에 달한다고 할 수가 있다. 청춘이나 정열은 저온으로는 존재할 수 없고, 온도변화가 거의 없으나 사랑이라는 것은 불타는 사랑, 뜨거운 사랑, 따뜻한 사랑, 미지근한 사랑, 식어가는 사랑, 샘솟는 사랑, 끈끈한 사랑 등 그 온도의 범위가 대단히 광범위하고 때로는 액체이면서 가연성이며 매우 쉽게 온도변화를 일으키므로 그 취급에 있어서 각별한 주의가 필요하다.

## 일출의 의미에 대하여

최근 들어 '청년실업자'니 '고령화'니 하는 낱말만 접하게 되면 왠지 창피하기도 하고 미안하기도 하고 맥이 쫙 빠지는 느낌을 받는다. 국가 성장 동력이 약화되고 고용시장이 얼어붙고 있는 원인으로 '고령화'가 일조를 하고 있기 때문이다. 더욱이 최근의 SNS상에서 글이나 댓글을 통하여 청년들의 원성을 살펴보면 고령자가 공공연하게 그들의 직접적인 표적이 되고 있으며, 더군다나 필자는 쉰 중반(이 글은 그때 쓴 글이다.)의 나이임에도 머리카락이 올白에다 신체구조가 걸망(?)해 보이는 분위기다 보니 더러는 칠순쯤으로 보는 사람도 없잖아 있다. 곱게 늙었다나? 거기에다 늙어가는 속도감이 사십 대 때는 40km/h이던 것이 오십 대에 와서는 50km/h의 속도로 점차 가속도가 붙고 있는 느낌이니 '고령화'가  남들의 이야기는 결코 아닌 것이다. 일단은 눈치가 보인다. 늙게 비치다 보니 청년이 있어야 할 자리에 내가 비벼대고 있는 것 같고, 국가 경제를 망치고 있는 부류에 내가 속하고 있는 것 같아 젊은 사람 보기가 미안하고 열등감마저 든다. 고령자임에도 여태껏 현장에 빌붙어 살아가고 있는 나를 경우에 따라서는 측은하게도 생각할 것이고, 더러는 '사회의 필요악'이라고 치부해버리는 아량도 베풀어 줄지도 모른다. 청년실업 문제나 산업현장의 비능률화에 사회적 취약자로서 고령자인 내가 일조하고 있다는 데는 반문의 여지가 없다. 따라서 사회의 안녕과 질서를 위하여 나 같은 노병은 하루빨리 사라져야 할 것이며, 노병이 사라지고 나면 늙어가는 사회에 젊은 피가 수혈되고 '고령화'의 폐해는 해소될 것이다. 가능한 일찍 은퇴하여 청년에게 자리를 양보하는 뒷모습이 버티고 앉아있는 앞모습보다는 아름다울 것이다.

그렇다면 나는 청년에게 자리를 양보하기 위해 지금 곧 은퇴를 서둘러야만 하는가? 아들이 벌어오는 돈으로 생활하고, 경로당에 조기 입학하여 동네어른들 술 심부름이나 하면서 여생을 보내는 것이 진정 옳은 것일까? 문득 고려 시대에 나이 칠십이 넘은 고령자에게 가해지던 '고려장'이란 제도가 현시대에 사회로부터 눈총을 받게 된 '고령자'와 오버랩된다. 늙고 병약하여 생산력이 없는 사람을 강제로 무덤에 넣어 죽게 한 고려장, 늙으면 경제적으로나 사회적으로 국가에 해악을 미친다고 생각되는 고령자, 아직은 고려장의 나이는 되지 않았지만, 사회적으로 고령자에는 속하는 나이이다. 옛날로 치면 상투머리에다 곰방대를 물고 "에헴, 에헴" 꼬부라져 가는 할아버지 연세임에는 틀림이 없다. 이 나이 되도록 아직도 현장에서 엉거주춤하면서 뛰고 있는 자신의 꼬락서니를 생각하니 부끄럽고 황송하기 짝이 없다.

그렇지만 어쩌란 말이냐
나는 아직도 해야 할 일들이
짧은 여생보다도 길게
까마득히 남아있는데
평생을 꿈꾸며 이룩한 이 결실들
눈물겹도록 감격했던 그 날이
바로 엊그제였는데
아들 장가도 보내야 하고

빚도 갚아야 하고
노후자금도 마련해야 하고
언젠가는 해야지 하면서
품고 있던 일들이 태산 같은데
파도야 어쩌란 말이냐
날 어쩌란 말이냐

새해 아침! 항상 좋은 일만 떠오르게 하는 마일스톤이다. 새해 아침이 되면 대부분의 사람들이 가급적 일출을 먼저 볼 수 있는 곳을 찾아 산이나 해안을 찾는다. 동해, 포항, 울산 등지에서는 우리나라에서 가장 해가 먼저 뜨는 곳이라 선전을 하면서 저녁부터 새벽까지 밤새 이벤트도 벌이면서 손님을 유치하기도 하는데 살펴보면 해 뜨는 시각이 지역마다 초(second) 다툼이다. 몇십 초 더 빨리, 아니 우리나라에서 가장 빨리 일출을 보게 되면 대박이 터져 줄까? 그래서 우리나라보다 해가 더 일찍 뜨는 일본이 우리나라보다 더 잘사는 이유일까? 그렇다면 아예 로또를 사 들고 태평양에 떠 있는 섬 폴리네시아로 가자! 우리가 사용하고 있는 하루 24시간은 지구나 달의 거동을 기초로 하여 우리 생활에 편리를 도모하기 위해 인위적으로 만들어 놓은 도구에 불과하다. 새해 아침은 아침으로써의 의미 외에는 그토록 요란하게 새벽을 맞이해야 할 만큼의 의미까지는 없다. 지구에서도 가장 먼저 해가 뜨는 곳은 가장 높은 곳이거나 가장 동쪽으로 위치한 곳이며 위치에 따라 지구 곳곳에서 종일 해가 뜨고 지는 일들이 쉴 새 없이 벌어지고 있는데, 굳이 어느 지점에서의 해가 뜨거나 지는 시각에 의미를 둘 이유가 있을까? 더욱이 극지방에서는 밤이나 낮이 수개월씩 지속되고 있다. 극지방에서는 새해 아침에 일출을 볼 수가 없을 것이다. 시간의 계량 단위는 자연이 정하는 것이 아니고 인간이 정한다. 또한, 일출의 선후도 인간이 정하여 두었다. 영국의 그리니치를 0도로 하고 지구를 동서로 24등분하여 동경과 서경을 구분하여 각각 180도까지 부여해 놓았다. 이때 180도에 속하는 지역이 그리니치에서 보면 지구의 반대편으로 날짜변경선이 된다. 하루는 24시간이므로 태양이 1시간 동안 지나는 거리가 15도이다. 태양이 지난다기보다 지구가 돌기 때문에 빚어지는 현상이다. 우리나라에서 경도가 클수록 동쪽이다. 가장 동쪽에 위치한 지역은 독도로 동경 131° 52′ 42″에 있다. 당연히 독도가 우리나라에서 가장 먼저 해가 뜨는 지역이 된다.

앞에서의 이유 때문에 나는 달력으로 만들어진 어느 날짜를 두고 기념하는 일에 별로 의미를 두지 않는 편이다. 어떤 사람이 손자를 봤던 날을 생애 최고의 날로 기억하고 있다던가, 환갑을 맞으면서 흐뭇해하는 사람들의 표정들을 볼 때 나는 이들을 이해할 수가 없었다. 손자를 본다는 것은 자신이 할아버지가 된다는 뜻이고, 환갑을 맞는다는 것은 이제 고령자로서 사회일원에서부터 은퇴하고 머잖아 경로당에 들어갈 나이가 된다는 뜻인데, 늙어간다는 것이 뭐가 그렇게도 좋은가? 하물며 이날을 생애 최고의 날이라고 생각을 하다니 도저히 그것은 가식으로밖에는 받아드릴 수가 없었다. 그러다 보니 자신의 생일 또한 무의미하게 보내버리는 편이다. 사회적으로는 대단히 위험한 발상이 아닐 수 없다. 텅 빈 머릿속에 공허하게 자리 잡은 우주, 내가 이토록 세월에 무감각하게 된 이유는 바로 그 공허하기 짝이 없는 우주지식의 왜곡 때문이라 생각이 된다. 얄팍한 우주상식이 이토록 생각을 도탄에 빠뜨릴 줄이야!

원주에 있는 모 대학의 '아무개 학장님' 정년 퇴임식에 참석을 한 적이 있다. 이 대학에서 이 분이 개설한 CEO 과정을 내가 1기로 수료했으며, 그 과정에서 회장을 맡았던 터였다. 축하 화환을 보내고 난 후 식장에 갔었는데, 화환을 주문하면서 한참 생각에 잠기게 되었다. 정년연장 법제화, 60세 정년 의무화 등 정년연장운동의 물결 속에서 정년 퇴임이 과연 축하할 자리일까? 식장에 참석한 후 학장님의 퇴임식을 귀띔해준 교수님한테 "정년 퇴임이 축하할 일입니까?"라고 물으니 이분은 날 더러 무슨 뚱딴지같은 소릴 하고 있느냐는 표정이다. 물론 그동안 학장님이 이룩한 업적만 하더라도 자축의 의미는 충분할 것으로 생각이 된다. 그러나 필자가 걸고 있는 태클의 의미는 그것과는 방향이 약간 다르다. 이를테면 학장이라는 지위를 유지하는 것과 직장을 잃고 하루아침에 무직의 신분으로 전락하는 것의 차이라는 것이다. '무직의 신분으로 전락하는 것이 그렇게도 좋은가?'라는 물음과도 같은 것이다.

지구는 쉬지 않고 팽이처럼 돌면서 태양의 주변을 돌고 있고, 달은 팽이처럼 돌지는 않아도 지구 주변을 쉬지 않고 돌고 있다. 우리가 느끼지 못할 뿐이지, 지구가 매우 작거나 우리의 몸이 엄청나게 크다면 지구의 회전으로 말미암아 우리는 매우 어지러울 것이다. 극지방에 갈수록 속도는 느릴 것이고 적도 쪽은 속도가 더욱 클 것이다. 여기서 '쉬지 않고'라는 말 속에는 아주 미미한 길이의 변화를 내포하고 있다. 세월이 갈수록 지구의 회전속도가 느려지는 것으로 알려져 있다. 즉,

관성이 해제되어가고 있는 것이다. 그러나 그것은 무시할 정도의 양이므로 우리의 시간에는 영향을 미치지 않는다. 우리에게 세월은 천체의 회전속도를 의미하고 있다. 우리는 지구와 달의 회전속도가 거의 변함이 없이 일정하다는 속도관계를 이용하여 세월을 정량적으로 표현하고 있는 것이다. 지구가 팽이처럼 돌 때 그 한 바퀴를 하루로, 달이 지구를 한 바퀴를 돌아왔을 때를 한 달로, 지구가 태양을 한 바퀴 돌아오면 1년으로 세월을 셈하고 있는 것이다. 여기에다 하루를 24등분하여 어떤 기계의 1회전에 맞춰놓고는 매 등분을 1시간이라고 부른다. 우리에게 만약 이러한 규범이 없다면 몇 년, 몇 시간을 그냥 "길다!", "짧다!"로만 표현할 수밖에 없을 것이다. "열두 시에 만나요."라는 약속은 "해가 중천에 뜨면 만나요."로 대체하면 될 것이다. 나는 좀 불편하더라도 하루를 금성이나 화성 등 다른 행성의 자전이나 공전주기를 사용하여도 별문제는 없을 것이라는 생각을 해본다. 하늘에 떠 있는 국제우주정거장 ISS는 매80분에 지구를 한 바퀴 돌고 있고 하루에 열다섯 번 아침을 맞고 있다고 한다.

시간은 상대적이라고 우주물리학에서도 밝히고 있다. 아인슈타인의 상대성이론이 그렇고, 쌍둥이 역설이라는 것이 그렇다. 시간이라는 것의 실체는 이 세상 어디에도 존재하지 않는다. 다만 현상의 변화가 시간의 흐름으로 느껴질 뿐이다. 시간과 공간의 관계에 대해서는 이 책의 '우주 산책' 편에서 다루기로 한다. 인생을 오직 시간적으로 오랫동안 살아가고 싶은 사람이 있다면 괴롭고 고단하게 세상을 살아가라고 권하고 싶다. 시간이라는 것은 즐겁고 편하거나 시간에 쫓기고 있을 때 쏜살같이 가버린다. 반면, 힘들고 어렵거나 무언가를 학수고대하고

기다릴 때 너무 지루하고 좀처럼 시간이 가질 않는다. 위와 같이 상대적 시간 또한 두 가지 측면에서 관측될 수가 있다. 아인슈타인의 상대성이론을 기반으로 하는 시간 즉, 중력 가속도의 크기에서 변화되는 시간과 개인의 느낌에 의하여 각각 다르게 나타나는 시간이 그것이다. 그 밖에도 이른바 절대 시간이라고 분류되는 뉴턴 시간의 상대적 개념으로서 베르그송 시간과 라이프니츠의 시간개념이 있다.

문득 인생의 효율성에 대해서 생각을 해본다. 서울에서 어떤 연회가 있다고 하자. 연회 장소는 고급호텔이고 연회가 진행되는 시간은 낮 열두 시부터 다섯 시간 동안으로 예정되어 있다. 다만 경우에 따라서는 각자 임의로 시간의 조정은 가능하다. 회원은 서울을 포함하여 전국에 걸쳐 분포해 있고 회원들은 이 모임에 참석하기 위해 각자의 교통수단을 이용하여 참석하게 될 것이다. 나는 부산에서부터 참석한다고 하고 부산에서 서울까지 자가용으로 가는데 군데군데 휴게 시간을 포함하여 다섯 시간, 왕복 열 시간이 걸린다고 한다면 나는 다섯 시간의 연회를 즐기기 위해 오고 가는 시간으로 열 시간을 소비하는 셈이 된다. 매우 비효율적이다. 그렇다면 위와 같은 비효율을 효율적으로 바꾸거나 완화할 수 있는 방법은 무엇일까? 우선 비효율을 효율로 바꿀 수 있는 방법으로는 두 가지를 떠올릴 수가 있다. 하나는 연회 시간을 다섯 시간에서 열 시간 이상으로 늘리는 방법이 있을 것이고, 또 하나는 오고 가는 시간을 열 시간에서 다섯 시간 이하로 단축하는 방법이다. 그리고 비효율을 효율로 완화할 수 있는 방법도 역시 위 두 가지다. 바꾸는 방법에서 단어 하나씩만 살짝 바꾸면 된다. 하나는 연회 시간을 다섯 시간에서 열 시간 '가까이' 늘리는 방법이고, 또 하나는 오고 가는 시간을 열 시간에서 다섯 시간 '가까이' 단축하는 방법이다. 여기서 정리해보면 비효율을 효율로 바꾸거나 완화하는 방법으로 연회 시간을 늘리는 방법과 오고 가는 시간을 단축하는 방법 두 가지 방법이 제시되었다.

세부적으로 들어가 보면 우선 오고 가는 시간을 어떻게 단축할 것인가 하는 문제에 직면하게 된다. 첫째는 가능할지는 몰라도 자가용의 속력을 늘리는 방법이다. 속력을 늘리는 방법에도 여러 가지가 있다. 속력이 더 높은 차로 빌려 타는 방법과 베테랑의 운전자를 임시 채용하는 방법, 자신이 휴식시간도 없이 무리하게 운전하는 방법 등이 있다. 공히 매우 위험한 방법이므로 이 방법들은 가능한 자제할 것을 권유한다. 둘째는 이미 눈치챘겠지만, KTX를 이용하는 방법이다. 서울에서 부산까지 시간 조절만 잘하면 왕복 다섯 시간이면 충분할 것이다. 셋째는 항공편을 이용하는 방법도 있다. 연회 시간도 시간이지만 질을 높이는 방법, 즉 베르그송 타임의 도입을 고려해볼 수도 있다. 다섯 시간으로도 열 시간 못지않은 즐거움을 누렸다면 오고 가는 시간이 아깝지 않을 것이다. 또한, 질은 생각하지 않고 연회 시간만 늘려 내내 지루하다면 보낸 시간만 아까울 것이다. 그렇게 되면 절대 효율적이라 할 수가 없다. 그리고 계산상 그 누구도 이의를 달 수 없는 결정적인 방법이 하나 있다. 매우 비사회적인 방법으로 참석을 보이콧하는 방법이다. 그렇게 되면 인생의 가치를 따질 수가 없다. 은둔자의 인생은 인생이라고 할 수가 없는 것이다. 우리는 한순간 행복해지기 위해 공부를 하고 일을 하고 분주히 출퇴근을 한다. 오직 다섯 시간의 연회를 즐기기 위해 열 시간을 바치면서 살고 있는 것이다. 열 시간을 어떻게 보낼 것인가에 인생의 승패가 달려 있는 것이다. 이야기가 너무 삼천포로 빠져들고 있다.

행동이나 생활양상이 매사 촌각을 다투면서 생활하는 역동적인 사람의 인생과 나무늘보의 행동처럼 시간에 구애받지 않고 평생을 보내는 인생 사이에는 질적인 면에 있어서 분명 시간의 차가 존재한다고 볼 수밖에 없다. 어떤 경우에는 일각이 여삼추라 무료한 시간을 억지로 때우기도 하고, 또 어떤 경우에는 일 초 일 초가 생명처럼 소중하고 하루가 화살처럼 빨리 가 버리는 경우도 있다. 어떤 사람은 팔십의 나이에도 히말라야 정상에 오를 정도로 건강한 사람이 있는가 하면, 쉰 살도 되지 않은 나이에 폭삭 늙어버린 사람도 있다. 수명은 사람마다 다르고 시간의 길이 또한 생각하기에 달렸으니, 지나간 세월을 기록하고 기념함으로써 일생의 길이를 여러 측면에서 관리할 필요가 있다. 사람마다 다르게 나타나는 시간에 대하여 형평성을 고려한다면, 서울 도심에 사는 어떤 교수님이 매일 세 시간을 출퇴근 시간으로 날려 버렸다고 할 때, 이 시간들을 이 분의 생물학적 수명에 포함시켜야 할지도 생각해볼 문제다. 즉, 우리의 수명이 팔십이니 구십이니 하는 숫자는 별 의미가 없다는 말도 된다. 따라서 참으로 민감한 질문이겠지만, 정년이나 환갑의 기준을 모든 사람에게 천편일률적으로 연륜에 따라 정할 것이 아니라 개개인의 건강에 따른 신체나이나 정신연령을 종합적으로 기준하여 정하는 것은 어떨까?

우주의 나이는 약 137억 년, 지구의 나이는 약 46억 년쯤 되는데, 우리 인간의 수명은 고작 80년 내외. 그 80년 속에서 과연 어디에 기념할만한 날짜가 존재하겠는가? 그것이 무슨 의미가 있겠는가? 우리의 태양계에서 가장 가까운 외계의 별까지의 거리는 4.2광년, 현존하는 가장 빠른 우주선으로도 4만 년이 걸린다고 한다. 우주는 무한한 가운데 팽창하고 있고 별과 별 사이의 거리는 갈수록 벌어져서 세월이 흘러 마침내는 그 거대한 은하도, 별도, 한낱 티끌에 불과하여 존재의 의미조차 잃게 되는데, 그 속에서 우리의 기념비는 그 어떤 의미가 있겠는가? 굳이 어떤 지정된 날짜가 아니더라도 내가 이 세상에 존재하는 한 아침은 늘 새롭고 오고 가는 모든 시간들이 다 새롭다. 지금 헛되이 지나가고 있는 일 초, 일 초가 다시 돌아오지 않는 단 한 번의 기회들이다. 지금 못한 일을 내일로 미루거나 올해 못한 일을 내년으로 미루어야겠다는 생각은 영원히 그 일을 하지 않겠다는 생각과 다를 바 없다. 엄격히 말하면 우리에게 내일이란 없다. 내일의 우주는 오늘의 우주보다도 한층 더 넓고, 내일의 지구는 오늘의 지구와는 또 다른 위치에 속해있을 것이며, 내일의 나는 오늘과는 또 다른 나로 거듭나있을 테니 말이다.

우리는 인생을 일컬어 한 편의 드라마라고 이야기한다. 소설이나 드라마는 기-승-전-결로 진행이 된다. 사람마다 반경의 폭이 다르지만 태어나서 유아기-청소년기-중·장년기-노년기를 거치고는 종말을 고하게 되는 것이 인생이다. 어떤 인생은 단편으로 끝나기도 하고 어떤 인생은 내용이 서스펜션하면서도 장편일 수도 있다. 드라마가 끝나갈 무렵, 인생을 거의 다 소진한 주인공(어느 노인)의 하루는 관객으로 하여금 인생의 무상함을 느끼게 한다. 행동반경이 자신이 거주하고 있는 집안으로만 한정된 노인의 생활일지라도 고속회전으로 전체 길이를 축소해서 보면 한 편의 드라마가 될 수도 있다. 인간이 진화해 온 과정을 한 시간의 드라마로 편집하면 매우 역동적일 것이다. 인생이 무상하다고 비관하지 말자. 무상하게 보낸 인생도 축소하면 할수록 내용은 더욱 드라마틱해진다. 과거는 언제나 그리워지는 것이다. 문제는 자신의 시각(視角)에 있다. "세상은 넓고 할 일은 많다!" 또 한 번 우려먹는 대우 김우중 회장의 명언이다. 필자의 가치로 따진다면 "나는 생각한다. 고로 존재한다."라고 생각과 존재만으로 이루어진 나태한 명제보다는 확실히 비중이 있는 말이다. 세상을 넓게, 좀 더 여유롭게 보는 안목을 가져보자. 가을도 무르익었거니와 편집하지 않고도 자신의 인생을 좀 더 드라마틱하게 꾸며보자. 그리고 청년이여! 숙성의 날이 없이 어찌 고령자일 수가 있겠는가? 황혼은 청춘으로부터의 결실이요, 고령자의 과거는 곧 그대일지니.

---

1) 에너지보존의 법칙: 어떤 계의 내부에너지의 증가량은 계에 더해진 열에너지에서 계가 외부에 해준 일을 뺀 양과 같다. 즉, 외계에 접촉이 없을 때 고립계에서 에너지의 총합은 일정하다는 법칙으로 열역학 제1법칙이라고도 부른다.

2) 우리 몸을 이루는 세포의 수는 문헌마다 다르게 표기되어 있어 어느 것이 정확한 건지 알 수가 없다. 어떤 책에는 40조 개이고 또 어떤 책에는 60조 개, 어떤 책에는 70조 개, 어떤 책에는 100조 개로 적혀있다. 체구에 따라서 그 수가 달라진다는 결과로 해석된다. 한편, 우리 몸의 세포는 매초 50만 개 정도로 파괴와 재생을 거듭하고 있는 것으로 알려져 있다.

3) 시간의 최소단위는 플랑크 시간이라고 불리는 $10^{-43}$초의 시간을 말한다. 플랑크 시간이란 광자가 빛의 속도로 플랑크 길이를 지나간 짧은 시간이다. 플랑크 길이란 플랑크 단위로 알려진 기본 단위 중 하나로 공간이 더 이상 존재할 수 없는 크기의 단위이다. 플랑크 길이보다 짧은 길이는 물리학적으로 의미가 없다.

4) 자아(Ego): 원초아와 초자아, 그리고 현실 환경을 중재한다. 원초아의 욕구를 충족시키기 위해서는 현실과의 교섭이 필요한데, 여기에 대처하는 것이 자아의 역할이다. 자아

는 현실적이고 합당한 방법으로 만족을 얻을 수 있도록 방도를 모색하고 계획한다. 원초아의 요구와 현실, 초자아의 요구들을 조절하는 기능을 수행한다.

5) 원초아(Id): 쾌락의 원칙에 의해 기능하는 것으로, 한 인간이 태어날 때는 모두 원초아로만 이루어져 있다. 신생아 때부터 존재하는 정신 에너지의 원천적 저장고로 자아와 초자아가 여기서 분화된다. 본능적인 욕구와 원시적인 쾌락추구의 충동들을 즉시 만족시키려 한다. 쾌락적 욕망은 수행하고 긴장과 고통을 회피하려 든다.

6) 초자아(Super-Ego): 초자아의 주된 관심사는 선과 악, 옳고 그름이다. 자신의 행동이 옳은지 그른지를 가늠하면서 완벽함을 추구한다. 초자아에는 양심과 자아이상 두 측면이 있는데 이는 부모 또는 주변 사회로부터 보상과 벌을 통하여 습득되는 보상체계 내지 가치체계가 내면화된 것이다.

7) 열역학 제2법칙: 고립계에서 엔트로피(무질서도)의 변화는 항상 증가하거나 일정하며 절대로 감소하지 않는다. 고립계는 시간이 흐를수록 열적 평형상태, 즉 엔트로피가 최대가 되는 상태 쪽으로 변화하기 때문이다.

## 제2부

# 우주산책

1. 인식(認識)의 한계
2. 비움과 채움의 딜레마
3. 우주! 그 심연의 바다에 빠져
4. 우주의 시작점에 대한 견해
5. 시간여행에 대하여
6. 시공간의 의미에 대하여
7. 생명과 유동에 관하여

우리에게 마냥 조용한 것은 침묵이 아니다. 우주에는 진정한 침묵이란 없다. 지구 돌아가는 소리. 허공에 무수히 떠도는 질소, 산소, 수소, 탄소. 그들 원자가 진동하는 소리. 우리의 고막은 우리가 필요한 만큼만 열려있다. 지구가 돌아가는 소리는 우리 귀를 비켜 갈 따름이고, 원자의 진동 소리는 우리 귀가 그것을 감지하지 못할 따름이다. 지구가 돌아가는 소리, 그 거대한 소리는 우리의 청력으로는 도통 들을 수 없는, 저 까마득한 우주의 끝 그 바깥세상으로 공명하는 소리이고, 원자의 진동 소리는 아메바, 짚신벌레, 박테리아, 바이러스 등등 우리 눈으로는 도통 보이지 않는 미시의 존재들만이 느낄 수 있는 소리로 우리의 능력으로는 감히 감지할 수 없을 따름인 것이다. 소리는 매질을 통하지 않고서는 전달되지 않는다. 우리가 징검다리를 딛고 개천을 건너듯 소리는 공기 속의 기체 입자를 딛고 허공을 건넌다.

## 인식(認識)의 한계

이 글을 읽는 데는 아마 글쓴이의 지능 수준, 곧 IQ 100 정도의 지능 수준이 필요할 것이다. 필자의 글 중에는 자주 IQ라든가, 청소년기의 탈선에 대한 이야기가 있다. 자랑이 아닌데도 자랑처럼 자주 노출시키는 것은 바로 이 행위가 필자에게는 '안도의 한숨'이기 때문이다.

하마터면 큰일이 날 뻔했던, 그 위험한 순간을 뒤로 돌아보면서 쉬는 그 안도의 한숨 말이다. 이 글을 읽고 나면 남는 것은 별로 없다. 남는 것이 없다는 말은 이 글이 기대할만한 가치가 없다는 말로도 해석이 되겠지만, 필자의 정의는 우리를 지각(知覺)의 한계, 즉 無의 세계로 안내한다는 의미에서다. 아무리 남는 것이 없는 글이라고 하더라도 글은 읽고 나면 판단력과 사유의 깊이는 향상되리라 생각한다. 더군다나 이 글이 인식의 한계에 도달하는 방법을 피력한 것이니 필자가 제시하는 길 말고도 여러 가지 다른 길이 무수히 존재하리라 생각한다. 무작정 사유하고 또 하나의 길을 개척해보자. 생각이 깊어지면 그 속에는 또 다른 뭔가가 남는 것이 생길지도 모른다.

* * * *

소슬바람이 앙상한 배나무 가지를 타고 돌담 밖으로 으스스 불고 지나가는 초겨울, 자정을 알리는 괘종시계의 굉음에 문득 잠을 깬 나는 꽤 무게가 느껴지는 싸늘한 누군가의 손이 내 신체를 더듬고 있다는 것을 느꼈다. 아무도 올 사람이라고는 없는, 혼자 자는 남자의 방에 그것도 체모의 감촉으로 보아 동성으로 느껴지는 차가운 손이 잠을 자고 있는 타인의 신체를 더듬고 있는 것이었다. 마침 초겨울이었으니 그 손이 얼음장처럼 차가운 것으로 미루어, 그는 그토록 오래지 않은 시간에 바깥에서 막 들어와서는 내 옆에서 누워있다는 생각이 든다. 지금은 움직이지 않는 것을 보니 잠이 든 것 같기도 하다. 그렇다면 저녁에 만났던 친구 중에 한 녀석일까? 아니면 지나던 취객이 불쑥 들어와서 내 옆에 누워버린 걸까? 게슴츠레 눈을 떠 봤으나, 형체라고는 보이지 않는 칠흑같이 어두운 밤이다. 일어나 불을 켜야 하는데, 밀려오는 공포에 의지는 있으나 몸이 따라주지를 않는다. 그런데 내가 오늘은 방문을 걸지 않았던가? 아니다. 분명히 걸고리로 걸었던 기억이 난다. 그렇다면 방문을 따고 들어와 이 방에 누워있을 사람은 나 외에는 없을 터, 그렇다면 혹시…? 귀신의 '귀' 자가 뇌리를 스치는 순간 "으아~!" 하는 단말마와도 같은 비명이 목구멍을 미처 빠져나오지도 못하는 사이에 자신의 배를 더듬고 있는 그 공포의 손을 냅다 뿌리치면서 자리를 박차고 벌떡 일어나는데, 갑자기 뭔가 허전함을 느낀다. 뿌리친 손의 무게감이 맥없이 왼쪽 어깨에 전달되는 것이었다. 급기야 익숙한 위치를 향해 쓰러질 듯 몸을 날려 전등 스위치를 켜고 보니 뿌리친 손은 바로 내 손이었다. 모로 잔 탓인지 왼쪽 팔이 혈류가 통하지 않아 감각을 잃은 상태에서 남의 손인 줄 착각을 한 것이다. 이 사건은 꿈이 아니고 필자가 젊은 시절에 겪었던 생시에서의 사건이다. 생시임에도 사실이 아닌 경우가 사실로 강제됨으로 인해 순간적이나마 모든 의식을 가공에 맡겨버리는 경우라 할 수가 있다.

우리의 지식한계에서 자신의 미래를 알 수 있는 방법을 열거하면 점을 쳐보는 방법, 관상이나 여타의 신체조건으로 통계 결과에 편승해 보는 방법, 타임머신을 타고 미리 가서 알아보는 방법, 염력이나 최면술을 이용하여 느껴보는 방법, 나름대로 사유하고 추측해보는 방법 등으로 구별해볼 수 있다. 여기서 타임머신은 아직 실용화되지 않는 방법이고, 염력이나 최면술은 보통사람의 능력으로는 미치지 못하는 방법이다. 게다가 점을 쳐 보거나 관상 등의 방법은 신뢰하기에는 의심이 가는 방법이다. 남은 방법은 나름대로 사유하고 추측해보는 방법일 것이다. 우리는 생각을 통하여 어디든 갈 수가 있다. 그러나 그것도 분명 어느 한계가 있다. 내가 알고 있는 지식 중에는 진실과는 거리가 있는 것들이 포함되어 있을 것이라는 생각을 떨쳐버릴 수가 없다. 나는 인생에 있어서 대체로 중요하다고 생각되는 대부분의 기회를 독학으로 해결했다. 그중에 기술사는 확실한 터닝 포인트였다. 학원이나 정규과정에서는 교수님이라는 멘토가 존재하기에 한 과목에 교재 하나면 해결되지만, 독학에서는 혼자서 여러 자료를 찾아가며 공부를 해야 하므로 몇 권의 참고서가 더 필요하다. 널리 보편화 된 기술이론 외에는 저자마다 원리에 대한 해석이 다를 수가 있으므로 하나의 문제를 놓고도 해답이 애매한 경우가 있다. 이때는 몇 권의 책 중에서 다수결의 원리가 적용되는 것이다. 더 중요한 것은 어떤 이론은 책에서 설명을 해도 내 머리로는 도무지 이해가 가지 않는 경우가 있다. 그러한 경우 자신의 상식과 논리로 그것을 구체화시켜야만 한다.

자연이라는 영역을 어디까지로 구분하여야 할까? 자연은 우리 눈에 보이는 시각적인 부분, 즉 지상의 모든 것을 포함하여 하늘에 떠 있는 구름, 태양, 달, 별, 은하, 성간물질 등 질료와 형상이라는 것이 여기에 해당한다. 다만 눈에 보이는 부분 중에는 우리가 알 수 없는 현상이 있을 수 있고 자연 중에도 우주의 암흑물질이나 암흑에너지처럼 우리 눈에 보이지 않는 부분이 있을 수 있다. 우리는 직접 눈으로 목격하는 경우와 현미경이나 망원경을 통하여 확인하는 방법, 듣거나 만지

The Helix Nebula / 사진출처: NASA

거나 하여 느껴보는 방법 등, 감각소여로부터 지각하는 것이 우리가 알 수 있는 모든 것이라고 생각하고 있다. 여기에다 너무 멀어서 망원경으로도 볼 수 없는 것, 너무 작아서 현미경으로도 보이지 않는 것, 암흑물질이나 암흑에너지처럼 우리의 지각기능으로는 느낄 수 없는 것이 있을 수 있다는 것도 분명 우리가 지각하고 있는 것 중에 하나다. 더 나아가서는 우리의 인식에서 왜곡이 있을 수 있다는 것까지도 우리는 지각하고 있다. 그렇다면 우리는 모르는 것이라고는 없는 존재로 전지전능의 절반에는 도달한 셈이다. 이야기가 감당하기 어려운 곳으로 들어와 버렸다. 아무튼, 자연의 영역은 우리가 알 수 있는 범위로 한정해야 한다는 것이 나의 생각이다. 그렇다면 원자는 자연인가? 원자는 눈으로 볼 수 없을뿐더러 현미경으로도 볼 수가 없다. 그러나 물은 수소 원자 두 개와 산소 원자 한 개로 구성된다. 원자가 아니라면 수소도, 산소도, 물도 성립할 수가 없는 것이다. 따라서 원자는 보이지는 않지만 자연이다! 스피노자는 신은 곧 자연이요, 자연은 곧 신이라고 했다. 철학자의 말을 수용하기에 이르면 마침내 자연은 우주 전체는 물론이고 우리가 알 수 없는 부분까지도 아우르게 된다.

현미경을 통하여 미생물을 관찰한다. 미생물이 생겨나거나 죽고, 세세한 움직임이 관찰된다. 배율을 높여나가면 세포분열을 일으키고 또 증식되거나 분화되고, 각각의 개체가 갖는 일생의 일거수일투족이 육안으로 관찰된다. 배율을 더욱 높여가면 물질로는 더 이상 작아질 수 없는 기본입자인 원자(쿼크 등 소립자를 포함한다)에 다다른다. 여기까지가 물질의 범위이자 우리 인식의 한계다. 빅뱅이 無에서 시작되고 생명은 하나의 원자로 시작된다고 했으니 위와 같이 물질의 범위를 벗어나면 비로소 우주의 시작점을 만날 수 있다. 국제우주정거장(ISS)에서 한반도를 내려다보면 서울에서 부산까지 수백 킬로미터의 반경이 한눈에 내려다보인다. 시야의 배율을 높여가면 고속전철이 실지렁이처럼 스멀스멀 기어가고 사람의 형체는 움직이지도 않는 듯 작은 점으로 포착된다. 이 장면들을 모조리 동영상으로 담아 고속회전으로 재생해보면 지구상의 모든 움직임이나 우리의 행동반경은 참으로 좁고 일생은 순간적일 것이다.

별빛 초롱초롱한 밤하늘을 올려다본다. 안드로메다은하가 희미하게 육안으로 관측된다. 멀리 있는 별에 대한 지식이 짧으니 위치를 바꿔서 생각해보자. 저 멀리 아득한 우주에 A라는 우주인이 지구를 바라본다. 그 우주인은 시력이 워낙 좋아서 지구 곳곳은 물론이고 우리은하 전체를 손바닥 보듯이 보고 있다. A가 있는 그곳은 시간이 매우 느리게 흐르고 있다.[1] 그곳의 느린 시간에 비례하여 지구에서 일어나고 있는 움직임은 역동적일 것이다. 그곳에서 관측되는 지구상의 고속전철은 워낙 빠르게 한자리에서 왕복운동을 하니 마치 떨림이나 진동처럼 느껴질 것이다. 점으로 포착되는 사람의 형체도 때때로 작은 움직임을 보이다가 이내 짧은 일생을 마치고는 사라지고 말 것이다. 이와 같이 A가 보는 우리의 일거수일투족은 위에서 우리가 현미경으로 관찰한 미생물의 그것과 다를 게 없어 보인다. 따라서 인간이나 미생물이나 모든 생물은 보는 관점에 따라 일생이 갖는 시간적 길이는 거의 동일하고 그 가치는 개체 스스로의 주관에 의존하는 경향이 크다고 생각한다.

새빨갛고 화려한 장미꽃을 우리 인식의 한계까지 확대해 보자. 꽃잎을 시료로 떼어내는 순간, 화려함이라는 형용의 조건은 사라지고 만다. 이제 이 시료를 현미경에 거치해 놓고 배율을 높여간다. 참고로 이 현미경은 자동으로 초점이 정렬되고 배율은 무한대라고 하자. 어차피 사고실험이다.[2] 배율을 계속해서 높여나가면 어느 시점에서 새빨갛던 색상은 바래 져 엷고 불그스레한 색으로 변해간다. 여기서 멈추지 않고 계속 배율을 높여나가면 생물체로서의 최소성분인 세포 수준에서 색상은 더욱 희미해지고 물질 성분의 최소수준인 분자, 그리고 물질의 근원이라고 일컬어지는 원자를 거치면서 마침내 투명해져 물질의 형체마저 사라지고 말 것이다. 이 설명은 앞에서 사고실험이라고 전제했듯이 사실과는 다르다. 현실에서 원자는 현미경의 배율이 아무리 높아도 우리 눈으로는 볼 수가 없다. 원자의 크기가 빛의 파장보다도 작고, 하이젠베르크의 불확정성의 원리에 따르면 원자는 입자의 형태로도, 또는 에너지의 형태로도 동시에 존재하기 때문에 원자를 시각화하거나 형상화할 수 없다는 것이다.

앞에서 현미경에 의한 실험과 같이 이제 어떤 물질을 가장 작은 순간까지 분해해보자. 어떤 물체를 쪼개고 또 쪼개면 조직을 이루고 있는 세포 단위 또는 결정단위에 도달한다. 계속해서 분해해나가면 현미경실험과 같이 분자를 거쳐 원자에 이른다. 원자는 양성자와 중성자로 구성된 원자핵과 그 주변을 돌고 있는 전자로 구성된다. 우리가 물질은 과연 무엇으로 이루어졌을까 하고 궁금해 하는 데 대한 해답은 대충 여기까지이다. 현미경으로도 확인했듯이, 원자는 이미 우리의 시야에서는 없다. 물체를 분해해나가면 궁극에는 우리의 인식에서 아무것도 존재하지 않게 되는 것이다. 우리 인식의 한계 즉, 물질의 궁극적인 결과에 도달하기 위해서는 위의 두 가지 사고실험 외에도 물질을 가열하여 변태를 거듭해가는 방법이 있을 것으로 사료된다. 어떤 물질, 이를테면 금속에 열을 가해가면 재결정온도를 지나 고체에서 액체로의 상태변화, 즉 용융상태를 거치게 되고 계속해서 온도를 무한상승해가면 액체가 기체로 변화하고 물질인지 에너지인지 분간할 수 없는 이른바 플라즈마 상태를 거쳐 궁극에 가서는 오직 에너지만 남아있는 상태에까지 도달하게 될 것이다. 여기서 가열이라는 외적 영향 자체가 이미 에너지임을 고려하면 궁극에는 아무것도 존재하지 않게 되는 것이리라.

나는 생각한다. 그러므로 존재한다. 데카르트는 이 명제야말로 아무리 의심을 해봐도 더 이상 의심의 여지가 없는 진리라고 했다. 생각하므로 존재한다? 그렇다면 아무 생각이 없으면 존재하지 않는 걸까? 이 책에서 이미 두 번째 써먹는 말이지만, 요즘 신조어 중에 멍 때린다는 말이 있다. 망연자실한 표정을 지으며 눈동자를 풀고 아무 생각도 없이 멍하니 있다는 말이다. 멍 때림으로써 나는 이 세상에 없는 걸까? 꿈인지 생시인지 모르는 경우도 있다. 그래서 하는 동작이 자신을 꼬집어보는 것이다. 꼬집어봐서 아프면 꿈이 아니고 생시인 것이다. 그렇다면 과연 내가 존재하는지도 꼬집어보면 알까? 초등수준의 데카르트에 대한 나의 의심이다. 데카르트의 시각은 다른 방향에 있다. 나의 안에서 나를 보는 시각과 나의 밖에서 나를 보는 시각이 다르다. 안에서 보는 시각은 내가 생각하므로 그 생각하는 주체로 나를 느낄 수 있지만, 밖에서 보면 분명 또 의심이 간다. 평생 깨어날 수 없는 한 편의 꿈으로 보이는 건지 생시로 보이는 건지, 또 하나의 나라고 하는 제삼자의 입장에서 보이는 건지, 생각과 신체가 같은 장소에 있지 않으므로 알 길이 없다. 저 물체가 형체를 이루고 있고 그것이 망막에 잡힌다고 해서 그대로 볼일도 아니다. 탄소, 산소, 수소, 질소…. 우리 눈에 보이는 모든 물체는 보이지 않는 작은 원소들의 집합인 것이다. 보이지 않는 것이 보인다는 것 당신은 이해가 가는가? 데카르트는 참 답답하게 세상을 살다 간 사람이다. 평생을 의심만 하다가 마지막에 하나 건져낸 것이 자신이 생각하므로 존재한다는 것이었다.

지각(知覺)의 한계에 도달하는 방법으로 독서가 있다. 앞서 언급했지만, 책 속에서 한계를 만나면 자기합리화가 필요하다. 사유의 진화는 이 작업으로부터 비롯된다. 신문을 읽을 때 글의 내용이 좀 지루하다고 하여 헤드라인만 읽고 마는 사람은 사유의 진화를 기대할 수 없다. 긴 글을 읽지 못하는 사람은 글의 헤드라인을 내용의 전부라고 믿어버릴 수 있기 때문이다. 특히 요즘 뉴스 헤드라인은 본문과는 다르게 반어법을 쓰는 경우가 많다. 난무하는 의혹들 그 의문부호 뒤에는 또 다른 해설이 존재한다. 제목만 읽지 말고 본문을 끝까지 읽고는 인식의 한계에까지 들어가 볼 것을 권한다. 글은 의미심장함으로 가치를 지닌다. 시는 아름답고 소설은 다이내믹하다. 글은 시각적인 기호로 우리 의식에 전달되지만, 눈으로만 읽는다면 도통 내용을 알 수가 없다. 글만 읽고는 생각이 없다면 글을 읽은 것이 아니고 글자를 본 것, 더 나아가서는 어떤 선으로 이루어진 수많은 뭔가를 보았다고 해야 할 것이다. 생각을 통하지 않고서는 글이라 할 수가 없고, 글은 눈으로 읽으면서 그것을 생각으로 환원하여야 하는 것이다. 그리고는 인식의 한계까지 도달하여 그 심장한 의미를 들추어내는 것이 중요하다.

원리와 이론은 혼용하여 사용하기도 하지만 그 뜻이 구분이 된다. 원리는 이론을 이루는 구성요소이며 이론은 원리에 대한 체계적 설명이다. 원리는 자연 그 자체의 작동방식이고, 그것을 누군가가 관찰하고 발견하고 추측하여 설명한 것이 이론이다. 어떤 원리가 진리인지의 여부는 이론을 통하여 짐작할 뿐이지만 우리는 이론을 신뢰한다. 왜냐하면, 그 내용이 우리가 생각할 수 있는 가장 보편적이거나 설령 또 다른 원리가 있다 한들 우리가 그것을 발견하거나 이해하지 못한 나머지 더 이상 마땅한 방법이 없기 때문에 우리보다는 똑똑한 이론가들끼리 그것을 최선의 원리라고 정해두기 때문이다. 우리는 똑똑하다고 생각되는 그들의 약속을 믿는 것이다. 우주이론 중에서 '다중우주이론'이란 것이 있다. 아니, 정확하게 표현하자면 그런 이론이 있다는 것을 책에서 본 적이 있다. 위에서의 설명과 같이 다중우주이론은 추측의 결과이며 우리는 이러한 이론을 신뢰하지만 '신뢰하다'라는 단어 자체에는 완전하지 않다는 뜻이 내재되어 있는 것이다. 우주 속에 우주가 있고, 우주 밖에 우주가 무한히 존재함으로 우주 어딘가에는 나와 똑같은 사람이 존재할 수도 있다는 것이 다중우주이론의 간단한 설명이다. 그것이 명색이 과학임에도 귀신을 한 번도 본 적이 없는 필자의 시각으로는 신이나 귀신이 존재한다는 신앙적 논리보다도 더 허황하게 들린다.

한편, 앞에서 일부 언급이 있었지만 과학이론 중에는 '특이점'이라든가 '불확정성'이라는 단어가 있다. 이들 단어는 대체로 그 단어 자체가 이론의 제목을 구성하는 한편 내용 또한 명실상부하게 이론의 핵심을 이루고 있다. 그러나 이 단어들은 어떤 문제에 대한 해법보다는 그 내용에 대해 전혀 증거를 댈 수 없는, 아직 발견되지도 않았거나 풀 수 없는 수수께끼 또는 설명하기 곤란한 부분에 대하여 설명을 회피하거나 얼버무리기 위한 수단에 불과하다는 것이 필자의 생각이다. 이를테면, 불확정성의 원리에서 '불확정성'은 원자를 구성하는 전자의 행동이, 그 운동 중에는 참 오리무중하다거나 신출귀몰하여 도저히 우리의 설명으로는 불가해하다는 뜻이고, '특이점'이라는 단어는 온갖 수학적 계산을 동원해 봐도 도무지 우리가 알고 있는 물리 법칙으로는 적용되지 않는 지점이라는 뜻으로 우주이론에서는 우주의 시작점, 블랙홀의 특이점 등이 여기에 해당한다. 공히 현재 인간의 능력으로는 그 내용들을 속 시원히 해명해주거나 이해할 방법이 아직까지는 없다. 위와 같이 모호한 단어에 더욱 보편적으로 쓰이는 우리의 일상 언어 중에 이를 대신할 수 있는 편리한 단어가 있다. 우리나라에서 가장 범용적인 단어, 바로 '거시기'라는 전라도 지방의 표준어다. 어차피 우리의 언어로는 위에서 말한 불확정성이나 특이점이 왜 그렇게 되고 있는지 자초지종을 설명할 수 없다면, 굳이 특별한 언어는 필요치 않다. 따라서 불확정성이나 특이점이라는 난해한 단어를 배제하고 '거시기의 원리', '거시기 점'으로 서로 호환해도 그 의미는 크게 왜곡되지는 않는다.

## 비움과 채움의 딜레마

우리에게 마냥 조용한 것은 침묵이 아니다. 우주에는 진정한 침묵이란 없다. 지구 돌아가는 소리, 허공에 무수히 떠도는 질소, 산소, 수소, 탄소, 그들 원자가 진동하는 소리, 우리의 고막은 우리가 필요한 만큼만 열려있다. 지구가 돌아가는 소리는 우리 귀를 비켜 갈 따름이고, 원자의 진동 소리는 우리 귀가 그것을 감지하지 못할 따름이다. 지구가 돌아가는 소리, 그 거대한 소리는 우리의 청력으로는 도통 들을 수 없는, 저 까마득한 우주의 끝 그 바깥세상으로 공명하는 소리이고, 원자의 진동 소리는 아메바, 짚신벌레, 박테리아, 바이러스 등등 우리 눈으로는 도통 보이지 않는 미시의 존재들만이 느낄 수 있는 소리로 우리의 능력으로는 감히 감지할 수 없을 따름인 것이다. 소리는 매질을 통하지 않고서는 전달되지 않는다. 우리가 징검다리를 딛고 개천을 건너듯 소리는 공기 속의 기체 입자를 딛고 허공을 건넌다.

진공이란, 한자의 훈으로만 따져 가볍게 정의하면, 우리가 마실 공기가 없는 상태를 말한다. 우리는 우주 그 자체를 진공이라고 배우고 있다. 그러나 진정한 진공이란 공기도 여타의 물질 원자도 존재하지 않는 상태를 이르는 것이다. 우주 전체는 하나의 공간에 속한다. 하나의 공간 속에 여러 현상이 존재하는 것이다. 이렇듯 하나의 공간 속에 끝없이 펼쳐져 있는 우주에는 비록 우리가 마시고 있는 공기는 존재하지 않더라도 무언가는 있다. 이를테면 수소나 헬륨의 원자가 띄엄띄엄 희박하게 산재해 있다거나, 암흑물질과 암흑에너지라는 진공에 상응하는 무엇인가는 있다. 우리의 상식으로 우주 바깥은 생각할 수가 없다. 우주가 외계를 생각할 수 없는 하나의 밀폐된 용기라고 하고 그 속이 진공으로 채워져 있었다고 한다면 진공의 부압을 메우기 위한 어떤 작용에 따라 우리는 용기의 어느 한 점에서부터 출발하여 끝없이 공급되고 있는 非진공의 재료가 아닐까?

비운다는 것은 곧 채운다는 뜻과 같다. 성능이 매우 우수한 진공펌프를 사용하여 밀폐된 용기 속에 채워져 있던 공기를 모조리 빼보자. 그 속은 빈 공간이 될까? 아니다! 진공으로 다시 채워지는 것이다! 용기 속의 공기를 남김없이 빼면 외부에는 대기압이 정압력(+)으로 작용하고 내부에는 진공의 부압(−)이 동시에 작용할 것이다. 공간이 남아 있다는 것도, 뭔가가 작용한다는 것도 분명 아무것도 채워지지 않은 것과는 다른 것이다. 여기까지는 다소 억지라고 하자. 그러나 비록 임계의 부압으로 공기를 모조리 뺀다고 하더라도 그 임계라는 것도 분명 한계가 있다. 인공적으로 도달할 수 있는 최고의 진공도는 $10^{-12}$mmHg 정도라고 하는데, 이때에도 1㎤당 약 3만 5천 개나 되는 기체분자가 남아 있을 것이라고 한다. 공기를 뺀다는 것은 바꿔 생각하면 그 속에 진공을 공급한다는 것인데, 만약 유입과 토출이 따로 있어 토출구로 공기를 빼고 유입구로 완전한 진공을 계속적으로 공급한다는 원리를 상상해볼 수도 있겠으나 공급할 진공 또한 만들 재간이 없다. 공간이 남는 한 완전한 진공은 만들 수가 없고 공간이 없다면 진공을 담을 용기가 없다.

보일샤를의 법칙[3]은 온도, 압력, 부피의 상호관계를 나타낸 것이다.

이 법칙에 따르면 밀폐된 용기 속에서는 온도가 높을수록 압력은 크다. 온도와 압력은 서로 상쇄할 수 있다. 법칙을 가만히 살펴보면 여기에는 순서가 있다. 용기의 용적에 변화가 없다면 온도로부터 시작한다. 곧 온도가 변화의 동력이 되는 것이다. 온도란 분자들의 운동을 정량적으로 표시하는 하나의 표현방법이며 압력은 곧 분자운동의 결과이다. '온도란'부터는 대충 해본 소리다. 그러나 틀린 소리는 아닌 것 같다. 압력을 높이려면 분자의 운동량을 증가시킨다. 그 방법이 온도를 높이는 것이다. 또 하나의 방법으로서 분자의 수를 증가시키는 방법이 있다. 더 높은 압력으로 외부로부터 기체를 공급하는 것이다.

초고온이란 원자의 운동이 매우 활발하다는 내용의 표현방법이고, 극저온은 원자의 운동이 최대한 느려진다는, 대체로 난해한 표현방법이다. 앞서 설명한 대로 진공이 있다면 비진공이 있다. 절대영도란 원자의 운동이 완전히 멈추는 것을 이르는 말로, 진정한 절대영도란 존재할 수 없다고 한다. 절대영도는 섭씨 −273.15℃에 해당한다. 여기에 완전히 근접한 사례는 정말 없다고 한다. 그렇다면 추측하건대, 절대고온도 없는 것이다. 필자의 정의로는 절대영도는 온도 자체가 없고 절대 고온은 단어 자체가 없다! 그런데 어느 떠도는 자료에 의하면 절대 고온이 있다. Absolute Hot, 즉 절대 고온은 1,420,000,000,000,000,000,000,000,000,000,000℃라고 한다. 142 뒤에 0이 자그마치 31개다! 수학적 표현으로는 $142\times10^{31}$, 이걸 억지로 구술적(口述的)으로 표현하라고 한다면 '일, 십, 백, 천, 만, 억, 조, 경, 해, 자, 양, 구, 간, 정, 재, 극'으로부터 도출해낸 '십사구이천양℃'가 된다. '해, 자, 양, 구, 간….'을 인터넷에서 찾아서 0을 하나하나 세고 제자리 찾는 데 대략 30분을 소비했다!

앞서 비운다는 이야기는 조금은 다혈질적인 설명이었지만, 이제 좀 더 냉정을 되찾아서 차분히 이야기를 하자. 채운다는 것은 빈 용기에 뭔가를 그득 담는다는 뜻이다. 비운다는 것은 우주에 있어서는 참 무의미한 단어다. 우리가 태어났다가 존재하고 언젠가는 떠나야 하는 것도 우리에게는 역사적 사건이지만, 우주의 질량과는 전혀 무관할 뿐이다. 용기 속에는 무엇이 채워지든 빈 용기로는 존재하지 않을 것이며, 또한 우주의 전체질량에는 변함이 없을 것이다. 우리가 떠날 때 언젠가는 비워 한 줌 재로 분해되는 육체라는 용기, 그 속에 들어있던 시끄럽고 어지러운 생각들을 말끔히 비워보자. 곧바로 고요하고 정리된 또 다른 생각이 채워진다.

우주를 채우고 있는 요소들 중에 생물량(biomass)[4)]이란 지구상에 존재하는 전체 개체 수의 질량을 말한다. 지구 전체의 생물량은 5,600억 톤C(탄소 무게) 정도라고 하는데, 지구의 생명체 중에 부피나 개체 수를 망라하여 가장 독보적인 존재가 미생물이다. 미생물은 전체생물량의 절반 정도로 미생물로 지구 전체를 표면에 덮었을 경우, 그 두께가 무려 1.5미터에 이른다고 한다. 그런데 미생물이 그렇게 많다면 우리 눈에는 왜 보이질 않을까? 숫자는 많지만, 너무 작아서 부피로는 무시해버릴 수 있을 것 같은 미생물이 과연 시각적으로 나타는 날까? 그 대답은 바로 우리가 줄기차게 먹고는 싸대는 배변, 싸다가 말고 내려다 보면 눈에 보이는 그 똥의 70%가 박테리아라는 미생물로 구성되어 있다면 이해가 갈까? 그 똥의 형체가 바로 미생물의 군

집인 것이다. 그리고는 그 나머지의 절반 정도는 육상식물이 차지하고 있다고 한다. 동물의 생물량은 박테리아와 육상식물에 비하면 아주 작은 양이다. 동물 중에는 곤충이, 그중에서도 개미류가 가장 많은데, 개미의 개체 수는 1경 2천조 마리로 그 무게는 인간 전체 무게의 4배에 달한다고 한다. 사람의 경우 전체인구를 70억 명이라고 하고 평균 몸무게를 50kg이라고 한다면, 3억5천만 톤의 생물량을 가지고 있다는 뜻이다. 인간의 생물량을 수성페인트로 환산하여 표준도장두께로 지구표면을 바른다고 가정할 경우 지구의 일부분만 칠하고는 공사는 중단되고 만다. 우리가 우주 공간을 채우는 데 일조할 것이라는 생각은 아예 상상도 할 수가 없다. 굳이 우주가 아닌 지구적 관점에서만 보더라도 우리는 지구의 표면도 칠해보지 못하는, 단지 납품이 어려운 재고 자재일 뿐이다.

한편, 지구에 떨어지고 있는 우주먼지는 하루에 100톤에 육박한다고 한다. 필자가 가끔 먼지가 모여 우주를 이룬다고 했던 말이 그냥 입으로만 나온 소리가 아니었음이 증명되는 대목이라 아니할 수가 없다. 눈에 보이지도 않는 먼지가 그토록 많다는 것도 신기할 따름이지만, 우선 그것은 지구의 넓이가 그만큼 넓다는 반증일 것이다. 그렇다면 과연 우주먼지가 지구의 체적변화에 얼마나 영향을 미치고 있는지? 먼지가 모여 우주를 이루고 있다고 했던 말이 정말 사실인지 궁금해진다. 일단 우주먼지를 지구의 일반적인 흙의 비중에 준하여 생각을 하자. 지구의 흙도 먼지가 모여 이루어진 것이 틀림이 없다면, 계산상 별다른 오류는 없을 것이기 때문이다. 일반적인 흙의 단위 중량은 대략 1.7톤/㎥ 정도 되므로 체적으로 환산하면 0.6㎥/톤이 될 것이다. 우주먼지가 하루에 100톤이라면 체적으로 환산하면 60㎥가 되는 셈이다. 1년에 쌓이는 양은 60×365=21,900㎥, 10년이면 219,000㎥가 된다. 사방 1,000m, 즉 1㎢에 10년에 22cm 높이로 쌓인다는 뜻이다. 10년이면 강산이 변한다는 말은 여기서도 증명이 되는 셈이다. 그렇다면 지구 전체면적에는 어떠한 결과가 나타날 것인가? 지구 전체 면적은 바다를 포함하여 5억 1천만㎢이고 육지의 면적은 1억 5천만㎢이다. 하루에 먼지 100톤으로는 지구 전체면적을 약 1cm 두께로 덮는데도 2억 5천만 년 이상 걸린다는 계산이 나온다. 이 계산으로 보면 지구는 두 가지의 관점에서 극과 극의 위치에 있음을 알 수가 있다. 우주적 관점에서 지구는 먼지 입자 하나보다도 작다. 그러나 지구적 관점에서 지구는 먼지로 덮어버리기에는 그 넓이가 너무나 방대하다. 여기까지만 하자. 계산 중에 곰곰이 생각하니 내가 산수를 싫어하기도 하지만, 이 계산은 아무런 의미가 없다. 우주 전체의 엔트로피는 증가 일변도에 있기 때문이다. 고립계라고 하는 우주는 그 넓이가 끝이 없는 가운데 지금도 팽창하고 있고, 우주 공간의 팽창하는 용적만큼 우주먼지는 세월이 갈수록 희박해져 간다는 의미이다.

형체가 보인다는 것은 그 자체가 빛을 반사하고 있기 때문에 일어나는 현상이다. 빨강, 노랑, 파랑은 색의 삼원색이고 빨강, 초록, 파랑은 빛의 삼원색이다. 삼원색끼리 합하면 색은 검정이 되고 빛은 백색(정확히는 무색)이 된다. 굳이 색과 빛을 삼원색에서 구분하고 있지만, 우리에게 색상은 빛이 있으므로 요구되는 것이다. 만약 당신과 나, 지구상의 모든 물체가 빛을 반사하지 않고 오직 흡수만 한다면 물질로 존재하되 그 형체는 완전히 사라지고 말 것이다. 블랙홀은 형체가 있는 물질은 물론이고 빛까지도 완전히 흡수하는 것으로 알려져 있다. 그래서 그 자체는 보이지 않고 주변의 현상으로만 인식되고 있는 것이다. 사람은 빛이 있기에 아름다워지고 싶어 한다. 우리는 진화의 산물이다. 진화의 작용기제는 육체적인 요구로부터 발생하지만, 반복적인 학습이나 정신적 요구도 무시할 수는 없을 것이다. 구체적인 예로 미인의 기준에 눈의 크기가 포함된다. 그래서 모두가 눈이 좀 더 컸으면 하고 갈망한다. 물론 요즘에는 성형시술을 통해 눈의 크기를 변화시키기도 하지만 외과적 시술을 차치하고라도 대를 이어 마음으로 갈망하다 보면, 실제로 눈의 크기가 진화해갈지도 모른다. 우리가 어떠한 형체를 이루어 피사체로 존재하는 것은 필시 누군가가 나를 볼 수 있도록 유도하는 행위이고, 또한 그것은 빛이 존재하므로 요구되는 것이다. 그렇지 않다면 우리는 그냥 원자나 분자로 흩어져 존재해도 무방한 것이다.

## 우주! 그 심연의 바다에 빠져

언제부터인가 누군가가 나에게 "취미가 뭔가?"라고 물어올 때면 나는 서슴없이 여행이라고 대답을 했다. 그러나 창피하게도 정작 여행다운 여행은 아직 한 번도 떠나 본 적이 없다. 곰곰이 따져보면 성격이 게으르고 나에게도 내일이 있다고 믿고 있었으며, 오늘 못하면 내일로 미룰 수 있는 여유가 있었기 때문이리라. 시간이 빠듯하다고 느낄 때

시간을 할애해서 행동에 옮기거나 경제적 여유가 부족하다고 느낄 때 자신의 청춘을 위해서 과감히 투자하는 자세가 필요하고, 세상을 좀 더 적극적인 자세로 살아야 한다는 이치는 모르는 바 아니다. 변명하자면, 먹고사는 것이 우선이고 회사 눈치도 봐야 하니 이것저것 따지다 청춘 다 보내고 이 모양이 되어가고 있는 것이다. 몇 해 전에는 동창들과 중국여행을 가기로 철석같이 약속해 놓고 정작 여행날짜를 잡아놓고는 회사에 사정이 생기는 바람에 그 약속을 뒤엎어버렸다. 얼마나 실없는 행동인가? 지키지도 못할 약속을 함부로 했다는 것도 그렇고 남아일언을 초개처럼 버렸다는 것도 그렇고, 두고두고 후회를 하고 있다. 동창들이 나를 얼마나 실없는 사람이라 생각했을까? 지면을 빌려서 용서를 구해본다. 그래서 최근에는 아예 취미를 바꿔버렸다. '우주여행'으로. 말하자면 사색이나 독서에 의존하는 상상의 여행이다. 이러한 취미는 아주 먼 길임에도 시간이나 경제 사정에 문제가 되지 않는다. 이를 계기로 나는 틈만 나면(주로 마음에 여유가 있을 때면) 상상의 나래를 펴고 저 광활한 우주로 여행을 떠난다. (참고로 이 글은 2013년 7월에 써 놓았던 글이다. 지금은 가뭄에 콩 나듯이 지구여행을 하고 있다.)

나는 가끔 자신의 정신연령이 매우 박약하다고 느낄 때가 있다. 어떤 때는 아들보다도 철이 없다고 생각될 때가 있는데, 하늘에 박혀있는 촘촘한 별을 보면서 그 간격이 광년이라는 단위를 붙여야 할 정도로 멀다거나, 그 먼 거리를 한 눈으로 볼 수 있다는 게 그렇게 신비롭게 느껴질 수가 없었고, 우주는 끝이 있을까? 끝이 있다면 그 뒤에는 또 뭣이 있을까 하고 호기심을 갖는 것 자체가 영락없이 초등학생의 그것이다. 아들은 초등학생이었을 때 혼자 치과에도 다녀오고, 포경 수술도 스스로 의원을 찾아가서 해결하고 오는 녀석이었다. 초등학생 때부터 이미 누가 시키지도 않은 막중대사를 자신의 필요에 의해서 해결하는 것이었다. 초등학생의 나이에 애비는 상상도 할 수 없는 일들이었다. 그러한 아들에게 우주가 어떻고, 별이 어떻고, 콩팔칠팔하는 애비를 "아버진 참! 이 바쁜 시간에 별걸 다 궁금해하세요!"라고 생각했을지도 모르겠다. 따라서 이 글의 내용 또한 초등학생이 생각할 수 있는 정도의 수준이므로 참고 바라고, 책에서 얻은 지식들을 일부 인용하고, 필자의 보잘것없는 상식과 생각을 짜 맞추어 요점만을 적는 글이니 다소 허구도 포함될 수 있음을 밝혀둔다.

우주는 빅뱅을 시작으로 탄생되었다는 것이 빅뱅이론이다. 애초에 시작이 없었으니, 시간도 멈추고, 공간도 없고, 형체도, 물질도, 아무것도 없는 상황에서 '어느 날 갑자기'라는 표현 또한 적절하지 않겠지만, 우주는 아무것도 없는 이러한 상황에서 어느 날 갑자기 대폭발을 일으킨다. 빅뱅을 시작으로 우주는 엄청난 속도로 팽창하여 137억 년이 흐른 지금도 그 팽창은 계속되고 있다. 빛의 속도 그 이상으로. 여기서 빛의 속도를 상정하는 이유는 우주의 경계는 최소한의 빛의 光子가 미치는 영역까지 포함될 것이기 때문이다. 다시 말해, 빛은 그 밝기가 소멸해 없어질 때까지 희미하게나마 고유의 속도로 끝없이 내닫을 것이며, 천체의 무리(群) 또한 일정한 속도로 그 간격이 넓어지고 있으므로 '빛의 속도+천체 간에 멀어지는 속도=우주의 팽창속도'로 봐야 한다는 뜻이다. 이 팽창논리는 과학이론과는 거리가 멀 수도 있고, 나만의 생각일지도 모른다. 우리가 말하는, 가도 가도 끝이 없는 우주에서 그 우주의 경계에 대한 논리는 이론마다 다르지만 공처럼 표면이 있다거나 천체의 구처럼 뚜렷한 형상을 가지지는 않을 것이다. 우주의 크기를 위 설명대로 빛이나 천체가 존재하는 공간으로 한정시켜야 할지, 아니면 아무것도 존재하지 않더라도 공허한 공간을 전부 포함시켜야 할지 그렇게 될 경우 공허한 공간 뒤에는 또 무엇이 있는지도 궁금해진다.

빅뱅에서 시작된 우주의 나이가 137억 년이라고 할 때, 우주의 팽창속도가 광속이라고 한다면 우주의 반지름은 137억 광년이 된다. 그러나 빅뱅 초기에는 우리는 도무지 이해할 수 없는 좀 더 복잡한 계산에 따라 광속보다 더 빠른 속도로 팽창할 수가 있었으며, 그 결과 우주의 반지름이 390(일설에는 460)억 광년이라는 계산 결과를 도출해 냈다고 한다. 그러나 그 값은 참으로 무의미하며 그것을 증명할 길이 없다. 390억 광년이나 되는 곳을 가볼 수도 없거니와 광속보다 빠른 팽창속도를 따라잡을 수 있는 방법이 당장에는 없기 때문이다. 이 설명은 3차원의 존재인 우리가 생각할 수 있는 우주의 경계에 대한 설명이고, 실제로 우주는 4차원으로 휘어져 있어 빛이 출발하여 하염없이 진행하면, 항공기가 지구를 한 바퀴 돌아 출발점으로 되돌아오듯이 언젠가는 다시 원점으로 돌아오게 된다는 것이다.

현상이 상식과는 거리가 있을 때 우리는 그것을 신비하다고 표현을 한다. 신비하다는 낱말 속에는 이해할 수가 없다는 뜻이 내재되어 있다. 우리는 지극히 과학적이라고 생각되지만, 너무나 철학적이거나 형이상학적인 현상들이 매우 과학적으로 분포되어있는 분야가 또한 우주라고 생각한다. 아인슈타인의 특수상대성이론($E=mc^2$)에 따르면 속도가 증가하면 질량도 증가하고 광속에서는 질량이 무한에 가까워야 하기 때문에 빛보다 빠른 속도는 있을 수가 없다고 한다. 그러나 우주의 발생과정에는 분명 빛보다 빠른 속도가 존재하는 것이다. 즉, 우주가 빅뱅 직후 $10^{-35}$초에서 빛보다 빠르게 이상팽창(인플레이션)을 하는 과정을 겪는데, 이 과정 후에는 서서히 팽창속도가 느려져 지금에 이르고 있다고 한다. 그런데 팽창속도가 느려진 지금도 그 속도는 여전히 빠르다. 그렇다면 지금도 빅뱅은 계속되고 있는 것이다. 폭발물이 터지고 그 여파가 공간 속에서 한동안 지속되듯, 우주는 지금도 폭발 중이고 그 영역은 폭발적으로 팽창하고 있다는 뜻이다.

빅뱅 이전, 즉 우주가 시작되기 이전에는 시간도, 물질도, 아무것도 존재하지 않았으며 공허하지도 않았다고 한다. "공간도 없고, 형체도 없고, 물질도 없고, 아무것도 없다. 시간도 흐르지 않는다." 여러분은 이해가 되는가? 우주를 살펴보면 우리의 상식으로는 이해 못 할 부분이 참으로 많다. 블랙홀이나 중성자별 또한 그중 하나인데, 블랙홀은 형체도 없는 것이 별이나 행성을 닥치는 대로 삼키고도 체적이 늘거나 그 형체를 드러내지 않는가 하면, 중성자별은 밀도가 워낙 커서 각설탕 1개 분량의 질량이 1억 톤이나 되는 것도 있다고 한다. 우주를 여행하다 보면 자연의 원리로나 우리의 상식으로는 도저히 이해할 수 없는 상황에 직면하게 되는데, 이 대목에서만큼은 우리는 전지전능한 절대자의 능력을 떠올리지 않을 수 없게 된다.

우리는 3차원의 공간 안에서 과거를 회상하고 미래를 추측하며 현재에 살고 있다. 하늘을 보면 3차원의 공간만 보일 뿐이고, 저 아득히 먼 곳에는 우주의 경계가 있으며, 또 어디엔가는 분명 우주의 중심이 있을 것으로 느껴진다. 그러나 앞에서도 언급한 바와 같이 실제 우주는 4차원의 시공간으로 휘어져 있고 중심도 경계도 없다고 한다. 우리의 눈에 우주가 4차원으로 휘지 않고 3차원 공간으로만 보이는 것은 3차원의 존재인 우리 인간의 시각적 한계일 뿐이다. 그럼에도 초끈이론[5)]이라고 하는 우주이론에서는 심층 우주가 11차원까지로 구성되어 있다고 하는데, 고작 4차원을 이해할까 말까 하는 3차원의 존재인 우리가 과연 11차원을 어떻게 이해할 수 있을까? 앞서 언급이 있었지만, 사람의 두뇌활동을 담당하는 대뇌피질의 신경세포 수는 약 140억 개로 보통사람들은 그 140억 개의 신경세포 중에서도 5%인 7억 개만 자신의 두뇌활동에 사용을 하고 있다고 한다. 그렇다면, 인간의 잠재능력이 거의 무한에 가깝다는 뜻이다. 만약 그 140억 개의 신경세포 중에서 사용비중을 높여 5%가 아닌 수십 퍼센트 수준으로 늘려 사용한다면 11차원이 보일지도 모른다.

사춘기 시절, 필자는 자신이 이 세상에 태어난 이유에 대해 심각하게 의문을 가지고 고민한 적이 있다. 차제에 한 번 더 폭로하건대, 당시 필자는 고등학생 신분으로 술집을 드나들기도 하고, 또래(필자의 또래들은 대학생이었다.)들과 어울려 기타와 야전(야외전축)을 메고 거리를 배회하는 등 불량학생으로 학창시절을 보냈는데, 그 텅 빈 머리로 무엇을 얼마나 깊게 생각을 했었겠느냐 마는 당시 제기한 문제는 인생의 황혼기에든 지금도 변함없이 신비하고 궁금할 따름이다. “나는 왜 태어났을까? 목적도 없이 우연히 만들어진 섹스의 부산물일까?", "수억의 정자 중에서 하필이면 '나'라는 정자가 어머니의 난자에 투입되었을까?", "신은 존재하는가? 인간은 과연 신이 만들어 놓은 창조물인가?", "우리가 죽으면 어디로 가는가? 사후세계는 존재하는 걸까?", "나 자신은 본래 나로 존재하는 것이 아니고 차원이 다른 어떤 곳에서 누군가에게 조종을 당하고 있는 허상이 아닐까?", "나의 일생은 이미 어떤 형태로 프로그램되어 있고 그 프로그램에 의하여 실천되고 있는 것은 아닐까?" 좁고 텅 빈 머리에 감당할 수 없는 생각들을 비집어 넣다 보니 머리카락은 벌써 삼십 초반에 백발이 들기 시작했는데, 아마 생각의 절정기였던 사춘기 시절부터 백발의 모근이 형성되고 있었던 게 아닌가 싶다. 위의 의문 중에서 일생이 어떤 형태로 프로그램되고 그 프로그램에 의하여 실천되고 있다는 생각은 지금 생각해도 참으로 기발한 것 같다. 종교계의 창조원리에 편승하여 만일 창조주가 자신을 모델로 하여 인간을 만들었다고 치자! 인간을 제조하는 과정에서 지적능력이 5%만 작동되도록 조절해두었다면, 그리고 어느 시기에 인간 스스로가 그 여분을 전부 사용할 수도 있다면 우리의 IQ는 현재 약 100의 수준에서 대략 2000을 상회할 것이고, 그렇게 되면 11차원을 이해하는 정도가 아니라 차원을 조절하고 이용할 수 있는 능력이 되지 않을까? 따라서 종국에 다다르면 내가 곧 길이요, 진리요, 생명일지도 모르는, 까마득한 그 경지에까지 이를지도 모를 일이다.

과학의 발견은 항상 진행형이다. 더 넓거나 더 거대하거나 더 작은 방향으로 진행하고 있고 또한 더욱 명확해지는 쪽으로 진행하고 있다. 우주의 나이가 언젠가 6천 년에 불과한 시절도 있었고, 수천만 년이었던 시절도 있었다. 지금은 137.5억 년이다. 지구의 크기는 한때 평면이었고 우주는 반구의 뚜껑처럼 생각되던 시절이 있었다. 그러다가 천동설과 지동설을 거쳐 오늘날 그 규모가 수백억 광년에 이르고 있는데, 그 또한 점점 넓어지는 쪽으로 역사는 흐르고 있을 뿐이다. 양자역학이라는 학문이 대두되면서 물질은 분자로 분자는 원자로 그 작은 원자는 또다시 쿼크나 렙톤으로, 힉스나 타키온으로 면도날이 가해지고 있다. 소립자들의 등장은 그 입자를 현미경으로 발견하여 얻는 것이 아니라 주로 과학자들의 상상과 계산에서부터 얻어진다. 일례로 원자는 현미경이 발견되기도 전 고대 그리스 철학자의 상상 속에서 발견된 후 오늘에 이르고 있다. 위에서 언급한 초끈이론으로부터 파생된 어느 우주이론에서(더 정확히는 어느 과학자의 상상력에서) 우주는 그 형상에 있어서 자기유사성(프랙털)을 가진다고 한다. 우주 속에 우주가 있고, 우주 밖에 우주가 있을지도 모른다는 것이다. 나의 모습, 나의 행동, 나의 생각… 나의 일거수일투족이 자기유사성으로 구현되고 있다면 어디엔가 거대한 내가, 또는 미시의 내가 존재할지도 모른다.

우주에는 수천억 개의 은하가 있고, 각각의 은하에는 또 수천억 개의 항성이 있으며, 각각의 항성은 수많은 행성을 거느리고 있다. 그 행성들의 숫자는 대략 지구상의 모든 백사장에 있는 모래알을 전부 합친 숫자보다도 많다고 한다. 모래알보다도 많은 행성, 그 많은 행성들 중에 하필이면 지구에만 지적생명체가 살고 있을까? 최근 외계생명체에 대한 관심이 높아지면서 몇 해 전 NASA에서 사람이 우주선을 타고 우주선 속에서 대를 이어가면서 100년 동안 우주를 여행한다는 거대한 프로젝트를 발표한 바 있다. 이른바 '100년 스타십 프로젝트(The 100 year Starship project)'인데, 100년 동안 우주를 얼마나 멀리까지 갈 수 있을지 의문이 앞선다. 지금으로부터 40년 전, 즉 1977년 NASA에서 발사되어 40년째 항진을 계속하고 있는 보이저1호. 현재 초속 17km의 빠른 속도로 태양계를 막 벗어나서 심연의 우주를 향해 그 외로운 길을 하염없이 날아가고 있는 중이라고 한다. 참고로 총알의 속도가 초속 1km가 채 안 되는데, 인간이 만든 물건으로는 최고의 속도로, 그리고 최초로 태양계를 벗어나 마침내 우주로 들어서고 있는 보이저1호. 외계의 지적생명체와 조우할 경우를 대비해 지구인의 메시지를 담고 있다고 한다. 태양계에서 가장 가까운 별은 'Centaurus' 자리에 속한 '프록시마 센타우리'라는 별인데 지구에서 거리가 약 4.2광년으로, 총알보다도 열일곱 배나 더 빠른 보이저1호가 직선거리로 항진을 계속한다고 해도 4만 년 이상 걸린다고 한다. 외계 생명체가 존재한다고 하더라도 우리와 조우할 수 있는 날이 그리 가깝지만은 않을 것이다.

끝없는 우주, 모래알처럼 많은 별들 속에서 한낱 먼지보다도 더 작은 지구. 그 속에 살고 있는 우리는 너무나도 보잘것없다. 그러나 우주를 구성하는 것은 작은 원소에서부터 출발하고, 먼지가 모여 우주를 이룬다. 인류역사상 우주를 향해 수많은 탐사와 조사가 이루어졌지만, 현재까지 바이러스와 같은 하찮은 미생물 하나 발견하지 못했다. 만일 어느 행성에서든 또는 여타의 소행성에서든 미생물 단 한 개체만 발견하더라도 인류역사상 가장 위대한 발견으로 기록될 것임은 자명하다. 저 수많은 별들 중에서 우리 눈에 지구의 생명체가 유일한 것은 끝없이 광활한 우주에 비추어 우리는 너무나 좁은 영역에서 먼지처럼 부유하면서 살고 있기 때문일 것이다. 현재까지의 상황으로만 본다면 인간이나 동물을 차치하고라도 이 세상의 모든 생명, 심지어는 미생물과 세균까지도 그 얼마나 고귀한 존재인가? 주로 생명체는 별 주위의 너무 멀지도 너무 가깝지도 않은 적당한 위치에 속한 '골디락스 지대'라는 곳에서 발생이 가능한데, 최근 우주 광학기계의 눈부신 발달과 함께 다양한 별들의 골디락스 영역에서 지구와 닮은 행성들이 속속들이 발견되고 있다. 우주 어딘가에는 우리 말고도 지적생명체가 분명히 존재할 것이다. 더 빠른 우주선을 개발하거나 앞서 말한 우주의 다차원을 이용하여 언젠가는 그들을 만날 수 있는 날이 오기를 기대해본다.

## 우주의 시작점에 대한 견해

태초에 우주는 시간도 흐르지 않았고, 공간도 없었다고 한다. 물론 공간이 없었으니 어떠한 물체도 물질도 존재하지 않았을 것이다. 시간이 흐르지 않고, 공간도 없고, 아무것도 존재하지 않는다? 과연 이 말이 무슨 뜻일까? 깜깜한 밤일까? 어떤 하나의 점일까? 밤도 점도 아무것도 보이지 않는 투명일까? 추측하건대, 이 세상의 그 무엇으로도 형언할 수 없는 불가해한 그 무엇일 것이다. 아니, 그 무엇이란 이미 무언가를 지칭하는 것이기 때문에 아무것도 없는 것을 표현하기에는 적절하지 않다. 말로든 생각으로든 도대체 설명할 수 없는 어떤 상태, '어떤'이라는 낱말에도 기회의 뜻이 내포하므로 이 말도 여기서는 성립할 수가 없다. 도대체 무엇으로 설명하여야 한단 말인가? 시간이 흐르지 않는다는 것은 모든 것이 멈춰진 상태라는 뜻이고, 공간이 없다는 뜻은 아무런 물질도, 물질이 존재할 장소도 없다는 뜻이다. 이러한 상태에서 우연한 기회에 터져 만들어진 것이 우주다. '우연한 기회'라는 말뜻에도 분명 시간이 내재되어 있으므로 여기서는 성립할 수가 없다. 이 세상의 언어로는 도저히 설명할 수 없는 이러한 사실을 우리는 어떻게 이해를 해야 할까?

우주탄생을 규명하는 수많은 우주이론에서 가장 정설로 통하고 있는 이론이 현재로는 빅뱅이론이다. 앞에서의 설명과도 같이 아무것도 존재하지 않는 텅 빈 곳에서 어느 순간 뭔가가 일순간에 폭발하여 우주가 탄생되었고, 그 후 지금까지 일정한 속도로 팽창하고 있다는 이론이다. 우주의 나이는 운석의 연대측정이나 여타의 분석으로 추정해 볼 수도 있지만, 우주의 팽창속도를 역산하여 현재 우주의 크기에서부터 좁혀 가면 끝내는 하나의 점에 도달하게 된다. 그것이 137억 년이라는 것이다. 우주는 137억 년 전에 하나의 점에서 시작되어 오늘에 이르고 있다는 것이다. 그런데 지식이 짧다 보니 깊이 들어가 보지는 못해도 필자의 생각으로는 빅뱅이 우주의 시작이라는 논리에 동의하기는 어려울 것 같다.

우리가 궁금한 것은 서두에서와같이 아무것도 없는 무의 상태에서부터 발생하는 우주의 시작점이지 천체의 시작점이 아니라는 것이다. 즉 빅뱅은 우주의 시작에 대한 설명이 아니고, 천체의 시작에 대한 설명이라는 것이다. 빅뱅의 설명은 대강 이렇다. 우주에는 공간이 존재했고 그 공간은 카오스, 즉 혼돈상태였으며 에너지가 하나의 극한점으로 모여 있는 상태에서 그 점이 갑자기 폭발한 것이다. 눈 깜짝할 사이에 모든 것이 사방으로 퍼져 나가 우주를 형성하게 된 것이다. 빅뱅을 시작으로 은하가 탄생하고, 별과 행성과 성간물질이 생겨난 것이다. 따라서 빅뱅 이전에 이미 공간이 확보되어 있었다는 이야기다. 정작 우리가 궁금한 것은 빅뱅 전의 상황 즉 우주 공간의 형성에 대한 이야기이다. 필자가 생각하기로, 우주의 팽창에 대해서는 두 가지를 상정해볼 수가 있을 것이다. 하나는 외계를 배제한 상태에서 풍선의 내부가 팽창하듯이 존재하지 않았던 어떤 영역이 확장되어 나간다는 것이다. 이 설명은 곧 빅뱅이 공간을 형성한다는 이야기가 된다. 만약 그렇게 되면 빅뱅 이전은 어떠한 상황이었는지, 현재 영역의 바깥, 즉 외계의 형상이 어떠한지의 문제를 해결하지 않을 수 없다. 이 경우에는 그러한 상황을 도저히 이해할 수 없는 우리의 미개한 의식에 책임이 따른다. 또 하나는 이미 완성되어 존재하는 암흑의 공간 속으로 빅뱅에서 출발한 광자가 퍼져 나가는 속도에 의해 빛이 도달하는 영역의 확장을 이르는 것이다. 이 논리는 매우 과학적이다. 다만 암흑의 공간은 언제 구성되었는가 하는 의문이 남는다. 우주 공간이 원래부터 있었다고 간단히 이야기한다면 더 이상 할 말은 없다. 이 경우, 우리 의식에 대한 책임의 문제는 따르지 않는다. 다만, 도대체 빅뱅이 137억년이라면 우주 공간은 언제부터 생겨나 있었을까? 질문만 허공에 남을 뿐이다.

"태초에 하느님이 천지를 창조하시니라. 땅이 혼돈하고 공허하며 흑암이 깊음 위에 있고 하느님의 영은 수면에 운행하시니라." 성경의 창세기 첫 구절에 이렇게 시작된다. 하느님이 천지를 창조하여 빛과 어둠을 나누고 하늘과 땅을 만들면서 지구환경에 관한 이야기로 구성되는데, 폭넓게 관찰해보면 하느님이라는 주체의 상정만 다를 뿐 빅뱅의 이론 및 책에서 전해지는 태초의 지구환경과 배치되는 부분은 별로 없다. 우주탄생을 보편적인 과학이론으로 도출해내는 데 성경 내용 말고는 갖다 붙일만한 별다른 스토리가 없었다는 뜻이리라.

망원경으로 시간을 볼 수 있다는 말은 참 허황하고 신기하지만, 실제다. 우리의 시각(視覺)에서 먼 곳일수록 과거에 가깝고 가까운 곳일수록 현재에 가깝다는 등식은 성립한다. 50광년의 별을 본다는 것은 50년 전의 그 별을 보는 것이다. 앞에서 살펴보았듯이, 우주의 나이는 137억 년이다. 만일에 빅뱅과정에서 이상팽창의 과정이 없고 빛의 속도로만 팽창해왔다면 137억 광년을 본다는 것은 우주의 시작점을 본다는 것이다. 그렇다면 정확하게 137억 광년, 빅뱅의 순간을 망원경으로 포착한다면 우주의 시작점이라고 표현되는 그 입자, 그 폭발장면을 볼 수 있을까? 여기에 대한 나의 생각은 다음과 같은 이유로 매우 비관적이다.

우리는 빅뱅의 폭발압력을 동력으로 하여 하염없이 밀려나고 있는 파편에 빌붙어있는 먼지에 불과하다. 여기서 빅뱅의 구성이 폭발의 성질인지 아닌지는 중요하지 않다. 다만 폭발과 팽창은 단위시간에 작용하는 압력이나 속도의 문제일 뿐, 여기서는 둘의 구분이 무의미하다고 사료된다. 그렇다면 내가 김정은의 도발수단인 핵폭탄 껍데기에 붙어있는 먼지라고 하고, 이 핵폭탄이 탑재된 미사일이 김정은의 지령에 따라 발사되어 날아가다가 어느 순간 공중에서 폭발을 해버렸다고 하자. 폭발과 동시에 번쩍하는 빛을 선두로 하여 압력과 파편들이 방사상으로 일순간 흩뿌려져 나갈 것이다. 내가 빌붙어있는 파편은 우주공간으로 한없이 뻗어 나갈 텐데, 우주의 시작점을 본다는 그 원리대로 좀 전의 폭발장소를 되돌아보면 폭발장면은 볼 수 없고 폭발잔해만 뿌옇게 남아있다. 왜 그럴까?

내가 남긴 과거를 내 눈으로 목격하기 위해서는 내가 빛의 속도를 앞질러가야 한다. 즉, 폭발과 동시에 발생되는 빛의 속도보다 내 속도가 커서 당초 폭발장면의 정보를 담고 진행하고 있는 광자의 속도를 앞질러 가서 기다려야 한다. 그러나 애석하게도 내 동작이 아무리 빨라도 첫 장면은 볼 수가 없다. 예를 들어 나의 속도가 빛의 속도보다 두 배 빠르다고 한다면, 폭발 직후 한 시간이면 2광시에 도착한다. 이 2광시의 장소에서 폭발장소를 보면 처음 1광시만큼의 폭발장면은 이미 스쳐 지나가버리고, 나머지 1광시에 해당하는 거리에서 폭발의 파편들이 날아오고 있는 장면만 보일 것이다. 따라서 내가 멀어지고 있는 속도가 빛의 속도 이하라면 나의 과거는 절대 볼 수가 없다. (※ 1광시= 빛이 1시간 동안 진행하는 거리)

빛보다 빠른 속도는 없다고 하는 우리의 물리법칙이 사실이라면, 우리는 시각적(時刻的)으로나 시각적(視覺的)으로 빅뱅의 순간을 포착할 길은 없다. 다만 아직은 실용되지 않은 방법이지만 하나의 길이 있다면 타임머신을 이용하는 방법이 있다. 타임머신을 타고 빅뱅의 순간까지 한번 가보는 것이다. 그러나 장담하건대, 그것이 가능할지라도 절대 살아 돌아올 방법은 없다. 여기에 대한 자세한 이야기는 곧이어 펼쳐지는 '시간여행에 대하여'에서 논하기로 한다. 일부는 과거에 존재하고, 일부는 현재에 존재하고, 일부는 미래에 존재하는 것으로 과거, 현재, 미래가 동시에 분포하는 것이 우주다. 즉, 우리는 공간적으로나 시간적으로 방대하기 짝이 없는 우주의 현재를 기준으로 대략 137억 년 과거의 끝자락에 살고 있는 것이다. 과거의 우주는 관측 가능하지만, 미래의 우주는 관측이 불가능한 이유도 여기에 있다. 다소 철학적인 이야기지만, 그러한 가운데 나는 과거와 미래의 중심에 있는 것으로 여기가 곧 현재이며 우리가 있는 이곳이 곧 우주의 중심인 것이다.

## 시간여행에 대하여

타임머신이라는 '용어의 발명'은 과학계에서 아주 오래전의 일이다. 비록 가까운 장래까지는 그 실용성이 낮아 보이지만, 이론은 거의 확립되어있으니 우리는 곧잘 상상 속에서 타임머신에 몸을 싣고 시간여행을 경험하기도 한다. 시간여행이 보편화된 사회의 경우 어느 여행지에서의 대화는 어디에서 왔느냐 보다도 어느 시대에서 왔느냐가 궁금할 것이다. 시간여행과 동시에 공간상의 위치보정이 가능한지도 궁금하다. 성능이 매우 우수한 타임머신을 타고 내가 이 자리에서 시간여행으로 백만 년 후를 여행한다고 치자. 백만 년 후에는 내가 있는 이곳이 땅속에 묻혀있을지도 모를 일이다. 백만 년 후로의 시간여행 도착지가 숨을 쉴 수도 없는 지하 땅속이라면 어떠한 조치가 필요할 것인가?

지구는 끊임없이 태양 주변을 돌고 있지만 동일한 장소를 지나는 일이 거의 없다. 태양은 우리은하 주변을 돌고 은하는 우주 어딘가로 하염없이 날아가고 있으며 우주는 중심도 경계도 없는데, 과연 내가 위치한 곳은 어느 곳을 기준으로 좌표를 잡을 것이며, 더군다나 지금 내가 있는 위치가 백만 년 후에도 지구의 어느 곳일 리가 만무하지 않은가? 내가 있는 위치를 어떻게 규정할 것인가? 이론상 미래로의 여행은 가능할지라도 과거로의 여행은 불가능하다고 한다. 과거로의 여행을 허락하게 되면 내가 과거로 가서 직계조상의 운명에 영향을 미칠 수도 있고, 그렇게 될 경우 나는 존재할 수 없으므로 원인과 결과가 뒤죽박죽되어버리기 때문이라는데, 그렇다면 과거 여행은 포기하고 미래 여행을 계속한다고 치자. 목적대로의 여행을 마치고는 가족의 품으로 되돌아가야 하는데, 이론대로라면 과거로는 갈 수가 없다. “이 무슨 운명의 장난이란 말인가?”

1971년, 두 사람의 과학자가 비행기에 원자시계를 장착하여 시간을 측정하였더니 고도가 높은 곳일수록 시간이 느리게 흐르고 있음을 확인하였다고 한다. 그렇다면 우주 깊은 곳일수록 시간이 느리게 간다는 추리가 가능하다. 우리나라 속담에 “신선놀음에 도낏자루 썩는 줄 모른다.”는 속담이 있다. 보통 수십 년은 썩지 않는 것이 도낏자루다. 신선놀음 한 판에 우리의 시간으로 수십 년은 걸린다는 뜻이다. 만화책에서 자주 등장하는 신선의 이동수단은 구름으로 묘사되고 있다. 유추해보면 신선은 산에 있는 것이 아니라 주로 하늘에서 임하고 있다. 저 까마득한 우주 한가운데 시간이 한참 느리게 가는 그곳에서 구름을 타고 우리를 지켜보고 있다면 속담은 너무나 과학적이다.

관측 가능한 우주는 수백억 광년에 육박한다고 보고되고 있고, 광학기계의 발달로 수십억 광년 우주 저편에 있는 별들의 관측이 가능해졌다. 여기서 '관측 가능'이라는 말에는 두 가지 의미가 있다. 하나는 우주가 열려있는 범위라는 뜻이고, 하나는 현재까지 개발된 광학기계의 성능을 뜻한다. 따라서 끝없는 우주는 수백억 광년만큼만 열려있다는 의미이다. 별을 관측한다는 행위는 과거를 본다는 뜻이다. 50억 광년의 별을 본다는 것은 50억 년 전의 과거를 본다는 뜻이다. 여기는 현재이지만 저 별은 50억 년 과거이다. 신기하지 않은가? 우리는 한 눈으로 현재와 과거를 동시에 보고 있는 것이다. 50억 광년은 맨눈으로는 보일 리가 없고 망원경으로 50억 년 전을 보는 것이다. 그런데 아무리 성능이 좋은 망원경이라고 해도 그렇게 먼 별을 어떻게 관측할 수가 있는지 궁금해진다. 망원경의 원리는 거리를 단축시키는 것이 아니고 상의 크기만 확대시키는 것이다. 배율을 두 배 확대한다고 하여 25억 년 전으로 단축되는 것이 아니라는 뜻이다. 즉 어느 크기에서 포착되지 않는 물체는 아무리 확대해도 보일 리가 없다는 뜻으로 100만 화소의 성능으로 찍은 화면은 확대해도 100만 화소라는 의미다. 이 말뜻은 시야에 방해물질이 존재하는 대기권에서의 이야기이고, 진공의 우주에서는 천체가 가로막지 않는 한 배율이 클수록 더욱 먼 거리의 관측이 가능하리라 생각한다.

시간과 공간은 상호의존적으로 서로 휘어져 존재하기 때문에 독립해서 존재할 수가 없다고 한다. 여기서 휘어져 존재한다는 뜻은 우리의 지각한계에 따른 표현일 뿐, 우리로는 그 형체를 바르게 표현할 수가 없다. 이를테면 우주는 끝이 없는 가운데 우주 공간을 우리가 생각하는 직선으로 하염없이 달려가면 언젠가는 출발점으로 되돌아온다는 원리가 바로 그러한 것이다. 공간의 구성이 그러하다면, 시간적으로도 비슷한 추리가 가능하다. 타임머신을 타고 어느 도착지점을 상정하지 않은 채로 미래나 과거를 향하여 한 방향으로 하염없이 날아가다 보면 언젠가는 원점으로 되돌아올지도 모른다.

삼각형이 원을 구성한다는 이론이 하나 있다. “만약 세 개의 점이 한 직선 위에만 있지 않다면 이 세 개의 점을 지나는 원이 존재한다.” 이 명제는 참이다. 이는 누구나 신뢰할 수 있는 교과서의 이론이다. 의심이 간다면, 이를 확인하기 위하여 2차원의 평면 위에 무작위하게 점 세 개를 찍어보자. 점 사이의 간격이라든가, 위치는 어디에 찍든 자유다. 세 개의 점을 찍고 나서 점끼리 직선으로 연결하면 당연히 삼각형이 된다. 그러나 전체를 생각하면서 점 간격의 크기에 따라 요령있게 원호를 그리고 서로 연결해보면 원이 구성된다는 것을 알 수가 있다. 다만 어떤 것은 원이 너무 커서 실제로 그리기에는 불가능한 경우도 있다. 그런데 살펴보면 이 명제에는 ‘한 직선 위에만 있지 않다면’이라는 전제가 있다. 필자가 생각하기에는 이 전제 때문에 본 명제가 참일 리가 없다. 왜냐하면, 우주는 중심이 없기에, 또한 어느 곳이든 우주의 중심이기에 어느 한 방향으로 한없이 진행하면 마침내 출발점으로 되돌아오게 된다는 원리 때문이다. 이를테면 직선 위에 점 세 개가 찍혀있다면, 그 점 세 개가 연결되는 직선 방향으로 하염없이 진행하면 우주 크기의 원을 그리고는 언젠가는 출발점으로 되돌아오게 되는 것이다. 이 경우 멀리 갈 것까지도 없다. 지구만 한 바퀴 돌아와도 문제는 해결된다. 따라서 점이 직선 위에 있든, 그렇지 않든 상관없이 점 세 개가 있다면 언제나 원이 존재한다고 해야 맞다. 우주적 관점에서 본다면 직선이란 존재하지 않는 것이다.

태양을 제외하고 지구와 가장 가까운 별은 '프록시마 센타우리'라는 별인데, 지구에서 약 4.2광년의 거리에 있다. 현존하는 가장 빠른 우주선으로도 4만 년 이상의 거리라고 한다. 지구에서 프록시마 센타우리를 본다는 것은 4년 전에 출발한 빛이 고유의 속도로 4년 동안 달려온 결과물을 보는 것으로, 빛이 달려오는 과정에서 이미 4년이라는 시간을 소비하게 된다. 상대성원리에 따르면 광속으로 날고 있는 물체는 시간이 정지 상태에 있다고 한다. 그렇다면 만약에 광속로켓이 범용화되었다고 치고, 내가 환갑기념으로 광속으로 우주여행을 한다고 치자. 지금 지구에서 출발하여 4년 후에 프록시마 센타우리에 도착한다면 이때 내 나이가 환갑 그대로일까? 얼마 전, TV 채널에서 영화 『인터스텔라』를 봤다. 사실 이 영화는 2년 전 해외 여행길에서 기내에서 미리 한번 본 경험이 있고, 그 뒤에 이 영화제작에 참여한 세계적인 이론물리학자 킵손이 쓴 『인터스텔라의 과학』이라는 책으로도 읽었던 영화인데 내용이 복잡하여 차근차근 생각을 정리하면서 다시 한번 보게 되었다. 이 영화 대사 중에는 "여기(우주)에서 1시간이 지구에서는 7년입니다."라는 대사가 나온다. 그리고 지구에서의 환경을 그대로 본떠 만든 우주기지에 귀환하여 할머니가 되어 임종을 맞는 늙어버린

딸과 그 딸의 자식 정도로밖에 보이지 않을 정도로 젊은 아버지가 조우하는 장면이 나온다.

지구 주변을 돌고 있는 ISS(국제우주정거장)에서 우주유영을 할 경우, 우주복에 딸린 생명유지기능의 산소량은 최대 7시간을 사용할 수 있다고 한다. 그렇다면 시간이 느리게 간다고 생각되는 우주에서도 한 통의 산소로 7시간을 사용할 수 있을 것인가? 아니면 위에서의 계산대로 49년 동안 사용이 가능하다는 뜻인가? 멍청한 질문이다. 당연히 7시간일 것이다. 우주에서 우주유영으로 7시간을 보내는 동안 지구에서는 49년이 걸린다는 뜻이다. 과학적 상식에 따르면 블랙홀은 워낙 중력이 커서 주변의 천체나 여타의 물체는 물론 심지어는 빛까지도 흡수해버리고, 그 중심에 가까워질수록 시간이 느려진다고 알려져 있다. 이미 언급했지만, 특수상대성이론에서 에너지는 질량과 광속의 제곱으로 표시되는데 광속에 가까울수록 시간이 느려진다는 것이다. 위의 사실들을 종합해보면 블랙홀의 중심이라든가 우주의 더 깊은 곳에서는 시간이 멈추어버리는 곳이 분명 존재할 것이다. 그렇다면 여기에서 또 질문이 떠오른다. 우주에서 시간이 느리게 간다면 자신의 행동에서 그것이 느껴질까? 만약 시간이 멈춘다면 영원히 죽지 않고 살 수가 있을까?

내 생각은 이렇다. 지구에서 책을 한 권 읽는 시간이 24시간이라면 우주에서 책 한 권 읽는 시간도 24시간이다. 어떤 차량 정비사가 볼트를 스무 바퀴를 돌려서 토크 값을 얻는다면 우주에서도 스무 바퀴를 돌리면 토크 값을 얻을 수 있다. 이때 인체가 소비하는 대사량이나 세포의 활동량도 동일하고 따라서 노화 속도도 거의 동일하다. (기압이 나 인체가 느끼는 중력의 영향은 무시하자!) 우리가 느끼는 감각도 두 장소에서 별다를 바가 없을 것이다. 즉 지구에서 사람의 일생이 100년이라면 우주에서도 일생은 100년이다. 다만 동시에 두 사람이 지구와 우주에서 각각 독립된 상태에서 동일하게 느껴지는 길이의 시간을 보내고 나서 서로 만나게 되는 순간 위와 같은 역설이 발생되는 것이라 생각한다. 그래도 의문은 남는다. 이번에는 성능이 매우 우수한 망원경으로 지구에서 그들을 지켜본다고 가정하자. 지구에서의 거리는 50광년이라고 하고 시간 비는 위와 같다고 하자. 우주유영을 하는 그들을 1시간 동안 지켜본다면, 눈에 들어오는 정보는 비록 50년 전 과거의 결과겠지만 그들의 행동 1시간을 보기 위해서 지구에서는 7년 동안을 주시하고 있어야 할 것이다. 그렇다면 그들의 동작 하나하나는 아주 느린 슬로비디오처럼 보일까?

## 시공간의 의미에 대하여

우주가 공간도 시간도 없는 無에서 출발을 했다고 하지만, 나는 그 無라는 개념을 이해할 수가 없었다. 그런데 문득 이런 생각을 해본다. 우주에 태양도 별도 행성도 없고, 물체나 물질이 될 만한 것이라고는 아무것도 없다고 생각해보자. 동식물은 물론이고 미생물까지 살아있는 생명과 의식의 주체가 될 만한 것, 먼지도 공기도 빛도, '존재'라는 단어가 붙여질 수 있는 그 무엇도 존재하지 않는 우주라고 생각해보자. 아무것도 존재하지 않는다면 공간이라는 의미도 사라져버리고 만다. 이 광활한 우주가 아무것도 존재하지 않는다는 그 생각만으로도 우리는 시간과 공간을 우리의 의식 속에서 배제할 수가 있다. 우주가 아무것도 존재하지 않는 텅 빈 공간이라고 한다면 전후, 좌우, 상하를 가늠할 수가 없을 뿐더러 공간의 의미나 시간의 의미도 사라지고 말 것이다. 영혼이라든가 의식의 주체가 없다는 것만으로도 이미 아무것도 존재하지 않는 것이다. 하물며 빛도 공기도 그 원자까지도 없다고 한다면 진정한 무(無)의 세계가 연출되는 것이다. 우주의 시작을 표현할 때에 이러한 공간의 상정은 매우 자연스러운 시나리오에 해당하는 것이다. 따라서 태초에 우주가 공간도 시간도 없었다는 말은 아무것도 존재하지 않는 암흑의 공간으로만 이루어져 있었다는 말로 정리된다.

아무것도 존재하지 않는 無라는 우주에는 방향도 없고 위치라는 개념 자체가 있을 수 없다. 그러한 우주 공간에 원자가 하나 있다고 하자. 아니, 원자보다도 더 작은, 아예 부피가 없고 형체도 없는 궁극의 점이 하나가 있다면 점이 있다는 사실만으로도 無라는 개념은 해제된다. 그렇다면 점이 있다는 사실만으로 방향이나 위치라는 개념은 존재할 수 있을까? 내 생각으로 점을 중심으로 하는 그 자체의 위치는 있을 수 있으나 방향은 아직도 없다! 즉, 여기서(점으로부터) 몇 미터라는 이야기는 가능하지만, 점 자체에 전후, 좌우, 상하를 구분할 수 있는 형체나 부피가 없고 공간에도 동서남북의 구별이 없으므로 방향의 개념은 도출해 낼 수가 없을 것이다. 여기서 주의할 것은 점의 입장에서 생각하여야 한다는 것이다. 점을 객체로 놓고 생각하게 되면 혼란

이 생긴다. 다시 한번 강조하는바, 점에는 부피가 전혀 없다. 만약 그러한 점이 두 개가 있다면 가까스로 상대적으로나마 방향과 위치라는 개념은 유도해 낼 수가 있을 것이다. 그렇다면 점이 하나만 있고 그 점에 부피가 있다면? 점에 부피가 있다면 전후, 좌우, 상하 방향의 개념은 물론 회전의 의미까지도 부여할 수가 있을 것이다. 그렇게 되면 자신의 신체에다 좌표를 설정할 수가 있다. 다만 이때는 점의 움직임에 모든 것이 보정되어야 할 것이다.

여기까지 짧게 글을 쓰면서 나는 벌써 '존재하지 않는', '무의 세계'라는 단어를 이율배반적으로 사용함으로써 대철학자 칸트가 말하는 그 격률! 격률을 몇 번이나 범하고 말았다. '존재하지 않는'이란 뭔가를 수식하는 언어이고, 그 뭔가란 이미 아무것도 가리킬만한 것이 없다는 말이다. '무의 세계'도 역시 '세계' 자체가 존재하지 않는다는 뜻이다. 그런데 '無의'라는 수식어 뒤에 세계라는 단어를 버젓이 붙여놓고 말았다. 문제는 이렇게 말고는 달리 표현할 방법이 없다. 세상에 없는 것을 어떻게 표현할 수가 있으랴! 또한, 無라고 하면 공간도 없어야 하는 것이다. '비움과 채움의 딜레마'에서 설명이 있었듯이, 아무리 빈 공간이라고 하더라도 공간 속에는 진공이든 암흑이든 뭐든 채워져 있을 것이다. 따라서 우주가 무의 상태라는 말에서는 공간을 포함할 것인지에 대하여 더러 논란이 있기도 하다. 우선 여기서는 그 무엇도 없는 빈 허공의 존재를 인정하자. 그리하여 우주는 아무것도 없는 상태에서 불현듯 발생하였던 것이다.

우리는 전후, 좌우, 상하를 구분할 수 있는 3차원의 공간과 시간이라는 차원을 더한 4차원의 시공간에 존재한다. 공간은 시각적(視覺的)으로 느낄 수가 있고, 시간도 시각적(時刻的)으로 느낄 수 있다. 또한, 시간은 시각적(時刻的) 외에도 시각적(視覺的)으로도 느낄 수 있다. 방금 시각(視覺)과 시각(時刻)의 동음이의어를 이용하여 최근 유행의 '아재 개그'에 편승해 봤다. 위와 같은 동음이의어는 필자가 자주 써먹고 있는 말장난이다. 그러나 위의 설명은 말장난만이 아닌 실제 사건이다. 시간을 시각적(時刻的)으로 느낀다는 것은 더 이상 말할 나위가 없겠지만, 시간을 어떻게 시각적(視覺的)으로 느낄 수 있는지가 궁금할 것이다.

"시간이란 무엇인가? 아무도 내게 이런 질문을 하지 않아도 나는 그것을 알고 있다. 하지만 누군가 내게 물어보고 내가 설명하려고 하면 시간이 무엇인지 도대체 알 수가 없다." 기독교가 낳은 위대한 철학자 성 아우구스티누스의 시간에 대한 설명이다. 서두에서 無의 개념에 대해 언급했듯이, 세상에 아무것도 없는 것을 표현하는 것만큼이나 시간에 대한 설명은 어렵다는 뜻으로 해석된다. 우리는 하나의 공간 속에서 과거와 현재를 동시에 의식할 수가 있다. 나는 현재이고 내가 보고 있는 것은 언제나 과거에 속한다. 하늘에 보이는 태양은 8분 전의 과거이고, 바로 앞에 보이는 물체도 엄밀하게는 좀 전에 그 물체로부터 떠나 나의 망막에 맺히는 광자의 정보를 뇌가 편집하여 의식하는 것이다. 시간 단위를 쪼개면 찰나가 된다. 우리가 보고 있는 것은 과거이며 매 순간의 찰나를 연결한 것이다. 이러한 모든 것을 관찰자의 시각(視覺)으로만 한정하여 본다면 시간을 시각적(時刻的)과 동시에 시각적(視覺的)으로 느끼는 것이다.

시간은 공간과 함께 느낄 수 있으므로 시공간이라 한다. 우리는 시간을 길이로 느끼고 있으나 그 형체를 알 수가 없다. 우리가 지각할 수 있는 감각정보는 어떤 논리와 어떤 형체로 구체화되어야 하는데, 사실은 우리의 지각으로는 시간의 형체를 느낄 수 없을 뿐만 아니라 그것이 이 세상에 어떻게 분포하는지 논리적으로 정확하게는 설명할 수가 없다. 그러한 까닭에 무리하게나마 시각적으로 그 형체를 표현하기 위한 여러 가지 기하학적 이미지가 등장하곤 하지만 3차원의 존재인 우리에게는 시공간은 말로도 설명이 어렵듯이 절대 회화적으로 그 형상을 설명할 수가 없다.

공간의 움직임은 시간의 흐름에 따라 수반되는 현상이다. 강물이 흐르고 있는 경우를 생각해보자. 어느 시점에서 시간이 멈춘다면 강물은 파동도 움직임도 일순간 사라져버리고 만다. 물속에서 노닐던 물고기는 투명한 호박 속의 화석처럼 굳어져 버리고 말 것이다. 그러나 이 설명도 성립할 수가 없다. 시간을 수반하지 않는다면, 이 세상에는 순간도 없다. 순간이 없다면 시각적(視覺的)으로 나타날 수 있는 아무것도 존재할 수가 없다는 뜻이다. '이 세상'이라는 낱말은 또 무슨 의미가 있겠는가? 우주가 태동하기 전의 상황이 아마 그러한 상황이 아니었겠는가? 우주가 태동하기 전의 '상황'이라니 이 낱말은 또 무슨 뜻인가? 시간이 흐르지 않는다면, 순간도 이 세상도 그 어떤 상황도 성립할 수 없는 것이다. 시간이 존재하지 않는다는 전제는 우리를 걷잡을 수 없는 의문의 세계로 꼬리에 꼬리를 물게 한다. 인생이 짧다거나 인생이 길다고 느껴지는 것은 시간이 작용하기에 느껴지는 현상이다. 생명에 시간적 길이가 주어지거나 더 나아가서는 생물을 넘어 무생물의 존재 자체도 시간을 수반하기에 가능한 것이다. 흙이 퇴적하여 돌이 되는 것도, 돌이 풍화되어 으스러지고 마침내 흙이 되는 것도, 사물이 우리의 망막에 맺히고 우리 뇌를 통하여 의식하는 것도 시간을 수반하기에 가능한 현상이다. 시간이 없다면 현상도 없는 것이다.

'있다', 즉 '존재하다'는 의식으로부터 독립하여 외계(外界)에 객관적으로 실재한다는 뜻으로, 품사는 동사이지만 공간적으로 그 자리에 가만히 있으니 움직이지는 않는다. 그러나 만약 시간을 공간처럼 생각한다면 시간의 속도만큼 움직인다고 볼 수 있다. 정지 상태의 사물이나 정적인 사실도 시간을 수반하기에 동적인 것이다. 관측자의 입장에서 본다면 모든 현상은 시간을 수반하기에 존재한다. 만약 시간을 수반하지 않는다면 순간도 없는 것이다. 모든 현상은 단층촬영의 그것처럼 순간순간의 연속이며 시간이라는 끈으로 이들을 연결함으로써 결합하고 존재한다. 뭔가를 바라보면서 어떤 순간을 포착했을 때 의식이 작동한다. 포착된 객체의 입장에서는 그 포착 순간이 시간의 소비 없이 순간일지라도 주체로부터 작동되는 의식은 시간을 소비하지 않고서는 한순간의 단면만으로는 성립할 수 없을 것이다.

책을 읽다가 "운동하는 물체를 연구한다는 것은…."이라는 문장이 있다. 이 문장으로 유추해보면 운동하지 않는 물체도 존재한다는 뜻으로 해석이 된다. 그러나 그것은 단지 지극히 제한된 어느 위치에서의 상대적인 움직임에 한정될 뿐이다. 우주적 관점에서는 만물이 역동한다. 삼라만상, 우주만물 중에서 제자리에서 가만히 있는 것이라고는 아무것도 없다. 산과 들판은 저곳에서 가만히 있는 걸까? 절대 그렇지 않다. 우리의 지각으로 감히 감지할 수 없을 뿐, 산과 산이 멀어지거나 가까워지고 대륙은 쉬지 않고 움직이고 있다. 지구는 태양 주변을 돌고 있고 태양은 은하를 돈다. 은하는 소우주를 돌고 소우주는 대우주를 돈다. 우주는 팽창하는 가운데 우리는 지구를 타고 하염없이 날아가고 있는 것이다.

"인생은 찰나에 지나지 않는다!"라는 말이 있다. 시간이 흐르지 않는다는 것과는 대비되는 말이다. 과장된 말이지만, 인생이 너무나 짧고 허무해서 찰나라는 시간으로 자주 인용되는데, 영겁의 시간이 찰나보다도 더 짧거나 반대로 찰나라는 짧은 시간의 길이가 무한대로 길다고 한다면, 둘 다 그 길이를 측정할 수가 없으므로 시간은 흐르지 않는 것이나 다름없다. "나는(飛) 화살은 순간적으로 정지 상태에 있다." 그리스의 철학자 제논(Zenon)의 말이다. 날고 있는 화살은 위에서 언급한 단층촬영처럼 정지 상태의 연속이고, 화살이 날아간다기보다는 순간순간이 계속 이어지는 것이라고 말할 수 있다. 시간이 정지하고 있다는 것은 곧 날고 있는 화살이 정지 상태에 있다는 것과 같다. 그러나 엄격하게는 이 말도 성립할 수가 없다. '있다.'라는 자체가 벌써 시간을 수반하기 때문이다.

한편, 자동차나 비행기 같은 이동수단의 능력을 뜻하는 용어 중에는 순간속도(瞬間速度)라는 단어가 있다. 순간속도의 사전적 의미는 운동하는 물체가 어떤 순간에 가지는 속도를 뜻하는 것으로 곧 어느 순간에 이동할 수 있는 거리를 뜻하는 단어다. 순간적 시간, 찰나의 순간, 일순간은 셋 다 동의어로 쓰이고 있다. 여기서 '순간적 시간', '찰나의 순간' 등은 동어반복에 속한다. 순간, 찰나, 시간은 각각 독립적으로 시간의 길이를 내포하고 있다. 순간적 시간이나 찰나의 순간은 지극히 짧은 시간을 뜻한다. 일순간이란 단 한 번의 순간이라는 뜻이다. 일반적으로 우리는 순간이라는 단어에 약 0.1초 정도의 시간 단위를 부여하고 있는 듯하다. 그러나 한편으로 보면 순간이라는 단어는 시간을 수반하지 않는다. "날고 있는 화살도 순간적으로는 정지 상태에 있다."라고 하는 제논의 논리에 비추어보면 순간속도라는 단어 자체에는 심각한 오류가 있다. 그러나 또 한편으로는 시간을 배제하고서는 움직임을 떠올릴 수가 없고 움직임이 없는 곳에 순간의 의미를 부여할 수가 없다. 위에서 말한 '운동하는 물체를 연구 운운…'의 논리에는 다소 위배되는 경향이 있겠으나, 요지부동의 바위에 들어가서 순간을 생각해낼 수 없듯이 움직이지 않고서는 어느 순간을 떠올릴 수가 없는 것이다.

'아름답다', '파랗다', '빨갛다'는 형용사로 뚜렷한 객체가 있고, 객체 그 자체로는 정지 상태에 있으며 시간을 소비하지 않는다. 그러나 그것을 바라보는 주체의 입장에서는 그러한 사실을 의식하는 시간이 필요하다. 같은 형용사로 '슬프다', '기쁘다', '즐겁다'는 주관적이며 공간적으로는 정지 상태에 있으나, 시간을 소비하는 것으로 느껴진다. 의식은 육체로부터 나온다. 어떠한 정보가 파장이나 여타의 매질을 통하여 눈, 귀, 코, 입, 촉감 등으로 전달되고 육체 내에서 여러 갈래의 프로세스를 거쳐 의식으로 형성되는 것이다. 육체는 물질로 이루어져 있다. 그러나 의식은 실체도 없고 독립적으로는 존재할 수가 없는 것이다.

두뇌로부터 생성된 생각이나 가슴속에 축적된 오래된 관념이 입을 통하여 소리로 변환되어 나타날 때 우리는 그것을 말이라고 한다. 말에는 '무겁다', '가볍다' 등의 표현과 같이 질량이 존재하는 것으로 시신경이나 말초신경이 외부로부터 자극을 받아 그 자극이 반사적으로 두뇌로 전달되고 두뇌에서 생성된 생각이 곧바로 입으로 전달되어 소리로 만들어지든가, 아니면 외부자극과는 무관하게 가슴에서부터 두뇌로 전달되고 두뇌에서 입으로 전달되어 소리로써 변환되어 나타나는 것이 말이다. 두 경로 모두 입을 통하여 소리로 만들어져 외부의 피사체에 전달되기도 하고 텔레파시라는 특수한 경로를 통하여 전달할 수도 있고 가슴 또는 눈으로도 직접 외부로의 전달이 가능하다.

다만 입으로부터 생성되는 말은 공기층과 같은 매질이나 시간의 소비 없이는 전달될 수가 없지만, 입을 통하지 않는 경우에는 말의 실체는 생략되고 관념만이 순간적으로 피사체에 전달되므로 매질의 존재나 시간의 소비는 필요하지 않다. 이 경우, 피부조직이나 안경 등 그것을 둘러싸고 있는 어떠한 장애물도 그 전달과정에는 전혀 영향을 미치지 않는다. 다만 그것을 의식하는 시간이 필요하다. 방금 필자가 '관념만이 순간적으로'라는 문장을 사용하였지만, 이 문장도 엄격하게는 모순이다. 예를 들어, '순간'이란 단어를 현미경으로 들여다볼 수 있다면 아무리 짧다고 해도 그 길이가 존재할 것이다.

언제였는지도 모르겠으나 영화인지 소설인지 "꿈이라면 깨지 말고 어쩌고…."라는 대사가 나오는 장면이 있었다. 지금 이 시간이 너무나 행복하다는 뜻이다. 이와 비슷하게 유추할 수 있는 경우로 섹스가 있다.

섹스에서 오르가즘은 매우 짧지만 대략 수 초에 해당하는 시간이 주어진다. 사실 오르가즘의 시간도 상대방에 따라서, 또는 자신의 건강에 따라서 그 길이가 달라질 수가 있다. 오르가즘의 순간에는 혈류가 머리 쪽으로 모이면서 짜릿하고 이루 형언할 수 없는 쾌감이 온몸으로 전해져 온다. 복상사라고 하는 남자의 죽음은 여성의 배 위에서 죽는 것을 의미한다. 주로 성행위 도중에 오르가즘을 겪거나 그 직전에서 죽음에 이르는 것으로 알려져 있다. 그 순간이 얼마나 좋았으면 죽음에까지 이른단 말인가? 그런데 죽음에 이르면 의식이 없어지므로 지금 이 이야기와는 방향이 조금 다르다. 복상사와 비슷한 경우로 만약 꿈이라면 깨지 말고 어쩌고 하듯이, 이 짜릿한 순간을 계속 느껴보기 위하여 오르가즘 중에 시간을 멈추게 한다면 그 느낌은 복상사와 비교하여 어떨까? 이 물음에서 필자의 대답은 '같다'이다. 물론 오르가즘 중에서도 명확한 시점이 있고 복상사에서도 어느 시점이 있을 것이다. 공히 오르가즘을 막 느끼는 중에 시간이나 의식이 멈추는 상태로 가정하자. 상정한 경우와 복상사가 다른 점은 생명을 그대로 유지하느냐의 차이일 뿐이다. 복상사를 통하여 의식이 중지해버린 경우나 시간이 멈춤으로 의식이 중지한 경우는 다를 것이 없다. 의식이란 시간을 수반하지 않고서는 성립할 수가 없는 것이다.

지구가 자체로 한 바퀴 회전하는 것을 우리는 대략 하루라고 정해두고 있다. 이것을 24등분하면 한 시간, 한 시간을 60등분 하면 일 분, 일 분을 60등분 하면 일 초다. 달이 지구를 한 바퀴 돌면 한 달, 지구가 태양을 한 바퀴 돌면 일 년이다. 우리은하의 자전속도, 즉 태양계가 우리은하를 한 바퀴 도는데 걸리는 시간은 2억 2500만 년이다. 불교에서의 시간 단위는 겁나게 크기 때문에 겁인지, 하여튼 겁이다. 사방40리가 되는 바위산에 천 년에 한 번씩 천사가 내려오는데 그 천사의 옷자락에 바위산이 다 닳아 없어질 때까지의 전설과도 같은 긴 시간이 1겁이라고 한다. 1겁을 산술적으로 표현하면 432만 년의 천 배에 달하는 시간 즉, 43억 2천만 년이다. 필자는 1겁이 신의 하루라고 알고 있었는데 대체적으로 그건 아닌 모양이다. 한편, 지구를 포함한 태양계의 나이는 46억 년이고 우주의 전체 나이는 137억 년이다. 137억 년 전에 우주는 그 누구도 설명할 수 없는 '그러한' 상태에서 태어나 그 누구도 거부할 수 없는 시간이라는 개념을 더하여 지금의 공간을 형성하였으니, 그것이 곧 시공간인 것이다.

## 생명과 유동에 관하여

### 1. 생명

우리가 만약 먼지라면, 먼지에 우리의 의식이 부여되어 있다면 무척 불편할 것이다. 행동은 의지에 따르지 않음은 물론, 나의 몸은 오직 바람 가는 곳으로 흘러갈 뿐이다. 생명체 중에는 플랑크톤처럼 물이나 공기의 부력에 의존하면서 먼지처럼 부유하는 생물체가 있다. 과연 그들에게도 의식이 있을까? 아마 우리와는 다른 방식의, 의식으로 간주되는 뭔가가 있을지도 모른다. 먼지는 바람을 타고 나부끼고 지구는 태양의 중력과 관성에 의존하여 태양주위를 돈다. 지구를 포함한 태양계는 우리은하의 주변을 돌고 있고, 우주에는 중심이 없으므로, 은하는 어딘가로 하염없이 날아가고 있다. 이와 같은 모든 것의 움직임은 물리법칙이나 어떤 원리에 따라 작동하고 있는 것이다. 우주적 규모로 볼 때 지구는 먼지 입자 하나보다도 작다. 먼지가 바람을 타고 떠돌듯 현재의 우리는 지구라는 먼지를 타고 우리의 의지와는 상관없이 우주 어딘가에서 하염없이 떠돌고 있는 것이다.

우리는 때때로 인생이란 무엇일까 하고 묻는다. 어떻게 살아야 할 것인지의 문제도 물론 의문사항이지만, 가끔 인생 그 존재 자체가 궁금한 경우가 있다. 인생은 철학의 범주에 속하고 생명은 과학의 범주에 속한다. 그러나 과학의 범주라 할지라도 의문의 꼴에 따라서 철학적인 경우가 있다. 생명의 발생기원이라든가 발생기구 자체를 묻는다면, 그것은 과학적인 질문이라고 해도 무방하다. 그러나 생명은 과연 무엇일까 하고 그 본질에 대해서 묻는다면 그 물음 자체는 매우 철학적이다. 앞에서 '인생에 대한 고찰'에서도 언급했듯이, 나는 가끔 생물과 무생물의 경계가 궁금할 때가 있다.

우리가 보통 생명으로 규정하는 것은 형체가 있고, 호흡을 하고, 생장 활동이 있는 살아있는 것을 말한다. 우선 살아있다는 것은 숨을 쉬거나 각종 원소나 물질을 대사하거나 동화하는 능력을 전제로 한다. 생물과 무생물의 사전적 의미로는 생물은 생명을 가지고 스스로 생활을 유지해 나가는 물체로, 동물·식물·미생물로 나눌 수 있고, 무생물은 생활기능이나 생명이 없는 물건으로, 세포로 이루어지지 않은 돌·

물·흙 등이 여기에 해당된다. 생물과 무생물의 경계도 중요하지만, 동물과 식물의 구별도 의미가 있다. 한문으로 따져보면 스스로 움직이는지의 여부에 따라 동물과 식물이 구별되는 것 같지만, 꼭 그렇지만은 않은 것 같다. 식물도 움직이기 때문이다. 더 나아가서는 무생물도 움직임이 있거나 성장이 있다. 뿌리나 가지의 번식(繁殖)과 성장, 꽃가루의 브라운운동, 기체의 확산, 불꽃의 깜박임, 결정의 성장 등은 분명 식물이나 무생물의 자발적인 움직임이요, 성장이다. 그렇다면 과연 생명은 무엇으로 특징을 지어야 할까?

우리가 상식적으로 생각할 때 생명으로 간주되는 개체는 그 크기에 제한이 따른다. 우리는 중력의 법칙이나 여타 물리법칙에만 익숙해져 있기 때문에 '터무니없이 큰' 또는 '궁극적으로 작은' 생명체는 존재할 수 없다고 생각하는 것이다. 이를테면, 생물사적으로 볼 때 몸집이 가장 큰 육상동물은 공룡으로 그 이상이 되면 중력의 구속으로 직립하거나, 형체를 유지하기가 어려워진다. 그러나 그러한 생각은 우리의 편견에 불과한 것일지도 모른다. 우리가 알고 있는 우주는 우주의 극히 일부분에 속한다는 것을 생각해보면, 우주 어딘가에는 궁극적인 존재, 지구만 한 생명체가 존재하고 있을지도 모른다. 『장자(莊子)』의 '소요유(逍遙遊)'에 나오는 곤(鯤)과 붕(鵬)의 이야기가 있다. 저 먼 북쪽 깊고 어두운 바다에 곤(鯤)이라는 커다란 물고기가 사는데, 이 물고기가 새로 변하여 하늘로 솟구쳐 날아오르면 붕(鵬)이라는 새가 된다고 한다. 곤과 붕은 너무나 커서 그 크기가 수천 리고, 붕이 되어 날아오르는 높이만 해도 구만 리나 된다고 한다. 기원전 수백 년의 장자는 이미 우주를 읽고 있었던 것이리라. 우리는 자연을 일컬어 위대하다고

들 하지만, 정작 자연에 대해서는 정말 아무것도 모르고 있는지도 모른다.

'살아있다'는 생명이 시간과 공간을 동시에 사용하고 있다는 말이다. 또 한편으로는 시간과 공간에 동시에 노출되고 있다는 말이기도 하다. 이미 언급했지만, '생명이란 무엇인가?'라는 물음은 '인생이 무엇인가?' 라는 물음처럼 난해한 측면이 있다. 생명을 정의하기에는 그 기준이 모호한 부분이 참 많다. 우리가 알고 있는 생명체의 물질구성은 여러 성분의 조합으로 이루어지고 기본적으로는 유기화합물로 구성되나, 원천은 탄소로부터 시작된다고 알려져 있다. 더욱 거슬러 올라간다면 우주의 시작점을 만나게 된다. 필자의 글에서 수차 언급되는 사실이지만 우주는 無에서부터 탄생하여 오늘도 성장을 계속하고 있다. 그렇다! 우주야말로 거대한 생명체인 것이다. 우주라는 거대한 생명체 속에 별이라는 생명체가 살고 있고, 지구라는 생명체 속에서 우리라는 생명체가 살고 있다. 여기까지가 거시적이거나 가시적인 생명체의 언급이라면 우리 눈에는 보이지 않는 미시적이거나 미지의 생명체가 온 세상을 채우고 있는 것이다.

그렇다면 모든 움직이는 물체는 생명체인가? 물론 그렇지는 않다. 저마다 각각 미동하는 세포나 눈에 보이지 않는 미생물은 하나의 독립된 생명체로 간주할 수 있어도 바람에 나부끼는 물의 분자나 탄소 원자는 생명체라고 볼 수 없다는 것이 현재까지의 일반적인 견해다. 우리는 물질을 대사하여 에너지를 얻고, 그 에너지로 고유의 활동을 유지하는 것이 곧 생명체라고 물리량의 변화 측면에서만 생각하게 되는데, 동식물이 연륜을 거듭하면서 성장해가듯이 시간이나 어떤 과정을 간과하고는 성립할 수 없는 것이 또한 생명이다. 생물과 무생물의 공통점은 물질로 이 세상에 존재한다는 점이다. 그러나 거듭되는 이야기지만 무생물은 오직 존재한다는 것에 의의를 둘 수 있지만, 생명은 시간을 수반하지 않고서는 성립할 수가 없다. 생명이 시간을 멈추는 그때를 일러 우리는 죽음이라고 표현한다.

## 2. 유동

거듭 이야기하지만, 불교 용어 중에 겁이라는 단어가 있다. 참고로 필자는 자주 '거듭'이라든가, '위에서'라는 지시어를 동원하여 이미 사용해버린 이야기들을 우려먹는 습관이 있다. 생각은 있고 설명은 해야 하는데, 지식은 짧아 더 이상의 참신한 예를 들 수가 없다는 뜻이니 삼가 용서를 구하는바 널리 양해를 바랄 뿐이다. 말할 수 없이 긴 시간을 표현할 때에 겁이라는 단어를 쓴다. 1겁은 43억 2천만 년에 해당하는 시간이라고 했다. 우주의 나이가 137억 년이니 겁으로 따진다면 우주는 3겁이 조금 지났을 뿐이다. 우리은하의 자전 속도가 2억 2500만 년이니 태양계는 우리은하를 이제 62바퀴째 돌고 있다. 당연히 지구는 태양을 137억 5천만 바퀴쯤을 돌고 있을 것이다. 그렇다면 여기서 또 하나의 노래 가사가 튀어나온다. 우리은하는 우주를, '어디쯤 가고 있을까?'

공간의 유동은 시간의 유동에 따라 수반되는 현상이다. 이 글에서 유동의 한자어는 流動, 遊動, 有動을 망라한다. 유동(流動)은 흘러 움직임을 일컫는 것이고, 유동(遊動)은 자유로이 떠돌아다님을 일컫는 것이다. 유동(有動)은 필자가 급조한 조어로 살아 미동함을 의미한다. 우리는 유동을 우리가 자각할 수 있을 정도의 짧은 시간 안에 나타나는 결과로 평가하는 경향이 있고, 공간의 이동으로만 생각하는데 이것은 편견이다. 유동은 시간을 수반하지 않고서는 발생할 수 없음은 물론이거니와, 시간의 길이에 편승하여 가시적으로 나타나는 현상이다. 또한, 모든 물체와 물체 사이에는 인력이 존재하고 유동과 동시에 점성을 가진다. '중력에 따라 질량을 가진 물체는 다른 물체를 끌어당긴다. 그 크기는 두 물체의 질량의 곱에 비례하고, 거리의 제곱에 반비례한다.' 만유인력의 법칙이다.

점성이란 운동하는 유체 내부에서 나타나는 마찰력을 말하는 것으로 유체의 흐름에 대한 저항, 곧 액체의 끈끈한 성질을 떠올릴 수 있다. 점성계수는 면적과 시간에 따라 결정된다. 즉, '운동점성계수=면적/시간'으로 표현된다. 점성을 가진 유체가 중력의 힘으로 위치가 이동될 때 흐른다는 표현을 쓴다. 점성은 유체의 성질이라고는 하지만 고체가 유동할 때에도 인력에 의한 마찰력을 가진다는 측면에서 점성과 작용이 유사하다. 은하가 은하를 집어삼키는 것도, 산천이 물처럼 유동한다는 것도 시간문제일 뿐이다. 대륙 간에 나타나는 가시적인 움직임은 수만 년의 시간 단위를 요한다. 대륙이동설에 따르면, 약 2억5천만 년 전에 하나의 대륙을 이루고 있던 지구는 유구한 세월과 함께 흐르고 흘러 오늘에 이르고 있다. 대륙이 유동하는 속도는 매년 2~8cm라고 하는데, 2cm로 5천만 년 동안 움직인다면 자그마치

1,000km의 거리가 된다. 이러한 움직임에 대하여 대략 천 년을 1초 단위로 고속 회전시켜보면 분명 물처럼 흐르고 있다.

산은 유체는 아니고 다만 정지된 상태의 시각적 효과, 즉 풍경일 뿐이지만 물처럼 흐른다. 백두산에서 준령을 넘고 태백산을 끼고 돌아 지리산까지 굽이굽이 물처럼 흘러 백두대간을 이룬다. 또한, 산은 바다를 이룬다. 태백산자락에서 발원한 물이 낙동강을 이루고 낙동강이 흐르고 흘러 바다에 물을 공급하는 것이다. 이상이 지극히 거대한 사람을 일러 산 같은 사람이라고 한다. 산 같은 사람이 산처럼 품은 이상은 물처럼 낮은 곳으로 흘러 마침내 우리에게는 인격을 공급한다. 이러한 일련의 과정도, 의식 속에 맺히는 풍경도 추상적이나마 유동의 한 형태이며, 이 또한 시간의 유동에 따라 나타나는 현상으로 시간의 소비 없이는 유동은 절대 성립할 수가 없다.

폭발은 잠재력의 순간적인 해제다. 밀폐된 가스통에 열을 가하면 내부의 가스분자가 보일-샤를의 법칙에 따라 걷잡을 수 없을 정도의 운동으로 서로 충돌을 일으키고 기화하면서 체적이 증가한다. 그러나 가스통의 구속으로 체적은 증가할 수가 없다. 그래서 압력이 증가한다. 가스통 내부와 외부의 압력 차로 말미암아 가스통의 응력-변형률 곡선이 항복점을 넘어서고, 마침내 극한점에 이르러 팽출의 변위를 감당할 수 없어 가스통은 터져버리고 만다. 이때 가스분자를 구속하고 있던 압력은 일순간에 해제된다. 이 설명에서 폭발이란 매우 제한적인 순간을 일컫는 말이다. 즉 '변위를 감당할 수 없어 가스통은 터져버리고 만다.'라는 문장이 그래프라면 '터져버리고'의 '터'가 극한점이 되고,

'저'가 곧 폭발에 해당하는 것이다. '버리고'는 흩어짐이다. 지구상의 아무리 거대한 폭발의 순간도 빛보다 더 빠를 수는 없다. 빛의 속도는 과연 폭발적이다. '폭발적'이라는 말은 폭발이 아닌 어떤 현상이 순간적으로 일어났을 때 공간적으로 그 규모를 좀 더 부풀리거나 시간적으로 좀 더 순간적임을 표현하기 위한 비유법의 일종이다. 그러나 시간과 함께라면 빛도 흐른다. 하늘에 떠 있는 별빛은 유구한 세월과 함께 흐르고 흘러, 오늘에야 우리의 시야에 닿고 있는 것이다.

---

1) 학설에 의하면 우주 중심으로 갈수록 시간이 느려진다고 알려져 있다. 그러나 이 설명에는 모순이 내재해있다. 중심도 경계도 없다는 것이 우주이기 때문이다. 다만, 여기서 우주 중심이라 함은 어느 은하의 중심을 뜻하는 것이라 생각하면 모순은 가까스로 해소가 된다.

2) 사고실험: 실제의 실험 장치를 쓰지 않고 머릿속에서 생각으로 진행하는 실험. 이론적 가능성을 따라 마치 실험을 한 것처럼 머릿속에서 결과를 유도한다. 실험실에서 실제로 하는 실험에는 여러 가지 오차가 포함되지만, 사고실험에서는 실험을 단순화하여 이상적인 결과를 얻을 수 있다. 대표적으로 관성의 개념을 처음으로 발견한 G.갈릴레이의 사고실험이 있다.

3) 보일샤를의 법칙: 일정량의 기체의 체적은 압력에 반비례하고 절대온도에 비례한다. 즉, 온도가 일정할 때 기체의 압력은 부피에 반비례한다는 보일의 법칙과 압력이 일정할 때 기체의 부피는 온도에 비례한다는 샤를의 법칙을 조합한 법칙으로 온도, 압력, 부피의 상호관계를 나타낸다.

4) 박테리아를 제외하면 바이오매스는 5,600억 톤(유기탄소) 가량이 지구상에 존재한다. 박테리아 생물량은 박테리아를 제외한 생물량의 총합을 초과할 것으로 여겨진다. 그리고 지구 전체에서 연간 약 1,000억 톤의 생물량이 생산된다. 5,600억 톤의 바이오매스는 대부분 육지에 분포하고 해양에는 전체의 1~2% 정도인 50억에서 100억 톤 정도의 바이오매스가 분포하는 것으로 여겨진다. 육지에 존재하는 식물의 바이오매스는 동물 바이오매스의 1,000배 정도가 되며 전체 식물 바이오매스의 18%는 육상동물의 섭식에 이용되는 것으로 추정된다. 해양의 경우 바다 식물의 바이오매스는 바다 동물의 30배 정도로 대부분 바다 동물의 먹이가 된다. 인간의 생물량은 1억 톤 정도이며 가축은 7억 톤, 작물은 20억 톤, 동물 중의 남극 크릴의 경우 단일 종으로 약 5억 톤 정도로 상당히 많은 편이다. 요각류(Copepod)가 동물 중에 가장 큰 생물량을 가진 것으로

추정된다. 물고기(fish)는 8억에서 20억 톤 정도의 생물량으로 추정되며 식물성 플랑크톤은 지구 전체 바이오매스의 1%, 균류 (버섯, 곰팡이 등)는 지구 전체 바이오매스의 25%에 육박할 것이라는 주장도 있다.

5) 초끈이론은 끈 이론에서 발전한 이론으로, 우주의 최소단위가 마치 소립자나 쿼크처럼 보이면서도, 이보다 훨씬 작고 가는 끈으로 이루어져 있어 1차원적인 끈의 지속적인 진동에 의해 우주 만물이 만들어진다고 가정한다. 만약 이 이론이 옳다면 상대성이론의 거시적 연속성과 양자역학의 미시적 불연속성 사이에 존재하는 모순을 해결할 수 있다. 나아가 두 이론을 하나의 통일된 체계로 설명할 수 있게 됨으로써 마침내 우주의 궁극적 원리를 규명하는 것도 가능해진다. 초끈이론에서는 끈들이 진동하는 유형에 따라 입자마다 고유한 성질이 생기고, 우주를 생성과 소멸의 과정으로 보는 빅뱅이론과 달리 영원히 성장과 수축을 반복하는 존재로 본다. 또 우리가 살고 있는 우주 외에 수많은 다른 우주가 각각의 물리법칙에 따라 존재한다고 가정한다. (출처: 두산백과)

# 제3부

# 언어유희

비가 오면 비와 관련한 추억이 생각이 나고, 눈이 오면 눈과 관련한 추억이 생각난다. 봄비가 내리면 봄비에 젖었던 그때가 생각나고, 여름밤에 쏟아지는 빗속에서는 나만이 간직하던 어떤 비밀이 생각난다. 꽃향기 속에서도 나는 추억을 더듬는다. 굳이 향기가 아니라도 좋다. 어떤 냄새, 어떤 냄새가 나면 옛날 생각이 나는 경우가 있다. 그 냄새를 따라 아련한 추억을 애써 더듬을 때가 있다. 추억은 음악 가락 속에서도 찾아내기도 하고 책을 읽다가도 추억을 발견한다. 갈바람이 불면 쇠꼴 먹이던 옛 생각이 나고, 샛바람이 불면 화력발전소의 매캐함을 느낄 수가 있다. 태풍이 불어오면 어릴 적 사라호의 추억이 생각나고 구슬프게 내리깔린 달빛 속에서는 초겨울 깊은 밤의 옛 추억을 찾아낸다. 달빛이 저토록 처연한 것도 아련히 떠오르는 추억 때문일 것이다. 문득 펼쳐지는 감각소여 속에서 시간을 더듬어 찾는 추억은 마냥 아름답지만, 장롱 속에 쟁여둔 앨범을 펼친다는 것은 이제 대단한 용기가 필요하다.

## 말과 소리의 경계

사람은 태어나는 순간, 자신의 의사를 울음으로써 표현한다. 본능적이지만 이것은 어디까지나 의사 표현이요, 언어로 간주되어야 할 것이다. 보통 "으앙~!" 하는 아기 울음을 별 개념이 없는 아기 우는 '소리'

로 치부해버리고 말지만, 과학적 연구에서도 그것은 의사 표현의 수단인 것으로 입증되고 있다. 그렇다면 과연 어디까지가 소리이고 어디서부터 말일까? 기도로부터 공기를 배출하여 성대를 통과할 때에 공기량에 따라 또는 성대의 면적에 따라 크거나 작거나 높거나 낮은 진폭의 떨림이 발생하고, 그 떨림의 현상이 음파로 변환되기까지를 소리라고 하자! 여기에 턱을 상하좌우로 움직여 구강의 크기를 조절하고 혀를 특정 형태로 움직이고 치아의 위아래 간격이나 입술의 형태를 조절하는 복잡한 과정을 거치면 특정한 형태의 소리가 되고 여기까지를 음절이라고 한다면, 음절이나 소리가 서로 연결되어 하나의 낱말이 만들어지고, 낱말과 낱말 또는 음절을 연결하여 비로소 말을 만들어내는데, 경우에 따라서는 분명 말이라고 뱉었지만, 말이 아니고 소리인 경우가 있다. 그러한 경우 우리는 그것을 사자성어로 '어불성설'이라고 한다.

'말을 한다!'라고 할 때, 일반에게는 그 과정이 대수롭지 않겠지만, 언어장애가 있는 사람에게는 소리를 말로 만들어내는 과정이 그렇게 복잡하고 어려울 수가 없고, 말을 함부로 하지 않는 사람이 뱉어내는 소리는 한 마디 한 마디가 곧 말이요, 말 한마디가 천근과도 같이 무겁다. 생각 없이 아무렇게나 입으로만 내뱉는 말은 그야말로 혀 구르는 대로 내뱉으면 말처럼 들리지만, 정작 말이라 함은 두뇌(생각)를 통하여 여과하고 정제되지 않고서는 말이라 할 수가 없는 것이다. 말이 아닌 소리의 경우, 그 소리를 파장으로 보지 않고 물체로 해석하는 경우가 있다. 어릴 적 분명 말이라고 뱉었는데, 말이 아닌 경우 어머니로부터 자주 듣는 꾸지람 중에 단골 메뉴가 있었다. "그걸 말이라꼬 하나? 아아 주웃가래이라꼬 하나?" 표준말로 해석하면, "그걸 말이라고 하느냐? 어린아이 바짓가랑이라고 하느냐?"인데, 어머니는 말이 아닌 경우, 그것을 바짓가랑이, 즉 물체로 보는 것이었다.

옛날 어린아이들은 마당에서 땅따먹기도 하고, 논두렁에서 고동도 잡고, 도랑에서 가재도 잡고, 숨바꼭질을 하면서 시궁창에 빠지기도 하고, 옷에 뭐가 묻든지 아랑곳하지 않고 자연 속에서 온갖 저지레를 다하면서 놀았다. 따라서 바짓가랑이는 항상 흙이 덕지덕지 붙어있고 오물에 축축이 젖어있었다. 이러한 경우, 가장 적절한 표현이 "몰골이(바짓가랑이가) 말이 아니다!"이니, 말이 아니면 소리일 수밖에 더 있겠는가? 그러니 소리가 곧 바짓가랑이인 것이다. 또 말이 아닌 소리의 경우, 그 음원을 일컬어 '구녕'이나 '시궁창'이라고 한다. "구녕이 뚫렸다고 다 입인 줄 아나?", "그놈의 입이 시궁창이네!" 즉, 위에서 입은 밥을 먹는 입이 아니고 소리가 발생되는 음원을 가리키는 것인데 전자의 경우, "소리의 출처는 입이 아니고 구멍이다!"라는 부등식의 관계에 대한 실례이고, 후자의 경우는 '입=시궁창'이라는 등식의 관계에 대하여 실례를 든 것이다. 따라서 말인지 소리인지, 입인지 시궁창인지를 구별하여 내뱉는 것이 매우 중요하다.

나랏말에는 표준말과 사투리가 있는데, 표준말은 한 나라의 표준이 되게 정한 말로써 우리나라에서는 '교양 있는 사람'들이 두루 쓰는 현대 서울말로 정함을 원칙으로 하고 있다. 그러나 말도 경제성에 입각하여 시간이나 노력을 최소화하고 중복되지 않게 기술적으로 구사할 필요가 있고, 쓰거나 말할 때 가능한 시간을 단축하고, 글씨를 쓸 때는 글씨의 획수를 최소화하면서 손의 동작에 따른 노력을 줄여야 함은 물론이고, 말을 함에 있어서 입술이나 혀를 움직이거나, 턱이나 목구멍의 크기를 조절하고 성대에 바람을 들락날락하게 하는 수고를 줄이는 데 그 경제적 의의가 있다고 할 수 있겠다. 그렇다고 한다면, 굳이 표준말의 기준을 서울말에 한정하기보다는 좀 더 경제적 가치에 비중을 두고 접근할 필요가 있다고 본다. 따라서 형태학적으로는 가능한 두루뭉술함을 지향하고, 양적으로 비교적 긴축되고 절제된 언어로 의사소통에 따른 시간을 가능한 단축할 수 있는 경상도 말이 그 어느 말보다 진화한 언어라고 생각되기에 현재의 표준말과 비교하여 경제성을 평가해본다.

[표] 음절 수를 중심으로 본 표준말대비 경상도 말의 경제성

| 표준말 | | 경상도 말 | | 경제성(%) | 비고 |
|---|---|---|---|---|---|
| 적요 | 음절 | 적요 | 음절 | | |
| 합니다 | 3 | 하니더 | 3 | 100 | 경북 |
| 하세요(꼭 그렇게 하세요) | 3 | 하세이 | 3 | 100 | 〃 |
| 아닙니다 | 4 | 아이시더 | 4 | 100 | 〃 |
| 갔습니까 | 4 | 갔니껴 | 3 | 133 | 안동 |
| 외치면 오십니까 | 7 | 외마 오니껴 | 5 | 140 | 〃 |
| 아저씨 오셨습니까 | 8 | 아제이껴 | 4 | 200 | 〃 |
| 갑니다 | 3 | 감더 | 2 | 150 | 경남 |
| 가세요 | 3 | 가소 | 2 | 150 | 〃 |
| 잡수십시오 | 5 | 자시소 | 3 | 167 | 〃 |

위 [표]에서 같은 3음절일지라도 경상도 말은 표준말에 비해 경제성이 높다. 왜냐하면, 표준말 '합니다'의 경우 처음에는 입술을 완전히 붙였다가 나중에는 반쯤 붙였다가 마지막으로 완전히 벌리는 과정을 거치면서 입술의 모양과 각 부분에 들어가는 힘의 강도를 조절하는 복잡한 과정을 거쳐 3음절이 완성되지만, 경상도 말 '하니더'의 경우 입을 약간 벌린 채 표정을 변화시킬 필요도 없이 혀만 까딱까딱하여 3음절을 완성할 수가 있다. 이 얼마나 쉽고 경제적인가! 007 영화에서는 망원경으로 적의 입놀림을 보고 원거리에서 대화 내용을 감지하는 장면이 나오는데, 경상도 말은 외부로는 표정을 고정한 채 주로 입속에서 혀의 동작만으로 말을 구사할 수가 있으니 이러한 경우 적에게 노출될 이유도 없다. 이 얼마나 진화된 언어인가!

한편, 표준말은 음절 수가 많고 서울 강남의 부동산값이 들락날락할 때마다 교양 있는 부류가 자주 바뀌다 보니 기준도 자주 바뀌고, 교양 있는 사람들의 영어 숭배 사상으로 '나랏말싸미 미국과 닮아! 문자와 신체구조가 서로 사맛디 아니할 쌔', 발음도 점점 어려워져 여타의 사투리에 비해 배우기가 영 어려운 편이다. 음절을 기준으로 1, 2, 3음절을 다 익히고 나서 1음절을 생략하는 것은 쉬운 일이다. 그러나 1, 2음절까지 익히고 나서 다시 3음절을 더 배워야 하는 건 참 어려운 일이다. 어렵게 말을 배운 서울사람은 경상도 말을 배우기가 쉬운데, 쉽게 말을 배운 경상도 사람은 평생을 배워도 서울말이 되지 않는 것은 바로 위와 같은 사실 때문이다. 필자 역시 울산에서 태어나 어릴 때부터 경상도 사투리로 말을 배우고 보니, 오랫동안 객지생활을 했었음에도 한번 굳어버린 혀는 좀처럼 고칠 수가 없었다. 사투리로 혀가

굳어져 버린 경우 표준말을 구사하기 위해서는 상당 기간 의도적으로 발음을 교정하고 말씨를 정화하고자 하는 노력이 필요한데, 가능한 연식이 짧은 상태일수록 교정 효과가 크다고 생각한다.

최근 시가지의 풍경이나 각종 간판, 인터넷 사이트에서 기관의 명칭, 슬로건의 문구, TV 광고 등을 보면 국가기관이나 방송 매체가 앞장서서 국어추방운동을 벌이고 있다는 생각이 든다. TV 아침드라마에서는 입에 담지도 못할 욕설 장면에다 발악과도 같은 고함에 온종일 기분까지 상한 적이 한두 번이 아니었는데, 저녁의 오락프로그램에서는 비속어나 신조어를 아무 거리낌 없이 예사로 사용하고 있다. 그러한 종편채널의 한 시사오락프로그램에서 어느 교양 있는 사람은, 이명박 전 대통령이 '~습니다'를 '~읍니다'로 잘못 쓰고 있다고 폭로했다. 한 나라의 대통령을 역임한 사람이 그 나라의 기본적인 모국어의 철자도 모른다는 것이 문제이긴 하지만, 그 시절 국어 교과서에는 분명 '~습니다'가 아니고 '~읍니다'였다는 사실을 굳이 매번 알아듣도록 어떻게 설명을 한단 말인가?

장맛비, 장밋빛, 우윳값, 줄게, 갈게, 먹거리, 착한 가격, 자장면…. 이런 건 왠지 아직도 낯설다. 장마비와 장미빛, 그리고 장맛비와 장밋빛. '그리고'를 중심으로 앞엣것은 맞춤법상 틀린 표기이고 뒤엣것이 옳은 표기이다. 연식이 있는 필자에게는 표기상으로나 발음상으로도 표준말이 더 헷갈린다. '장마철에 내리는 비'도 장맛비고 뉘 집 된장이 더 맛이 있는지 도표로 따져보는 '된장 맛의 비율'도 장맛비다. 장마비는 장맛비인데 장마철은 왜 또 장맛철이 아닌가? 옛날에는 '줄께'와

'갈께'가 표기와 발음이 동일했었는데, 요즘은 표기는 '줄게'와 '갈게'이고 발음상으로는 '줄께'와 '갈께'이다. 그렇다면 영덕대게의 발음은 왜 '영덕대께'가 아닌가? 문법부터 공부하라고? 두음법칙, 자음접변, 모음조화, 그외 기타 등등 문법을 알면 해결이 된다고? "이 사람아! 그걸 말이라꼬 하나 아아 주웃가래이라꼬 하나?" 내 어머니 같았으면 대뜸 이렇게 나왔을 것이다.

표준어는 교양 있는 사람들이 두루 쓰는 말이라고 하지만, 우리나라 백성들은 나라말에 관한 한 어찌 된 영문인지 나이가 들수록 무식(無識)은 쌓여만 가고 교양(교양 있는 사람)과의 거리도 멀어져 간다. 멘탈붕괴, 훈남훈녀, 파덜어텍, 시월드, 아햏햏, 듣보잡, 돌직구, 행쇼, 먹방, 스샷, 냉무, 안습, 먹튀, 므흣…. 지금의 흐름대로라면 머지않아 표준말로 대체될 후보군, 딴 나라에 온 듯 착각이 들게 하는 국적이 모호한 언어들이 무지몽매한 '어린 백성'들을 이방인으로 내몰고 있다. 세월은 바람처럼 흘러만 가고, 무식하기 짝이 없는 우리는 마하의 속도로 내달리고 있는 나라 말씀을 방향감각도 잊은 채 걸어서 뒤뚱뒤뚱 따라가고 있다.

## 어원(語源)에 대하여

'만에 하나'라는 말이 있다. 발생할 리 없는 아주 희박한 확률이 실제로 일어날 경우에 대비해서 쓰는 말이다. 우리가 속담처럼 인용하고 있는 만에 하나가 무색해지는 사건들이 있다. 끈적끈적한 점액질을 헤엄쳐나가 수억의 경쟁상대를 물리쳤던 바로 우리 자신의 탄생신화다. 우리는 수억의 정자 중에서 경쟁하여 살아남은 한 마리의 정자로부터 성장했다. 그러므로 우리는 억에 하나다. 게다가 태초에 우리는 10의 수십, 아니 10의 수백에 해당하는 위첨자의 난해한 숫자를 가지는 원소들, 그중에서 단 하나의 원소로부터 출발했을지도 모른다. 우리의 생존을 좌우하는 선택사항은 또 있다. 세상의 그 많은 남성들 중에, 세상의 그 많은 여성들 중에 각각 단 한 사람인 어버이 그 두 분이 만나는 확률, 그리고 남녀가 만난 후 하루하루 그 많은 날들도 나의 생일에 견주어 경쟁요소였던 것이다. 이렇게 태어난 우리는 한 편의 드라마다.

그런데 만에 하나보다 더 무식한(?) 표현이 있다. '억만'이라는 숫자다. 길고도 긴 세월을 일러 '억만년'이라는 단어를 쓰고 달러로 억대의 부자를 '억만장자'라고 한다. 일, 십, 백, 천, 만, 십만, 백만, 천만, 억, 십억, 백억, 천억, 조…. '억만'이라는 숫자는 없다. 숫자에 대한 상식이 전혀 없는 사람이 쓰는 사투리쯤으로 생각되는 낱말이다. 그런데 국어사전에는 '억만'이라는 숫자가 엄연히 있다. '셀 수 없을 만큼 많은 수효를 비유적으로 이를 때 쓰는 말'이 '억만'이란다. 한편, 일상의 은

어 중에 '기분 만땅!'이라는, 기분이 엄청 좋을 때 쓰는 표현이 있다. 여기에서 '만'은 한자 말의 '가득'이라는 의미다. '만땅'은 원래 탱크를 가득 채운다는 뜻의 만(滿) 탱크에서 시작되어 변형된 은어가 아닐까 생각한다. 따라서 굳이 어원을 따진다면 '만에 하나'는 가득한 숫자 중에 하나로, 억만은 억 곱하기 만에서 비롯된 것이라고 해석해본다.

말을 할 때 음절마다 입술의 모양이 다르다. 특히 우리말은 문장 하나하나의 끝에 ㅁ, ㅂ, ㅍ 받침이 오지 않는 한 한결같이 입술이 열린 상태로 끝나는 경향이 있다. 예를 들어 '있다', '하세요' 등은 입술이 열린 상태로 끝나는 경우이고, '있음', '하였음' 등은 입술이 닫힌 상태로 끝나는 경우다. SNS 은어 중에 '하세염!', '하세욤!' 등으로 끝나는 말이 있다. '하세여'는 '하세요'의 변형이다. 그런데 직접 사용해보면 '하세요'보다는 '하세여'가 더 발음하기가 쉽다. 한편 '하세욤'은 '하세요'의 변형인데, 앞에서 말한 바와 같이 '하세요'는 입술이 열린 상태로 끝나는 경우이니 한 문장을 끝내고는 다음 문장이 이어질 때까지 입술을 벌린 상태로 기다려야 한다. 보통 벌린 채로 그대로 있다가 다음 말을 이어가기도 하지만 어느 정도 간격을 둬야 할 때는 '그렇습니다. …ㅁ' '그렇게 하세요. …ㅁ' 등으로 진행이 된다.

요즘 광고 중에 '연두해요'라는 말이 있다. 연두를 하다니? 도대체가, 연두는 색상을 일컫는 말이다. '연두하다'라는 말을 억지로 합리화시켜 봐도 '연두색 칠을 하다.', '연두색상으로 물들이다.' 등 연두색상을 어떤 물체에 입히는 과정을 줄여서 말하는 정도로 떠올릴 수밖에 없다. 그런데 정작 여기서 연두는 색상을 두고 하는 말이 아니고 음식의 맛을 내는 조미료의 상품명을 두고 하는 말이다. 나는 국어의 질서를 어지럽히고 있는 그 연두에 대하여 앞으로 절대 구매하지 말자고 불매운동까지 펼친 적이 있다. 마누라 앞에서 말이다. 과연 그 연두가 국어의 질서를 그렇게 짓밟았던가? 우선 앞서 말했듯이 연두라는 것이 색상이 아니고 음식의 재료라는 점에 주목하자. 음식을 만드는 과정을 두고 조리를 '한다'고 한다. '음식을 한다.', '밥을 한다.', '반찬을 한다.', '연두를 한다.' 그렇다면 '연두해요!' 어떤가? 말이 되지 않는가?

위의 연두보다 더 웃기는 광고가 또 있다. '이상하자!' 자신이 정신이 상자이면서 혼자서 이상하면 될 일을 상대방까지 걸고넘어지는 물귀신 작전의 어법이다. 이럴 땐 "너나 이상해라!" 하고 상대를 하지 않으면 그뿐이겠지만, 국어의 미래를 걱정하지 않을 수 없으니 짚고 넘어가야 할 판이다. '이상하자'의 본딧말은 보나 마나 '이상하다'일 것이다. '이상하다'라는 말은 뭔가가 이해가 되지 않을 때 또는 누군가가 정신이 이상해졌을 때를 두고 하는 말로, 전자 후자 모두가 멀쩡한 표준말이다. 그런데 멀쩡한 표준말인 '이상하다'에서 어떻게 사투리도 아닌 '이상하자'가 나올 수 있는지 모를 일이다. 어떻게 갱생을 꾀해야 할지 도무지 감이 오질 않는다. 그러니 정말 말 하나 때문에 미칠 것 같다. 그냥 이 자리에서 미쳐버릴까? 그래, 미쳐버리자! → 이상해 버리자. → 이상하자! 이것도 말은 된다. 그냥 넘어가자.

위에보다 더 웃기는 말이 또 있다. 서두에서 '10의 수백에 해당하는 위첨자'라는 표현을 썼다. 아마 $10^{200}$(10의 200제곱)쯤 되는 숫자일 것이다. 1 다음에 0이 200개가 붙는 어마어마한 큰 숫자다. 과연 이러한 숫자가 있기나 할까? 여기서 갑자기 숫자는 고사하고 '어마어마하다'는 말의 어원이 궁금해진다. '어마어마하다'는 필시 여성으로부터 시작된 말인 듯 보인다. 그녀들은 놀랄만한 뭔가를 보았을 때, "어마!"라고 소리친다. "어마!"+"어마!"이니 두 번 놀랄 뭔가가 있다는 말이다. 정말 놀랄 숫자임에는 틀림없다. 이렇게 어마어마한 숫자를 두고 천문학적이라고 한다. 아무리 천문학이라고 해도 그렇지, 1 다음에 0이 200개가 붙는 어마어마한 큰 숫자를 어디에다 쓸 수 있을지는 과연 의문이다. 참고로 지구상 모든 물질의 원자의 개수는 $10^{51}$개고 우주 전체의 원자라고 해봐야 $12\times10^{78}$개라고 한다. 여기에 비하면 $10^{200}$이라는 숫자는 정말 어마어마한 숫자임이 틀림없다.

'옆으로 누우실 게요.', '~하실 게요.' 요즘 간호사만 쓰는 간호사 언어다. 가끔은 간호사로부터 전수받은 듯 공익요원들도 이 언어를 쓴다. '~하실'은 상대편이 아마 ~할 것이라는 기대의 표현이고, '~게요'는 내가 ~하겠다는 의지의 표현이다. '옆으로 누우실 게요.'는 내가 당신을 옆으로 눕게 해드릴 것이라는 뜻과 당신은 아마 옆으로 누우시게 될 것이라는 뜻의 합성이다. 너무나 복잡한 말을 너무나 간단하게 표현한 어법이다. 문법상으로는 '옆으로 누우셔요.'가 맞다. 필자가 생각하기에는 위의 어법은 다음과 같은 유래로 발생된 듯하다. 나이가 어린 어느 간호사가 甲으로 보이는(또는 지체가 높다고 생각되는) 어느 환자에게 '옆으로 누우셔요!'라고 말하려고 하니 어딘가 모르게 명령하는 것 같고, '제가 도와드릴 테니 부디 옆으로 누우시기를 바랍니다.'라고 말하려니 말이 좀 긴 것 같고, 그래서 생각해낸 것이 '옆으로 누우실 게요.'가 아니었을까?

“노란 샤쓰 입은 말 없는 그 사람이~♪” 옛날 가수 한명숙의 「노란 샤쓰의 사나이」의 한 구절이다. 여기에서 노란을 발음 그대로 옮기면 ‘노호란’이 된다. 일상에서 노~란은 채도를 강조할 때의 한 표현방법이다. ‘노란’의 채도가 1이라면 ‘노호란’의 채도는 1.5 정도쯤 되지 않을까? 그런데 어떤 사람은 색상이나 현상을 더욱 두드러지게 표현하는 방법으로 문법에도 없는 좀 독특한 발음방법을 쓴다. 이를테면, 노란색을 더욱 노랗게 표현하는 방법으로 ‘노ㅋ호~~란’이란 표현과 파란색을 더욱 파랗게 표현하는 방법으로 ‘파ㅋ하~란’이란 표현, 나아가서는 감탄사의 더욱 효과적인 표현방법으로 ‘와ㅋ~!’, ‘햐ㅋ~!’라고 쓴다. 목구멍에 가래를 짜낼 때와 같이 지저분한 발성 방법이다. 참고로 그 길이를 길게 끌수록 효과는 큰 것이 된다.

‘노출’이란 낱말에는 불안해 보이는 뭔가가 있는 느낌이다. ‘위험에 노출되다’는 말 그대로 사람이 위험한 환경에 놓이게 된다는 말이다. 피부가 자외선에 노출되면 피부병이나 암을 유발할 수가 있다. 비밀이 노출되면 계획했던 뭔가가 수포로 돌아갈 수가 있고, 생각이 노출되면 인격상에 문제가 발생한다. ‘세균에 노출되다’는 세균이 득실거리는 곳에 놓인다는 말이다. 이와 같이 노출이란 벌거벗는다는 말 외에도 감염이라는 말 대신 노출을 사용하는 경우가 있고, 말의 의미를 강조하기 위하여 뭔가가 공개되는 것도 노출이라는 낱말을 차용해 쓰는 경우가 있다. 과다노출이라는 말은 있으나 과다누드라는 말이 없는 것을 보면, 누드는 이미 벌거벗어버린 상태를 의미하고 노출은 어느 부분까지만 허용하는 듯한 느낌을 준다. 노출은 대체로 부정적인 측면에서 쓰이는 반면, 정작 누드는 긍정적이다. ‘속 보이는 시계’는 속이 노출되어 보이는 시계라는 뜻이다. 그러나 이 경우에 노출을 쓰지 않고 '누드'라는 낱말을 쓴다.

어느 자연 다큐 프로 중에 "박쥐원숭이는 스스로 날지 못한다."는 해설이 영상과 함께 지나가고 있다. 여기서 '스스로 날지 못한다.'의 의미는 정확하게 어떤 뜻일까? 박쥐와 원숭이의 비교가 도움이 될지도 모르겠다. 박쥐는 스스로 날 수 있는데, 원숭이는 날 수가 없기 때문에 부정문을 사용했음은 수긍이 간다. 참고로 박쥐원숭이는 박쥐를 닮은 원숭이의 일종이다. 그런데 날다람쥐는 이 나무에서 저 나무로 날아다닌다. 날개도 없이 날아다니기에 이름도 날다람쥐다. 원숭이도 이 나무에서 저 나무로 건너다니므로 날 수가 있다. 그렇다면 날 수 없다고 부정문을 사용한 이유 중에 '스스로'라는 단어가 남는다. 박쥐는 날개를 사용하여 스스로 하늘을 난다. 원숭이도 타자의 도움 없이 앉아있던 나무에서 스스로 도약을 하여 다른 나무로 날아서 이동을 한다. 스스로에도 별문제는 없다. 따라서 "박쥐원숭이는 스스로 날지 못한다."는 말은 문법상에는 이상이 없으나 사실은 아니다.

'한국인'과 '한인'이 다르다? 우선 전자는 세 글자고 후자는 두 글자로 이루어져 있다. '한국인'은 대한민국 영토 내에 거주하고 있는 한국 사람이고 '한인'은 외국에 거주하는 한국 사람이나 이민자를 일컫는 말이다. '한국인'을 줄여 그렇게 부르게 된 것 같다. 낱말을 줄여 쓴다는 것은 학문의 경제성에 입각하여 쓰거나 말할 때 가능한 시간을 단축하고, 손으로 글씨를 쓰는 동작이나 입술이나 혀를 움직이고 목구멍을 통하여 바람을 들락날락하게 하는 수고를 줄이고자 하는 노력의 일환이다. '한국인'을 '한인'으로 줄여 쓴 것으로 경제성을 평가한다면 세 글자를 두 글자로 줄였으니 33%를 줄인 셈이고, 그 경제적 가치는 대단한 것이라 할만하다. 한편, 해당 언어를 모국어로 사용하는 사람을 원어민이라고 한다. 원어민 강사라고 우리에게는 낯이 익은 낱말이다. 원래부터 그 지역의 토속 언어를 사용한다는 뜻으로 원어민, 원래부터 그곳에 살고 있다는 뜻으로 원주민이다. 거기가 고향이라는 뜻이다. 필자의 경우에는 원주민이 아니면서 원주민이다. 원주가 고향이 아니면서 원주에 살고 있다는 뜻이다. 한편, 어업을 직업적으로 영위하고 있는 어업의 종사자를 어민이라고 부르고 바다에서 고기를 잡는 사람을 어부라고 한다. 그렇다면 원래부터 어업에 종사하는 사람을 어떻게 불러야 할까? 이 역시 원어민이다. 따라서 원어민에는 모국어의 원어민과 원래부터 어업종사자의 원어민 두 종류로 나뉜다. 원주민도 원래부터 그곳에서 살고 있다는 원주민과 원주에 거주한다는 뜻의 원주민 두 종류가 있다. 필자의 신장은 서구인의 표준형으로, 우리나라로 치자면 키가 약간 큰 편이다. 우리나라 속담에 키 크고 싱겁지 않은 사람이 없다고 했는데, 필자가 여기에 해당할 것이다. 그런데, 키가 큰 사람이 싱겁다? 대체로 신장이 크면 체적이 크다. 당연히 양이 많을수록 소금을 더 뿌려야 한다. 이 원리만 놓고 보더라도 우리는 식인종의 후예가 틀림이 없다는 생각이 든다.

## 언어에 대한 탐구

생물이 진화하듯 언어도 진화한다. 모든 생물이 하나의 원소로부터 출발하고 단세포생물에서 다세포생물로, 미생물에서 동물로 진화한 것이 사실이라고 한다면 우리의 조상들은 늪지에서 아메바처럼 의식(意識)도 없이 생활했던 시절이 있었을 것이고, 맹수와도 같이 울부짖는 소리와 몸동작으로 자신의 의사를 외부에 전달했던 시절도 있었을 것이다. 우리가 미생물에서 맹수로, 맹수에서 인간으로 진화했듯이 진화하는 과정의 모든 동물들은 세월의 변천과 함께 행동이나 소리도 좀 더 섬세한 방향으로 진화를 거듭하고 있다.

생명의 진화과정은 수십억 년에 걸쳐서 진행되어왔으며, 영장류인 우리가 인간으로 분리된 것은 대략 1~2십만 년 전에 불과한 것으로 알려져 있다. 그런데 우리의 탄생과정을 살펴보면, 모체의 자궁 속에서 단 10개월이 수십억 년의 장구한 세월을 함축한 것으로 보인다. 태초에 생명이 늪지에서 꼬물거리며 출발했듯이, 개인의 역사 또한 끈적끈적한 점액 속에서 정자라는 미생물로부터 출발한다. 정자가 난자에 수정되는 순간부터 모체로부터 영양분을 공급받으면서 수많은 기능의 장기와 함께 머리에서는 눈, 귀, 코, 입이 생겨나고, 몸에서는 팔과 다리가 돌출되면서 손가락 발가락이 돋아나기까지의 10개월간은 수십억 년 인류의 진화과정과 유사한 과정을 거치고 있다. 우리의 발성 기관도 이 과정에서 형성되고 진화해온 것이다. 여기에서 언어는 인류의 진화과정과 관계되고 말은 개인의 탄생과정과 관계가 있는 것이라 사료된다.

언어가 없다면 의식 자체가 매우 단순할 것이다. 언어를 완전히 배제한 채로 머릿속에 갖가지 생각들을 떠올려보자. 생각 속에서도 언어를 함께 떠올리지 않고서는 생각 자체가 섬세하다거나 그다지 깊은 생각을 연출해 낼 수가 없다. 친구, 극장, 택시, 식당, 스테이크, 커피 등등 단편적이고 본능적이고 회화(繪畵)적인 것만 가까스로 스치고 지나갈 뿐이다. 누구와 언제 어느 극장에서 무슨 영화를 본 후에 어디에 가서 식사를 하고 등등 각각의 떠오르는 생각들을 적나라하게 연결시킨 한 편의 줄거리로는 연출해내기가 매우 어려워진다.

그런데 TV에서 백수의 왕 사자가 먹이를 사냥하는 장면을 보면 위의 생각이 틀릴지도 모른다는 생각이 든다. 사자가 가젤의 무리를 발견하고는 최대한 낮은 포복 자세로 소리 없이 가까이 다가가서는 어느 지점에 도달하는 순간, 전광석화와도 같이 몸을 날려 먹이를 쓰러뜨린다. 이때 살금살금 다가가는 과정에서 사자의 머릿속은 엄청 바쁘게 회전할 것이다. 자신이 밟고 지나가야 하는 건초에서 발생하는 소음이 몇 데시벨인지를 가늠하고, 상대방의 탈출방향을 예측하며 상대방과의 거리의 제곱에 상대방의 속도를 곱하고 여기에 자신의 순발력과 속도를 더하고 빼는 복잡한 계산과정을 거쳐야만 하고 계산 결과 확률이 성공적이라고 판단했을 때 비로소 몸을 날린다. 즉, 먹이가 있는 곳을 발견한 순간부터 사냥의 종료까지 일련의 시나리오가 사자의 머릿속에 파노라마처럼 펼쳐진다는 말이다. “크르릉!” 하는 단 몇 개의 단어가 언어의 전부인 녀석들의 머리에서 그렇게 지루한 시간에 그렇게 섬세한 내용이 전개되다니!

우리에게 갑자기 언어가 사라진다면 느낌을 표현할 수가 없다(표정으로 표현하는 방법이 있기는 하다). 아름답거나 추하거나 빨갛다거나 노랗다는 것을 말로 표현할 수가 없다. "말을 하고 싶다."는 언어를 사용하여 나의 생각을 밝히고 싶다는 뜻이다. 무엇인가에게 호되게 얻어맞았을 때 아픔을 참지 못할 경우에 언어가 없으니, 그 고통을 말로 내뱉을 수가 없다. 아플 때 아프다고 호소하면 그래도 좀 나아지는 것 같지만, 말을 할 수가 없다면 그 자체가 참을 수 없는 고통이다. 따라서 말은 육체적 욕구로부터 발생되는 생리의 결과이다. "말을 하고 싶다."라고는 하지만, "언어를 하고 싶다."라고는 하지 않듯이 말은 언어와는 달리 "과일이 먹고 싶다."와 같이 다분히 생리적인 욕구인 것이다. 생리적으로 배출되는 소리가 의식과 연결되면 곧 말이 되는 것이다. 어쨌거나 언어가 없다는 건 고통이다.

우리를 상상의 세계로 안내하는 것은 언어다. 가령 원자라는 단어가 있기에 우리는 상상력을 동원하여 원자의 세계까지 근접하게 되고 우리의 의식이 원자의 근처에 도달함으로써 '더 작은 물질'의 세계로 도약이 가능해진다. 물론 그리스의 철학자 데모크리토스는 원자라는 단어가 세상에 존재하지도 않은 상황에서 원자를 생각해내게 되었지만, 데모크리토스의 상상력도 '먼지'라든가 '입자' 등 기존의 중간매체를 통하여 원자라는 단어를 도출해낼 수 있었을 것이다. 만일 그렇다고 한다면 '먼지'라든가 '입자' 또한 그 훨씬 전에 생겨난 단어들로 그 또한 이미 대화 중에 깔려있던 '모래'나 '구슬'을 경유하여 날아들어 왔음이 자명하다. 이러한 깊이 있는 탐구는 언어가 있기에 가능한 것이다. 언어가 없다면 저토록 섬세하고 난해한 의문을 어떻게 품겠으며, 우리의 생각 모든 것이 지극히 얕고 단편적이지 않겠는가?

우리의 상식으로 속도가 가장 빠른 것은 빛이라고 알려져 있다. 그런데 빛보다 빠른 것이 있다. 바로 의식(意識)이다. 우리의 의식은 아무리 먼 곳이라도 0.1초 안에 도달할 수가 있다. "태양!"이라고 말을 함과 동시에 우리의 의식은 어느새 태양에 도달해 있다. 또한, 그것은 시공을 초월함은 물론이고, 타인의 의식 속에도 자유롭게 드나들 수가 있다. 공룡이 초원을 점령하고 있던 아득히 먼 과거로 돌아가 초식공룡인 울트라사우루스의 의식 속에 잠입하여 달려드는 티라노사우루스의 포악한 장면을 느껴보는 것도 0.1초 만에 가능하다. 다만, "어디 보자, 곰곰이 한번 생각해보자!"라고 느긋하게 생각하는 사람에게는 더 오랜 시간이 필요할지도 모르겠다. 이렇듯 구체적인 생각과 불현듯이 떠오르는 먼 과거는 언어가 있기에 가능하다. 만일 언어가 없다면 공룡에 대한 상식도 우리에게는 없는 것이다.

좀 더 시각을 넓혀 밤하늘의 별을 쳐다본다. 육안으로 보이는 별은 거의 다가 이름이 붙여져 있다. 이름을 알 수 없을 때, 우리는 그 별을 '이름 없는 별'이라고 지칭하고 말지만, 태양, 북극성, 북두칠성, 견우, 직녀, 알파, 감마, 시리우스, M154 등등 모든 반짝이는 별에는 이름이 있다. 만약 별 하나하나에 이름이 붙여지지 않았다면 모든 별은 그냥 싸잡아서 별일뿐이고, 더 이상 개별적으로는 '별 의미'가 없다. 이 세상에 만약 언어가 없다면 별을 헤아릴 수도 없고 별을 더 이상 깊이 있게 궁금해할 수도 없다. 어두운 것은 멍(하늘)이고 반짝이는 것은 멍(별)일 뿐, 나의 육신과는 무관한 저기에 시선을 집중시킬 이유조차도 없을 것이다. 그렇다면 "별이 빛나는 밤! 저 너머에는 또 무슨 별이 있을까?" 언어의 개입 없이 과연 이렇게 감성적이고도 심오한 궁금증을 유발해낼 수 있을까? '별이 빛나는 밤'이 의식 속에 투영되는 순간, 하늘에 대한 나의 궁금증은 다시 도져버리고 만다.

낮과 밤의 실체는 과연 무엇일까? 밝은 것과 어두운 것의 차이는 무엇일까? 낮이라는 것은 밝은 것을 말한다. 밤은 어두운 것이다. 낮과 밤은 태양이 있으므로 지구의 자전에 의해 순환적으로 전개된다. 태양이 비치면 낮이고 낮의 반대편은 밤인 것이다(달이나 구름이 태양을 가려 어두워질 때는 아니다)! 태양은 낮의 근원이다. 우리 눈에 보이는 별은 낮의 근원이며 낮의 축소판이다. 조도(照度)의 차이에 따라 명칭을 달리할 뿐, 별이 비쳐 밝은 그곳은 낮이다. 우리가 밤하늘을 보고 있다는 것은 밤이라는 배경에 무수히 많은 낮을 보고 있다는 말이다. 즉, 우주의 바탕은 밤이며 밤 속에 낮이 석류알처럼 박혀있다는 것이다. 이러한 깊은 탐구는 언어가 있으므로 가능하다. 우리에게 언어가 없다면, 낮도 밤도 우리의 의식 속의 세상은 암흑과도 같을 것이다.

세월이 흐를수록 세상이 복잡해지고 세상이 복잡해질수록 언어의 엔트로피가 높아진다는 매우 구체적인 증거가 있다. 요즘 우리의 대화는 추측이나 확률로 이루어지고 있다는 것이 그것이다. '그렇다', '아니다', '맛있다', '별로다'를 "그런 것 같아.", "아닌 것 같아.", "맛있는 것 같아.", "별로인 것 같아."라고 매우 자신 없게 이야기들을 하고 있는 것이다. 여기서 '별로인 것 같다'의 경우 '별로다'라는 단어 자체가 이미 많다, 적다와 같이 대체로 양적인 표현으로 방금 사용한 '대체로'와 같이 어느 정도의 분포를 함의하고 있다. 이러한 현상은 자신의 말이 사실인지 허구인지, 정말 많은 것인지 적은 것인지 또는 객관적으로 평가하면 어떻게 될 것인지에 대하여 단정하기에는 자신이 없거나 의심이 가는 관계로 여기에 대한 책임을 회피하려는 경향 때문이 아닐까?

우리는 많고 적은 것을 구체적으로 얼마만큼의 숫자로 표현할 수도 있지만, 애초에 숫자가 발명되지 않았더라도 손가락으로나 눈에 보이는 물건으로도 그것을 기준하여 표현은 가능하다. 또한, 수치적인 표현이 아니더라도 개략적이거나 정성적으로 표현할 수도 있다. "가만히 있어 보자. 그게 얼마였더라?" 하고 숫자를 생각하다가 생각이 나지 않는다면 "하여튼 많은 숫자다!"라고 얼버무릴 수도 있고, 하늘만큼 땅만큼이나 적당량, 대략적인 등의 단어로 대체하여 사용할 수도 있는 것이다. 원시에서도 의사소통이 가능했던 것은 이러한 기능 때문일 것이다. 이와 같이 필요에 따라 활용할 수 있는 다양한 언어의 구사 능력은 우리의 대화에 대단히 요긴하게 작용한다. 거시기라는 호남 지방의 사투리가 우리 일상의 대화에서 퍼져 나가고 있는 이유가 바로 이와 같은 맥락에서 기인한다.

위와 같은 대체언어의 사용은 지식이 짧을수록 또는 기억력이 나쁠수록 빈도가 높아질 것이라고 생각한다. 바꿔 말하면 학력이 높거나 지능이 높을수록 그때그때마다에 맞춤형의 정확한 단어를 구사할 수 있을 것이라는 말이다. 더 나아가서는, 시간이 갈수록 그 의미가 흐린, 부정확한 단어의 사용이 잦아질 것이라는 생각이 든다. 왜냐하면, 위에서도 설명이 있었지만, 이 세계는 세월이 흐를수록 정보가 총체적으로 많아지고 있고 그 방향은 무질서한 쪽으로 흐르고 있기 때문이다. 여기서 잠깐 짚고 넘어가야 할 것이 있다. 좀 전에 '사용이 잦아질 것'이라는 표현을 썼다. '잦아지다'라는 단어는 한문도 아닌 것이 반의어가 동시에 내포되어 있다. 즉 자주 발생한다는 뜻과 점점 잦아들어 없어진다는 뜻이 함께 사용되고 있는 것이다.

여기에서의 의미는 전자임에 주의하자.

이름이 '체이서'라는 보더콜리 종의 어떤 강아지는 1,000개 이상의 단어를 알고 있다. 대체적으로 똑똑하다고 생각되는 강아지가 200개 정도의 단어를 알 수 있다고 한다. 체이서는 추론능력이 침팬지를 포함한 그 어느 동물보다도 뛰어나다. 예를 들어 녀석이 알고 있는 각각 다르게 생긴 A, B, C, D, E라고 하는 인형들을 한 번도 보여주거나 가르쳐준 적이 없는 F라는 인형과 함께 섞어 두고서는 A나 B처럼 아는 인형을 두어 번 가져오라고 한 뒤 한 번도 가르쳐준 적이 없는 F라는 이름을 제시하면 그 나머지 인형 중에서 처음 보는 생소한 인형인 F를 가져오는 것이다. 체이서가 발음연습만 제대로 한다면, 우리와 대화할 날도 머지않았다. 그러나 여기까지 종합해보면 짐승이 우리의 언어를 밝혀내는 만큼 인간은 또 다른 더 어렵고 복잡한 언어를 생산해내어 어떻게 해서든지 짐승과의 대화는 가능한 이룰 수 없도록 하려는 것이 목적인 것처럼 보인다.

무슨 일을 진행하다가 그르치고는 "내가 생각이 짧았다."라고 말하는 경우가 있다. 생각이 신중하지 못했다, 또는 배려심이 없었다는 뜻으로, 직역하자면 생각이 소홀했다는 뜻이다. '소홀하다'의 반의어는 신중하다가 된다. 신중하다는 표현은 조심성이 있다, 깊게 생각하다 등으로 치환될 수 있다. 생각이 깊다는 표현은 생각이 강이나 호수에 담겨있는 물처럼 의제된다. 물의 수심은 깊거나 얕다. 그렇다면 '생각이 깊었다.'의 반의어는 '생각이 얕았다.'일 것이다. 한편, 생각이 짧았다고 표현했다면, 그 행위는 물이 아니고 어떤 선으로 유추된다. 선은 길거나 짧다. 따라서 '생각이 짧았다.'의 반의어는 '생각이 길었다.'가 된다. 생각이 길다는 것은 생각하는데, 시간이 너무 지체된다는 뜻이다. 그렇다면 '생각이 짧았다.'라는 표현은 생각하는 데 시간이 길지 않았다, 즉 '생각이 빨랐다.'로 치환할 수가 있다. 즉, '내가 생각이 짧았다=내가 생각이 빨랐다'가 되는데, 생각이 짧았다는 것은 생각에 소홀했다는 뜻이고 생각이 빨랐다는 것은 생각하는 데 시간이 길지 않았다는 뜻으로 각각의 의미로 보아 등식이 성립하기에는 분명 문제가 있다. 과연 어디서부터 잘못되었을까? 필자는 생활에 아무런 보탬도 없는 단어 하나로 이처럼 복잡하게 생각하면서 오늘도 하루해를 넘기고 있다.

## 향수에 젖어

언젠가 시인인 친구로부터 자신이 낸 시집 한 권을 선사받았다. 그 시집을 읽다가 내용 중에 고향 이야기가 나오니 왈칵 눈물이 쏟아져 더는 읽지 못하고 책을 덮고야 말았던 적이 있다. 시를 읽으면 단어 하나하나가 때로는 타임머신이 된다. 은유 속에 묻어나오는 심오한 중력자는 이 거구를 송두리째 끌고 들어가기에 충분했다. 그 속으로 끌려들어 가보면 고향 집의 사립작문에서 시작하여 외양간으로 구석구석 3D 영상이 전개된다. 한참 동안 밀려오는 고향 생각을 가까스로 진정시키고는 상념에 잠긴다. 상념에 잠긴다? 이 문장에서와같이 생각. 상념. 향수. 추억. 이런 단어들은 호수나 바다와 같은 물속에 빠져드는 것으로 유추되고 있다. 어떤 물건이 호수에 잠기거나 물에 젖듯이 '생각에 젖다', '향수에 젖다', '생각에 잠기다', '상념에 잠기다' 등의 형태로 활용되는 경우가 많기 때문이다. 얼핏 보면 인생에 별 도움도 될 것 같지 않은 이러한 부질없는 글을 도출해내기 위해, 어제에 이어 나는 오늘도 깊은 생각에 잠긴 채 이 글을 쓰고 있다.

비가 오면 비와 관련한 추억이 생각이 나고, 눈이 오면 눈과 관련한 추억이 생각난다. 봄비가 내리면 봄비에 젖었던 그때가 생각나고 여름밤에 쏟아지는 빗속에서는 나만이 간직하던 어떤 비밀이 생각난다. 꽃향기 속에서도 나는 추억을 더듬는다. 굳이 향기가 아니라도 좋다. 어떤 냄새, 어떤 냄새가 나면 옛날 생각이 나는 경우가 있다. 그 냄새를 따라 아련한 추억을 애써 더듬을 때가 있다. 추억은 음악 가락 속에서도 찾아내기도 하고, 책을 읽다가도 추억을 발견한다. 갈바람이 불면 쇠꼴 먹이던 옛 생각이 나고, 샛바람이 불면 화력발전소의 매캐함을 느낄 수가 있다. 태풍이 불어오면 어릴 적 사라호의 추억이 생각나고 구슬프게 내리깔린 달빛 속에서는 초겨울 깊은 밤의 옛 추억을 찾아낸다. 달빛이 저토록 처연한 것도 아련히 떠오르는 추억 때문일 것이다. 문득 펼쳐지는 감각소여 속에서 시간을 더듬어 찾는 추억은 마냥 아름답지만, 장롱 속에 쟁여둔 앨범을 펼친다는 것은 이제 대단한 용기가 필요하다.

필자의 글을 보고는 대충 눈치를 챌 수도 있겠지만, 필자는 싱겁고 엉뚱한 면이 있다. 키 크고 싱겁지 않은 사람이 없다는 말을 필자가 증명을 하고 있는 셈이다. 필자의 성격 중에 엉뚱함은 선친의 성격을 이어받았다는 것을 입증할 수 있는 적나라한 사건이 있다. 우선 필자도 기골이 그러하듯이 아버지는 풍채가 장대하셨다. 필자는 칠 남매 중 막내로 태어났다. 아버지는 필자를 쉰두 살에 낳으셨고, 필자의 큰형님은 필자와 스물한 살 차이가 난다. 그래서 나이로 치면 큰형님은 필자에게 아버지뻘이었고, 아버지는 필자에게 할아버지 연세였다. 친구들 중에는 그의 아버지가 내 큰형님과 친구인 경우도 있고, 그의 할아버지가 내 아버지와 친구인 경우도 있는 것이었다. 아버지는 농담도 입에 담지 않는 점잖은 분이셨고, 때로는 자상하지만 평소에는 근엄하고도 엄격한 아버지셨다.

필자가 스무 살쯤 되던 해였던가 싶다. 그러니까 아버지의 연세는 칠십 초반의 촌로셨으리라. 한날은 아버지께서 시내에 가시더니 제화점에서 맞추어 두었던 구두를 찾아오셨다. 몇 날 며칠을 벼르고 벼르다가 짬을 내서 다녀오신 것이다. 아버지는 찾아오신 구두를 마룻바닥에다 꺼내놓으시는데, 나는 아버지의 구두를 보는 순간 깜짝 놀라고 말았다. 아직은 어린 나이었음에도 진실을 알고 난 뒤의 아버지가 겪어야 할 실망감에 대해서 이 문제를 어떻게 해야 하나 걱정이 앞선다. 완전히 여성용 구두였던 것이다. 앞이 뭉뚝한 하이힐에 굽은 낮고 발등은 완전히 노출되어있는, 디자인은 여성용에다 크기는 남성용이었다. 말하자면 여자 거인의 구두였던 것이다. 그 순간 아버지의 분별력에 문제가 있었다고 생각하고 나는 신발을 들고는 "아버지, 이거 여자들 구두입니다!"라고 고함을 쳤다. 그러자 아버지는 "그건 나도 알고 있다. 그 사람들도 처음에는 그렇게 말렸는데, 신고 벗기가 편한 것 같아서 이걸로 맞추어 달라고 아버지가 특별히 부탁을 했다!" 참고로 지금 이 대화는 여러분이 알아들을 수 없는 심각한 경상도 사투리였기에 '교양 있는 사람들이 두루 쓰는 현대 서울말'로 번역을 한 것이다.

그리하여 아버지는 내내 그 구두를 신고 다니셨다. 시골에서 구두는 특별히 외출을 할 때에만 신는 것이다. 게다가 시골할아버지의 외출이 그리 잦은 편은 아니었다. 친척이나 지인의 대소사에만 주로 구두를 신으시고 출타하신다. 지나와서 생각해보니 필자의 기억 속에는 아버지의 구두는 그 구두 한 켤레뿐이다. 그런데 중요한 것은 뒤에 보니 아버지의 그 구두만큼 멋진 남성용 구두는 이 세상 어디에서도 더 이상 발견할 수가 없었다는 것이다. 아버지는 제화점에 진열된 그 많은 구두 중에서 당신의 마음에 드는 구두를 직접 선택했었을 것이다. 그러자 제화점의 점원도 필자가 처음 구두를 보았을 때처럼 여성용 구두라고 말렸을 것이다. 그러나 그 누구도 말릴 수 없고 생각할 수도 없었던 아버지의 그 기발한 선택. 곧 엉뚱함이었다. 나의 엉뚱함도 언젠가는 빛을 발하는 날이 오기를 기대해본다.

필자 혼자만의 생각이겠지만, 누군가가 음식을 먹는 모습을 보면 왠지 처량한 생각이 들 때가 있다. 식욕도 욕심이라지만 살기 위해 먹어야 한다는 생각 때문일까? 누군가가 밥을 먹는 모습이 그렇게도 슬프게 다가올 때가 있다. 비록 사람뿐만 아니라 게걸스레 먹어대는 강아지의 식사시간도 그 모습이 측은하게 보일 때가 있다. 언젠가 등산길에서 누군가의 등산배낭에 꿰어놓은 물컵과 도시락의 딸랑거리는 마찰음으로 몹시 슬프게 들리던 적이 있다. 먹는다는 것이 왜 그렇게 슬프게 다가올까? 배가 고프다는 것은 소변이 마려운 것처럼, 숨을 쉬고 싶은 것처럼, 단지 생리현상이고 배가 고팠던 강도만큼 음식을 섭취하는 중에는 즐거움이 함께하는 것이다. 그럼에도 맛을 즐긴다는 의미는 내 의식에는 없는 것일까? 살아야 하기 때문에 먹어야 한다면 먹는 것에 인생을 걸어야 할지도 모른다. 먹지 않으면 죽을 수도 있다는 그 비참함이 나를 이토록 슬프게 하는 것일까?

평생을 부유층에 속해있었다면 그 뜻을 쉽게 알아들을 수 없는 언어로 시간도 돈도 몹시 쪼들리는 빈곤층만의 대화가 있다. '식은 밥 한 덩어리'가 그것이다. '식은 밥 한 덩어리 뚝 떼서 물에 말아 먹고는'으로 전개가 되는 말이다. 밥상을 차릴 겨를도 없이, 아니 밥상에 오를 만한 찬이 없는 것이다. 어린 시절부터 집안이 경제적으로 풍족하지 못했던 사람이라면 식은 밥 한 덩어리를 사발 속에 뚝 떼어 넣고는 물에 말아서 고추장 하나로 밥을 먹던 시절을 추억으로 떠올릴 수가 있다. 필자가 어린 시절 농촌 아이에게는 대개가 그러한 생활이었다. 이때는 물에 말아놓은 밥 한 사발, 고추장 종지 하나, 숟가락 하나가 상위의 전부다. 숟가락의 '숟'쪽은 밥을 뜨는 기능이고 숟가락의 '락' 쪽은 고추장을 뜨는 기능이 된다. 당연히 숟가락의 '가'는 내 손이 차지하는 부분이다. 숟가락 하나에도 그렇게 많은 기능이 있다. 지금 이야기는 누군가가 그렇게 밥 한 덩어리를 물에 말아 먹고는 대화의 상대방이 있는 어딘가에 허겁지겁 달려왔다는 내용이다. 이 한 덩어리라는 단어가 나를 몹시도 슬프게 한다.

언젠가 정신연령을 언급한 바 있다. 나는 가끔 나의 정신연령이 매우 박약하다고 생각될 때가 많다. 꽤 한참 전에 아들이 이십 대 후반의 나이 때 일이다. 집에 다니러 온 아들이 창밖을 내다보며 상념에 젖은 듯이 한다는 말이 "비가 좀 와야 할 텐데…."라면서 땅이 꺼져라 걱정을 하고 있다. 우리 집이 무슨 농사를 짓고 있는 것도 아닌데 말이다. 알고 보니 아들은 자기 개인만의 생각이 아닌 농자천하지대본(農者天下之大本)을 걱정한 것이다. 그날 나는 아들 앞에서 얼마나 부끄러웠는지 모른다. 그러한 아들에 비하면 나는 마냥 천진난만한 소년이다. 나는 여태껏 기상을 걱정해 본 적이 없다. 비가 오면 그냥 우울해진다. 아무래도 날씨가 좋아야 뛰놀기 좋다는 아이들의 생각 그 자체인 것이다. 한 가지 변명을 하자면 거의 평생을 건설현장에서 책임자로 임하다 보니 시간에 쫓기며 살아온 영향 탓이 아니었겠느냐고 위안을 가져본다.

옛날과 현재가 달라진 점 중에 밤의 광경을 꼽을 수 있다. 어느 시구에 '칠흑같이 어두운 밤'이라는 구절이 있다. 칠흑(漆黑)을 사전에 찾아보면 옻칠처럼 검은 빛깔을 뜻한다고 나온다. 칠흑같이 어두운 밤은 깜깜해서 도대체 아무것도 보이지 않는 밤을 말한다. 어릴 적에는 쉽게 찾아볼 수 있었던 광경이었다. 달이 뜨지 않는 그믐밤. 주변에 도시가 없는 시골은 그야말로 칠흑같이 어두운 밤이었다. 내 고향은 그나마 내가 성장기부터 공장이 들어서고 저 멀리 공장 지역의 불빛으로 늘 하늘이 희뿌옇게 여명을 발하고 있었으니, 그렇게 칠흑처럼 어두운 밤은 어느새 추억 속으로 사라져 가버리고 없었다. 그러나 근교에 있는 모화나 청량면의 작은 마을 통천에는 내가 청년이던 시절에도 칠흑을 느낄 수가 있었다. 칠흑처럼 어두운 밤에는 공간은 그냥 까맣다. 그렇게 어두운 밤에도 잘도 싸돌아다녔던 기억이 선하다. 추억에 젖다 보면 칠흑 같은 어두운 밤도 그리울 때가 있다.

"달도 밝다!"라는 갑돌이의 표현에 갑순이는 "보름달이니까."로 퉁명스럽게 응수한다. 갑돌이의 "달도 밝다!"는 자신의 감정을 담은 한 구절의 짧은 시다. 그 짧디짧은 한마디의 은유 속에는 길고 긴 한 편의 드라마가 담겨있다. 풀벌레도 잠을 자는 시골의 적막한 보름 밤에 휘영청 밝은 달빛은 밝다 못해 감격스럽다. 대지에 구슬프게 내리깔린 은빛 입자는 갑돌이 마음을 더욱더 설레게 한다. 와락 껴안은 자신의 품속에서 갑순이의 겁먹은 눈망울은 달빛에 젖어 영롱하다. 그는 많은 날들을 달빛 속에서 그렇게 그려왔던 것이었다. 그런데 그 깊은 갑돌이의 심정을 알 턱이 없는 갑순이는 찌든 일상을 보름달에다 담을 듯이 퉁명스럽게 내뱉고는 마침표를 찍고 만다. 갑돌이는 그만 허공에 날고 있는 자신의 감정을 주섬주섬 빈 봉태기에 주워 담을 뿐이었다.

사람이 들어서 기분이 나쁜 소리를 할 때, 비록 그것이 사람이 목구멍을 통하여 내는 소리일지라도 듣고 있는 사람이 폭력적이거나 매우 화가 난 경우에 흔히 그것을 사람 소리라고 하지 않고 '개소리'라고 한다. "개소리 집어치워!" 이렇게 말이다. 반면 진정으로 개가 소리를 내는 것을 개소리라고 하지 않고 '개 짖는 소리'라고 한다. 어찌하여 우리는 사람이 내는 소리를 개소리로, 개가 직접 내는 소리를 '개 짖는 소리'로 분류하고 있는지 궁금하다. 전자는 은유법이고 후자는 직설법이다. 은유법은 강조를 위한 말이니 직설법보다는 확실히 느낌이 크게 다가온다. 내가 조용하고 엄숙한 어떤 곳에서 개의 소리를 은유법이 아닌 직설법으로 소리를 내면 사람들은 나를 분명 미쳤다고 할 것이다. 그런데 개 짖는 소리가 아니고 말을 하는데 개소리라고 하는 것은 왜일까? 실없는 개소리 그만두라고? 그렇다면 좀 더 점잖게 돼지 소리로 말을 이어가기로 하자.

농촌에서 기르던 돼지는 검정돼지가 전부였던 시절이 있었다. 즉 우리나라의 일반 돼지는 모두 흑돼지였던 것으로 여겨진다. 그 당시 학교에서는 실과시간에 요크셔, 버크셔, 햄프셔, 재래종으로 돼지를 배우고 있었다. 어느 날, 갑자기 외래종인 흰색돼지가 들어오면서 검정돼지는 재래종으로, 흰색돼지는 외래종으로 부르는가 싶더니 그 개체 수가 전도되자 언제부턴가 흰색돼지가 일반 돼지로, 검정돼지는 흑돼지로 부르게 된 것이다. 굴러온 돌이 박힌 돌을 뽑아낸 역사적인 사건이다. 이러한 사건의 경우, 여러 가지 학문적 표현들이 존재한다. 인문학적 표현으로는 '주객전도'라고 하고, 설계분야의 이차원적 표현으로는 '좌우전도', 물리학의 삼차원적 표현으로는 '상하전도'라고 한다. 또한, 철학에서는 '주인과 노예의 변증법'이라고 한다. 마르크시즘 표현으로는 프롤레타리아의 혁명이라고 일컫기도 한다. 2017년 대한민국 정가에서 촛불이 태극기를 몰아낸 사건도 이와 맥락을 같이한다.

굴러온 돌 이야기를 하니 내가 굴러버렸던 생각이 떠오른다. 안산에서 직장생활을 할 때의 일이다. 지인 자녀분 결혼식이 있어 오랜만에 서울에 갔다. 새로 맞춰 입은 검정색 양복에 파리도 미끄러질 듯 빤질빤질한 새 구두에 더는 촌놈이라고 볼 수 없을 정도의 퀄리티를 뽐내면서 지하철을 탔는데, 일단 신길역에서 환승을 위해 전차에서 내렸다. 건너편 쪽으로 발걸음을 옮겨 사람들이 운집하고 있는 광장에 막 도착하려는 순간 경사진 바닥에서 그만 발이 미끄러져 버리고 만 것이다. 육중한 물체는 r=1840mm 비정형의 원호를 그리면서 힘차게 전도되고 환승역(煥乘驛)의 대공간을 압도하는 비주얼에 휘둥그레진 시선들을 의식하는 순간, 반사신경이 반응하여 오뚝이처럼 벌떡 위치를 수정하면서 툭툭 털고는 아무 일 없는 듯 가던 길을 걸어가고 있었는데, 뒤통수를 찌르는 수많은 시선들은 무작위하게 날아오는 화살촉처럼 따갑게 꽂혀 들어와 마침내 열에너지로 대체되어 안면을 벌겋게 달구어 놓는다. 바늘처럼 따가웠던 그 수많은 시선들. 아직도 그날만큼은 잊히지가 않는다.

옛날과 지금이 달라진 것 중에 또 하나 꼽으라면 사람의 체중이나 체형이 있을 것이다. 이 말은 단지 진화론의 결과를 이야기하는 것이 아니다. 불과 40여 년 전에는 살찌는 약이 시중에서 유통될 정도로 깡마른 체구가 건강상 우려되던 시절이었다. 날씬한 사람을 허약체질이라고 하여 걱정스러운 시선으로 바라보던 시기였다. 반면에 뚱뚱한 사람을 우량아라고 했다. 그것은 우리나라 사람에게만 해당되는 문제가 아니었다. 남성들의 우상이었던 마릴린 먼로의 체형도 사진을 자세히 관찰해보면, 지금의 기준으로는 비만에 가깝다. 필자는 어릴 적에 허약한 체질이라 살찌는 약을 사 먹을까 하다가는 비용 조달 문제로 그만둔 경험이 있다. 지금은 어떤가? 복부에 약간의 볼륨이 있다면 잴 것도 없이 그것은 비만에 해당한다. 키가 184센티미터에 체중이 102킬로그램인 필자는 당연히 비만이다.

Marilyn Monroe, 1953년

어떤 자료에 의하면, 2030년이 되면 미국 인구의 86퍼센트가 과체중 또는 비만이 될 것이라고 한다. 이 속도라면 2048년도가 되면 인구 전체가 비만이 될 것이란다. 그런데 옛날과 지금을 비교해보면 체형의 표준은 날씬한 쪽으로 엄격해진 반면에 실제 사람들의 평균 체중은 엄청나게 뚱뚱해진 것이다. 지금의 표준은 옛날 기준으로는 허약체질이고 지금의 비만은 옛날 기준으로는 우량아인 것이다. 그러니까 마릴린 먼로는 지금의 표준으로는 엄청 뚱뚱하고 못생긴 여자이고, 체중이나 체형은 비만이지만 평균보다는 훨씬 날씬하다는 뜻이다. 이해가 가는지 모르겠다.

키 이야기를 하니 또 하나의 이야기가 생각이 난다. 필자의 나이 대략 사십 중후반 때 울산에서의 일이다. 이미 언급이 있었지만, 이때에도 필자의 머리카락은 희끗희끗하여 반백을 넘어서고 있었다. 어느 날, 감기가 걸려 콜록거리면서 의원엘 갔다. 수납창구에 간호사가 둘 있었고 나는 오른쪽에 있는 약간 나이든 간호사한테 의료보험증을 내밀었다. 그 간호사 의료보험증을 받아들고는 흘낏흘낏 쳐다보면서 나더러 하는 말이 "한 팔십 되시지요?" 했다. 나는 말을 하면 또 기침이 나올 것 같아 그렇다는 뜻으로 눈으로만 말하고 빙그레 웃기만 하고 있었는데, 옆에 듣고 있던 보다 젊은 간호사가 대뜸 말도 안 된다는 듯이, "언니는 무슨! 내가 보기에는 육십도 안돼 보이는데?"하는 것이었다. 그러자 언니가 엉뚱하다는 표정으로 "얘는? 나이 말고 키 말이야 키!" 참고 있던 기침은 여기서 또 한 번 터지고 만다.

필자가 상사병에 걸렸던 이야기가 있다. 사춘기 시절, 짝사랑하는 소녀가 있었다. 공부시간에도, 식사 중에도, 잠을 잘 때도 온통 그녀의 생각뿐이었다. 아름다움, 청순함, 청초함, 순결함…. 수식될 수 있는 그 어떤 미사여구도 그녀를 표현하기에는 부족하기만 했다. 그녀가 너무 좋아 미칠 것만 같았다. 정말이지 그녀를 위한 길이라면 목숨까지 바칠 수 있다는 생각이었다. 편지를 써서 불꽃같이 타오르고 있는 이 마음을 전달해야겠다고 작정하고 썼다가는 찢고, 또 썼다가는 찢고…. 도저히 용기가 나질 않았다. 그래서 그녀를 포기해보려고 묘안을 생각했다. 그녀를 '보통사람'으로 폄하시켜 마음을 진정시켜보기로 했다. 정나미가 뚝 떨어지도록 그녀에 대한 나쁜 생각만 떠올리려 노력했다. 그녀도 사람이기에 똥이며 오줌을 쌀 것이고 방귀도 뀔 것이란 생각을 해 보았다. 그 장면을 詩로 만들어 책표지에 붙이다가 수학 선생님께 들켰던 생각이 난다. 선생님은 빙그레 웃으시더니 "누가 쓴 거냐?"라고만 했다.

[망각하기]
지금쯤
희멀건 궁둥이는
요강을 향해 박혀있고
흡사 닮은 요강 속엔
트럭의 자갈 쏟는 소리
뽀-오-옹~
수줍은 듯 새어 나오는 방귀 소리
싱긋이 혼자 미소 지으며
동자 없는 눈으로 허공을 헤맬 때
잠깐 침묵이 흐르고….

일반 전화를 청색 전화와 백색 전화로 구분하던 시절이 있었다. 왜 색상이 부여돼있었는지는 모르겠으나, 청색 전화는 전화국 명의의 전화였고 백색 전화는 부동산처럼 시세가 있었으며 양도양수가 가능하였다. 한편, DDD(direct distance dialing, 장거리 자동전화)가 보급되기 전, 시내 통화는 일반전화나 공중전화부스에서 통화가 가능하였지만, 시외 전화는 전신전화국에 직접 가서 통화를 했던 시절이 있었다. 요즘으로 치면 전화수용 신청 정도의 절차를 거쳐 통화신청을 하고는, 대기실에서 기다렸다가 순번이 오면 교도소에서 수형자 면회하듯이 들어가서 통화를 하는 것이었다. 울산에서 대구에 전화를 했는데, 내 기억으로 많이 기다릴 때는 30분 정도는 기다렸다는 생각이 든다. 통화요금도 기본 3분인가 후부터는 초당 금액이 가산되었기 때문에 대략 3분을 넘지 않는다. 3분 통화를 위해 30분을 기다렸다가 통화를 하는 것이었다. 지금 생각하면 세상 참 많이도 변했다. 지금은 길을 가면서도 국제통화를 한다. 얼굴을 보고 싶다면 영상통화까지 한다. 불과 30년의 세월이지만, 그때에 비하면 지금 우리가 구사할 수 있는 능력은 거의 신의 경지가 아닐까?

새 차를 구입하고 인도받는 순간, 자동차 시트 전문 인테리어 업체로 달려갔던 시절이 있었다. 불과 이십여 년 전의 일이다. 지금 같으면 자동차를 새로 구입하면 자동차의 내부, 외부가 전부 완성품으로 출고되기 때문에 그냥 타기만 하면 된다. 그때도 그랬다. 시트고 뭐고 새 자동차에 반제품이 있을 리 없었다. 멀쩡한 천연가죽시트 위에 그때 돈으로 많게는 수십만 원씩이나 별도의 돈을 들여 싸구려 레자(인조가죽)시트로 덮어씌웠던 것이다. 이유는 천연가죽시트를 좀 더 오래

은폐해 둠으로써 자동차의 노후화를 늦추려는 방편이었던 것 같다. 오염되거나 노후화가 되면 벗겨내면 새 차처럼 보일 것이므로 그렇게 되면 중고시세도 제값을 받지 않을까 하는 기대감도 있었을 것이다. 남들이 다들 그렇게 하니 어쩔 수 없이 따라서 했다. 그렇지만 생각만큼 실익은 없었던 것으로 기억된다. 원시인과 현대인의 다른 점이 바로 여기에 있다. 실패의 경험이 얼마나 축적되어 있는지의 차이. 어제의 실패는 좀 더 풍요로운 내일을 기약해준다.

## 돌고 도는 것들

바람이 분다는 것은 기압이 높은 곳에서부터 낮은 곳으로 대기가 이동해가는 현상을 두고 하는 말이다. 기온의 변화에 따라 대기는 순환하는데, 온도가 높은 공기는 위로 상승하게 되고 그 하부에는 공간이 생길 것이므로 주변의 공기들이 이를 보상하기 위하여 기압이 낮아진 공간 부분으로 수평 이동을 한다. 이러한 움직임이 곧 바람이다. 기류는 돌고 도는 가운데 지구도 돈다. 돌고 있던 기류는 지구가 도는 마찰력으로 회전을 하게 되고 회오리를 형성하면 주변의 기류까지 합세하여 일정규모와 기압으로 그 세력을 확장하게 된다. 이른바, 태풍이 되는 것이다. 태풍은 주로 적도 부근을 중심으로 위도가 높은 쪽으로 불어가는 속성이 있다. 어느 지역에서의 태풍의 회전방향은 지구의 자전운동에 따라 일정하다. 우리나라에서는 언제나 시계 회전의 반대방향으로 돈다. 따라서 회전속도에 진행방향의 속도가 가해져 태풍의 오른쪽이 피해가 크다.

가위바위보에서 가위는 보를 잘라 이기고, 보는 바위를 덮어 이기고, 바위는 가위를 부숴 이긴다. 가위바위보를 다이어그램으로 편성해 보면 서로 회전의 관계에 놓여있다. 수를 셀 때 바위는 하나고 가위는 둘, 보는 다섯이다. 먹이를 앞에 두고 숫자와 상관없이 싸울 경우, 대체적으로 들개는 하이에나를 이기고 하이에나는 사자를 이기고 사자는 들개를 이긴다. 이 공식의 원리는 가위바위보의 역순이다. 들개의 무리가 하이에나보다 그 숫자가 많아 떼거리로 덤벼들면 하이에나는 속수무책이다. 또한, 하이에나의 무리는 사자보다 그 수가 많으므로 사자를 압도한다. 그러나 들개와 사자의 싸움에서는 들개무리가 많다고 해도 숫자는 별 의미가 없다. 사자보다 들개는 체구가 너무 작기 때문이다. 초식동물인 코끼리에 대항할 수 있는 동물이 없는 것은 이와 같은 이치 때문이다. 그러나 그렇다고 해서 코끼리가 초원을 평정하지는 못한다. 모든 것은 돌고 돌기 때문이다.

계절도 가위바위보나 초원의 법칙과 같이 서로 회전한다는 의미에서는 같은 맥락이다. 봄, 여름, 가을, 겨울은 서로 대립관계이면서도 보완관계를 유지한다. 계절은 추운 쪽에서 따뜻한 쪽으로, 더운 쪽에서 서늘한 쪽으로 중화되기도 하고 서늘한 쪽에서 추운 쪽으로, 따뜻한 쪽에서 더운 쪽으로 강화되기도 한다. 봄은 겨울을 몰아내고, 가을은 여름을 몰아낸다. 그러나 봄은 여름을 재촉하고, 가을은 겨울을 재촉한다. 바람이 동쪽에서 서쪽으로 부는 것도, 겨울이 가고 봄이

온다는 것도, 분명 동적인 것이다. 그러나 바람이 부는 것은 공간 속의 움직임인 반면에 가을이 가고 겨울이 온다는 것은 시간 속의 움직임이다. 대기는 바람을 타고 지구를 돌다가는 다시 불어올 것이며, 겨울도 역시 계절을 한 바퀴 돌고는 다시 찾아올 것이 틀림없다.

돈다는 것은 회전운동의 좀 더 'Country'한 표현이다. '세상만사 둥글둥글 호박 같은 세상 돌고 돌아~♪' 조영남의 외국 번안곡인 「물레방아 인생」의 한 소절이다. 돌아보니 나에게도 꿈 많던 고등학교 시절은 있다. 굳이 인생을 여행이라고 한다면, 야전을 들고 기타를 울러 메고 이 노래를 부르면서 신나게 돌아다녔던 그때가 진정 인생의 정점이었다. 나는 고등학교를 2년을 뒹굴다가 들어갔다. 남들은 일류학교에 들어가기 위해 재수, 삼수를 한다는데, 나는 그런 삼수가 아니고 알바를 하다가 돈에 눈이 팔린 나머지 때로는 배도 타고, 때로는 공사판에도 기웃거리다가 2년간의 세월을 보내고 나서는 갑자기 훗날이 두려워 다시 학교에 들어갔다. 직업에는 귀천이 없다지만, 하마터면 나는 지금도 어부가 되어 이곳저곳 떠돌다가 마침내 멸치잡이 선상에서 비음 섞인 가락에 맞춰 그물코에 끼인 멸치를 털고 있을지도 모른다. 그래, 나의 인생도 육십갑자를 넘기고 한 바퀴 돌아오니 참 감회가 새롭다.

인생을 살아가면서 누구나 '하마터면'이 사용되는 순간은 있다. 운 나쁘면 뒤로 넘어져도 코가 깨진다는 말이 있듯이, 위험의 순간은 언제나 우리 주변에 도사리고 있을지도 모른다. 위험을 논하는 곳에 그 유명한 하인리히를 외면할 수가 없으니 하인리히 법칙부터 짚고 넘어가자. 이른바 1:29:300법칙이다. 즉, 1번의 중상사고가 발생하려면 29

번의 경상사고가 발생하고 300번의 징후가 발생한다는 법칙이다. 여기에 따르면, 그 위험했던 '하마터면'이라는 사건도 300이라는 숫자 속에서 파생되어 나오는 것이다. 징후는 우리도 모르는 사이에 스쳐 지나가는 것이다. 우리가 모르는 사이에 300번의 징후가 지나가 버릴 수도 있고, 300번의 징후마다 1번의 크고 작은 사고는 발생할 것이라는 뜻이다. 따라서 피부로 느낄 수 없을 뿐이지, 우리는 위험의 순간을 늘 달고 살아가고 있는지도 모른다. 1년 365일이란 숫자에 배치해 본다면, 300+29+1=330이란 숫자는 거의 매일 찾아올 수 있는 숫자가 아닌가? 만일 그 330 중에 하나인 1을 이미 사용했더라면, 나는 이미 이 세상에 없을지도 모른다. 이제까지 살고 있다는 것만으로도 얼마나 큰 행운인가? 330을 피해서 조심조심 돌아서 가자.

철학의 아버지 탈레스는 만물의 근원은 자기 이름 그대로 탈less. 타지 않는 것. 즉, 물이라고 했다. 여기서 탈less라는 단어는 한영합성의 몬데그린으로 물론 웃어보자고 하는 농담이다. 참고로 탈레스의 영문은 Thales다. "만물은 흐른다!"라고 유명한 말을 남긴 헤라클레이토스는 만물의 근본원리는 불이라고 했다. 데모크리토스는 원자라고 했고, 아낙시메네스는 공기라고 했다. 엠페도클레스는 물, 불, 흙, 공기라고 했다. 그 후 이천몇백 년 후에 또 한 사람의 대단한 현자가 나타났었으니, 필자의 집사람은 만물의 근원을 돈이라고 했다. 위의 철인들의 말씀을 거역할 생각은 없다. 일일이 옳은 말씀이다. 세상을 구성하는 원리로 물, 불, 공기, 흙보다 중요한 것이 어디 있겠는가? 그러나 생활고에 찌들고 휘둘리고 세상 물정을 느끼고 보면 집사람 말이 가장 옳다는 생각이 든다.

생활이 자신의 의지에 지배되는 경우로, 일반적인 상황에서 인생이 고달프다고 생각되는 것은 경제적 사정에서 기인되는 경우가 대부분이다. 우리는 이 고달픈 인생을 경험하면서 '인생역경(人生逆境)'이라는 사자성어를 쓴다. 그리고는 돌아서서 하는 행동이 돈은 인생의 목적이 될 수 없다고들 힘주어 이야기한다. 있을 때는 군림하고 없을 때는 굽실거리는 인간의 간교함을 있는 그대로 드러내놓는 행위라 아니할 수 없다. 물론 필자도 예외일 수는 없다. 소박한 삶의 행복도, 고매한 인품도 삼시 세끼는 보장되어야 느낄 수가 있고 펼칠 수가 있는 법이다. 그러나 석가, 예수, 마더 테레사 등등, 많은 선각자의 발자취를 생각하면 지금 이 논리에 동의할 사람이 많지는 않다고 생각한다. 더군다나 쾌락주의 철학자 에피쿠로스는 인생을 즐기는 데도 생을 유지할 정도만을 소비하는 절제가 필요하다고 했다. 다만 필자의 생각은 경제적 사정을 인생역경에 빗대어야 할 정도로 곤란을 겪고 있는 경우에는 굶어 죽기 전에 '돈은 인생의 전부다!'라고 외치는 것이 우리가 가져야 할 솔직한 행동이라는 뜻이다.

사람마다 방법이 다르지만, 세상에는 부자가 되기 위해 거의 평생을 소진하는 사람도 있다. 어떤 사람은 공부를 하고, 어떤 사람은 일을 하고, 어떤 사람은 복권에 목숨을 거는 사람도 있다. 로또복권에 당첨이 된다면 그 기쁨은 너무나 충격적일 것이다. 그런데 경험에 의하면, 그 순간의 행복감은 3개월을 채 넘기지 않는다고 한다. 실제로 보도를 통하거나 잡지 책을 통하여 가끔 수십억 복권에 당첨되고도 쪽박을 찼다는 소문을 듣곤 한다. 세상에서 그들만큼 한심한 사람은 없다고 본다. 우리가 태어나서 언젠가는 되돌아가듯이 슬픔이건 기쁨이

건, 행복이든 불행이든 모든 것은 순간일 뿐 언젠가는 원래의 상태로 되돌아가기 마련인 것이다.

나는 부자는 아니지만 벼락부자가 되는 법을 알고 있다. 동시에 돈을 다 날리고도 쪽박을 차지 않는 방법을 알고 있다. 나만 알고 있는 아주 쉬운 방법이다. 우선 종잣돈이 필요하다. 그 종잣돈은 없어져도 나의 생활에 지장을 주지 않을 것을 전제로 한다. 현금은 없는데 일확천금에 환장한 경우라면 집이라도 팔면 된다. 다만 집을 팔아야 하는 경우에는 그 돈으로 좀 더 작은 집을 사거나 전셋집을 구해서 생활에는 지장이 없도록 조치를 해둘 필요가 있다. 자, 그러면 그 종잣돈으로 몽땅 복권에 투자하자! 한방이면 결판난다. 일등에 당첨되면 벼락부자가 되는 것이고, 없어져도 생활에 지장을 주지 않는 것을 전제한다고 했으니, 다 날려버려도 쪽박을 차지는 않는다. 이렇게 쉬운 방법을 모르고 쪽박을 찬다는 것은 참으로 한심한 일이 아닌가?

돌고 돈다는 것은 경제학에서 자본의 속성이 여기에 해당한다. 내가 은행에서 찾아 뭔가를 사고 지불한 돈은 누군가의 손에 들어갔다가 다시 은행으로 들어간다. 그리고 필요하면 다시 은행에서 돈을 찾는다. 저 사람의 손에 있으면 저 사람의 돈이고 은행에 있으면 은행 돈이고, 내 손에 있으면 내 돈이다. "악화(惡貨)는 양화(良貨)를 구축한다." 영국의 경제학자인 그레샴이 주창한 그레샴의 법칙(Gresham's Law)이다. 금화만을 사용하던 어느 한 사회에서 어느 날 동전을 함께 유통시킬 경우, 동전만이 시중에 유통되고 금화는 금고로 들어가버려 시중에서 서서히 사라진다는 것이다. 이 이론은 돌고 돌아야만 하는 지금 이야기와는 패턴이 약간 다르다. 악화가 양화를 몰아낼 뿐, 돌고 도는 것 같지는 않으니 말이다. 그러나 양화를 몰아낸 악화는 언젠가는 또 다른 악화로부터 구축되는 날이 올 것이다. 최근 10원짜리 동전이 명목가치대비 실제가치의 상승으로 그 재료가치가 한 개당 25원~40원에 육박하자, 이를 수집하여 녹여서 파는 사례가 적발되고 있다. 현재의 10원짜리 동전이 구축될 날이 머지않은 것이다. 이러한 경우, 10원짜리 동전이 구축되면 또 다른 악화가 그 자리를 대신하게 된다. 돈은 돌고 돈다고 돈인 것이다.

우리나라말 '돌아가다'는 회전의 의미나 왕복의 의미, 정신분열의 의미, 죽음의 의미를 함께 내포한다. 유행가 제목 '돌아가는 삼각지'도 여기에 해당하지만, "나 참 돌아버리겠네!"라는 말은 그 의미가 나라는 사람이 아주 화가 나서 정신이 돌아버릴 정도라는 말이다. 한편 '할아버지가 돌아가시다.'는 할아버지께서 유명을 달리하셨다는 말이고, '왔다가 돌아가다.'는 누군가가 어느 장소에 왔다가 되돌아서 간다는 의미이기도 하고 태어나 살다가 언젠가는 죽는다는 의미이기도 하다. 어느 식당에서 화장실 안내 문구가 참 아리송하게 다가온다. '오른쪽으로 돌아가시면 화장실이 있습니다.' 얼핏 보면 이상하지 않을 수도 있고 유심히 보면 이상할 수도 있는 문구다. 오른쪽으로 돌아갔다가 나올 때는 왼쪽으로 돌아 나올 것이다. '돌아'라는 회전의 뜻을 강조하여 이 말을 할아버지께 직접화법으로 전달하면, "할아버지 오른쪽으로 돌아가십시오." 볼일을 다 보고 나가신 할아버지를 화장실에 남아 있는 내가 보기에는 '할아버지께서 화장실에서 돌아가셨다.'

돈다는 것 중에는 윤회라는 지극히 형이상학적인 보통명사도 있다. 사람은 태어나서 세월의 쳇바퀴를 돌다가는 어느 순간 윤회라는 좀 더 큰 바퀴로 옮겨 타게 된다. 윤회란 현생에서 나쁜 업을 쌓으면 하위 생명체로 다시 태어나고, 선행을 하면 인간 세상으로 다시 오거나 하늘로 올라간다는 내용을 갖는 불교의 가르침이다. 윤회의 가장 성공적인 사례는 심청이다. 아버지 심 봉사의 눈을 뜨게 하기 위하여 공양미 300석에 몸을 팔아 인당수에 뛰어들었던 심청은 용궁에서 호사스러운 3년을 보내고는 옥황상제의 명령으로 인간 세계로 윤회를 하게 되는데, 한 송이 연꽃으로 인당수에 피어오르니 뱃사람들은 그 연꽃을 건져 임금에게 바쳤고 임금은 연꽃에서 나온 심청을 왕비로 맞게 된다는 내용이다. 그런데 거두절미하고 공양미 300석에 몸을 팔았다는 사실은 근자의 시각(視角)으로는 뭔가 심각한 사태가 느껴진다. 왜 여성이 몸을 함부로 팔았느냐이다. 돈이 필요하면 신용대출도 있고 '돌려막기'도 있는데….

## 언어사용설명서

국어에 대한 외래어의 공격이 심각한 수준이다. SNS의 진화와 함께 신조어는 쉴 새 없이 양산되고 있고 나라말의 형태가 빠르게 변해가고 있다. 이런 조짐이라면 머지않아 자식들과의 대화에서 통역이 필요할지도 모른다. 표준말의 기준이 교양 있는 사람들이 두루 쓰는 현대 서울말로 정한다고 하였으니 교양과 토익점수는 불가분의 관계에 있고, 서울 양반과 시골 촌놈의 어감에서도 느낄 수 있듯이 서울사람들은 상대적으로 교양이 있는 사람이고, 우리나라 인구를 대표하는 다수의 사람들이며 가장 역동적인 생활을 영위하고 있는 부류인 것이다. 따라서 역동적인 그들이 생산하고 있는 신조어와 외래어는 역동적으로 사회에 공급되고 있고, 다수의 행위가 소수의 행위를 구축함으로 더욱 빠르게 확산되고 있는 것으로 추측된다.

롯데가의 한국어 구사 실력이 도마에 오른 적이 있다. 롯데그룹이 일본기업이냐, 한국기업이냐를 평가하는데, 그들의 한국어 실력이 평가 기준에 들어있었던 것이었다. 어느 종편채널에서 조사한 바에 따르면, 롯데 총수들의 국어 실력이 아버지는 100점이고 큰아들은 0점, 둘째는 70점을 받았다. 아버지는 우리나라에서 나고 자랐으니 우리말을 구사하는 데 문제가 없으므로 당연히 100점을 줄 수밖에 없겠으나, 필자의 기준에서는 그 또한 합리적이지는 않다고 생각한다. 참고로 그들의 아버지는 필자와 고향이 같은 울산 출신이다. 이 문제는 일본기업이냐 한국기업이냐를 가려야 하므로 양쪽 언어의 구사 능력과 함께 사용빈도를 포함하여 평가하여야 할 것으로 본다. 소문에 따르면, 그들의 일상적인 대화는 거의 대부분 일본말로 이루어지고 있는 것으로 알려졌다. 그렇다고 본다면 아버지에 대한 한국어 평가는 일본어(또는 외국어) 사용빈도만큼 하향 조정되어야 할 것으로 본다. 그의 둘째 아들이 받은 70점에도 문제가 있다. 한국말에는 표준말이 있고 방언이 있는데, 그가 구사하는 한국말은 표준말에 대비해본다면 너무 거리가 멀고 사투리에 대비하더라도 너무 '거시기한' 수준이다.

우리나라와 같이 속인주의를 따르고 있는 나라에서는 그 나라의 피가 흐르면 그 나라 사람이고, 어디에 살든, 어디에서 사업을 하든지 그 사람은 그 나라 사람이니 영위하는 사업체 또한 그 나라의 기업이라고 평가가 가능하다. 문제는 논의의 객체가 사람이 아니고 기업이다 보니 피보다 물이라는 것이다. 사람은 무슨 피가 흐르느냐에 있지만, 기업은 물(자금)이 어느 곳으로 흐르느냐가 중요한 것이다. 따라서 기업의 국적은 자금회전의 중심이 어디냐에 따라 결정되는 것으로 생각이 된다. 그러나 회자되고 있는 기업은 일본과 한국에 양다리로 걸쳐 있는, 말 그대로 다국적기업인데 한국이냐 일본이냐를 따져서 뭐에다 쓸려는 건지 당최 알 수가 없다.

워낙 복잡한 Global Network 속에서 살다 보니 국가와 국가 간의 우방의 기준도 참 복잡한 것 같다. 만약 거리상 가깝다거나 나눠 먹는 것이 우방의 기준이라면 일본은 거리상으로도 우방이요, 교역으로도 우리의 몇 안 되는 우방이다. 흔히들 일본을 '멀고도 가까운 나라'라고 표현을 한다. 일본과 우리나라의 국민 정서는 언제부터인지 '너의 불행은 나의 행복'과 같은 제로섬 게임으로 구조가 형성되어 있다. 옛날부터 툭하면 침략에다 36년간의 압제의 경험이 있다 보니, 우리나라 사람들이 일본 사람들에 비해 유독 별나게 상대적 박탈감과 적대감을 가지고 있다. 지난날의 경험이 우리에게 외상 후 스트레스장애, 곧 트라우마로 남아있기 때문일까? 우리는 그들과의 대화에서도 토씨 하나에 그토록 신경을 쓰고 있는 것이다.

언젠가 박근혜 전 대통령의 동생 박근령 씨가 일왕을 천황 폐하라고 불렀다고 해서 온 나라의 신문방송이 난리가 났었던 적이 있다. 당시 박근령 씨는 일본에서 현지의 언론매체와 인터뷰를 했었던 모양이다. 거기에서 박근령 씨는 일본 국왕에 대하여 "천황이 어쩌고…."라고 해도 될 말을 "천황 폐하께서 어쩌고…."라고 호칭 하나를 더 붙여준 것 같다. 싸움을 하러 간 경우가 아니라면 현지방송사와 인터뷰할 때에는 박근령 씨처럼 가능한 그 나라 사람들에게 기분이 상하지 않도록 그들의 방식대로 호칭을 사용해주는 것이 예의가 아닐까 생각한다. 더욱이 그곳이 북한처럼 적진이라생각한다면 반감을 사지 않도록 조심하는 것이 여러모로 몸에 이롭다. 그리고 더 중요한 것은 폐하라는 호칭이 그토록 호들갑을 떨어야 할 만큼 그리 특별할 것도 없다는 것이다.

시간이 괜찮다면, 문제가 된 그 단어에 대해서 잠깐 짚고 넘어가자.

"한자 말에는 상대방을 높이기 위해 거처하는 공간 명칭에 아래 하(下)자를 붙여 쓰는 표현법이 있다. 황제는 폐하(陛下)라고 한다. 황제는 높은 계단 위 궁궐에 앉아 신하들을 내려다보고 신하들은 계단[陛] 아래에서 계단 위를 올려다본다. 황제보다 낮은 임금이나 세자는 전하(殿下)로 불렀다. 전각(殿閣)의 아래에 선다는 말이다. 각하(閣下)는 정승(政丞)에게나 쓰던 말이었다. 각(閣)이 정승이 집무하던 곳이었기 때문이다. 각하를 대통령에게 붙여 쓰면 사실은 그 지위를 격하시켜 부른 셈이다." (출처: "'각하' 호칭 논란, 어원을 살펴보니…", 데일리한국, 2014.12.08.)

한 나라의 최고정상에 대한 호칭은 국제기준이 있는 것이 아니고,

군주국이냐 공화국이냐에 따라 그 나라에서 정하는 바에 따르는 것이다. 우리나라도 한때는 폐하, 전하, 각하, 님, 여러 가지를 사용한 경험이 있다. 김대중 대통령 때부터 '각하'라는 호칭 대신 '님'으로 부르고 있는 것도 당사자의 의사에 따라 그렇게 불렀던 것이다. 위에서 그 뜻을 새겨듣고 보니, 김대중 대통령은 바보가 아니었던 것이 확실하다. 대통령인 자기를 정승으로 취급하니 자존심이 상했던 것이다. 사실 님보다 더 높은 호칭은 없다. 천황 폐하든, 여왕 폐하든, 교황 성하든 모든 군림의 위에 하느님이 존재한다. 대통령님과 하느님은 호칭만으로 따진다면 동격인 것이다. 우리가 대통령을 대통령님으로 부르든, 대통령 폐하로 부르든, 그것은 우리나라의 자의에 따라 정하고 모두가 그렇게 불러주는 것이다. 다만 역사를 통하여 보면 대국으로부터의 압력에 의해 어쩔 수 없이 폐하에서 전하로 권위를 낮추어 사용한 적이 있긴 하다.

정리하자면, 영국의 임금은 여제이므로 여왕 폐하라고 부른다. 국왕이 남성이라면 국왕 폐하 또는 황제 폐하일 것이다. 교황청에서는 교황 성하로, 일본은 천황 폐하라고 부른다. 우리나라는 우리 자의에 의하여 대통령님이라고 부르는 것이다. 오죽했으면 '님이라 부르리까 당신이라고 부르리까' 노래 가사도 있다. 우리끼리의 대화라면 남의 나라 임금에게 호칭 따위는 상관이 없거니와, 굳이 붙인다고 해도 마음껏 낮추어 부른들 문제가 되지 않는다. 그러나 만일 어느 나라 또는 어느 단체의 초청에 의해 손님 입장으로 외국에 간다고 가정하면, 위에서 언급한대로 그 나라에서 정해놓은 호칭으로 대화를 하는 것이 옳다고 생각이 된다. 남의 집에 가면 여자들끼리라면 으레 "바깥양반이 어쩌고….” 덕담 한마디 하는 것이 일반적이지 않은가? 여기에서 바깥양반과 천황 폐하는 크게 다를 것이 없다고 생각한다.

방송을 듣다 보면 어떤 사람은 겸손에 도가 지나친 나머지 우리끼리의 대화인데도 우리나라를 ‘저희나라’라고 표현하는 사람도 있다. 자기의 나라나 자기 민족은 남의 나라에서나 다른 민족 앞에서도 낮추어 부를 대상이 아니다. 국내에서든 외국에서든 ‘우리나라’, ‘우리 민족’이라고 표현을 하면 되는 것이다. 입으로부터 생산되는 것으로써 말과 소리는 엄연히 차이가 있다고 필자가 말한 적이 있다. 정제되지 않고 입으로부터 나오는 소리는 아무리 미사여구를 동원해도 말 그대로 소리일 뿐이고, 가슴에서 우러나오는 소리는 침묵 속에서도 말이 되는 것이라고 했다. 상대방의 호칭을 낮추어 불러야 한다는 요구는 우리나라를 저희나라로 표현하여야 한다는 것과 같은 별 개념이 없는 ‘소리’의 문제일 뿐이다. “말할 수 없는 것에 대해서는 침묵하라!”는 비트겐슈타인이라는 철학자의 유명한 말씀이 있다. 바로 말이 아니거든 대꾸도 하지 말라는 세상 일반에 대한 경고로 해석된다.

이왕 말도 아닌 소리가 나왔으니, 몇 년 전 정가에서 발화된 ‘홍어 좆’ 이야기가 이슈화되었던 적이 있다. “국민을 홍어 좆으로 아느냐!” 김태호 전 경남지사의 일갈이었다. 국민을 그렇게 만만하게 보지 말라는 뜻으로 ‘만만한 게 홍어 좆’이라는 속담을 빗댄 것인데, 얼마나 화가 났으면 점잖은 체면에 아랫도리 이야기가 튀어나왔었는지, 최근의 국회를 생각하면 가히 짐작이 간다. 필자의 생각으로는 그 단어가 매우 적절한 표현이었다고 생각한다. 무릇 단어는 때와 장소에 따라 어감이나 쓰임새가 다를 수가 있는 것이다. 만약 그날의 표현을 다음과 같이 말했다고 치자. "국민을 홍어 성기로 아느냐?" 그렇게 되면 듣고 있던 사람이 바로 피식 웃는다. 우리 언어에는 홍어 좆 외에도 일상에서 자연스럽게 쓰는 놋좆이라는 단어가 있다. 일례로 필자의 어릴 적 이야기를 소개한다. 아래 대화에 등장하는 '놀좆'은 '놋좆'의 사투리이기에 주석으로 바로 잡는다.[1] 다만 '놀보지'는 국어사전에서도 행방이 묘연한 관계로 사투리 그대로 적는다.[2]

필자가 어릴 적에 선친은 제주도에서부터 해녀들을 불러 모아 해산물채취사업을 했었는데, 가끔 선친을 따라 바다에 나갔던 적이 있다. 이때 가끔 필자가 노질을 하기도 했었는데, 젓고 있던 노가 헐거워져서 빠지면 필자는 아버지께 고한다. "아버지, 놀좆이 너무 자주 빠집니더!" 그러면 선친은, "오냐, 그놈의 놀보지가 다 닳아서 그 모양이구나!" 이때 아버지와 아들의 대화에는 분명 남녀의 생식기가 아무런 포장도 없이 그대로 노출되고 있었다. 정가에서 문제가 되고 있던 그 당시 '씹어대는' 언론의 잣대로는 막장까지 가버린 부모와 아들의 대화였던 것이다. 이 문제는 어디까지나 주관적인 요소가 농후한 문제라 생각한다. 각자 내면에 들어있는 도덕관념이나 인식에 따라 그것을 성기로 보는 사람이 있는가 하면 생식기로 보는 사람도 있고, 위장이나 대장처럼 다만 신체의 기관으로만 생각하는 사람도 있고, 소변의 배출구로 생각하는 사람도 있다. 또한 '놋좆'이나 '홍어 좆' 말고도 '좆'이 다른 어근과 결합해서 만들어진 합성어는 찾아보면 많을 것이다. 참고로 이 책에서는 좆에 관한 한 지나친 상상력은 불허한다. 좆은 다만 문자일 뿐이다.

페이스북에 글을 올렸을 때 반응들을 보면 사람들은 대체로 너무 점잖거나 각박하게 세상을 살고 있다는 느낌을 받는다. 조크를 보내면 그것을 조크로 받아들이지 않고 대체로 심각한 언어로 받아들인다. 대화 중에서 상대방에게 농담을 던졌을 때 그것을 알아차리지 못하고 진담으로 받아들일 때 참 무안하다. 그래서 농담을 구사하려면 행동이나 표정에서 고난도의 연기력이 필요할 것이라는 생각이 든다. 외모에서 풍기는 스타일도 무시할 수는 없을 것이다. 그러한 측면에서 필자는 절대로 남들을 웃길 수가 없다. 이 마당에 참 웃기는 소리로 들릴지 모르겠지만, 필자가 너무 엄숙하게 생긴 것이 화근이 아닌가 싶다. 남들이 보기에 필자를 정치인처럼 생겼다고들 한다. 우리 눈에 정치인은 협잡꾼이고 폭력적인 집단으로만 비치고 있는데, 어떻게 정치인의 얼굴로 남을 웃길 수가 있겠는가?

정직과 거짓은 그 의미가 천양지차지만, 종이 한 장 차이에 불과할 수도 있다. 미국 제16대 대통령 링컨은 당시 생긴 것도 볼품없고 가진 거라고는 없었지만 '정직한 에이브'라는 별명을 가질 정도로 진실성 하나로 대통령이 된 인물이다. 한편으로 그는 미국 역사상 재담을 가장 즐긴 대통령으로도 기록되고 있다고 한다. 역설적이게도 농담과 거짓 사이에는 정직과 거짓만큼의 차이가 존재한다. 링컨의 동시대 인물로 링컨이 진실성 하나로 인생을 살았다고 한다면, 서커스사업가 바넘이라는 인물은 평생을 남을 속이는 일로 떼돈을 번 사람이다. 속아 넘어가기 쉬운 인간의 속성을 이르는 심리학 용어 중에 '바넘 효과'라는 게 있을 정도다. 바넘과 링컨의 어록을 비교해보면 정직과 거짓의 가깝고도 먼 차이를 느낄 수 있다. 링컨의 어록 중에 다음과 같은 말이 있었다. “얼마간의 사람을 얼마간은 속일 수 있다. 그러나 모든 사람을 언제나 속일 수는 없다.” 링컨의 어록을 바넘은 다음과 같이 각색한다. “모든 사람을 언제나 속일 수는 없다. 그러나 얼마간의 사람을 얼마간은 속일 수 있다.” 앞뒤 문장의 순서를 살짝 바꾸는 것만으로도 그 결과는 완전히 반대가 되는 것이다. 링컨이 남긴 또 하나의 역사적인 명언이 있다. “국민의, 국민에 의한, 국민을 위한 정부 (government of the people, by the people, for the people).” 이 말은 오스카 와일드의 손에 넘어가서 재생산된다. “민주주의는 국민의, 국민에 의한, 국민을 위한 이름으로 국민을 탄압하는 것을 의미할 뿐.”

아직 처녀인 데다가 팔등신의 미녀인 조카가 호주에서 혼자 생활을 하고 있다. 두어 달 전에는 현지에서 사귀고 있다는 영국인 남자친구를 집으로 데리고 왔다. 사흘 동안 그들과 함께 지내게 되었는데, 나는 도통 영어를 모르니까 자기네 둘이서 하는 입놀림만 사흘 동안을 바라보고 있었다. 첫날은 밥상 앞에서 그 친구가 나를 보면서 “휫 츄어 네임?”이라고 한다. 나는 옳거니 쉬운 문제구나 하면서 “아이 엠 창우 리.”라고 자신 있게 대답을 했다. 그러자 그 친구 “오우, 창우!”라고 한다. 그리고는 “창우, 샬라샬라 어쩌고저쩌고.” 씨부렁거린다. 내 생각에 “오, 이름이 창우! 창우는 그래, 집에만 틀어박혀 있나요?” 뭐 이런 말인 것 같다. 그래서 우리나라 같으면 “에라~이! 대가리에 피도 안 마른 놈이 함부로 어른 이름을!” 하면서 호통을 칠 일이라고 생각하면서 좀 전에 엿듣자니 녀석의 이름은 존인 것 같아서 “존이면 스펠링은 뭔데?”라고 조카에게 물으니 듣고 있던 녀석이 “숀!” 하면서 자기 이름은 숀이라고 한다. 나는 영어라고는 아는 게 없으니, 영언지 한국말인지 모르는 말로 "오우! 숀 코네리!"라고 했다. 그러자 반갑다는 듯이 활짝 웃으면서 엄지를 내보인다. 내 영어가 괜찮다는 뜻인가?

환태평양화산대에 속해있는 파푸아뉴기니의 화산섬 마투핏 섬의 화산에는 아직도 연기가 피어오르고 있다. 화산재로 뒤덮인 화산 주변에는 메가포드라는 새가 서식하고 있다. 메가포드는 땅속에 굴을 파서 알을 낳기 때문에 일명 무덤새라고도 한다. 메가포드는 땅속 깊숙이 굴을 파서 알을 낳고는 알의 부화에는 신경을 쓰지 않는다. 보온 성능이 우수한 화산재의 따뜻한 지열이 어미 새의 체온을 대신해주기 때문이다. 마투핏섬의 토라이족은 화산 근처에 있는 이곳에서 메가포드 알을 채취하여 주식으로 사용하기도 하고 시장에 내다 팔기도 한다. 달걀보다 크고 길쭉하게 생긴 메가포드 알의 가격은 달걀값의 열배에 이른다고 한다. 지금 이 이야기는 방송에서 듣고는 골자만 베낀 이야기다. 필자가 하고 싶은 이야기는 지금부터다. 토라이족이 메가포드 알을 채취하기 위해 메가포드 서식지에 도착하자, 내레이션은 다음과 같이 멘트를 날린다. "드디어 메가포드와의 전쟁이 시작되었다!" 토라이족이 아무리 자연과 더불어 생활하고 있다고 해도 필자가 보기에는 어디까지나 그것은 토라이족의 일방적인 약탈행위이다. 도저히 힘의 균형이라고는 찾아볼 수 없는 강자와 약자의 배치선상에서 이것은 도저히 전쟁일 수가 없는 것이다. 짐작건대 전쟁이라는 낱말은 땅속을 깊숙이 파야 하는 고된 작업을 빗댄 것으로 해석이 된다. 그렇다면 여기서는 "드디어 땅굴과의 전쟁이 시작되었다."나 "드디어 두더지 작전이 시작되었다."가 더 정확한 멘트이며 애꿎은 메가포드를 상대로 전쟁을 벌인다는 이야기는 당치도 않다는 뜻이다.

모 교육청에서 심의위원회가 열렸다. 필자가 이 교육청의 자문위원이기 때문에 자주 참석을 하고 있다. 여기서 모 교육청에는 모라는 접두어에 따라 두 가지 의미가 있다. 하나는 '어느 교육청'이라는 뜻이고 하나는 어미 모를 사용하여 시군교육지원청의 상대어로 '시도교육청'을 뜻한다. 이야기가 엇길로 새고 있다. 모 교육청에서 학교 교실용 창호선정에 대한 심의위원회가 열렸다. 각각의 메이커에서 출품한 너댓가지 제품 중에서 하나를 선정하는 것이었다. 경과보고 후에 각 회사마다의 제품설명이 있었다. 어느 제품의 설명 중에 '이 제품의 부품 중에는 현장에서 버려지고 있는 고무를 재활용함으로써 타사의 제품에 비해 경제성을 높였다.'라는 문구가 있다. 여기서 경제성이란 낱말이 매우 부적절하게 사용되었음을 지적하고 싶다. 경제성이란 누군가에게 이익이 돌아간다는 뜻이다. 여기서 경제성을 이야기하자면 경제성으로부터 창출되는 이익이 소비자가 그 수혜자일 것을 요한다. 그러나 이 제품의 경우, 그 누군가라는 주체는 국가나 제조업체로 제한되고 있다. 일부 부품을 신품이 아닌 버려지는 폐기물을 재활용하여 생산했고 제품의 가격은 재활용 부분을 고려하여 이미 결정이 되어 있었기 때문이다. 즉, 가격 측면에서는 재활용만큼 가격을 낮추었으므로 낮춘 가격 때문에 수요가 증가할 것이라는 기대감에 따라 제조업체가 그 수혜자가 되며, 폐기물 활용의 측면에서는 결과적으로는 자연자원의 절약과 자연환경의 보전을 동시에 꾀함으로써 국가가, 더 나아가서는 인류가 그 수혜자가 되는 것이다. 따라서 저렴하다는 말과 경제적이라는 말은 구분하여 사용할 필요가 있다.

우리나라 속담 중에 "자다가 봉창 두드린다."나 "똥인지 된장인지 찍어 먹어봐야 아느냐?"라는 속담은 그 풍경을 상상해보면 생각할수록 우습다. 언제부터 유래된 속담들인지는 모르겠으나, 옛날 서민의 일상으로부터 도출해낸 속담임에는 틀림이 없는듯하다. 봉창은 요즘으로 치면 그냥 작은 붙박이창인데, 주로 초가집의 방문 옆이나 방과 부엌 사이 벽체에 나지막하게 뚫어 만든 창이다. 주로 부엌 쪽에 면해있으므로 봉창이 있는 쪽이 아랫목인 경우가 많다. 따라서 응당 가부장의 자리가 된다. 봉창의 재료로 선재는 주로  섬유 방향으로는 단단하고 방사 방향으로는 가공이 쉬운 방향성이 있는 목재 종류나 대나무를 사용하여 중간 살은 격자로 만들고, 면재는 보통 창호지로 발라 붙여 만드는 것으로 두드리면 둔탁한 북소리가 난다. 옛날 초가집의 방들이 보통 커봐야 사방 여덟 자에서 열 자 정도이니 누우면 베개가 거의 봉창에 닿다시피 위치하는 경우가 많았던 것이다. 잠꼬대하면서 봉창을 두드리는 사례는 종종 있었다는 이야기가 된다. 따라서 잠꼬대처럼 말 같지도 않은 소리를 하거나 논점에서 벗어난 소리를 할 때 "자다가 봉창 두드리고 앉았네!"라고 핀잔을 주는 것이다.

우선 도래하는 식사시간이 망각의 법칙에 순응할 수 있을 만큼 어느 정도의 시간이 여러분에게 남아있을 것이라는 전제로, 똥은 그 사람의 건강상태에 따라 잘못 보면 설익은 된장처럼, 혹은 농익은 된장처럼 보인다. 아니, 뉘 집 된장이냐에 따라 된장은 잘못 보면 소화가 약간 덜된 똥처럼, 혹은 배출한 지 약간 오래된 똥처럼 보인다. 똥인지 된장인지 눈으로 봐서는 구분이 어렵다는 뜻이다. 얼핏 냄새를 맡아봐도 애들 똥은 그토록 구리지 않아 된장인지 구분이 어려울 수도 있다. 이게 똥일까? 아니면 된장일까? 하고 고개를 갸우뚱하고 있는 아낙네를 상상해보라 우습지 않은가? 만약 우습지 않다면 당신은 상상력이 너무나 부족한 것이다. 그게 아니라면 필자가 자면서 봉창을 두드리고 있는 것이다.

## 언어와의 유희

지성의 척도는 단어의 인식과 그것을 어느 정도로 활용할 수 있느냐에 달려있다. 문명의 척도도 이와 비슷하다고 생각한다. 언어의 다양성은 문명의 발달과 그 궤를 같이한다는 뜻이다. 다방 면에서 박식한 어느 학자의 난해하기 짝이 없는 단어 구사 능력과 가방끈이 보잘것없는 필자의 단어 구사 능력에서의 차이나, 아직은 세상에서 미개하다고 생각되는 부시맨들의 언어와 IT강국으로 문명의 첨단을 달리고 있는 우리 사회의 언어를 비교해보면 문화 수준이 높고 선진국일수록, 또한 교육수준이 높을수록, 언어는 더욱 섬세해지고 다양해지는 것이 아닐까 생각을 하게 된다. 부시맨들의 언어는 몇 개 되지 않는 단어로 매우 단순하게 구성되어 있는 것으로 알려져 있다. 이를테면 그들에게 적색계통의 색은 모조리 '빨강' 하나면 충분히 의사소통이 된다. 그러나 우리에게 적색계열의 색은 빨갛다, 새빨갛다, 벌겋다, 붉다, 불그스레하다, 불그죽죽하다 등등 색 하나를 놓고도 여러 느낌으로 구분할 수가 있다. 그럼에도 우리 사회는 오늘도 새로운 신조어들을 미친 듯이 양산해내고 있다.

다르지 않다, 엄청 비슷하다, 같다, 똑같다, 정확하다, 확실하다, 영락없다, 적확하다는 각각의 말뜻은 단어 그 자체만 놓고 본다면 전체가 서로 호환되는 동일한 뜻이다. 그러나 이 단어들이 적용되는 과정을 놓고 본다면 엄연히 차이가 존재한다. 크기나 형상이 똑같이 생긴 원이 두개 있다. 하나는 기존의 원이고 다른 하나는 기존의 원을 대체할 원이라고 하자. 이 두 개의 원을 비교하는 과정에서 위의 단어들을 사용해보자. '다르지 않다'는 두 원의 다른 면을 평가한 것이고, '엄청 비슷하다'는 두 원의 닮은 면을 평가한 것이다. 둘 다 '같다'로 귀착된다. 또 '같다'와 '영락없다'는 육안관찰이고, '똑같다'와 '정확하다'는 돋보기로 본 경우라고 추정할 수 있다. '확실하다'는 재차 확인한 결과를 말하는 것이고, '적확하다'는 대체사용해도 무방하다는 뜻이다. 위의 모든 단어가 우리의 일상생활에서는 분별없이 전부 '같다'라는 뜻으로 사용해도 나무랄 사람은 없다. 그러나 우리는 그 많은 단어를 각각 다르게 사용하고 있다. 우리와 부시맨들의 다른 점이 여기에 있다.

'매일매일'은 '매일'의 강조로 반복법에 속한다. 그런데 이 두 가지 단어 사이에는 시간적 차가 존재한다. 남자의 경우로 한정하여 본다면 '매일매일'이라는 단어는 청소년 정도까지로 그 사용연대를 제한할 것을 권한다. 예를 들어 중후한 오십 대 남자가 "나는 매일매일 우유를 마신다."라고 한다면 어딘가 모르게 경망스럽게 보이고 촐랑대는 것 같아 어울리지가 않는다. "나는 매일 우유를 마신다."로 품위를 지켜야 하는 것이다. 여기서 더 어린 유치원생 정도이거나 아주 귀여운 여학생이라면 “나는 맨날 맨날 우유를 마실꼬얌.”이 더 잘 어울린다. 또 나아가서는 산신령쯤 되는 사람은 “나는 매일 우유를 마신다.”보다는 “나는 삼백예순날을 우유를 마시노라!”가 더 잘 어울린다. 따라서 그 사람의 나이에 따라 또는 위치나 생김새에 따라 자신의 말을 찾아서 쓰는 지혜가 필요한 것이니라.

‘악화(惡貨)는 양화(良貨)를 구축한다.’가 그레셤의 법칙이라면 괄호 속에 한문 하나씩만 바꿔서 ‘악화(惡話)는 양화(良話)를 구축한다.’는 아니 그레셤의 법칙이다. 물론 농담이다. 그러나 요즘의 신조어와 기존 언어 간의 갈등을 따져보면 그리 틀린 말은 아니다. 전자가 ‘엽전은 은화를 몰아낸다.’의 의미라고 한다면 후자는 ‘허위가 진실을 몰아낸다.’라고 할 수가 있다. 진보주의의 반의어는 보수주의이다. 그러나 엄격한 의미로 진보의 반의어는 보수가 아니라 퇴보다. 보수(保守)는 전통적인 것을 보전하여 지키는 것을 말한다. 진보(進步)는 한층 발전되어가는 과정을 일컫는다. 그렇다면 엄격한 의미에서 보수(保守)의 반의어는? 옛것을 보전하지 않는 것? 옛것을 보전하지 않는다는 것은 곧 새것으로 바꾸는 것을 일컫는 말로 신설(新設)을 뜻한다. 건축에서 신설(新設)의 반의어는 보수(補修)다. 보수(保守)와 보수(補修)는 동음이의어다. 이미 확인했듯이, 역으로 추적해나가면 반의어는 둘 다 진보(進步)로 귀착된다. 좋은 냄새를 향기라고 하고 나쁜 냄새는 악취라고 한다. 냄새는 순우리말이고 향기와 악취는 한자다. 한자로 구성된 단어들 중에 이항대립적 관계를 갖는 대개의 단어들이 구조적으로도 대칭의 관계에 있다. 그러나 향기와 악취, 보수와 진보는 반의어일 뿐 대칭의 관계라고 볼 수 없다. 무슨 말인고 하니 악취의 대칭은 良취,

진보의 대칭은 퇴보이기 때문이다.

언어는 시류의 반영과 함께 발생과 도태를 반복한다. '먹을거리'가 '먹거리'로부터 이미 구축되고, '그다지'도 '그닥'으로부터 구축될 날이 멀지 않았다. 좋게 생각하면 어느 사회에서 신조어의 발생빈도는 사회 구성원의 창의성 여하로 결정된다고 할 수 있다. 한글 창제만 보더라도 우리 민족의 창의성은 대단한 위치에 있다. 기존의 국어가 양화(良話)라고 한다면 그 번뜩이는 창의성은 오늘도 광삭, 맛저, 핵꿀잼, 극혐오, 심쿵, 심멎[3] 등등 새로운 악화(惡話)를 끊임없이 생산해내고 있다. 조금은 벗어난 이야기지만, 우리가 자주 각성의 뜻으로 사용하는 말 중에 '눈을 크게 뜨고 세상을 바라보라!'라는 말이 있다. 이 말은 단지 개념만을 전달하는 은유가 아니다. 실제 눈을 크게 뜨고 사물을 바라보면 사물은 더 밝게 다가오며 시야는 더욱 깊어진다. 눈을 크게 뜬 채로 책을 읽어보면 내용이 머리에 더 잘 들어오는 것을 느낄 수가 있다. 크게 뜬 눈과 가늘게 뜬 눈은 통과하는 광량이 다르다. 카메라의 원리에서도 조리개를 열어 사진의 밝기를 조절하듯이 광량 즉, 수정체를 통과하는 광자의 수가 많으면 망막에 맺히는 상도 더욱 선명할 것이고 우리의 기억도 좀 더 선명해질 것이다. 뭔가 갑자기 생각이 떠오르면 눈동자가 반짝 빛나는 것처럼 보인다. 연구해볼 필요가 있겠지만, 그 순서가 아마 눈동자가 반짝 빛이 남과 동시에 생각이 반짝하고 나는 것은 아닐까? 창의력이 기능하거나 뭔가 생각을 도출해내기 위해서는 빛이 그 기능을 담당할지도 모른다. 눈이 반짝 빛나는 것은 자세히 관찰해보면 눈을 반짝하고 크게 뜬다는 뜻이다. 곧 빛을 갈구한다는 뜻이다. 동공을 최대한 열어 생각에 소비될 광량을 공급한다는 뜻이다. 앞서 언어에 관한 탐구에서 언어가 생각을 유도해냈듯이 애초에 빛이 없었다면 우리의 생각은 암흑천지와도 같았을 것이다.

역사적으로 지금처럼 신구세대의 차가 확연히 구분되는 때도 없었으리라. 필자가 학창시절에는 국어사전으로 낱말을 익혀가면서 공부를 했고 말하거나 글을 쓸 때 문어체와 구어체를 분명히 구분하여 글은 문어체로, 말은 구어체로 사용하는 것이 일반적이었으며, 모든 공식적인 대화는 표준어 지향적이었다. 그러나 요즘의 신세대들은 구태를 싫어하고 뭔가 혁신적인 것이라면 무조건 옳다고 받아들이는 경향이 있고 실용성을 강조하면서 구어체든 문어체든 개의치 않고 우선 편리한 대로 소리를 낱말로 만들어 구사하는 경향이 있다. 동조심리가 강하다 보니 몇 사람이 쓰다 보면 빠르게 확산하고 마침내 표준말을 몰아내기에 이른다.

건설현장용어 중에 반생, 함바, 자바라, 오함마 등은 사투리이거나 외래어임에도 표준어보다 더 많이 사용되고 있는 용어다. 거의 백 년을 넘게 우리나라에서 사용되고 있는 이 단어들은 건설 분야의 전문서적은 물론이고 교과서에도 부기될 정도로 일반화된 용어에 속한다. 그럼에도 서울의 교양인들 중에는 건설현장 종사자들이 그토록 많지는 않기에 이 단어들이 표준어가 되지는 못하고 있다. 조금 비약한다면 이는 한국의 국회의원을 뽑는 데 미국의 여론을 반영한다는 것과 다름없다. 필자의 기준으로는 매우 불합리한 것이다. 현장에서 이 용어들의 사용빈도가 그처럼 높은 이유는 용어 자체가 그만큼 실용적이거나 경제적이라는 데 있다. 이를테면 2음절인 반생의 경우 표준어는

4음절의 '구운철선'이다. 역시 2음절인 함바의 경우 표준어는 4음절의 '현장식당'이다. 비록 이 단어들이 표준어로 정해지지 않았더라도 우리는 부르기가 쉽고 경제적인 쪽을 선택하여 부르고 있는 것이다. 사람으로 치면 현장에서 여기저기 불려 다니는 인기 있는 사람일 것이다. 이 단어들은 일본의 잔재에 속한다. 만약 단어들에게 인격을 부여해서 이 단어가 일본으로부터 귀화한 대한민국의 국적을 가진 사람이라면, 일본인이었다는 이유로 매우 불평등한 대우를 받고 있는 것이다.

일반적인 은유에서 빛은 긍정이고 어둠은 부정으로 곧잘 표현된다. 논리에서는 부정이 두 번이면 긍정이 된다. '암암(暗暗)하다'라는 낱말이 있다. 어두울 암(暗)자를 두 개씩이나 써서 강조한 뜻이니 어두워서 아무것도 보이지 않을 것이라는 암시가 오지만 '암암하다'는 '눈에 선하다'는 말의 유의어로 눈을 감아도 보인다(아른거린다)는 뜻이다. 즉, 부정+부정=긍정이니 어둠(暗)+어둠(暗)=밝음(明)이 되는 것이다. '너무 조용하다', '너무 아름답다', '너무 예쁘다', '너무 멋있다', '너무 아프다' 등등 '너무'가 너무 남발되는 사회. 최근에 와서는 그것도 모자랐는지 '왕 멋있다!', '왕 아프다!' 등의 최최상급의 형용사들이 우리말을 장식하고 있다. 따지고 보면 방금 필자가 쓴 '최최상급'도 '너무'라는 형용의 신조어에 속한다. 이러한 언어들은 우리의 대화를 불신으로 이끄는 데 일조하고 있다. 예를 들어 아픔의 고통을 표현하자면, '조금 아프다→아프다→많이 아프다→정말 아프다→너무 아프다'의 순서가 될 텐데 그냥 '아프다!'고 말하면 예사롭게 받아들여지고 '아프다'는 별로 아프지 않다는 뜻이 되고 마는 것이다.

기독교에서는 국어를 시어(詩語)처럼 다소 독특한 어법으로 쓰는 경향이 있다. 이를테면, '실천'을 '행함'으로, 다소 고상한 어법으로 쓰고는 있는데 왠지 낯설게 느껴지는 것은 나만의 편견일까? 실천은 한자말이다. 행함도 뜯어보면 한자 '행할 행'과 국문 '하다'의 명사형인 '함'이 합쳐져서 만들어진 낱말이다. 어쨌거나 어절 수를 따져보아 실천보다는 행함이 더 국어와 가깝다. 그런데도 더 낯설게 생각되는 것은 왜일까? 아마 행함보다는 실천을 주로 사용했기 때문일 것이다. 두 낱말을 현재까지의 사용빈도에 따라 양분한다면, 실천은 보수적이고 행함은 진보적이다. 필자가 버리지 못하고 있는 수구꼴통의 경향은 여기에서도 드러나고 있다.

'내가 땅 위에 떨어뜨림을 당한 자라면 누가 나를 떨어뜨렸는가?'

'악을 행한 사람은 빛을 미워하며 빛을 찾아오지 않는다. 이는 그 행한 일에 나무람을 당하지 않기 위해서이다.'

여기까지가 기독교식 언어인데, 내가 쓴다면 대충 이렇게 쓴다.

'내가 땅 위에 추락한 사람이라면 누가 나를 밀쳤는가?'

'악행을 저지른 사람은 밝은 곳을 싫어하며 은둔한다. 죗값을 면피하기 위한 행동이다.'

'논리임', '할거임', '했잖음' 등은 특이하게도 문맥상에는 아무 변형도 없이 내용에서 풍기는 뉘앙스 하나만으로 긍정문을 의문형으로 둔갑시키게 된다. 이 단어들은 요즘 SNS에서 널리 사용되고 있는 신조어다. 이를테면 "그것이 과연 무슨 논리임?"은 "그것이 과연 무슨 논리냐?"라는 뜻이고, "이미 그렇게 말을 했잖음."은 "이미 그렇게 말을 했잖아!"라는 뜻인데, "냐?"라는 의문형을 "임?"이라는 긍정문의 의문형으로 대체한 경우다. '논리임'은 '논리이다'에서 어미(서술격조사)를 변형하여 명사형으로 바꾼 긍정형의 단어에 해당한다. 그럼에도 긍정문이 의문문으로 바뀌고 마는 것이다. 이제 우리말을 제대로 알아듣기 위해서는 대단한 사유와 판단력이 요구되고 있다.

'설사 치료를 한다고 해도'라는 애매한 문장이 있다. 이 문장은 다음과 같은 두 가지 용례를 보인다.

① 설사 치료를 한다고 해도– (설사약을 먹고) 설사(가 나지 않도록) 치료를 한다고 해도

② 설사 치료를 한다고 해도– 설사 (그냥 두지 않고) 치료를 한다고 해도

전자의 설사는 배탈이 났을 때 묽은 변을 쏟아붓는 상태를 두고 하는 말이고, 후자의 설사는 가정해서 말할 때 주로 부정적인 뜻을 가지는 문장 앞에 쓰는 부사로 설령이나 설혹으로 대체될 수 있다. 즉, 전자의 경우 문장 뒤에 '해도'가 붙었으므로 그 내용은 부정문이라는 뜻이고, 후자의 경우 문장 앞에 설사가 붙었다는 이유만으로도 이미 그 뒤에는 부정문이 따라붙어야 하는 경우이다. 따라서 전자, 후자 공히 치료를 하거나 하지 않거나 잘 낫지 않을 것이라고 미리 암시를 주고 있는 경우이다. 특히 설사라는 단어를 활용할 때에는 경우에 따라서 신중을 기해야만 한다. 자칫 경솔하게 이야기하다가는 상대방에게 씻을 수 없는 절망감을 줄 수 있다는 말이다. 플라시보 효과가 있듯이 병에는 약보다 중요한 것이 자기암시이다. 당신은 치료를 해도 잘 낫지 않을 것이라거나 평생을 설사만 하고 살아야 할 것이라고 미리 암시를 준다고 생각해보라.

동호회 회원 자녀의 결혼식 참석차 춘천에 다녀왔다. 차편은 동호회 회원끼리 약속장소를 잡아 승합차 하나로 다녀오게 되었다. 모여 보니 남녀가 전부 해서 다섯 명이다. 가면서 누군가가 기왕에 모처럼 나들이니 올 때는 휴게소에서 커피나 한잔하고 오는 것이 좋지 않겠느냐는 의견에 모두들 동의를 하고는 식장에 갔다. 결혼식까지에는 별다른 이야깃거리가 없었으니 패스하고, 결혼식을 마치고는 귀갓길에 약속대로 고속도로 춘천휴게소에 들어가 주차를 했다. 사실 필자는 이 고속도로를 수십 번을 지나다녔지만, 춘천휴게소는 처음이었다. 춘천 시내가 한눈에 내려다보여 전망이 좋을 곳이라는 생각은 가지고 있었지만, 실제로 와보니 정말 멋진 곳이다. 야경은 더 멋지단다. 의자랑 테이블이 있는 한적한 곳에 자리를 잡기로 했다. 주변을 둘러보니 옆으로는 수목이 우거져 운치가 있는 데다가, 심지어는 동전을 넣고 춘천시가지를 내려다보는 망원경까지 있다. H라는 여성회원이 커피를 사와서는 돌렸다. 우리는 커피를 마시면서 이런저런 이야기도 나누고 또 한 번 이곳 경치에 대한 이야기도 했다. 야경이 좋아 춘천사람들은 밤이면 삼삼오오 커피를 마시러 일부러 오기도 한다는 것이었다. 고속도로 휴게소의 기능이 오다가다 쉬는 기능 말고도 남녀의 데이트장소로나 비주문화(非酒文化)로 또 하나 업그레이드된다는 뜻이다.

이번에는 M이라는 여성회원이 커피를 마시다 말고 혼자 자리에서 일어나더니 망원경으로 춘천시가지를 본다. "야! 멋지다! 이렇게 가까이 보이는구나!"라고 탄성을 자아낸다. 그녀는 뒤를 돌아보면서 "회장님도 한번 보셔요."라면서 자리를 비켜주니 A 회장도 본다. "야! 그러네. 사람도 보이네." 하면서 한참을 보다가는 "와서 한번 봐 봐요." 하고 A 회장이 H 회원에게 자리를 비켜주자 이번에는 H 회원이 망원경을 본다. "그래요. 어디 나도 한번 봐봐. 아무것도 없는데?" 그러자 A 회장이 망원경의 초점에 문제가 있나 싶어 자리를 바꿔 다시 확인을 한다. "왜 저기 교회 보이잖아요?" H 회원이 다시 눈을 갖다 댄다. "없는데?" H 회원은 망원경으로 봤다가 맨눈으로 봤다가를 몇 번 반복하다가는 높이를 겨누어보더니 "이런! 키가 모자라잖아!" 사실 춘천시가지는 저 아래, 대략 수평 방향에 대하여 15도의 경사 아래에 위치하고 있었던 것이다. 아무리 발돋움을 해도 그녀는 키가 닿지 않아 아래는 보이지 않고, 수평 방향에 전개되는 허공만을 본 것이다. 그녀의 신장이 애초에 하느님이 내려준 것이라면, 그리고 모든 것은 하늘의 섭리라면, 그녀의 신장에는 대단히 고차원의 수학이 도입되었을 것이다. 물론 우리들의 신장에도 매우 세밀한 계산이 있었을 것이다. 모두가 지상의 교회만을 응시하고 있을 그때에, 그녀는 하늘의 계산에 따라 천상의 하느님을 알현한 것이었다.

---

1) 놋좆: 배를 저을 때 사용하는 노를 끼우는 돌기. 무쇠 재질의 여자 젖꼭지 모양으로 배 뒷전에 솟아 있음. 노의 허리에 있는 구멍(놀보지)에 이것을 끼우고 노질을 한다.

2) 놀보지: 위 놋좆의 설명에서 노의 허리에 있는 구멍. 노에 붙어있어 놋좆이 들어가면 쉽게 빠지지 않도록 고안된 나무로 만든 노의 부품.

3) 신조어
광삭: 빛의 속도와 같이 매우 빠르게 삭제함
맛저: 맛있는 저녁
핵꿀잼: 매우 많이 재미있음
극혐오: 아주 싫어하거나 미워함
심쿵: 가슴이 쿵쾅거림
심멎: 심장이 멎을 만큼 멋지거나 아름다움

## 제4부

# 도시풍경

1. 자유와 평화를 논하다
2. 이념적 언어의 이해
3. 저 씨발 놈이!
4. 친일청산의 방법론적 고찰
5. 동성애에 대한 견해
6. 축제의 홍수 속에서
7. 작품성이 결여된 풍속도

나태주 시인은 풀꽃은 자세히 보아야 예쁘다고 했다. 오래 볼수록 사랑스럽다고 했다. 풀꽃, 들꽃, 들풀, 초롱꽃, 제비꽃…. 아아 잠깐, 제비꽃은 빼 버리자. 이런 식물들의 이름은 누가 보아도 예쁘다. 자세히 보고 있지 않더라도 이름 그 자체만으로도 예쁘고 사랑스럽다. 그런데 내가 궁금한 것은 조폭들도 이런 이름들을 예쁘다고 생각이나 할까? 우리나라 정치인들도 마찬가지다. 입에는 욕설만 달고 폭력이 직업인 그들은 과연 이런 이름들이 예쁘다고 생각할까? 내가 보기에 이런 이름들은 그들의 입에는 영 어울리지 않는다. 식물의 이름으로만 한정해 본다면 그들의 입으로는 '개불알꽃', '며느리밑씻개', '족제비싸리' 정도나 어울릴까? '풀꽃'은 정말 어울리지 않는다. 그들에게는 '들풀'보다는 '헐떡이풀'이나 '개쉽싸리'가 더 잘 어울린다.

## 자유와 평화를 논하다

### 1. 통일에 관한 단상

통일을 이야기할 때 우리는 종종 평화통일과 자유통일이라는 단어를 쓴다. 박근혜 전 대통령은 대통령취임을 즈음하여 '통일은 대박'이라고 했다. 나는 '통일은 보랏빛'이라고 이야기할 것이다. 통일이 되면 보랏빛 미래가 펼쳐질 것이라는 생각과 함께, 우선 우리나라 국기의 태극문양이 적색과 청색으로 이루어져 있고 적과 청의 2차색이 보라색이기 때문이다. 한편, 우리나라 사람들은 태극기에 배치된 태극문양의 방향과 남북한의 배치에 따른 유사성을 이유로 적색은 북한으로 청색은 남한으로 비유하기도 한다. 우리나라의 진보주의자는 친북성향을 가지는 반면, 보수주의자는 친미성향을 가진다. 태극문양이 아니더라도 사회주의나 공산주의를 상징하는 색상은 적색이고, 자유주의를 대표하는 미국이나 보수주의자들은 청색을 선호한다고 볼 수가 있다. 공교롭게도 박근혜 전 대통령은 당을 상징하는 색으로 적색을 선택했다. 결과적으로 보면 적색으로의 진입은 성공한 편이다. 적색은 정열과 힘을 의미하고 청색은 이성과 안정을 의미한다. 그러나 적색경보(赤色警報), 적자운영(赤字運營) 등의 낱말로 비추어보면 우리에게 있어서 적색은 매우 부정적이다. 적색주의자는 대체로 공격적이라면 청색주의자는 방어적 성격을 갖는다.

진보일수록 평화에 가치를 두고 보수일수록 자유에 가치를 둔다. 이 말을 곱씹어보면 진보일수록 변화에 가치를 두고 보수일수록 안정에 가치를 둔다가 된다. 변화는 개선의 과정이고 안정은 체제의 지속이다. 즉, 평화는 개선의 과정, 즉 통일의 절차이고 자유는 체제의 지속, 즉 통일 후의 결과이다. 진보와 보수, 평화통일과 자유통일은 상호보완의 관계에 있다. 따라서 자유의 수식 없이 평화통일을 논한다는 것은 대화에서 어떤 결론도 없이 오직 상대를 기만하기 위하여 말꼬리를 흐린다는 의미와도 같다. 「우리의 소원」이라는 동요는 애국가와 거의 동일시할 정도로 불리던 노래였고, 이 노래를 통하여 우리는 어린 시절부터 통일을 배우고 각인시키며 통일을 꿈꾸며 살고 있다. 그러나, 대북정책으로 통일은 궁극의 목표일 뿐이지, 당장 통일을 국정의 최우선과제로 삼는다거나 평화통일이니 자주통일이니 하는 것은 대단히 위험한 발상으로 내게는 비치고 있다. 우리가 인위적으로 재촉하여 얻는 평화통일은 북한의 체제를 수용한 채 무력 없이 평화적으로 통일이 이루어진다는 뜻으로 해석된다. 평화적 통일을 이룬다고 하더라도, 현재 북한의 행태로 볼 때 절대 남한의 체제를 수용하지 않으리라는 것은 불을 보듯 뻔하다. 동독과 서독의 예를 들 필요는 없을 것이다. 북한의 무자비한 폭정을 생각해보면 바보가 아니라면 그 이유는 알 수가 있다. 그러한 까닭에 남한도 북한의 일인독재체제를 수용할 수가 없는 것이다.

헌법 제4조에는 대한민국은 통일을 지향하며, 자유민주적 기본질서에 입각한 평화적 통일정책을 수립하고 이를 추진한다고 명시하고 있다. 평화통일과 자유통일의 언어적 의미를 비교해보면 평화통일은 절차상의 문제로 지금까지 북한의 행태로 보아 남한이 북한에 흡수 합병된다는 의미가 농후하다. 반면 자유통일은 통일 후의 국가체제가 지금의 남한과 같이 자유 민주주의국가를 지향하고 유지한다는 의미이다. 이 경우에는 결과적으로 북한이 남한에 흡수 합병된다는 의미가 된다. 따라서 남과 북의 통일 앞에는 항상 자유라는 개념이 수식되어야만 한다. 평화통일은 과정의 표현이다. 일반 시민의 입장에서 평화통일의 과정 뒤에는 자유가 따를 수도 있고 압제가 따를 수도 있다. 자유통일이란 통일의 과정이 타자의 개입 없이 자유롭게 전개된다는 뜻이 아니고 통일 이후에 자유민주주의 체제가 전개된다는 뜻이다.

즉, 평화통일은 결과 후의 설명이 없고 다만 비파괴적인 통일일 뿐이지만 자유통일은 평화적으로 통일의 과정을 거친 후에 자유민주주의 체제를 수호하고 유지한다는 의미가 내포되어 있다. 요약하자면, 평화통일은 통일의 수단이고 자유통일은 통일의 목적이라고 할 수가 있는 것이다. 청색과 적색의 색상조합으로 설명하자면 서두의 보랏빛통일은 남한과 북한의 일대일 통일을 의미한다. 그런데 남한이 북한에 흡수통일된다면 색상은 보라색에서 붉은색에 가까워지므로 자주색을 띠게 된다. 이른바 '자주통일'이다. 공교롭게도 북한의 연방제통일을 지향하는 '자주통일'과 한글로는 단어가 같다. 우리의 입장에서 가장 이상적인 통일은 남한이 북한을 흡수하는 통일이다. 색상으로 따진다면 청색통일이면 좋겠으나, 그러지 못하다면 청색과 보라색의 중간인 남보라통일로도 족하다. 참고로 '남보라'는 남쪽에서 부는 바람으로도 의역이 가능하니, 우연치고는 매우 의미가 있다.

## 2. 자유와 평화

자유, 평화, 평등, 자주, 민주라는 개념은 독립적으로는 경중을 따질 수 없이 중요하고 가치를 지닌 단어들이다. 자유는 자유민주주의 최선의 가치이고 평등은 공산주의 최선의 가치이다. 여기서 우리가 보는 시각은 인문학적 가치에 기반한다. 그런데 물리적 관점에서 보면 자유와 평화(또는 평등) 두 단어는 극과 극의 위치에 있게 된다. 우선 자유는 절대적이고 평화는 상대적이다. 자유는 혼돈이며 무질서이다. 평화는 질서정연이다. 자유는 개별적 가치를 지향하고 평화는 전체적 가치를 지향한다. 자유와 평화는 열역학 제2법칙에서 설명이 가능하다. 고립계에서 엔트로피(무질서도)의 변화는 항상 증가하거나 일정하며 절대로 감소하지 않는다. 즉 자연계에서 일어나는 모든 과정들은 비가역적이며, 고립계의 비가역적 변화는 엔트로피가 증가하는 방향으로 진행한다.

고립된 계에서 각 개체는 시간이 흐를수록 다양해지고 전체가 무질서해지는 방향으로 움직이는 것이다. 이러한 흐름에서 각 개체가 가지는 배타적인 성질을 자유라고 일컫는다. 여기서 어떤 외력이 개입되면 법칙이 조작된다. 자유가 법칙의 조작으로 평정될 때 평화라는 단어가 등장한다. 그림으로 따지면 어떤 정해진 구도가 없고 모든 것이 뒤죽박죽이며 정리하기가 도무지 감당이 안 되는 상태가 자유에 해당한다. 반면 평화란 질서정연한 상태로 어떤 물건들의 존재가 뚜렷하고 그 어떤 법칙에 따라 배치된 상태이며 시각적으로 안정된 상태를 말한다. 시장의 풍경이나 휴식시간 같은 나태한 분위기는 자유의 영역이고, 구도가 잘 짜여진 그림 같은 전원 속의 풍경이나 군대의 제식훈련 등 계획되고 정렬된 모습은 평화의 영역에 속한다. 또한, 자유는 개인의 의지를, 평화는 국가의 통제를 그 동력으로 한다.

지금 자유와 평화의 비교, 즉 서로 상대되는 단어로 자유와 평화를 이야기하고 있다. 만일 자유와 상대어가 아닌 평화 하나만 놓고 본다면 이 글은 왜곡이 있을 수 있다. 또한, 거듭 강조하건대 이 글은 물리적 관점에서 자유와 평화에 대한 이야기이다. 평화가 필연적이며 항시적으로 진행되고 있는 곳에는 굳이 평화라는 단어가 필요치 않다. 어떤 인위적인 행위의 작용에 있어서 뭔가의 충격에 기하여 분명 파괴가 일어나야 할 자리에 파괴는 일어나지 않고 포텐셜만 내포하고 있을 때 우리는 그 현상을 두고 평화라고 한다. 한편, 자유와 비슷한 경우로 해방이라는 단어가 있다. 그러나 둘은 비슷하지만 차이가 있다. '해방되다'라고는 하지만 '자유되다'라고는 하지 않듯이 해방은 절차이고 자유는 결과이다. 속박에서 벗어나는 과정이 해방이고 자유는 해방의 결과다.

니트로글리세린은 다이너마이트의 원료이기도 하고 의약품으로 쓰이기도 한다. 그 자체만으로도 이미 평화와 파괴가 설명이 된다. 액체상태인 니트로글리세린은 깃털의 움직임으로도 폭발이 일어날 정도로 외력에 민감하다. 니트로글리세린에 규조토를 첨가하면 폭발을 억제할 수가 있다. 여기에 뇌관을 꽂은 것이 다이너마이트다. 만약 규조토의 양이 안정성을 좌우한다면, 평화는 규조토를 약간만 첨가하여 만든 불안정한 다이너마이트 같은 것이다. 북한의 선군절 행사에서 그 많은 인민군들의 한 치 흐트러짐 없이 절도 있는 행진과 영화에서나 볼 수 있는 자유분방한 미국군의 행진을 비교해보면, 평화의 상대적인 강도가 느껴진다. 진지하고 결의에 가득 찬 인민군의 표정에서 언젠가는 폭발할 에너지를 느낄 수가 있다. 평화는 인민군의 표정 같은 것이다. 평화라는 그 순수한 낱말의 이면에는 항상 파괴의 기회를 숨기고 있는 것이다. 이념이 개입되지 않은 일상의 집회에서 평화적이라는 단어를 좀처럼 쓰지 않는 이유는 그곳에는 위험이 상존하지 않기 때문이다.

진보를 상징하는 촛불집회와 보수를 상징하는 태극기집회 현장에서는 평화와 자유의 대비를 느낄 수 있다. 이를테면 촛불집회현장의 그 많은 민중들이 일사불란하게 촛불 파도타기의 묘기를 연출해내거나, 동시소등과 동시점등을 연출해내고 수십만의 촛불 군중이 대열을 지어 동시에 앉아있거나 동시에 서 있는 모습은 그 자체만으로도 장관을 이룬다. 여기에다 촛불에서 진화한 횃불행진은 우리들로 하여금 깊은 시름에 잠기게 한다. 이러한 광경을 두고 평화적 시위라고 일컫는다. 반면에 태극기 물결은 혼돈 그 자체다. 태극기 진영에서는 연설만 있고 공연이 없으니 볼 게 없다. 그래서 전부 서서 연설을 듣거나 구호만 목이 터져라 외친다. 큰 사람, 작은 사람, 태극기도 크기가 제각각이다. 대열이란 개념은 엄두를 낼 수가 없다. 각자가 알아서 와서 서다 보면 거대한 군집을 이룰 뿐이다. 태극기 물결도 물결이라기에는 리듬도 법칙도 없다. 구호를 뺀다면 오직 혼란스러운 대규모 이합집산의 군집일 뿐이다. 그 많은 시민들이 각자 개별적으로 행동하는데도 최소한의 중앙지휘만으로 통제가 된다. 자유라는 단어는 여기에서 찾아볼 수 있다.

## 3. 민주주의에 대하여

지금까지의 내용을 포함하여 이 글은 그 어떤 반론에서도 자유롭다. 편견일 수도 있고 궤변일 수도 있다. 오직 이 분야에서 무지하기 짝이 없는 필자의 짧디짧은 지식 범위 내에서 발아된 개인의 전제일 뿐, 교과서 수준의 기본적인 서술을 제외하고는 그 어떤 전문적인 이론도 개입되지 않았다. '만일에' 필자의 지적 수준이 수많은 네트워크상의 인구 중에서, 아니 최소한 유치원생을 포함하여 우리나라의 수많은 인구 중에서, 평균 정도에 해당한다고 본다면 이 글은 곧 보통사람의 생각이리라. 민주주의라는 것은 국가의 구성원인 국민이 주권을 갖는 체제를 말한다. 누구나 직접 국정에 참여할 수 있고 소외되지 않으며 평등한 기회를 부여받을 수 있다는 것이 민주주의의 특성이다. 그러나 이념이 양분화가 되고 서로 반목하는 현대사회에서 법은 무시되고 각자 자기주관의 목소리를 높일 때 진정한 민주주의는 존재할 수가 없다. 민주주의는 배려와 양보라는 틀 위에서만 존재할 수가 있다.

민주주의의 핵심이론은 다수결의 원리이다. 정의와 불의, 선의와 악의를 가리지 않고 다수의 의견에 의존하는 방법이다. 아이러니하게도 다수결은 소수가 배제된다는 측면에서 극도로 비민주적인 원리이다. 다수결의 원리에만 따르다 보면 소수의 의견은 무시되고 다수의 횡포에 의해 소수가 유린될 수 있다. 민주주의가 합리적이지 못한 것은 국민이 국정에 직접 참여하고 상정된 사안에 대한 의견이 다수인지를 확인하여야 한다는 것이다. 그러한 불편을 해소하기 위한 방법으로 대의민주주의를 발명했다. 적정수의 대표를 선출해서 그들로 하여금 대신 정치에 참여하게 하는 제도이다. 대의민주주의의 장점은 소수의 참여만으로도 다수의 의견을 대신할 수 있다. 그런데 문제는 선출된 대표자가 자신의 직무를 망각함으로써 정작 요구되는 다수의견은 배제된다는 데 있다. 당리당략이나 사적인 이해관계가 너무나 뚜렷하게 개입되고 자신에게 주어진 권리를 남용 또는 악용한다는 것이 문제가 된다.

인민, 민중, 민주, 평화, 평등은 공산주의 쪽의 방언에 해당하고 국민, 시민, 독재, 자유, 질서는 자본주의 쪽의 방언에 해당한다. 다만 방언이라는 수식은 사용빈도가 높다는 뜻일 뿐, 이념적으로 양분화된다는 뜻은 아니니, 크게 의미를 둘 필요는 없다. 민주적이라는 말은 행위자가 자발적으로 직접 피력이 가능한 언어이지만, 비민주적이거나 독재라는 말은 행위자 스스로가 차마 내뱉을 수 없는 타인에 의한 언어이다. 즉, "나는 독재를 하고 있다."라는 말은 자기의 입으로부터 나올 수가 없다. 자신이 저지르는 불의를 자각하기에는 양심이 결부되어야 하고, 양심이 없는 자는 자신의 불의를 자각할 수 없기 때문이다. 여기서 행위자는 특정인을 지칭하지는 않는다. 자신들의 행동이 평화적이라고 자위하고 선전하는 집단의 다수를 지칭할 뿐이다. 불행히도 우리 사회에서는 가끔 경험론에 입각한 한시적인 '양심선언'만 존재할 뿐 항구적인 양심은 찾아볼 수가 없다.

공산주의에 상대되는 단어는 자본주의이고, 진보주의에 상대되는 단어는 보수주의이다. 민주주의는 공산주의의 포장이라고 할 수 있다. 공산주의 무리들이 자신들을 위장하고 있는 포장지가 민주주의이며 평화주의이다. 자연과 인공의 비유는 비록 물 자체나 어떤 현상이 아니더라도 '인위적'이라는 단어를 쓸 수 있다면 어디에서나 가능하다. 자본주의와 공산주의의 차이점은 시장의 자율성 여부에 있다. 바꿔 말하면 정부의 개입이 어느 정도냐에 있는 것이다. 시장은 자연적인 것이고 국가는 인공적인 것이다. 자본주의는 시장형성의 자유를, 공산주의는 정부의 존립을 존재가치의 모토로 삼는다. 이 논리가 사실이라면 자본주의사회는 자연적인 것에 가깝고, 공산주의 사회는 인공적인 것에 가깝다. 시장에서의 자유경쟁은 자연적인 것이고 국가정책의 개입은 인공적인 것이다. 우연이며 의미는 다르겠으나, 북한의 국기가 바로 인공기다.

내부로는 박수를 '건성건성' 친다거나 앉은 자세가 불량하다고 하여 숙청과 처단으로 공포정치를 일삼고 있고, 외부로는 핵폭탄, 화학적 대량살상무기로 인류평화를 위협하고 있는 잔학무도하기 짝이 없는 북한의 국명은 조선민주주의인민공화국이다. 여기에 어느 놈이 수까마귀인지 암까마귀인지, 정권이 바뀔 때마다 시시각각 변하여 정체가 모호해지는 분열 속의 대한민국도 그 공통된 지향점은 민주주의이다. 민주에 상대되는 단어는 독재이며 자유의 상대어는 속박이다. 부여되는 주권과 자발적인 의식에는 모종의 함수관계가 성립한다. 권리가 있다면 의무도 함께 따르는 것이다. 자유를 누리고 싶다면 스스로의 행동제어도 필요하다. 숨 쉴 자유가 있다면 공기에 고마워하고 내가 살아있음에 고마움을 느낄 필요가 있다. 표현의 자유, 그 욕망 앞에서는 스스로 자제할 노력도 필요하고 책임을 느껴야 할 양심이 필요한 것이다.

싱가포르는 아시아에서도 최고의 선진국에 속하는 나라라고들 한다. 그 나라 형벌 중에는 태형이라는 형벌이 존재한다. 죄인에게 매로 다스리는 형벌인데, 우리나라에서도 태형과 곤장이라는 명칭으로 조선 시대까지 존재했던 것으로 알려져 있다. 나는 선진국인 싱가포르에서 그렇게 미개한 형벌이 아직도 시행되고 있다는 말을 전해 들었을 때, 그래도 문화만큼은 우리나라가 더 선진국이구나 하고 안도했던 적이 있다. 그런데 최근 우리나라에도 '민심'이라는 불문법이 태동하고부터는 생각이 달라지고 말았다. 북한이 세계적으로 인권에 문제가 심각한 나라임은 용공주의자가 아니라면 누구나 알고 있는 사실이다. '인민재판'이라든가 '공개처형'이라는 단어는 세계에서도 북한과 아랍 일부 국가에서만 통용되는 낱말일 것이다. 법이 있고 인권이 있는 국가에서는 그런 낱말이 쓰일 이유가 없다. 우리나라에는 헌법이 있다. 악법도 법이라는 격률을 따른다면 헌법은 윤리나 도덕보다도 우선적이어야 하며, 모든 가치의 기준이 되어야 한다. 그런데 언제부턴가 헌법이 배제되고 민심이 판단근거의 기준이 되고 있다. 민심이 인민재판과 하등 다를 바가 없고, 국회청문회에서의 인신 공격적 언어폭력은 공개처형을 방불케 하고 있다.

## 이념적 언어의 이해

### 1. 진보와 보수

진화심리학 분야의 용어로 자연주의적 오류라는 단어가 있다. 자연주의적 오류란, 무엇이든 존재하는 것은 존재하여야만 한다고 믿는 것이다. 모든 것이 필연적이라는 뜻이다. 얼핏 보면 우리나라의 보수주의자를 설명하는 것 같은 생각이 든다. 자연 세계에는 전염병과 기생충 등과 같이 우리가 없애거나 감소시키려고 애쓰는 수많은 자연현상이 존재한다. 이들이 자연계에 존재한다는 사실만으로는 그것들이 응당 존재하여야 한다는 당위를 내포하지는 않는다. 우리의 목적은 이와 같은 자연주의적 오류를 뒤집는 데 있다. 즉, 전염병을 퇴치하고 기생충을 박멸하여야 하는 것이다. 여기까지는 우리나라의 진보주의자를 설명하는 것처럼 느낌을 준다. 진보든 보수든 개의치 않고, 이쯤 해서 엉뚱한 필자에게는 또 하나의 질문이 떠오른다. 우선 오류의 반의어를 진리라고 하자. 그렇다고 한다면 우리의 목적대로 자연주의적 오류를 뒤집게 되면 反자연주의적 오류가 될까? 인위주의적 오류가 될까? 아니면 자연주의적 진리가 될까? 내놓고 보니 이건 국어문제다.

국제포경위원회(IWC, International Whaling Commission)[1]의 상업포경금지조약에 따라 현재 전 세계 회원국 간에 상업적 포경이 금지되고 있다. 포경은 바다에서 살아 움직이는 고래를 포획한다는 뜻이다. 인간들의 변치 않는 습성으로 비추어 볼 때 포획을 그대로 두면 곧바로 남획으로 발전되고 만다는 것은 명약관화한 사실이다. 남획이란 포획의 거듭제곱에 해당하는 인문학적 표현이다. 덧붙이자면 멸종이라는 낱말이 있다. 포획이 시작의 단계라면 남획은 과정의 단계이고, 멸종은 결과의 단계이다. 예로부터 포경은 우리의 생활과 밀접한 관계에 있었다. 필자의 고향 울산의 그 유명한 반구대암각화만 보더라도 포경에 대한 이야기는 선사시대까지 거슬러 올라간다. 인간은 원시시대부터 고래를 연료와 식용으로 사용하면서 지금까지 이어져 내려왔던 것으로 짐작되는 대목이다. 단언하건대, 역사의 중간에 현재의 상업포경 금지와 같은 인간의 자각적 포경금지행위는 시도한 적이 없었을 것이다. 물론 그때는 인구도 지금에 비하면 적었고, 포획 장비도 변변치 않았을 것이다. 반면에 지금은 일본과 같이 조사포경이라는 명분의 이기적인 행동으로부터 야기되는 포획 숫자만 하더라도 우려할 만한 수준에 이르렀다. 그만큼 수요가 폭발적인 것이다.

고래는 바다에서는 몇 안 되는 젖먹이동물로 지능이 대단히 높은 편에 속한다. 동물 관련 다큐멘터리를 보면 고래의 모성애라든가, 동물로서의 인간적인 면이 우리로 하여금 깊은 생각에 잠기게 한다. 그러나 고래를 보고 연민을 느끼는 인간이라 할지라도, 고래 고기의 맛을 안다면, 또는 그것으로 만든 화장품으로 자신의 얼굴이 아름다워지고 싶다면, 개체들의 지능이나 자신과의 밀접한 관계 따위는 일말의 영향도 주지 못한다. 비록 우리나라 이하 몇 개 나라에 국한된 풍속이지만, 개고기 식용문화도 비슷한 문제다. 식구처럼 내내 친하게 지내던 강아지를 하루아침에 도살하여 잡아 먹어버리는 행동은 인간만이 할 수 있는 야비하고도 미개한 습성이라 아니할 수 없다. 이를테면 식용이나 연료, 약재, 의류, 화학재료, 기타 뭔가의 재료로 필요하다면 물불을 가리지 않고 포획하거나 도륙해버린 그 개체들이, 한편에서는 우리가 그토록 측은지심을 품었던 동물이었거나 개나 소의 경우와 같이 한때는 가족처럼 어루만지며 함께 살던 가축들이었던 것이다.

포경이 오래전부터 내려오는 인간들의 일상이었다는 측면에서 다소 외람되지만, 포경에 대한 이야기는 정치적 이념으로써 보수와 진보의 좋은 비교가 될 수 있을 것이다. 오래된 것을 선호하고 유지하려는 자들을 보수주의자라고 한다. 가능한 바꿀 필요가 없다고 느끼는 입장이다. 반면에 오래된 것을 폐기하고 새로운 것을 받아들이자는 자들을 진보주의자라고 한다. 우리나라의 보수주의와 진보주의는 따져보면 모순이 있다. 민족주의는 보수주의적인 경향임에도 진보주의의 범주에 속한다. 또한, 환경주의는 진보주의의 한 단면이다. 아이러니하게도 환경을 있는 그대로 지켜야 한다는 뜻에서 환경주의는 철저하게도 보수주의적이다. 모든 환경은 주어진 대로 유지되어야 한다는 생각을 가진 사람들이 바로 환경주의자들이다. 반면 보수주의자는 조금 비약한다면, 모든 것은 인간이 필요한 대로 사용하거나 조정될 수 있다는 입장이다. 고래를 잡아 기름을 짜내고 식용으로 사용했던 것은 위에서의 말대로 유구한 역사를 지니고 있다. 따라서 포경은 너무나 보수적인 행동인 것이다. 자연에 순응해간다는 것, 그것은 참으로 보수적인 행위이지만, 환경 측면에서 우리는 그것을 진보적인 행위로 분류하고 있다. 필자가 보기에는 환경론자들의 시각은 너무 좁아 보인다. 인위적이라면 무엇이든 자연을 훼손하는 행위로 간주해버리는 것이다. 인위적으로 강을 준설하거나 물을 가두는 행위는 그들에게는 자연을 파괴하는 행위로 간주된다. 그러나 강을 준설하거나 물을 적당하게 가두어두면 생태계가 오히려 숨을 쉰다. 인간도 생태계의 일원이라고 할 수가 있다. 탄소동화작용을 일으키는 식물과 산소동화작용을 일으키는 식물이 공존하듯이, 인간의 자연에 대한 작위적 행위는 나름의 어떤 동화작용에 참여하고 있는 행위인지도 모른다. 그러한 측면에서 인간의 작위적 행위 자체는 또 하나의 자연현상이 아닐까?

참 얼토당토않은 이야기겠지만, 자신의 인생만을 놓고 볼 때 지난날을 회상하여 그때가 그리워지거나 반성할 이유가 생기지 않는다면 그는 보수주의자다. 반면에 추억을 회상하여 자신의 지난날을 뉘우치게 된다면 그는 진보주의자다. 물론 여기에는 경제적인 문제라든가 여타의 생활조건은 배제된 상태에서 순수 이념만 놓고 보았을 때의 이야기다. 다만 그런 상태가 평가 자료가 될 정도로 이상적으로 주어질지는 논외로 한다. 진보주의자는 잘못된 과거를 청산하고 좀 더 나은 미래를 도입하려고 끊임없이 시도하는 부류의 사람들이다. 필자는 어릴 적에 잠깐 포경선을 탔던 적이 있다. 만약에 필자가 지난날을 회상하면서 그때가 그립다고 느끼고 있다면 나는 씻을 수 없는 보수주의자다. 반면 TV 화면에 나오는 고래를 보고 연민을 느끼거나 고래잡이의 일원이었음을 부끄럽게 느낀다면 나는 진보주의자일 것이다. 그렇다면 곰곰이 생각해보자. 나는 가끔 고향 울산에 가면 친구들이나 지인들과 어울려 고래 고기 안주로 술을 마신다. 그렇지만 고래는 철저히 보호되어야 한다고 믿고 있다. 자원으로의 고래가 아니라 포유류인 동물로의 고래, 계통수의 어느 한 지점에서 우리와 동족인 고래 말이다. 필자의 이 비굴한 행동은 고래도 아닌 금수도 아닌 바로 인간이었기 때문에 가능한 행동이지 않을까 생각이 된다.

## 2. 긴장의 물리학적 고찰

긴장(緊張)의 끈을 놓지 말라는 말이 있듯이 긴장은 줄다리기의 형태로 유추된다. 흙막이나 거푸집에서의 Strut는 본체에서 전달되는 하중을 받아 지반이나 구조부에 안전하게 전달하는 역할을 한다. 엄격한 의미로 보면 이때의 하중전달메커니즘은 긴장이다. PC판의 강선, 최근에 문제가 발생했던 서해대교의 케이블, 건축물을 형성하고 있는 구조부재도 마찬가지로 그 기능을 유지하는 한 항상 긴장의 상태에 있다. 파괴되는 방향의 힘에 대하여 파괴되지 않도록 떠받치는 반대방향의 힘을 응력이라고 한다. 응력을 받고 있는 부재가 힘이 한쪽에 과도하게 쏠리거나, 국부하중을 받게 되면 파괴되거나 붕괴하고 만다. 이때를 두고 응력이 항복했다고 표현한다. 재료의 내면에는 작용력과 반력이 대치상태에 있고, 국부하중이나 과대하중으로 응력이 항복하면 파괴나 이완의 과정을 거쳐 긴장은 해제된다.

서해대교가 나왔으니 잠깐 짚고 넘어가자. 서해대교처럼 하늘을 치솟는 교각에 케이블을 경사지게 설치하여 상판을 지지하고 있는 형식의 교량을 통틀어 사장교라고 한다. 현수교와 사장교는 구분이 모호한 부분이 많은데, 간단하게 구분하는 방법으로는 케이블의 지지방법에 있다. 사장교는 상판을 케이블로 잡아 교각에 지지하는 방법이고, 현수교는 케이블의 말단을 양쪽의 땅속에 깊이 박아 앵커로 지지하는 방법이다. 최근 서해대교에서 발생한 사고는 케이블이 낙뢰를 맞아 끊어진 것으로 정리되었는데, 비슷한 사고를 일으킬 수 있는 원인 중에는 지금 이야기의 주제인 긴장이 원인이 될 수도 있다. 즉, 차량의 통행, 기상의 영향으로 상판에서 미세한 흔들림이 계속될 경우 케이블에는 긴장과 이완이 교번되고 와이어끼리의 마찰이나 반복하중에 의한 발열로 유사한 사고를 일으킬 가능성이 있는 것이다.

최근 북한이 핵폭탄실험과 미사일 발사로 전쟁준비에 여념이 없다. 따지고 보면 핵폭탄 그 자체도 물리적으로는 긴장 덩어리이다. 물리학에서 역학적 에너지를 운동에너지와 포텐셜에너지로 구분한다. 포텐셜에너지를 국문으로는 위치에너지로 이해하고 있는데, 이 말은 당치않은 것으로 사료된다. 영어단어의 뜻만으로 보더라도 Potential은 가능성이 있는, 잠재적인 등으로 해석된다. 포텐셜에너지는 중력지배 하에서의 위치에너지 말고도 화학 포텐셜에너지, 탄성 포텐셜에너지, 전기 포텐셜에너지 등 다양하다. 야구공을 수직으로 던져 올렸을 때 정점에서의 포텐셜에너지가 가장 크고, 당기거나 눌러져 긴장 상태로 있는 용수철은 긴장의 강도만큼 포텐셜에너지를 가진다. 가스통 속에 들어있는 LP가스, 폭발 직전의 폭탄은 내부의 압력을 차치하고라도 운동에너지, 열에너지 등 여타의 다른 형태의 에너지로 전환되기만을 기다리고 있는 그 자체가 긴장이요, 포텐셜에너지이다.

긴장 상태라는 낱말 속에는 질서를 유지한다는 뜻이 포함되어 있다. 질서를 유지한다는 뜻은 포텐셜에너지를 축적해둔다는 뜻과도 같다. 위에서도 열역학 제2법칙을 들어 설명이 있었지만, 엔트로피가 높다는 것은 상황이 매우 무질서하다는 뜻이다. 엔트로피는 무질서한 상황을 정량적으로 표현하는 하나의 표현방법이다. 규칙도 없고 무질서하다는 것은 그만큼 모든 것이 우연의 위치에 있다는 뜻이기도 하다. 엔트로피가 증가한다는 뜻은 긴장을 감소시켜 나간다는 뜻과도 같다. 사회로 따지면 인구가 늘어나고 개인의 자유가 확립될수록, 그 사회의 엔트로피는 증가한다고 볼 수 있다. 개인의 자유가 확립된다는 뜻은 전체적으로는 그만큼 긴장의 끈이 느슨해진다는 뜻이다. 위의 말뜻을 종합하면 북한은 전체가 전쟁준비에 일사불란하고 남한의 경우 국가는 갈팡질팡, 국회는 이합집산, 개인은 우왕좌왕하면서 헤맨다는 뜻이다. 우리의 각성이 필요한 대목이다.

핵우산이라는 것은 긴장의 배경 속에서 만들어진 은유적 표현이다. 과연 그 우산으로 확실히 비를 피할 수 있을지는 의문이다. 문제는 엔트로피의 속성에 따라 긴장은 영원히 지속될 수가 없다는 데 있다. 인내심은 윤리의식으로부터 나오고 긴장 상태는 당사자 간의 인내심으로 유지된다고 할 때 윤리의식이 결여된 북한이 선제공격이라는 무모한 도발 행위를 용기로 착각할 수가 있고, 긴장해제의 수단으로 포텐셜에너지를 궁극의 에너지로 전용할 수가 있다는 것이다. 선제공격이라는 단어도 우리 사회에서만 통용될 뿐이지 널리 범용적이지는 않다. 그들은 6·25 침략을 위시하여 천암함, 연평도, 목함지뢰 등등 지금까지 한 번도 선제공격을 시인한 바가 없지 않은가? 그럼에도 또 하나의 문제는 결정적인 순간에 모든 기술적인 장치에 대하여 우리의 의지는 어느 타방으로부터 배제될 수 있다는 것이다. 또 여기에서 윤리와 현실의 충돌이 발생할 수가 있고, 한사코 반대를 위한 반대만을 일삼는 여당과 야당, 그 사이에서 또 다른 긴장에 따른 시간 소비가 우리의 일상이 될 수가 있다는 것이다.

### 3. 긍정과 부정의 딜레마

탄핵정국을 되돌아보면 긍정적인 면과 부정적인 면이 동시에 공존한다. 긍정적인 면은 정치에는 무관심하던 우리가 정치에 관심이 많아졌다는 것이고, 부정적인 면은 정치에 무관심하던 우리가 정치에 관심이 '너무' 많아졌다는 것이다. 그동안 필자의 정치적 관심이라면 선거철에 이름자라도 아는 누군가가 출마하는지 정도에만 관심이 있었고, 정치인의 이름을 묻는다면 지역 국회의원 정도만 간신히 거론할 정도였다. 집사람은 연속극 외에는 일 년 내내 뉴스 프로 한번 시청하는 경우가 드물었다. 요즈음 집사람은 일손을 멈추고 뉴스를 본다. 일반적인 정치이슈는 주로 유튜브를 통하여 보는 편이다. 그래서 핸드폰을 손에 달고 산다. 이제는 정치인의 이름만 대도 그 사람이 어느 당에 속해있는지 그 사람의 색깔까지도 짚고 넘어갈 수가 있다. 전에는 정당에는 관심도 없었지만, 현재는 당원으로 가입도 했다. 필자는 탄핵의 소용돌이에 몸을 맡기면서 한때 극심한 공황장애에 시달리기도 했던 탓에 지금은 가능한 정치에 무관심하려고 노력하고 있는 중이다. 그렇지만 집사람의 극성에 대꾸를 아니 할 수도 없는 일이다.

"정치는 불의로 가는 문턱이다."라고 전제해 두고 싶다. 정치적 화두에서 좌익도 잘못이 있고 우익도 잘못이 있다거나, 좌익도 싫고 우익도 싫다는 사람들이 있다. 중도라고 자처하는 자들로, 정체성이 뚜렷하지 않은 사람이 여기에 해당할 것이다. 탄핵사태가 불거졌을 때, 그들을 향한 필자의 생각은 이랬다. "매사 부정적이고 소극적이며 가능한 '꽉 막힌' 자들로, 행동은 없고 입만으로 움직이고 있는 그들은, 결과적으로는 남이 공들여 차려놓은 밥상에 가만히 구경만 하다가는 숟가락을 올려놓는 집단들이다!" 위에서와 맥락은 같지만, 좌익도 옳고 우익도 옳다는 말은 그 의미가 백팔십도 다르다. 전자가 부정적이라면 후자는 매사에 긍정적인 생각을 가진 자들이 취할 수 있는 태도다. 그것은 포용이며 관용이다. "저쪽 말도 맞고, 이쪽 말도 맞고, 과연 임자 말씀도 맞소!"라는 조선조 명재상 황희의 철학이 담겨 있다. 만일 후자의 말에도 부담이 간다면 이렇게 말해보자. "경우에 따라서 좌익도 옳다고 볼 수가 있고 우익도 옳다고 볼 수가 있다." 이 말은 반전도 가능하니 훨씬 부드럽지 않은가? 좌익도 싫고 우익도 싫다는 요지부동의 사람들에 비하면 이것은 융통성이다.

지금까지의 이야기를 가만히 살펴보면, 정치에 무관심하거나 자신의 생각과는 다른 사람에 대한 성토일색이며 주로 그 해소방법의 나열이다. 필자의 꽉 막힌 이 논리 또한 융통성이 있다고는 볼 수가 없다. 정치에 무관심하거나 나와는 다른 생각을 가지는 자에게도 이유가 있을 것인즉 필자의 논리에는 그 이유에 대해서는 일말의 배려가 없다. '꽉 막힌'이라는 낱말 자체의 배치에도 벌써 오만불손과 편향적인 태도가 깔려있다. 아직까지 필자가 이념적으로 깊숙이 빠져있다는 뜻이다. 이렇듯 정치는 자신도 모르는 사이에 오만불손과 편견이 아무 각성 없이 자신을 지배하고 마는 것이다.

그런데 과연 우리에게 정의는 무엇이고 불의는 무엇인가? 해답은 간단하다. 자신의 행동에 의한 대가가 어디에 귀속되느냐를 따져보면 된다. 여기서 대가라고 함은 그로부터 얻는 이권은 물론이고, 자신이 개인적으로 품고 있는 그 어떤 포부까지도 포함이 된다. 그 이익이 장차 직접 자신에게 돌아온다면 그것은 욕심이요, 불의에 해당한다고 볼 수가 있다. 반면 이익의 수혜가 국가 또는 자신과 직접적인 관계가 없는 곳을 향한다면 그것은 정의에 해당한다. 직접적인 관계가 있는지 없는지는 양심의 문제이다. 그 어떤 잣대로 가늠하기가 어렵고 자신의 양심에 의존해야 하나, 양심 또한 주관에 따르므로 사심을 완전히 버리고 순수이성에 입각해야만 판단이 가능하다.

인류 보편적 가치를 따진다면 국가도 자신이 속해있기 때문에 국가 대 국가가 관계하는 사안에서는 문제가 될 수도 있다. 예를 들자면, 인류평화를 논하는 자리에서 행위의 결과가 자국에만 편향되도록 유도한다면 그것은 불의라고 할 수가 있다. 다만 이 대목은 남북한과 같은 대치관계에서는 예외가 따를 수 있으므로 해석에 주의가 필요하다. 법률안을 입안할 때에는 그 수혜가 국민 전체에게 골고루 돌아가는지 정치인에게 더 많이 가는지 자신이 속한 당에 더 가는지 특정인에게 돌아가는지 확실히 구분할 필요가 있다. 여기서 행위 자체가 선의라는 전제하에 자신이 어디에 속하는지의 여부에 따라 정의인지, 불의인지 그 가치를 가늠할 수가 있는 것이다.

프랑스에는 '똘레랑스'라는 단어가 있다. 우리나라의 관용과 비슷하게 해석되는 단어로 남의 의견이 틀린 것이 아니고, 다만 나와 다를 뿐이라는 말과 같이 남의 생각을 인정해주자는 뜻인 것 같다. 똘레랑스의 사회에서는 쓰레기 투기행위까지도 기꺼이 용인이 된다고 한다. 쓰레기 투기행위에도 긍정과 부정 두 가지 시각이 존재한다. 하나는 공중도덕에서의 시각으로 쓰레기를 함부로 버리지 말아야 한다는 입장이고, 또 하나는 경제적 실천의 시각으로 쓰레기 투기행위가 환경미화원의 일자리를 보전해 준다는 입장이다. 시각에 따라 긍정일 수도 있고 부정일 수도 있다. 육상의 동물 중에서 가장 빠른 놈은 치타이다. 치타의 신체와 속력의 역학관계에 관한 설명에서도 두 가지의 시각이 존재한다. 하나는 물리학적인 시각으로 '치타의 신체는 공기역학적으로 설계되어있어 빨리 달릴 수 있다.'라는 것이고, 또 하나는 생물학적인 시각으로 '치타는 빨리 달리기 때문에 신체가 날렵하게 진화되었다.'라고 생각하게 된다. 이 둘은 대립한다. 이분법으로만 본다면 분명 어느 한쪽은 사실이 아닐 것이다. 그렇다고 둘 다 배척해버릴 수는 없다. 포용의 시각으로 바라보면 두 쪽을 다 수용할 수가 있다.

## 저 씨발 놈이!

이 글은 제목부터가 저질의 욕설로 시작된다. 이 정도의 욕설은 이제 우리 사회에서 자연스러운 대화에 지나지 않는다. 우선 이 욕설이 칼럼이라는 이름으로 대중매체에서 노출될 수 있다는 사실은 이 나라에서 표현의 자유가 그만큼 보장되고 있다는 뜻이기도 하다. 참고로 '씨발'이라는 희귀단어는 국어대사전도 아닌 멀쩡한 소설가 박완서의 작품에서 인용하였으되, 이 글의 원고에서는 '저 ×× 놈이!'로 가능한 직설은 은폐하여 저작을 했었다. 그러나 표현의 사실주의에 입각하여 가까스로 이 책에 한하여 원어를 노출하기로 작정하였음을 밝힌다. 여기서 표현의 자유로부터 파생된 또 다른 사회적 문제, 즉 촛불광장으로 표현되는 그곳에서 눈을 뜨고 보기 민망할 정도의 성행위묘사라든가, 악랄하기 짝이 없는 살인 충동의 묘사를 다른 곳도 아닌 민족의 우상이자 국가의 근본이라고 숭상받는 세종대왕과 충무공의 면전에서 보라는 듯이 자행한다거나, 일반의 시각으로는 준엄하기 짝이 없는 국회! 그 엄숙한 국회의사당 역내에서 감히 자행되었던 도발적 성표현의 전시행위 등에 대해서는 그나마 필자의 입속에 남아있는 최소한의 신선함마저 훼손될 수 있기에 논평을 자제한다!

요즘은 정치와 관련한 인터넷 사이트나 페이스북에서 댓글들을 보면 과격한 욕설들과 육두문자들이 조직폭력배들의 세계를 연상하게 한다. 욕설의 강도로 유추해보면, 만일 그 당사자가 면전에 있다면 능히 살해를 저지르고도 남을 정도의 드센 욕설들도 있다. 현재의 구도에서 그나마 편리한 점이 있다면 아군과 적군이 뚜렷하게 구분된다는 점이다. 요즘은 친구나 지인이 어느 노선인지를 구별하는 방법은 간단하다. 페이스북에서 어떤 글에 '좋아요'를 누르는지, 누구에게 댓글을 달고 있는지, 그 댓글이 양성(良性)인지 악성(惡性)인지를 보면 안다. 필자는 페이스북에서 아직 친구가 별로 없지만, 지난번에 약간의 정치적 성향의 글을 올리고부터는 괜히 눈치가 보이고 조심스러워진다. 문제는 눈치를 봐야 할 정도로 누군가에게 떳떳하지 못하다고 생각되는 지금과 같은 필자의 행동이다. 그러면서 눈치가 보이는 사람과는 대화를 끊고 상대편과 내 편을 나누게 된다. 얼마 전, 페이스북 친구 중에서 극성분자 몇 명의 친구 맺기를 끊은 것도 이와 같은 이유에서다. 필자 스스로가 편 가르기에 적극 참여하고 있는 것이다.

어느 일에나 자기 일처럼 적극적인 경우를 두고 경상도 말로 '애살'이라고 한다. '애살이 있다', '애살이 있는 사람' 따위로 활용이 된다. 매사에 남의 일도 자기 일처럼 욕심을 가지고 적극적으로 매달리는 사람이 여기에 해당한다. 반면에 애살이 없다는 말은 남의 일은 물론이거니와 자신의 일까지도 남의 일 보듯 소극적인 사람을 두고 하는 말이다. 애살이 있다는 말은 경상도에서 어떤 사람의 품성을 이야기할 때 가장 긍정적인 평가에 해당하는 말이라 할 수 있다. 우리나라 사람들이 정치에 관심이 많은 것도 나라 살림이 내 살림처럼 애살이 많기에 그런 것이라 생각한다. 반면에 필자가 어릴 적에 어머니에게서 자주 듣던 부정의 수식은 '애살이 없는'이었다. 그런데 정말 애살이 있는 사람과 생활을 해보면 애살이 부족한 사람은 쉽게 권태를 느끼게 된다. 남의 사정을 듣지도 않고 남을 압도하면서 분주하게 일을 펼쳐 나가기 때문에 몹시 피곤하다. 좋게 보면 애살, 나쁘게 보면 오지랖, 심하면 극성이 된다. 위에서 소개한 폭력성 댓글이 애살이 심한 경우로 극성이 행동으로 나타나는 경우라고 할 수가 있다.

욕설도 따지고 보면 애살로부터 나오는 것이다. 관심이 없다면 욕설이 나올 리가 없다. 관심 여부를 차치하고, 우리가 사용하는 언어 중에 욕설이 전혀 없다면 어떻게 될까 생각을 해본다. 세상에서 욕설이 완전히 사라진다면 대화가 좀 실감이 나지 않는 부분도 생길 것이다. 너무나 조용조용해서 싱겁게 끝나버리는 대화도 있을 것이고, 의도하는 바의 강도조절이 어렵게 느껴질 수도 있을 것이다. 화가 났을 때 인내의 한계를 넘어 입으로 튀어나오는 것이 욕설이다. 화를 조절할 수 있는 능력이 곧 인격으로부터 나온다. 즉, 일반적인 기준으로 화가 날 만한 어떤 일이 주어졌을 때 반사적으로 나타나는 행동에 따라 인격이 평가될 수가 있는 것이다. 어떤 사람은 아무런 반응이 없을 수도 있고, 어떤 사람은 화가 나지만 참아내는 경우도 있고, 어떤 사람은 곧바로 행동으로 나타나는 경우가 있다. 문장으로 따진다면 욕설은 주로 문어체가 아닌 구어체에 속한다. 그러나 굳이 입을 통하지 않더라도 소설이나 만화 등에서 직접화법의 형식으로 문장을 통하여 욕설을 전달할 수가 있다. 어느 철학자는 살인이라는 행위가 굳이 사람을 직접 죽이지 않더라도 생각만으로도 능히 사람을 죽이는 것이라고 했다. 하물며 지면을 통하여 저토록 처참하게 사람을 죽이는 행위는 그냥 웃고 넘길 일은 아닌 듯하다.

누군가가 심한 고통을 받고 있는 것을 보면, 보통사람이라면 보는 사람 스스로도 고통을 느끼게 된다. 그런데 남의 고통을 보고도 전혀 고통을 느낄 수 없는 부류가 있다. 정신병자, 악랄하고 비인간적인 사람, 그리고 철학자들이다. 여기서 철학자는 장자크 루소의 말인데, 루소는 철학자란 자기 집 앞에서 동포의 참수형이 벌어지는 동안에도 낮잠을 잘 수 있는 사람이라고 했다. 철학자란 감정을 철저히 배제하고 이성만으로 자신을 통제할 수 있는 능력이 있기 때문이라는 것이다. 그렇다면 오늘의 사태를 목도하고도 남의 일처럼 안일하게 행동하고 있는 우리는 철학자가 아닌 이상 하나같이 정신병자인 셈이다. 이번에 휘몰아 닥친 정치권의 소용돌이가 나의 사고방식과 가치관을 완전히 흔들어놓고 말았다. 대략 한 달 동안을 심한 공황장애에 시달리기도 했었다. 청소년 시절에 겪었던 그 심각한 아노미 상태로 다시 회귀하는 기분이 들기도 한다. 그때와 지금이 다르다면 청소년기에 맞이했던 아노미는 자기 스스로의 감수성에 의한 현상이었고, 지금은 사회의 걷잡을 수 없는 변화가 그 원인이라고 할 수 있다.

따지고 보면 사회는 여태까지 숨기고 있던 본래의 모습을 드러냈다고 할 수가 있다. 이번 사태를 보면서 내가 여태 사회를 잘 몰랐었고, 이 나이 먹도록 사회에 대하여 참 순진한 생각을 하고 있었다는 생각이 든다. 이제까지 나는 악법도 법이라고 생각을 했고, 법은 언제나 정의의 테두리 안에서만 작동하며 법관의 판결이 곧 정의인 줄만 알았다. 모든 것에는 정도(正道)가 있고 사회를 제도하는 기능으로 입법과 사법은 오직 정도를 좇아 기능하는 것으로 생각했다. 누군가가 내 상식과는 다르게 행동했을 때 이제까지 나는 가능한 상대방을 이해하고자 노력했다. 세상에는 이런 사람도 있고, 저런 사람도 있다고 생각했다. 그러나 그러한 여유는 사회적으로 무게중심이 잡혀있을 때 가능한 일이다. 만약에 생각이 똑같은 사람들만 살고 있다면, 세상은 한쪽으로만 치우쳐 무게중심이란 게 없다. 비록 강요에 의해서이지만 북한 사회는 실제로 무게중심이 한쪽에만 쏠려있는 경우라고 생각한다. 인위적으로 모든 인민이 국가에 대하여 같은 생각을 하고 있는 것이다. 그러한 사회에서 이런 사람도 있고 저런 사람도 있다는 생각을 가질 수가 없다. 나와 견해가 다른 사람을 포용할 여유를 가질 수 있음이 얼마나 다행이었던가?

다수의견을 수용할 때 그 행위를 민주적이라고 하고 소수의견이 다수를 지배하면 독재라는 표현을 쓴다. 반면에, 다수의견이 소수를 지배하면 다수의 횡포라고 한다. 그렇다면 소수의 지배권은 무너지고 다수가 소수를 유린하는 상황에서 다수의견을 수용하면 그것이 민주적인 사회일까? 다수는 집단을 구성하고 있는 전체 구성원을 기준으로 몸집이 더 큰 어느 한 집단을 일컫는 말이다. 그러나 오늘날의 다수는 전체 구성원 중에서 적극적인 행동으로 표면상 다수처럼 보이는 소수의 일부 집단을 지칭하는 말도 포함이 된다. 이번에 몰아닥친 일련의 사태가 나에게 준 교훈은 정도(正道)라는 길은 정해져 있지도 않고 정의와 불의는 항상 가변적이라는 것이다. 아니나 다를까, 촛불이 백만, 천만이라고 방송에서 떠드는 바람에 나는 졸지에 조국을 잃고 말았다. 내가 의지해야 할 대한민국은 타인들의 나라가 되어가고 있었다. 필자의 공황장애는 여기서부터 시작되었던 것이다. 사실 엄격히 해석하면 필자는 보수도 진보도 아니다. 필자의 정체성에 대해 한 번 더 언급하자면, 필자는 항상 약자의 편에 선다는 것이다. 그것도 조용한 약자의 편에 선다. 시끄러운 약자보다는 침묵하는 강자를 택할 때도 있다. 이를테면, 축구 한일전 홈경기에서 일본이 한국에 대해 도저히 만회할 수 없을 정도로 대패하고 있다면 필자는 어느새 응원 인원이 상대적으로 적은 일본 편에 서 있는 것이다. 박 전 대통령의 실정(失政)에 비해 정치권의 행보가 너무 드세었고, 침묵하는 보수에 비해 연일 방송에서 불어대는 촛불에 대한 극찬이 너무 대비가 되었다는 뜻이다. 분명한 것은 모든 것이 흘러간 과거일 뿐이라는 것이다.

최순실 사건이 터지고 얼마 지나지 않아 검찰의 중간수사발표가 있었다. 여기에서 대통령에 대한 언급은 단 두 차례 있었는데, 하나는 검찰의 노력에도 대통령에 대한 조사가 이루어지지 않았다는 것과 또 하나는 검찰에서는 대통령이 이들과 공모한 것으로 판단하고 있다는 것이었다. 언론에서는 다들 '공모'라는 말에 관심을 두고 있었지만, 나는 '판단하고 있다'라는 문장에 관심을 두고 있었다. '판단하고 있다'와 '판단된다'는 능동과 피동의 차이 외에도 그 뜻이 분명 차이가 있다. '판단하고 있다'는 '비록 그것이 사실이 아닐지 모르지만, 내 자의에 의하여 그것이 사실인 양 판단하고 있다.'라는 뜻이고, '판단된다'는 '조사를 해보니 정황상 그렇게 드러나고 있다.'라는 뜻으로, '판단된다'보다는 '판단하고 있다'가 좀 더 사실과는 거리가 있는 것이다. 검찰발표의 내용에서는 '판단하고 있다'를 사용했다. 검찰의 발표에서 이 낱말의 미묘한 차이를 염두에 두었는지는 모르겠으나, 내가 보기에는 검찰이 사실근거를 이미 확보하고 있다는 뜻으로 예단하기에는 이르고 대통령에 대한 검찰 조사를 좀 더 지켜봐야 할 것으로 생각되는 것이었다. 문제는 방송 매체들이 하나같이 이를 '판단된다'로 인식하고 있었고, 아직 검증되지도 않은 부분을 검증된 사실인 양 호도하고 있다는 것이었다. 결과는 내심 예상했던 대로 나의 논리를 비껴가고 말았다. 우리의 생각은 과학과도 같이 첨예한데, 정작 검찰의 발표는 토테미즘의 주문처럼 들린다.

보수진영에서의 정서를 돌이켜보면 사태의 발단은 언론에서부터 시작되었다는 것이 다수의 견해였다. 자료를 조작하고 허위보도를 일삼는다는 측면에서 모든 것은 언론에서 시작되었으되, 기자들의 인격에 심대한 문제가 있다고 생각되는 대목이었다. 당시의 뉴스 중에는 내가 보기에도 한심하기 짝이 없는 초등학생 수준의 내용들이 많다. 일례로 '촛불 연인원 천만 돌파!'라는 헤드라인이라든가, '오늘 과연 천만을 돌파할 수 있을지에 관심이 모아지고 있습니다!'라는 앵커 멘트 등으로 연일 촛불의 동원 인구수에만 관심을 가지며 보도하는 행태를 볼 때면 분노가 끓어오른다. 덴마크 경찰이 최순실의 딸 정유라를 검거했을 때, 우리나라 신문의 뉴스 헤드라인을 보면 실소를 금할 수가 없다. '정유라 검거, 그 긴박했던 순간!' 긴박하다니, 20세의 어린 정유라가 무슨 폭탄을 온몸에다 두른 테러범쯤이라도 된단 말인가?

사과를 한다고 하여 어떤 사안에 대하여 꼭 시인을 한다는 것은 아닐 것이다. 우리나라는 언제부턴가 자신의 잘잘못을 떠나서 '미안합니다', '고맙습니다'를 생활화하기 위한 캠페인까지 벌여오고 있을 정도다. 그런데 박 전 대통령이 검찰에 처음 출두하면서 "국민 여러분께 송구스럽게 생각합니다."라고 했을 때 일각에서는 사과가 잘못의 시인이지 않으냐며 그것이 곧 증거라고 떼를 쓰는 사람들이 있었다. 심지어는 "송구하다고 하셨는데, 구체적으로 어느 부분이 송구하다고 생각하십니까?"라며 되묻는 얼빠진 기자까지 있다. 그로부터 약 2개월 후, 문재인 정부 총리 후보 인사청문회에서 이낙연 총리 후보는 모두 발언에서 "보잘것없는 제가 여러분 앞에 섰습니다."라고 말문을 열었다. 앞에서의 논리대로라면 보잘것없다는 이분이 과연 총리 자격이 되겠는가? 스스로가 자신을 보잘것없다고 시인하였으니, 이제는 청문회를 진행할 필요까지도 없다. 물론 이것은 필자의 억지다. 그러나 이대로라면 사회에서 사과나 덕담은 점점 사라져갈 것이다. 융통성은 무슨 얼어 죽을 융통성인가? 이제 대화에서 융통성도 선의의 거짓말이란 낱말도 통하지 않는 사회가 되고 말 것이다.

요즘의 은어 중에 이 시점에 딱 어울리는 욕설이 있다. "이런 된장!" 참고로, 이 욕은 필자의 감정을 극도로 중화시킨 경우라고 할 수가 있다. 욕설은 상대에게 위해를 가하고 싶다는 내용의 강약을 전달하기 위한 구술적인 데이터이다. 욕설(辱說)과 욕심(慾心)은 비슷한 면이 있다. 문자가 비슷하다는 것 외에도 둘 다 시작하면 감당이 어려워진다. 욕심은 욕심을 낳고 욕설은 폭력을 낳는다. 욕심은 부릴수록 감당이 어려워지고 욕설은 강도가 높아질수록 감당이 어려워진다. 욕설은 강도가 높아지면 폭력으로 이어진다는 의미다. 언어적 공격일 때는 언어 폭력이라고 하고 신체적 공격일 때는 언어를 빼고 그냥 폭력이라고 한다. 언어적 폭력에는 반드시 욕설이 수반되고 욕설이 길어지면 폭력으로 발전하게 되는 것이다. 욕설로 치면 지역적으로는 전라도 지방의 욕설이 대체로 걸쭉한 편이다. 예로부터 전라도 지방이 우리나라에서 욕설 문화가 발달되어 있는 한편, 폭력조직도 동시에 발달되어 있는 편이다. 조직폭력의 현대사에서 가장 영향력 있는 단 세 사람을 꼽는다면 서방파의 김태촌, 양은이파의 조양은, OB파의 이동재를 꼽을 수 있다. 그들이 모두 전라도 출신인 것만 보더라도 전라도 지역이 그 어느 지역보다도 폭력이 발달되어 있다는 방증이다.

나는 최근의 한국영화가 보여주고 있는 살인적인 욕설 장면이나 SNS상에서 대책 없이 떠돌고 있는 입에 담지도 못할 저질 악성 댓글, 나아가서는 어린 학생이나 청소년들의 대화에서 일상화되고 있는 성도착증수준의 욕설들에 대해 멸시로 일관해 왔다. 이 나이 들면서까지 욕설은 죄악이라고 분류하고, 여하한 화나는 일이 있어도 가능한 자신의 입 밖으로는 욕설은 자제하면서 살아왔다. 그래서 젊었을 때부터 가끔은 신사라는 기분 좋은 평까지 듣고 살았던 편이다. 그러나 요즘 들어 감정을 욕설에 의존하여 풀어버리는 경향이 있다. 내가 욕설에 감정을 의존하게 된 동기는 대략 두 가지 이유로부터 기인한다. 첫째는 나이 들어가면서 입에만 양기가 올랐다는 사실이고, 둘째는 시국이 나로 하여금 몰인격의 소유자로 만들어가고 있다는 사실이다.

꼴 보기 싫은 누군가가 속에서 응어리져 있을 때 욕설은 해소의 돌파구가 된다. 어떤 꼴 보기 싫은 존재, 아니 꼴 보기 싫은 정도가 아니고, 생각 같아서는 기어코 위해를 가해야만 직성이 풀릴 정도로 매우 적극적으로 얄미운 존재가 TV에서 나타나면 울화통부터 치밀어 오른다. 울화통을 마음속에 넣어둔 채로 혼자서 삭이게 되면 몽땅 스트레스로 남을 것이다. 상식에 의하면 스트레스는 대표적인 발암물질이다. 따라서 TV에 그 나쁜 발암의 인자가 나타나면 바로 TV 화면을 향하여 삿대질을 하면서 "저 씨발 놈이!"를 냅다 지르게 된다. 한때는 "저 개 같은 놈이!"였는데, 죄도 없는 우리 집 강아지들의 천진난만한 표정들이 떠올라 바꾸고 말았다. 사실 어원을 따진다면 '씨발'은 생명 탄생 메커니즘의 어느 과정에 속하는 매우 숭고하고도 존엄한 언어다. 좀 더 걸쭉하고 '싸가지 없는' 욕설을 찾아봐야겠다.

남녀 생식기를 표현하는 방법도 다양하다. 점잖은 사람의 경우, 생식기라고 하고 쑥스럽게 생각하는 사람은 음부 또는 거시기라고 하고 뻔뻔한 사람은 성기라고 한다. 생식기와 성기는 직접적인 표현방법이고, 음부와 거시기는 간접표현이다. 성기와 생식기는 엄연히 그 기능이 다르다. 성기는 가끔 흉기로 취급되기도 한다. 또한, 발기되지 않은 상태를 성기라고 할 수가 없다. 여성의 그것을 좀처럼 성기라고 할 수 없는 것은 흉기라고 하기에는 부족함이 많기 때문이다. 스님이나 신부님에게 성기는 잉여기관에 해당한다. 그들에게는 생식기만 있을 뿐이다. 남녀의 성기를 빼고는 제대로 된 욕설이 성립할 수가 없다. 스님이나 신부님에게 직접적으로는 욕을 할 수가 없다는 뜻이기도 하다. 이를테면 '이놈아!' 이런 것은 욕이라고 할 수가 없다. 씨발을 육두문자라고 한다. 씨발은 씹의 능동태로 그 주체가 육두다. 육두는 고기 (肉,

머리 頭, 곧 음경의 머리를 의미한다. 서두에서 언급했듯이, 조폭들의 대화는 강약이 필수다. 강약의 조절은 육두문자에 의존하는 바가 크다. 따라서 그들은 육두문자를 빼고는 대화가 어려워진다. 최근의 국어는 센 발음과 쌍시옷을 뭉뚱그려 육두문자의 범주에 넣고 있다. 우선 이 육두문자(肉頭文字)의 한자 육(肉) 자에도 쌍시옷이 박혀있는 것을 보면 그들의 쌍시옷 의존성은 더욱 명징해진다. 육두문자에 대한 폐해는 성경에서도 예외는 아니다. 십을 씹으로 잘못 발음하는 바람에 죽은 사람이 4만 2천 명이나 된다고 한다. “그에게 이르기를, 십볼렛이라 하라 하여 에브라임 사람이 능히 구음(口音)을 바로 하지 못하고 씹볼렛이라 하면 길르앗 사람이 곧 그를 잡아서 요단 나루턱에서 죽였더라. 그때에 에브라임 사람의 죽은 자가 사만 이천 명이었더라. (사사기 12장 6절).” 필자가 지향하는 내용과는 그리 적확하지는 않겠지만, 쌍시옷을 지양하라는 세상 일반에 대한 경고인 것이다.

영어 ‘프래질’의 유래는 한글 ‘부러질’처럼 보인다. [프레질→브레질→부러질]. 프레질에 대한 어원의 변천 과정을 역으로 표현해본 것인데 어떤가? 참고로 시험답안에 이렇게 쓰면 틀린 답이 된다. 한글 ‘부러질’은, 공학적으로 표현하자면 성질이 취성인 경질의 물체가 충격을 받게 되면 항복강도를 넘어 취성파괴를 일으킬 것이라는 의미의 외치는 소리로 품사는 형용사다. 영어 ‘프래질(fragile)’역시 부서지기 쉽다는 뜻으로 품사는 형용사다. 이와 같이 우리말의 최종 해석은 둘 다 거의 비슷하다. 이들과 억양이 비슷한 단어가 또 하나 있다. ‘우라질!’ 바로 기분이 나쁠 때 입에서 튀어나오는 욕이다. 우라질의 품사는 감탄사다. 우라질, 부러질, 프레질, 어감이 어째 비슷한 것 같지 않은가? 문제는 우라질로부터 전개되는 행동이다. 행동으로 옮겨지든, 생각으로 머물러 있든 우라질로부터 바로 이어지는 행위가 위의 '부러질'이나 '프래질'이다. 조폭인 상대방이 기분이 엄청 나쁘면 당신의 신체 중에서 취성의 성질을 가진 어느 한 부분에 문제가 생긴다는 뜻이다. 다만 조폭의 성질이 급하고 아니고의 차이에서 약간의 변수는 있다. 그 변수가 곧 행동과 생각의 차이로 귀결되는 것이다. 그러나 위에서 소개한 지면상의 언어폭력에 비하면 '우라질!' 같은 욕설은 초등학교 교과서에도 나올 수 있을 정도의 지극히 이성적이고 일상적인 대화에 다름없다.

나태주 시인은 풀꽃은 자세히 보아야 예쁘다고 했다. 오래 볼수록 사랑스럽다고 했다. 풀꽃, 들꽃, 들풀, 초롱꽃, 제비꽃…. 아아 잠깐, 제비꽃은 빼 버리자. 이런 식물들의 이름은 누가 보아도 예쁘다. 자세히 보고 있지 않더라도 이름 그 자체만으로도 예쁘고 사랑스럽다. 그런데 내가 궁금한 것은 조폭들도 이런 이름들을 예쁘다고 생각이나 할까? 우리나라 정치인들도 마찬가지다. 입에는 욕설만 달고 폭력이 직업인 그들은 과연 이런 이름들이 예쁘다고 생각할까? 내가 보기에 이런 이름들은 그들의 입에는 영 어울리지 않는다. 식물의 이름으로만 한정해 본다면, 그들의 입으로는 '개불알꽃', '며느리밑씻개', '족제비싸리' 정도나 어울릴까? '풀꽃'은 정말 어울리지 않는다. 그들에게는 '들풀'보다는 '헐떡이풀'이나 '개쉽싸리'[2]가 더 잘 어울린다.

## 친일청산의 방법론적 고찰

때는 바야흐로 일제강점기, 군 단위의 행정구역이 있었다고 하자. 군청은 구조적으로 이미 총독부 산하기관이 되어 있었고, 모든 정책의 결정은 총독부의 지휘 아래 있었을 것이다. 소학교의 교사도 총독부의 지휘를 받을 것이고 일본인 교사가 학생들을 가르칠 것이다. 그 지역에는 마땅한 돈벌이도 없을뿐더러, 농사도 없고 가진 것도 배운 것도 없이 기아에 허덕이는 가난한 사람들이 들끓고 있다. 그 시대의 굶주림은 조선인이면 거의 누구나 겪을 수 있었으나, 현대에서 보면 그것은 고문과도 같다. 아사 직전에서의 배고픔의 고문, 돈벌이는 없고 오글오글한 식솔들이 배고픔에 허기져 있는 모습 앞에서 우리가 할 수 있는 행동은 과연 무엇이 있을까? 물론 필자의 이런 글쓰기전개는 논리의 비약일 수는 있다.

군청에서는 총독부의 지휘 아래 부자들을 상대로 빈민구제운동을 전개하고 있다. 참고로 나는 그 지역에서 꽤 부자 소리를 듣고 있다. 과연 나는 총독부가 전개하고 있는 빈민구제운동에 호응하여 기꺼이 성금을 헌납할 것인가? 우리의 자식들에게는 그들의 미래를 위해 일본인 교사들로 구성되어있는 그 소학교에 교육을 맡길 것인가? 그로부터 약 1세기의 세월을 보내고 있는 지금의 우리나라 정서로는 절대 성금은 물론, 애들이 까막눈이 되더라도 일본인을 통한 선의는 베풀지 않을 것이며 교육을 맡길 수가 없다. 여기에 필자가 추호도 사심 없이 자라나는 애들의 미래를 위해 소학교를 세운다면, 학교를 설립하고 마땅한 인재가 없어 일본에서 교사들을 불러들여 운영하게 한다면, 현대에 이르러 나의 숭고한 정신은 어떻게 분류되고 있을까?

우리에게 있어서 친일은 죄악이다. 일제와 협력한 자와 그 후손은 국민으로부터 줄기차게 지탄을 받고 있다. 많은 사람들이 친일을 청산하라고 요구하고 있다. 친일청산의 내용은 친일에 해당하는 자들의 재산을 몰수하고 공직으로의 기용을 제한하고 파면하라는 것이다. 친일의 재산은 우리의 시각으로 불의하게 축적된 재산이기 때문에 몰수하여야 한다는 것이다. 친일이 모은 재산은 불의한 결과였다고 치자. 일제강점기에서 활동하던 친일파들은 이미 세상을 뜨고 없다. 그 후손들로부터 재산을 몰수하려면 어떤 계산법을 도입하여야 할까? 현존하는 부동산만 든다면 계산이 어느 정도는 가능하다. 그런데 만일 친일의 자손이 그 선조의 부동산을 팔고 자신이 벌어서 모아둔 재화를 몽땅 합쳐 주식에 투자하였다면, 그래서 그 재산을 몽땅 날려버렸거나 투자 대비 상당한 이익을 발생시켰다면, 또는 재산을 완전히 거덜 낸 후에 순전히 자신의 힘으로 다시 재산을 일으켰다면 어떤 계산법을 적용할 것인가? 친일파는 죽고 없지만, 그의 후손은 2세도 있고, 3세도 있고, 4세도 있다. 그 후손들을 친일로 분류하기 위해서는 연좌제를 도입할 수밖에 없다. 친일을 청산하기 위한 방법으로 연좌제를 부활시켜 그 후손들을 엄벌해야 한다면 자손을 몇 대까지 제한할 것인가? 국가보안법상의 연좌제와의 형평성은 어떻게 가중 평균할 것인가? 삭탈관직하려면 그동안 관직을 통하여 일구어 놓은 개인의 재산은 어떻게 할 것이며 관직을 통한 재산과 비관직의 재산은 어떻게 분류할 것인가?

당시의 독립군 이야기를 접하다 보면 변절자도 있고 전향자도 있다. 또한, 불의라는 단어가 있다면 반성이라는 단어도 있다. 변절했다가 전향을 할 경우, 또는 불의를 저지른 후에 진심으로 뉘우치고 반성을 하는 경우, 사람에 따라서 또는 사안의 경중에 따라서 관용을 베풀 수도 있고 응징할 수도 있다. 이미 세상을 뜬 사람들의 마음을 어떻게 헤아릴 수가 있으며 선조의 사상에 대하여 후손의 전향이나 반성이 유효할 것인가? 할아버지가 친일이었다고 해도 그의 후손 중에는 남다른 애국자가 있을 수도 있다. 설령 애국지사라 할지라도 그 일생 중에 행동의 사안별로 보면 한결같을 수는 없다. 사람의 행동과 양심은 개개인의 주관에 의존한다. 진보와 보수 양분화의 논리로 보면 자신의 기준에서 정의가 타인의 기준에서는 불의가 될 수도 있다. 여기에는 인류 보편적 윤리와 이념 간의 편향적 시각이 동시에 존재한다. 요구는 간단하지만, 친일 청산이 절대 간단한 일은 아니라는 것이 필자의 오래된 생각이다.

일제 36년간은 역사에서 지워버리고 싶도록 우리에게 있어서는 가슴 아픈 일이다. 어느 민초가 생각하기를, 이 시기에는 조선이란 나라 자체가 존재하지 않았다. 나라의 구성원은 존재하지만, 애국의 대상 자체가 사라진 것이다. 모든 조선인은 법상 일본의 신민이었다. 굳이 압제라는 단어를 사용하지 않더라도 일본인과 조선인의 차별이 존재했을 것이고, 조선의 반만년역사는 일본의 역사 속으로 편입되기에 이르렀다. 이제 먹고 살기 위해서라면, 살아남기 위해서라면, 시류에 편승해 순응해갈 수밖에 도리가 없는 것이다. 지난겨울, 그 엄동설한에 이 땅을 삼킬 듯 번져가는 촛불에 대항해 태극기를 흔들며 목이 터지라고 외쳐댔던 필자가 지금 그러하듯이. 만약 이 논리를 부정해야 한다면 우리에게는 시류라든가 순응이라는 낱말이 있을 수가 없다. 한 번 들었던 태극기는 끝까지 들어야만 하는 것이다.

필자의 모교인 용잠초등학교의 설립자 이종만도 대표적인 친일인물이다. 학교를 설립하고 일본인 교사들을 초빙하였으며 일본에 대하여 경제적 지원까지 한 인물이다. 그의 전기를 보면 가난을 탈피하고자 수 없는 도전과 실패 끝에 마침내 금광으로 떼돈을 벌어 학교사업에도 손을 대고 훗날 북한으로 건너가서 김일성으로부터 영웅 대접을 받게 된다는 이야기다. 필자가 이 학교 다닐 때 그는 북한에서 활동 중이었다는 계산이 나온다. 그러나 그의 공덕기념비는 내내 학교에 세워져 있었다. 친일이었고 주적의 앞잡이였지만, 공적은 그대로 남아있다는 뜻이다. 필자의 고향에서 대략 반경 20리 주변에는 학교라고는 없었다. 사재를 털어 학교를 세운 그였다. 우리는 그를 존경해마지 않았을 것이고 그로부터 은혜를 받아 성장했으므로, 집요한 지금의 논리대로라면 분명 뭔가 청산해야 할 일이 있을 것이다. 우리는 과연 무엇을 어떻게 청산해야 하는가?

친일청산 외에도 한일 간 협상을 파기하고 일본이 우리의 요구를 들어 사과해야 한다는 주장이 쇄도하고 있다. 해석의 차이가 있지만, 내가 알기로 일본은 이미 우리에게 몇 번의 사과를 한 것으로 알고 있다. 물론 '유감'이라든가, '통석의 념'이라는 애매한 단어의 일본 말로 사과를 했다. 애매한 단어라고 했지만, 유감은 우리나라에서도 공공연히 사용하고 있는 사과표시의 단어다. 아무리 좋은 말이라도 좋게 들어야 사과로 들리고, 나쁘게 들으면 시비로 들리는 것이다. 사실 그 애매한 문장들이 인구에 회자되고 있을 때 필자 또한 맹목적인 반일로 일관해 왔다. 그러나 나이가 들면서인지, 아니면 깨달음이 있어서인지 반일감정은 우리에게 별 도움이 되지 않는다고 생각하기에 이르렀다. 특히 최근처럼 북한의 도발을 생각하면 더욱더 주변을 적군으로 만들면 손해본다는 것이 나의 얄팍한 생각이다. 국제정세가 바뀌고 시대가 바뀌면 사람들의 생각도 바뀔 필요가 있다. 잡고 늘어져 봐야 수십 년간을 그 자리에서 맴돌 뿐 진전이 없다면, 다른 방법을 찾을 필요가 있는 것이다. 우리나라의 정치판은 우익인 보수와 좌익인 진보 딱 두 가지로 구성된다. 한 가지 분명한 것은 보수 쪽에서 북한의 체제를 부정하듯이, 진보 쪽에서는 일본을 그렇게도 싫어한다는 것이다. 친일의 재산을 몰수하고 공직에서 파면하라고 요구하고 있는 사람들이 바로 진보주의자들이다. 이해할 수 없는 것은 그렇게 케케묵은 반일감정을 잡고 늘어지고 있는 집단이 수구꼴통들이라고 일컬어지는 보수가 아니고 진보라는 이름을 달고 있는 좌익진영이라는 것이다.

현재로써는 국민의 공감대를 얻지 못하고 있는 어떤 정부의 국정을 평가함에 있어서 '역사가 말해줄 것이다!'라는 격문을 사용하는 경우가 있다. 그런데 알고 보면 역사도 지극히 선동적이며 인위적인 것이다. '역사재평가'라는 단어가 바로 그러한 원리를 방증하고 있다. 세기를 풍미했던 침략자들은 후대에 와서는 영웅 대접을 받는다. 몽고의 칭기즈칸, 로마의 알렉산드로스, 프랑스의 나폴레옹이 대표적인 사례다. 그들은 전쟁을 일으키고 상대의 많은 국가들에게 무차별적인 인명피해를 가져다줬다. 전쟁에서 이기면 영웅이 되고 패하면 전범이 되는 것은 혁명에서도 마찬가지다. 혁명에서 성공하면 영웅이 되고 실패하면 반역자가 되는 것이다. 생각하기조차 끔찍하지만, 만약의 경우에 있어서 나치의 히틀러가 전쟁에서 승리하여 세계를 장악했더라면 세상은 어떻게 되었을 것인가? 그의 유대인 멸종 정책은 성공했을지도 모른다. 완전히 성공을 거두었다면, 그에 대한 역사는 수많은 편집을 거쳐 후대에 가서 여느 영웅과 마찬가지로 그는 영웅이 되어 있을지도 모른다.

일제강점기에 필자의 부모님은 일본으로 건너가서 삯바느질과 품팔이를 하면서 하루하루를 연명하셨다. 해방이 될 때까지 부모님은 일본의 어느 가정집에서 셋방살이를 하였는데, 집주인의 친절과 배려는 부모님을 감동시키기에 충분했다. 덕분에 대동아전쟁을 거치면서 해방이 되는 순간까지 빗발치는 공습의 포탄 속에서도 안전하게 돈을 벌어 저축도 하고, 그나마 모국 조선에서보다는 윤택한 생활을 누리면서 무탈하게 연명해나갈 수가 있었다. 그러한 와중에도 필자의 누님은 일본 현지에서 태어났다. 누님의 이름은 정자다. 일본에서 태어났으므로 이름도 일본발음으로 미스꼬라고 불렀다. 지금도 어른들은 미스꼬를 줄여서 '꼬야!'라고 부른다. 일본의 집주인은 갓난아기였던 누님을 그렇게도 귀여워했다고 한다. 심지어는 대학까지 책임질 테니 수양딸로 삼자고도 했단다. 훗날, 부모님은 누님을 중학교에나마 보내주지 못한 일을 후회하면서 기회 있을 때마다 그들의 배려와 고마움을 피력하곤 하였다. 부모님의 일본인에 대한 고마움의 표시는 이분법으로만 본다면 친일이다.

언젠가 일본의 지하철역사에서 열차가 빠른 속도로 막 들이닥치고 있는 찰나에 철로 아래로 추락한 위험천만한 상태의 일본인을 한국 청년이 구출한 사건이 있었다. 이 자랑스러운 한국의 청년은 자신의 목숨까지도 위태로운 그 긴박한 상황에서 자신의 목숨을 아까워하지 않고 일본인을 구출해낸 것이다. 그것은 누가 생각해도 가슴이 뭉클하고 아름다운 사건임에 틀림이 없다. 나는 우리나라 진보주의자의 논리를 들어 문득 이런 생각을 했다. 일본군으로부터 피를 흘리며 죽어갔던 조선독립군의 후손이 조선을 침략하여 총칼을 휘두르던 그 불의한 일본군의 후손을 살려낸 아름답지 않은 사건이라고. 과연 나의 생각은 어디가 잘못되었을까?

어느 교양강의에 의하면, 우리나라 사람들은 일본인에 비해 거짓말을 수십 배는 많이 하고 있다고 한다. 즉, 어떤 대화에서 1만 마디의 말을 한다고 할 때 일본인은 한마디의 거짓말을 하는 데 반해, 우리나라 사람들은 수십 마디의 거짓말을 한다는 것이다. 물론 이 말을 100퍼센트 믿고자 하는 것은 아니다. 또한, 개중에는 거짓말을 전혀 하지 않는 사람도 있을 것이다. 그리고 더 중요한 것은 의도적이냐 그렇지 않느냐의 차이가 있을 수 있고, 선의의 거짓말이라는 용어도 있다. 그렇다면 일본에는 선의의 거짓말이라는 낱말 자체가 없는 것이다. 일본인이 정직하다면 우리는 융통성이 있는 것이다. 우리가 진정한 진보주의자라면 꽉 막힌 그들이 바로 보수주의자일 것이다. 이제 우리의 융통성을 발휘하여 기억해야 할 것은 기억하되, 잊어야 할 것은 잊고 용서할 것은 과감하게 용서하면서 사는 것이 우리의 건강에도 도움이 되지 않을까?

# 동성애에 대한 견해

## 1. 동성애 법제화는 왜 필요한가?

동성애를 법제화하자는 말은 사회에 거짓말을 하는 사람이 너무 없으니, 거짓말을 좀 더 부추길 수 있도록 법제화할 필요가 있다는 허황한 말과 일맥상통한다. 거짓말이라는 단어가 듣기가 거북하다면, 공기 중에 섞여 있는 암모니아와 같은 것이라고 해두자. 공기 중의 암모니아는 그 함량이 대략 0.01ppm이다. 즉, 백만분의 0.01이라는 뜻으로, 있어도 그만 없어도 그만 공기 기반의 성질에 크게 영향을 미치지 않는다. 우리가 숨을 쉴 때 암모니아의 냄새를 의식하지 않는 것은 그것이 공기 중에 너무나 미량으로 자연스럽게 퍼져있기 때문이다.

동성애 문제 또한 암모니아의 성질과도 같이 냄새는 고약하나, 사회 전체 문제에 대비하여 본다면 발생빈도가 매우 낮고 문제성이 희박한 사안에 속한다. 동성애는 원래 정신질환의 일종인 성도착증으로 분류되던 것을 성소수자들의 끈질긴 요구에 밀려 정신병에서부터 제외되었다는 이야기가 전해지고 있다. 이 대목에서 그들의 행동에 의심을 품지 않을 수가 없다. 사실 필자의 사견으로는 동성애가 차라리 정신병으로부터 기인한 발병의 결과였더라면, 그들을 이해하고도 남을 것이다. 그러나 멀쩡한 사람들이 그토록 남이 이해할 수 없는 특별한 성에 몰입하여 사회적으로 동요를 일으키고 있다는 것은 아무리 좋게 보아도 도저히 이해가 가지 않는다. 그렇다고 하더라도 현재 우리나라는 동성애를 특별히 금지하거나 권장하고 있지도 않으며, 그들 때문에 일반의 생활에 불편을 준다거나 사회적인 시각도 그토록 냉랭하지는 않다. 그냥 하던 대로 알아서 진행해나가면 그뿐이다.

외람된 이야기지만, 어떤 도둑이 절도 행각을 함에 있어서 정신적으로 도벽이 있거나, 생활에 궁핍을 겪은 나머지 절도를 해야겠다고 생각하고, 계획을 하고, 행동을 하여, 비로소 타인의 주거에 침입을 하고, 금고를 열어, 귀중품을 훔쳐 달아난다. 이러한 일련의 과정 하나하나가 전부 범죄행위라고는 볼 수가 없다. 여기서 범죄행위는 주거 침입으로부터 시작하여 '달아난다'까지가 된다. '정신적으로 도벽이 있다는 사실', 또는 '그 물건을 훔쳐야지.'라고 생각하는 것만으로는 범죄가 성립할 수 없듯이, '그놈과 그놈', 또는 '그녀와 그녀'가 서로 사랑을 한다고 하여 사회에 문제가 되는 것도 아니고, 사회에 아무런 영향을 주지도 않는 것에 대하여 법제화한다거나 그것을 반대한다는 것도 어불성설이다. 동성애는 법으로 정하니 마니 할 문제도 아니고, 동성애를 해야 할지 말아야 할지는 당사자의 의사에 따르고 여기에서 파생되는 모든 문제는 윤리적 기준으로 판단할 사항이다. 제도권 안으로 끌어들여 분란을 일으킬 이유가 하나도 없다는 뜻이다.

'동성애'는 가끔 듣던 언어라서 '이 또한 지나가리라!'고 생각하고 있었는데, 또 하나의 엽기적인 추상이 내 사고(思考)의 진로를 방해하고 있다. '항문성교 합법화 법안발의'라는 해괴망측하기 짝이 없는 뉴스 헤드라인을 읽고서는 혹시 나 말고도 누군가가 이 뉴스를 보고 있지 않을까 생각하니 도둑질하다 들킨 것처럼 얼굴이 화끈거린다. 미꾸

라지 한 마리가 맑은 개천을 흐려놓듯이 동성애를 옹호하는 세력들은 동성애의 뜻조차 모르는 선량한 사람들의 맑은 정신을 온통 흐려놓고 있다. 인간이 여타의 동물과는 다른 것은 옳고 그름의 분별력과 이성을 가졌다는 것이다. 지나가는 여성에게 성적매력을 느꼈다고 하여 짐승처럼 덤벼들지 않는 것은 그것이 곧 인간이기 때문이다. 그러한 충동을 참지 못하면 인간이라는 이름으로는 이 세상에서 살아갈 자격이 없다. 작금의 동성애자들은 그러한 충동을 주체할 수가 없기에 제도권의 진입을 그토록 요구하고 있는지도 모르겠다.

현실에서 애정이란, 궁극적으로는 이성끼리 서로 상대방의 신체를 갈구하는 행위일 것이다. 욕정은 애정으로부터의 산출결과이다. 애정행위의 표현도 외부의 시각으로는 긍정적인 표현과 부정적인 표현이 있다. 어떤 성(性)을 가진 두 사람이 애정의 행위로 신체접촉을 시도하였다고 한다면, 긍정적으로는 '사랑을 나누다!'로 표현되고 부정적으로는 '애정행각을 벌이다!'로 표현된다. 동성애는 아무리 신선함을 부여하더라도 우리의 시각으로는 후자에 속할 수밖에 없다. 그러나 당치도 않다. 도저히 '나눌 수 있는 성(異性)'일 수는 물론 없거니와, 애정행각이란 낱말 자체가 어둠 속에서 은밀히 이루어져야 한다는 뜻인데 그들은 벌건 대낮에, 그것도 온 천지에 까발리고 행위를 자처하고 있기 때문이다. 아직 윤리의식이 몸에 배어들지 않은 청소년기에 호기심으로 동성끼리의 신체접촉은 눈감아줄 수 있을지는 모르겠으나, 그것도 분명 정신이 미숙한 상태이거나 성도착증환자일 것을 전제로 한다. 멀쩡한 사람이라면 애정행각이라는 낱말도 가당치 않을뿐더러, 여기에 붙일 수 있는 단어는 이 세상에는 없다. 아직도 자신의 신체 부품을 어떻게 사용하는지를 모르는 동물이 있다면 참고하기를 바란다. 항문은 변을 배출하는 데 쓰는 도구다!

최대한 이해심을 발휘하고자 사고(思考)를 완전히 중립 모드로 전환을 해본다. 나의 논리에는 과연 문제가 없는가? 편심이 잡혀있지는 않았는가? 그들의 요구는 나의 의식이 미개한 탓에 아직은 느끼지 못하는 보편적인 가치는 아닐까? 조심스럽게 되돌아본다. 그런데 만에 하나라도 항문성교를 합법화하겠다는 의도는 법률입안자가 그것을 직접 갈구하고 있지는 않았는지 의심스럽다. 전직 여성 대통령의 나체사진이 아직도 거기에 걸려있는지는 모르겠으나, 국회의원인 그들이 전직 여성 대통령의 나체사진을 걸어두고, 거기에서 직접 항문성교를 시도하려고 법안발의를 하지는 않았을까 하는 이야기다. 그게 아니라면 그 엄숙한 자리에 그것을 버젓이 걸어두었을 리 만무하지 않겠는가? 만일 그것이 필자만이 품고 있는 의심이라고 하더라도, 그들의 말대로라면 소수자의 인권을 최대한 보장하여야 한다는 논리에서 출발한다. 그러나 필자의 이해심은 아무리 진전된들 여기까지다. 소수자의 인권이 보장되기 위해서는 다수자의 인권이 희생되어야만 하는데, 그들은 다수자의 인권은 안중에도 없다. 동성애를 저지른 한 사람의 장교를 감방으로부터 구출해내는 것이, 나아가서는 앞으로 발생할 수도 있는 동일한 사범(事犯)을 보호하는 것이 그들에게 어떤 가치를 지니고 있는지는 모르겠으나, 군인으로서 지켜야 할 마지막 보루는 계급체계로의 명령과 복종이다. 군 기강은 명령과 복종의 구조 아래서 이루어지는 것이다. 명령은 명령다워야 하고 복종은 존경심으로부터 우러나야 한다. 항문성교의 거래하에서 어떻게 명령다운 목소리가 나오겠으며 존경심이 우러나겠는가?

세상을 살아가는 데는 분명 어떤 준칙이 있다고 생각한다. 인간이 지켜야 할 준칙, 군인은 군인으로서의 준칙, 상급자는 하급자에 대한 상급자로서의 준칙, 그것은 굳이 법률로 정하고 있지 아니하여도 인간이라면 지켜야 할 준칙 말이다. 비슷한 경우로 "그대 의지의 격률이 그대 자신에게뿐만 아니라 누구에게나 동시에 보편적 입법의 원리로 타당하게끔 행동하라." 임마누엘 칸트의 정언명령이 있다.[3] 즉, 당신이 하고자 하는 일이 누구에게나 보편적일 수 있도록 행동하라는 뜻으로 이미 준칙에 입각하여 행동하는 경우에 있어서 그 준칙이 소수자든 다수자든 어떤 개인이든 누구에게나 보편적이어야 한다는 뜻이다. 이 말은 좀 전에 필자가 생각했던 바와 같이 인간의 행동 모든 요소에 각각 필요한 준칙이 있고, 그 준칙을 적용함에 있어서 각각의 행위에 따라 보편적이고 타당한 준칙을 찾아서 행동하여야 한다는 뜻이 포함이 될 것이다. 항문성교가 어떻게 보편적일 수가 있겠는가? 준칙을 무시하고 자기 생각대로, 자기 하고 싶은 대로만 산다는 것은 인간이기를 거부하는 것임에 다름없다. 그렇기에 그들은 인간과는 사뭇 다른 '동성애자'이기를 그토록 갈구하고 있는지도 모른다.

## 2. 동성애의 진화론적 고찰

'남녀칠세부동석'이라는 격언은 정신적 성장기에 있는 이성적(理性的)이지 못한 이성(異姓)끼리 서로 만나면 문제가 생길 수가 있음에 대한 경고인 것이다. 만일 동성애 법제화가 이루어진다면 조만간 이 격언은 폐기되고 '남남칠세부동석', '여여칠세부동석'이란 조어가 등장할지도 모른다. 여기에다 '동성애를 법제화한다면 소아성애는 왜 차별을 하는가? 소아성애를 당장 법제화하라!'거나 약간만 더 뻔뻔스러운 사람이라면 스와핑이나 동물성애, 더 나아가서는 근친상간의 법제화까지도 들고나올지도 모를 일이다. 최근 보도를 통하여 이슈화되었던 사건 중에 의붓딸을 대상으로 강간을 일삼는 행위, 친딸을 성폭행하는 사건들은 부정적인 성행위의 범위를 사회에 확산시켜나가는 절차에 해당한다. 동성애도 이와 유사한 시도였으며, 이를 법제화한다는 것은 범죄행위를 양성화하겠다는 의미와도 같은 것이다.

아담과 이브가 성경의 한 구절을 장식하고 있듯이, 태초부터 성비는 왜 수컷과 암컷, 쌍으로만 이루어져 있을까? 중성이라는 표현이 있지만, 이 물음에 도움이 되지는 못한다. 그들의 논리를 십분 이해한다면 신이 우리에게 동성끼리 자식을 낳도록 기능을 부여하지 않았던 것은 지적설계의 중대한 착오였는지도 모른다. 물론 동성애의 가치 중에서 출산의 목적은 배제된다고 하더라도 자연이 내려준 성비는 분명 어떤 이유가 있을 것이다. 남성에게 돌기가 있고 여성에게 함몰부가 있다는 것은 필시 그 이유가 남자는 하드웨어를, 여자는 소프트웨어를 담당하기 위한 업무의 분장만은 아닐 것이다.

과학에서도 매우 드물게 나타나는 현상을 포착하여 이론의 기초로 삼는 경우가 있다. 어떤 짐승의 수컷은 발정기가 왔는데도 감당을 할 수 없을 때는 암컷이 아닌 아무 곳에나 들이대기도 하는 경우가 있다고 한다. 그렇다면 동성애는 이성(理性)을 배제한 그 어떤 메커니즘으로부터 이성(異性)을 배제하도록 진화해왔으며, 동성애자는 인간의 경우보다는 위 짐승의 경우에 치우쳐져 있는 것이라 할 수가 있다. 문득 사람도 여타동물이나 곤충처럼 전 개체가 동시에 짝짓기기간이 정해져 있다면 무슨 일이 벌어질까 궁금해진다. 이를테면 새들처럼 대략 1년마다 한 번씩 짝짓기 철이 주어져 있다면, 그 기간 우리는 새들처럼 매우 분주할 것이다. 더욱이 정신은 미숙하고 신체적으로는 왕성하여 성적 충동을 감당할 수가 없다면 들이대는 곳도 매우 다양할 것이다.

동성애의 빈도와 대물림이 진화론적으로 어떤 결과를 초래할지 자못 궁금해진다. 진화를 통한 신체적인 변화는 끊임없는 자연선택과 돌연변이로부터 두드러지게 나타나는데, 이것은 곧 어떤 개체의 거듭되는 번식과정에서 신체의 욕구를 자연이 이를 감지하여 수용함으로써 축적되어 가는 것이 아닐까? '두드리라 열릴 것이니'라는 성경 말씀을 그대로 원용한다면, 간절히 갈구하면 어느 날엔가 신체의 적당한 위치가 불시에 열릴지도 모른다. 그렇게 된다면 비로소 그들의 요청은 아무런 투쟁 없이도 달성되는 것이다. 장벽이 가로막아 이룰 수 없다면, 차라리 가만히 앉아 그날이 오기만을 간절히 기도함이 바람직할 것이다.

펭귄이나 바다사자는 어류를 잡아먹으면서 생활한다. 따라서 두 개체모두 물속에서 생활하기에 유리하도록 신체가 발달하고 있는 중이다. 그런데 아직 다리가 덜 발달한 바다사자가 이번에는 육상에서 쉬고 있는 펭귄을 사냥하기로 작정하고, 육중한 몸을 끌고 펭귄 무리에게 접근을 한다. 펭귄들은 뒤뚱뒤뚱 도망가다가는 넘어지자, 아예 땅을 짚고 헤엄을 친다. 자, 여기서 결과가 바다사자의 승리로 끝났다고 하자. 승리라고 해봐야 처음부터 펭귄에게 불리하게 주어진 게임이었다. 바다사자가 승리하면 펭귄을 취하여 배고픔을 해결할 수가 있지만, 펭귄은 바다에 뛰어드는 것 말고는 승리해봐야 남는 건 없다. 매우 불공평의 게임이 처음부터 시작된 것이다. 이야기의 핵심은 그게 아니다. 바다사자가 육지에서의 사냥에 성공을 거둔 경우, 그 경험을 살려 다음에도 육지사냥을 즐길 가능성이 높아진 것이다. 바다사자가 펭귄을 사냥하려면 좀 더 빨리 달릴 수 있는 완전한 다리가 필요할 것이다. 펭귄은 더 빨리 도망가기 위해서는 신체구조에 맞는 온전한 날개가 필요할 것이다. 바다사자의 다리가 완전하게 진화할 때까지, 펭귄의 날개가 날아오를 수 있을 만큼 진화될 때까지, 그리고 우리의 신체에 별도의 기관이 달리거나 열릴 때까지 얼마의 시간이 필요할지가 우리의 관심사다.

필자의 사견으로 동성애와 관련하여서는 법제화라든가 합법화보다는 관련 조문의 폐지나 삭제가 설득력이 있다고 생각한다. 시각이 양분된다고 하여 모든 것이 논의의 대상이 될 수는 없다. 인권이란 인간의 기본권에 해당하는 것이다. 인간으로서 누려야 할 최소한의 가치를 따져야지, 짐승이 누려야 할 권리를 인간에게 적용할 수는 없다는 말이다. 참고로 지난번 대선후보들의 공약을 상기해보자. "동성애의 문제는 허용 불허의 문제가 아니다. 동성결혼 합법화에 반대하고, 차별금지법은 사회적 논의를 거쳐야 한다."고 밝힌 안철수 후보는 정답을 불법(!) 유포한 것으로 보인다. "동성애는 허용하고말고 찬반의 문제가 아니라고 본다. 각자의 취향이고 사생활에 속하는 문제이다."라고 외부

영향을 의식하는 듯 소신이 의심되는 문재인 후보의 발언에도 공감은 간다. 홍준표 후보는 아예 논평이 필요 없다. "동성애는 에이즈의 발병 원인이다!" 문제는 이들의 공약이 어떻게 유동하며 진화해나가는가에 있다.

## 축제의 홍수 속에서

갯가에서 자라나 어릴 적 추억이라고는 온종일 바다에서 멱 감고 지내는 일이 전부였던 나에게 또 하나의 추억이 있다면, 부모님의 강제 집행에 따라 어쩔 수 없이 겪어야 했던 남다른 추억으로, 여름방학 중에는 오후가 되면 어김없이 소를 몰고 봉대산 어귀를 돌아 장둑골, 돌벽, 박골짜기까지 온종일 산자락을 돌면서 풀 뜯는 소를 따라다녀야 했던 경험이 바로 그것이다. 햇볕이 쨍쨍 내리쬐는 한여름 해안의 아침, 식구들과 옹기종기 툇마루에 앉아 아침을 먹기가 무섭게 바닷가에 뛰쳐나가 보면 벌써 나온 친구가 하나는 있다. 아침부터 친구와 물속에 들면 그때부터 우리에게 시간 따위는 없다. 고동도 잡고, 청각도 뜯고, 성게도 잡고, 때로는 꽃게도 잡는 재미에 배고픔도 잊어버린 그때 "창우야!" 부르는 어머니의 소리는 청천벽력이다.

가끔은 정신을 팔고 놀다가도 아버지의 카리스마가 전두엽을 자극하면 반사적으로 벌떡 일어나 부랴부랴 점심을 해결하고는 소를 몰고

산을 향하게 되는데, 여름 내내 두어 번 있을까 말까 하는, 나의 뜬금없는 이러한 행동을 일러 어른들은 '자발적'이라고들 했다. 너무 자발적이 아니었기에, 가물에 콩 나듯 하는 자발적이라는 행동이 그토록 돋보였던 나. 환갑을 넘기면서 비로소 반성을 하기에 이른다. 소를 배제한다면 나에게 어릴 적 추억은 많지가 않다. 소에 대한 이야기는 나에게는 곧 고향의 풍경이다. 닭이 울고 소가 우는 소리는 나에게는 고향의 소리다. 고향의 소리가 그러하듯이 소는 울음소리까지도 정말 소같이 운다.

요즘도 가끔 소를 보면 가던 걸음을 멈추고 생각에 잠긴다. 어느 날, 우리 집에 소 장수가 와서 부리던 소를 팔았던 적이 있다. 아버지와 소 장사가 솟값을 흥정하고는 돈을 주고받은 뒤 소 장수가 우리 소를 몰고 삽짝문을 나서려는 순간, 그 큰 눈으로 어린 나를 힐끗힐끗 쳐다보면서 삽짝문을 나서기를 완강히도 거부했던 소. 그때 그 모습은 오십 년이 흐른 지금도 눈에 어른거린다. 흔히들 어리석고 우둔한 사람을 소에다 비유를 한다. 어리석고 우둔하기에 평생을 죽도록 사람을 위해 일만 하고, 죽음도 고이 맞는 일이 없이 도륙을 당함으로써 죽고, 죽어서도 찢기고 썰리고 토막이 나서 마침내 사람들의 입속으로 들어가고 만다. 어디 그뿐이랴? 의복과 장신구, 자동차 시트와 가구에 이르기까지, 사람의 의식주 어느 한 곳 소가 남긴 흔적이 없는 곳이 없다. 예로부터 지금까지 소만큼 사람에게 헌신한 짐승이 또 어디 있으랴?

세상에는 전혀 어울릴 것 같지 않으면서도 닮은 것이 있다. 소와 바위는 전혀 어울리지 않는다. 소는 동물이고 바위는 무생물이다. 그런데 소와 바위는 참고 견디는 것이 닮았다. 바위는 모진 비바람을 견디고 소는 혹독한 시련을 견뎌낸다. 소와 바위는 무거운 것 또한 닮았다. 체중도 무겁지만, 개처럼 짖거나 말을 하지 않으니 입도 그렇게 무겁다. 소와 바위는 속이 깊은 것이 닮았다. 속이 깊으니 한번 머금은 생각은 안으로만 삭일 뿐 드러내지를 않는다. 깊은 것 하면 바다보다 더 깊은 것이 또 있으랴! 그래, 바다는 깊고 또 넓다. 우리는 가끔 넓거나 깊은 것을 이야기할 때 언제나 바다를 떠올린다. 심지어는 그 끝없는 우주를 이야기할 때에도 우주선(宇宙船)이라든가 심연(深淵)이라는 바다의 언어를 차용하여 쓴다. 그러나 바다는 풍랑도 일고 때로는 해일도 몰려오니, 어머니와는 전혀 어울릴 것 같지는 않으나 어머니와 닮은 면이 있다. 한없이 깊고 한없이 넓은 어머니의 은혜는 깊고도 넓은 면에서 바다와 닮았다.

"세상에서 사람만큼 잔인한 동물은 없다!" 잔인한 우리가 다른 동물과 비교하여 반성할 때 자주 쓰는 레퍼토리다. 그러나 반성을 한다고 했지만, 조금도 변치 않는 것이 만물의 영장이라는  사람의 행동이다. TV를 보다 보면 포악하고 악랄한 백수의 왕 사자도 먹이를 사냥한 후에는 일단 숨통을 끊어 목적물이 완전히 죽은 것을 확인한 후에야 먹기 시작한다. 먹이가 고통을 느끼는 데 대한 최소한의 배려인 것이다. 물론 사자에게 그러한 배려심이 있을 리 만무하지만, 한편으로 생각하면 얼마나 감사할 일인가? 그런데 소와 더불어 천하에 어리석고 우둔함의 대명사인 곰은 사람처럼 잡식성으로 간혹 가축이나 덩치가 큰 초식동물을 잡아먹기도 하는데, 동물을 사냥하고는 죽이지도 않고 산 채로, 살아서 버둥거리고 있는 먹이를 앞발로 옴짝달싹 못 하게 잡고는 그냥 입 닿는 곳부터 뜯어 먹는다. 먹이에 대한 배려라고는 눈곱만큼도 없다. 어리석고 우둔하다는 이름은 가면일 뿐, 사람에 버금가는 얼마나 잔인한 짐승인가? 잔인한 우리가 바로 웅녀의 자손이라는 사실이 전설만은 아닌 것이다.

황소를 쓰러트린 곰, 앙투안 루이 바리 作

먹는 것 가지고 장난치는 것만큼 치졸한 행위는 없다고 했다. 최근 자신의 사리사욕을 채우기 위해 부패한 식품을 색소로 처리하여 멀쩡한 음식인 양 둔갑시키고, 인체에 치명적인 화공 약품을 식재료에 사용하여 가짜 음식을 만들어 팔고, 사람이 먹게 될 음식으로 온갖 만행을 일삼는 악덕 상인이 저 위의 곰처럼 가면을 쓰고 자주 출몰하고 있어 사회적 문제로 대두되고 있다. 그러한 행위는 엄연히 위법이므로 법의 엄격한 규제와 함께 지탄을 받아 마땅하다. 그런데 법은 고사하고 위와는 또 다른 양상의 일탈 행위가 보호를 받고, 시민들이 덩달아 이를 부추기고 있는 경우가 있다. 이름하여 '한우축제'가 바로 그것인데, 명칭이 참 애매하지 않은가? '한우축제'든, '한우를 잡아서 먹는 축제'든 물론 실정법으로는 위법은 아닐 텐데, 먹는 것으로 장난치는 행위치고는 좀 심하다고 느껴지는 것은 왜일까?

한번 축제에서 도살되는 소가 어느 지역에서는 700두에 이른다고 한다. 대량도살을 당하는 것만 해도 억울한 일일 텐데, 사람들의 먹자판이 왜 하필 애꿎은 한우들의 '축제'일까? 축제라는 이름도 참 애매하지만, 그 내용 면에서도 공평하지가 않다. 예를 든다면, 진돗개축제는 이름 그대로 진돗개들의 축제이고 한우축제는 정확하게 이름을 붙이자면 한우를 잡아서 먹자판을 벌이는 '사람들의 축제'인 것이다. 우리 자신도 생명을 부지하고 있는 처지에 가축을 대량도살하면서, 그것을 축하한다는 것은 너무 잔인하고 이기적인 행동이 아닌가? 축제라는 낱말을 국어사전에서 찾아보면 '축하하여 벌이는 큰 규모의 행사'라고 쓰여 있다. 한자로는 빌 축(祝), 제사 제(祭)를 쓴다. 한자로 따지면 빌고 제사를 지낸다는 뜻이니 용어에 대한 비판이 목적인 이 글이 방향을 잃게 되는 느낌이다. 따라서 한자를 풀어서 어원을 따지는 행위는 가방끈을 생각해서 삼가는 게 좋겠다. 그런데 기왕에 한자 이야기가 나왔으니 하나만 짚고 넘어가자면, 축 자가 빌 축(祝)으로도 쓰이는 한편, 저주할 주(祝=呪)로도 쓰인다는 것이다. 그렇다면 한우주제(韓牛祝祭), 즉 한우를 저주하여 제사를 지낸다? 저주하므로 잡아먹는다? 말은 된다.

봄이나 가을, 아니 요즘은 때를 가리지 않고 지역마다 특색을 내세워 축제를 벌인다. 먹고 살 만하니 잔치를 벌이고 있는 건지, 지역을 불문하고 시도 때도 없이 축제를 벌이고 있다. 철쭉축제, 국화축제, 송어축제, 송이축제, 인삼축제, 한방축제, 한우축제, 진돗개축제, 대게축제, 고래축제…. 물론 한우축제 말고도 식재료로써의 동물축제도 있을 것이다. 그중에서도 한우축제는 지역마다 다투어 범국민적인 축제로 급부상하고 있는 추세다. 한우의 고기 맛이 특별하니 그렇다고 치자. 소와 쇠고기, 한우와 한우고기는 분명히 다르다. 소와 한우는 생명이고, 쇠고기와 한우고기는 우리가 먹을 음식의 재료다. 명칭만으로 본다면 소를 우상으로 숭배하는 나라, 인디아에서나 벌어질 만한 애꿎은 소의 축제가 우리나라 곳곳에서 일제히 벌어지고 있다. 차제에 나는 쇠고기 애호가의 한사람으로서, 또한 국어를 사랑하는 시민의 한사람으로서 전국의 한우축제에 대하여 '쇠고기축제'로 개명할 것을 강력히 건의한다!

## 작품성이 결여된 풍속도

### 1. 마이크 싸움

회식문화는 예나 지금이나 변함없이 2차가 하이라이트에 속한다. 최근에는 노래방이 대세지만, 70·80 시절에는 나이트클럽에서의 '오브리'가 대세였다. 당시 오브리는 만 원에 다섯 곡이었다. 웨이터에게

현금을 주고 신청을 하면 번호표를 배부해주고는 순서에 따라 마스터가 호명을 한다. "6번 손님, 노래하세요!" 그런데 때때로 좌석번호에 혼동이 생겨 두 팀이 한꺼번에 무대에 오르는 경우가 있다. 6번 손님 호명에 6번은 물론이고, 거나하게 술에 취한 9번 손님이 동시에 무대에 올라가는 것이다. 6과 9는 대체로 보는 방향에 따라 서로 호환되는 글씨다. 6을 9로, 9를 6으로 잘못 읽는 것이다. 그래서 서로 마이크를 뺏으면서 실랑이가 벌어진다. "내 차례야!", "제 차롑니다!", "내 차례라고!" 밀고 당기다가 끝내 난투극이 벌어지는 경우가 있다.

부끄럽고 꼴사나운 그 날을 목격하고부터 나는 '노래 기피증'에 걸려 버리고 말았다. 그래서 기타(guitar)에다 음악에 나름 일가견이 있었던 나였음에도 노래 부르기를 무척 꺼리는 편이다. 노래방에서는 남이 노래를 부르고 있는 틈을 타서 자기가 부를 노래를 예약을 해두게 되는데, 서너 명이 노래방에 가면 화면에 예약곡이 보통 5~6곡은 기본이다. 앞에서 폭로한 바와 같이 그런 날이 있고부터는 나는 화면에 예약곡이 있으면 대체로 내가 부를 노래는 예약을 삼가는 편이다. 그래서 어떤 날은 한 곡도 불러보지 못한 채 상황이 종료되는 날이 많다. 어떤 날은 정말 한 곡쯤 하고 싶은 때가 있다. 그러나 트라우마가 있는 나는 그것을 참을 수밖에 없는데, 어쩌다 같이 간 손님 중에서 나의 그러한 행동을 알아차리고는 집요하게 노래를 권하게 되면 그때야 마지못해 한 곡쯤 하게 되는 정도다.

보통 행사장에서 제창하는 애국가는 분위기가 그런지라 엄숙하게 조용히 부르게 된다. 그러나 나는 애국가만큼은 옆에 사람이 놀라서 바라볼 정도로 목청껏 크게 부른다. 노래방에서의 억압에 대한 보상 작용이 발동하는 것이다. 그날 행사장에서 누군가 애국가 소리가 독보적이었다면 아마 내가 질러대는 고함 소리인지도 모른다. 그런데 국가적인 대규모의 행사에서는 애국가를 4절까지 제창하는 경우가 있고, 보통은 거의 1절로 마무리가 된다. 기왕지사 폭로를 하자면 나는 애국가 1절밖에 모른다. 만일 4절까지 가는 경우에는 1절 후에는 나 혼자 조용해질 수밖에 없다. 말이 나온 김에 당장 애국가 완창을 연습해야겠다.

같은 날에 동시에 기제를 지내고 싸우는 것을 업으로 알고 있는 '여씨'가문과 '야씨'가문, 두 가문이 있다. 최근 그 두 가문이 문중기제를 지내고는 함께 노래방에 가게 된 모양인데, 노래방에서 노래 한 곡으로 저 위의 6번과 9번처럼 마이크 싸움을 벌이고 있다는 후문이다. 한쪽에서는 합창을 하자고 하고, 다른 한쪽에서는 제창을 하자고 하면서 마이크 앞에서 또 한 번의 싸움을 해대고 있다는 것이다. 그런데 합창과 제창이라는 것이 무슨 의미가 있기에 서로 자신의 방식대로 불러야 한다고 우기고 있는지 무척 궁금하다. 저 위에서의 6번과 9번 번호표를 받은 손님이나, 지금 이야기 속의 1번 아니면 2번 기호(표)를 받아 가문의 구성원이 된 문중 사람들이나 별다를 바가 없이 느껴지는 것은 꼭 숫자 때문은 아닌 듯하다. 사실 노래는 실력이 문제이지, 노래하는 데 합창이면 어떻고, 제창이면 어떻고, 독창이면 어떤가? 하긴 한껏 분위기 잡고 독창하는데, 누군가가 옆에서 따라 부르면 김이 샐지도 모를 일이기는 하다.

그런데 곰곰이 생각해보면 그들 가문에서도 배울 점은 있다. 나는 여태 합창은 '일제히 부르는 것'이고 제창은 '전체가 부르는 것'이라고 두루뭉술하게 알고 있는 터였다. 그런데 이번에 확실히 그 뜻을 알았으니 고맙지 않은가? 참고로 위 낱말들의 사전적 의미를 나열해 보면, 합창(合唱)은 여러 사람이 서로 화성을 이루면서 노래를 부르는 것이고, 제창(齊唱)은 같은 가락을 두 사람 이상이 동시에 노래하는 것이고, 봉창(奉唱)은 경건한 마음으로 노래를 부르는 것이라고 적혀있다. 특히 주목할 점은 제창이란 모든 사람이 동시에 부른다는 뜻의 諸唱이 아니고, 질서정연하다는 뜻의 齊를 써서 齊唱이라는 것이다. 그렇다면 여러 사람이 화음을 이루면서 노래를 부르는 것과 두 사람 이상이 질서정연하게 동시에 부르는 것이 행사장에서 단체로 노래를 부르는 우리에게 무슨 차이가 있다는 것일까? 우리에게는 아무 의미가 없는 그 일을 놓고 그들은 오늘도 싸우고 있다.

## 2. 종교의 자유

다른 장에서 이미 설명이 있었지만, 논리의 전개를 위하여 재차 적는다. "원리는 자연 그 자체의 작동방식이고, 그것을 누군가가 관찰하고 발견하고 추측하여 설명한 것이 이론이다. 어떤 원리가 진리인지의 여부는 이론을 통하여 짐작할 뿐이지만, 우리는 이론을 신뢰한다. 우주이론 중에서 '다중우주이론'이란 것이 있다. 다중우주이론은 추측의 결과이며 우리는 이러한 이론을 신뢰하지만, '신뢰하다'라는 단어 자체에는 완전하지 않다는 뜻이 내재되어 있다. 우주 속에 우주가 있고 우주 밖에 우주가 무한히 존재함으로 우주 어딘가에는 나와 똑같은 사람이 존재할 수도 있다는 것이 다중우주이론의 간단한 설명이다. 그것이 명색이 과학임에도 귀신을 한 번도 본 적이 없는 필자의 시각으로는 신이나 귀신이 존재한다는 신앙적 논리보다도 더 허황하게 들린다."

우리가 오늘날 미신이라고 일컫고 있는 무속신앙은 고대사회에서부터 신앙의 형태로 보전되어왔고, 우리나라 무속신앙은 현재에도 민속신앙으로 대단히 깊게 뿌리내려져 있으며 무교(巫敎)라고 하여 종교의 지위를 부여받기도 한다. 미신이라든가, 사이비종교에 빠져든다는 것은 현대인이 보기에는 참 어리석은 행위로 보인다. 그러나 현대와 상대적으로 괴리감이 없다고 생각되는 기독교나 여타 유일신의 종교에서도 영적인 신이 존재한다고 믿는다. 무신론자는 신은 인간이 설정해 놓은 가상의 존재이며 귀신은 존재하지 않는 것이라고 생각을 한다. 각자 자신의 믿음에 따라 서로 견해가 다른 것이다.

앞에서 살펴보았듯이, 현대에 이르러 최첨단의 결과물인 우주과학 이론에서도 어딘가에는 귀신보다도 더 귀신같은 '내'가 존재할 것이라고 말하고 있고, 우주에 대하여 우리가 그토록 믿을만한 과학도 우리에게 확실한 것은 알려주지 못하고, 심지어는 우리가 말하는 그 귀신도 과학이론 속에서 등장한다. 종교에서 말하는 영적 존재의 실체도 그 여부를 확실히는 알 수가 없다. 현대사회에서 임사체험자는 수없이 많고 염력을 가진 사람도 있고 최면술이라는 도구도 있다. 염력이나 최면술을 통하여 전생을 체험한다는 것은 우리가 자주 접하는 이야기다. 따라서 현대가 아무리 과학적인 사회라고 해도 귀신의 존재나 전생체험의 여부에 대해서는 단언할 수가 없는 것이다. 정리하자면 과학이나 미신이나 그것이 진리인지의 여부는 각자 시각의 차이에서부터 산출되는 추측의 결과일 뿐이라는 뜻이다.

얼마 전, 어느 장관내정자에 대한 여론재판이 있었다. 그는 굿판에 참여했고 무려 47회씩이나 전생체험을 했다는 죄목(?)이었다. 우리나라 법에 굿판에 참여하거나 전생체험을 금지하는 항목은 없는 것으로 알고 있다. 그럼에도 여론은 그것을 죄라고 우겨 여론재판에 회부한 것이다. 재판 결과, 장관내정자의 기권패로 결정이 나고 말았는데, 굿판에 참여하였으니 그 장관내정자는 위에서 언급한 우리나라 토속신앙을 믿었던 것으로 추정된다. 또한, 전생체험을 47회씩이나 한 것으로 보면, 필시 다중우주이론의 신봉자이거나 최면술을 통하여 체험을 했던 것이 아니었을까 하는 생각이 든다.

우리나라 헌법 제20조에서는 "모든 국민은 종교의 자유를 가진다. 국교는 인정되지 아니하며 종교와 정치는 분리된다."라고 하여 신앙의 자유를 보장하고 있다. 종교의 자유를 가진다 함은 어떤 사람이 무슨 종교를 믿든 몇 개를 믿든 자유인 것이며, 미신이라고 일컬어지는 무속신앙도 사이비종교도 그것을 믿는 그들에게는 그것이 자신들의 종교에 해당하는 것이다. 따라서 우리는 각각의 신앙을 존중해줄 필요가 있다. 다만 종교의 자유가 보장된다고 하더라도 국교를 인정하지 않는다고 하였으니, 어느 특정의 종교적인 행사를 국가적인 공식행사로 채택하기에는 무리가 따르므로 주의가 필요하다.

'제주 칠머리당 영등굿'은 우리나라 중요무형문화재 제71호인 동시에 유네스코 세계무형유산으로 지정되어있다. 어릴 적 기억이지만, 굿판이 벌어지는 날이면 동네 사람들이 다 모여서 구경을 한다. 우리나라의 굿판이 마침내 유네스코 세계무형유산에 등재될 정도로 세계인들이 보기에도 문화적·예술적·종교적 가치가 다분히 있는 구경거리였던 것이다. 따라서 굿판을 국가적인 차원에서 널리 보급한다면 관광자원으로도 충분히 이용할 가치가 있는 것으로 기대된다. 이러한 소중한 우리의 문화유산이 지금까지 우리 선조로부터 이어져 내려왔듯이, 우리가 갈고 닦고 장려하여 길이길이 후손에 보전해야 함은 물론이거니와, 이렇게 자랑스러운 우리의 문화유산을 받들고 숭배하지는 못할망정 미신과 악습의 유산으로 치부해버리는 행위야말로 우리 사회에 뿌리박힌 악습이 아닐까 생각을 해본다.

## 3. 시진핑의 발언

중국의 시진핑 주석이 미국의 트럼프 대통령에게 한 발언에 대해 우리의 촉각이 곤두서고 있다. 그가 트럼프의 귀에 대고 한 말이 "한국은 중국의 일부였다."는 내용이라고 한다. 개인으로 치자면 남의 부끄러운 부분을 제삼자에게 일러바쳐 자신을 상대적으로 우월하다고 내비치려는 비열한 속셈이라고 할 수가 있다. 이를테면 A라는 인간과 B라는 사람이 서로 친구였는데, B의 애인이 너무나 예뻐서 탐이 난 나머지 A가 B의 애인에게 접근하여 "저놈 아버지가 우리 집 머슴이었어."라고 하면서 친구의 애인을 낚아채려는 아주 비굴한 행동이라고 할 수가 있다. 지금 이 언급은, 필자의 팔이 안으로 굽어 자국에만 치우쳐있거나, 어느 한쪽으로 치우칠 수 있는 데 대하여 평정을 잃지 않았다는 것을 보여주고자 하는 시도일 뿐이다. 문제는 시진핑의 그 얍삽한 발언이 내용의 원리야 어떻든 전혀 근거가 없는 것은 아니라는 데 있다.

그 이전의 역사는 차치하고라도 고려 시대부터 조선 시대까지 중국은 어마어마한 군사력으로 줄곧 우리나라의 국정에 직간접적으로 간섭해왔다. 그것은 조공과 책봉이라는 단어로 그 말썽 많은 국정교과서에서도 솔직하게 기술되어 있다. 어마어마한 군사력이란, 어떤 특수화기를 뜻하는 것이 아니고 당시의 '바글바글한' 중국군의 병력을 말한다. 6·25동란에서의 인해전술은 중국의 그 남아 돌아가는 듯한 병력의 실체를 보여주는 유명한 일화에 속한다. 중국의 우리나라에 대한 길고도 긴 세월 동안의 간섭은 우리로는 하루빨리 잊어버리고 싶은 과거지만, 흘러가 버린 역사를 주워 담을 수는 없는 것이다. 그러니 위정자는 훗날 자국의 역사를 생각하면서 행동하는 것이 매우 중요하다.

위에서의 언급과도 같이 나는 이 문제가 우리의 자업자득이라는 생각을 한다. 멀리 볼 것 없이 우리나라 내부에서도 정부의 친미정책에 대응하여 자발적으로 중국의 속국이기를 희망하는 듯 행동하는 부류가 있다. 지난 몇 달 전, 사드 문제로 중국에 의견을 조율하러 갔던 당시의 야당 의원들이 그 일례다. "그들이 가서 어떤 이야기를 나누었기에?"라고 그들의 행보에 대해 따진다는 것은 이야기가 복잡해지니

논외로 하자. 그러한 사건을 위시하여 우리의 대화 중에서 은연중에 자국의 역사를 일컬어 '중국의 속국'이라는 수식을 공공연히 내뱉거나 접하는 것이 그리 어려운 사실은 아닐 것이다. 하물며 제삼자의 입장에서는 무슨 말인들 못 하겠는가? 그의 입에서 '일부'가 아니라 '속국'이라는 단어를 사용하지 않은 것만으로도 고맙게 받아들여야 할 판이다.

참고로 2016년을 기준하여 국내 체류 외국인은 200만 명이 넘고, 이중 중국인이 101만 2천 명으로 외국인 중에서 가장 많은 50.6%를 차지하고 있다고 한다. 광역시 승격을 앞둔 창원시 인구보다도 많은 중국인이 국내에서 거주하고 있는 셈이다. 그들에게 문호를 개방한 이상, 그들도 대한민국 국적을 가졌거나 여기에 준하는 정도의 인가된 거주민으로서의 역할을 수행하고 있을 것이라는 생각이 든다. 한편으로는 그들이 모국과 국적국의 갈등 앞에서 자신의 어쩔 수 없는 행동으로 참을 수 없는 수치심을 느낄 수도 있을 것이다. 물론 우리나라 사람이 중국에서 살고 있는 경우에는 그 반대를 상정해볼 수도 있다. 사람의 마음도 일률적이지는 않다. 반중감정이 있다면 친중 감정도 있을 것이고, 반한감정이 있다면 친한 감정도 있을 것이다.

우리 주변에는 중국 말고도 우리와 사이가 좋지 않은 일본이 있다. 일본의 망언만 해도 자주 자존심을 상해가면서 살고 있다. 지도를 유심히 살펴보면 중국과 일본의 영토가 우리나라를 포위하고 있는 듯 느낌을 준다. 위로는 북한까지 호시탐탐 우리를 노려보고 있다. 지리적으로 우리는 독 안에 든 쥐나 다름없다. 지난날 동북공정도 그렇고, 그들의 망언들은 하루 이틀 듣는 소리가 아니다. "교묘한 말은 덕을 어지럽히고 작은 일을 참지 못하면 큰일을 그르친다." 시진핑의 선조 공자님의 말씀이다. 공자 말고도 맹자, 순자, 노자, 장자, 묵자, 기타 여러 '자'의 말씀이 우리나라에 널려있다. 우리가 알게 모르게 그들의 지식체계를 향유하고 있다는 사실은 참으로 역사적인 아이러니가 아닐 수 없다. 말은 걸러서 들을 필요가 있다. 점잖은 우리가 귀신 씻나락 까먹는 소리에 발끈할 필요까지는 없고, 공자님 말씀 가슴에 새기고 우리가 가던 길을 묵묵히 가자.

---

1) 국제포경위원회(IWC, International Whaling Commission): 무분별한 고래 남획을 규제하기 위해 1946년 만들어진 국제기구다. 현존하는 고래를 보호하여 멸종을 사전에 방지하고자 설립된 단체로, 원래는 전면적인 포경 금지가 아니라 적절하게 고래 수를 관리하면서 고래잡이를 허용하기 위한 목적이 더 강했으나, 고래 수가 급격하게 감소하자 1986년부터 전면적으로 고래잡이를 금지시켰다. 관리 대상은 전체 고래 80여 종 중 밍크고래, 흰수염고래, 향유고래 등 13종이다. 우리나라는 1978년 가입했다. (출처: 시사상식사전-박문각)

2) 재미있는 이름의 식물들
소경불알, 개불알풀, 개불알꽃, 뚱딴지, 소세지나무, 깽깽이풀, 기생꽃, 까마귀베개, 노루오줌, 헐떡이풀, 홀아비꽃대. 미치광이풀, 궁궁이, 도둑놈의갈고리, 뚱딴지, 쥐똥나무, 거지딸기, 개똥쑥, 쌍둥이바람꽃, 조뱅이, 며느리배꼽, 며느리밑씻개, 족제비싸리, 개쉽싸리.
※ 개쉽싸리: 쌍떡잎식물 통화식물목 꿀풀과의 여러해살이풀

3) 정언명령, 임마누엘 칸트
[정언명령-1] 그대 의지의 격률이 그대 자신에게뿐만 아니라, 누구에게나 동시에 보편적 입법의 원리로 타당하게끔 행동하라.
[정언명령-2] 그대는 그대 자신의 인격에 있어서건, 타인의 인격에 있어서건 그 인간성을 단지 수단으로만 사용하지 말고 항상 동시에 목적으로 사용하도록 행위하라.

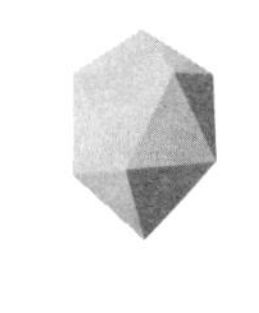

제5부

# 일취월장

1. 해야 하는 공부와 하는 공부
2. 암기와 이해의 진실
3. 기술사 쟁취기
4. 꿈 이야기
5. 엑셀로 조감도 그리는 방법
6. 비슷하지만 전혀 다른 두 집

건축현장 소장 출신이라서 그런지 공사장 꿈을 자주 꾼다. 현직에 있을 때는 기성서류나 공정분석 같은 사무실 내근업무를 제외하고는 온종일 현장을 돌면서 작업현황을 살피고, 작업자들에게 작업을 독려하거나 잘못 시공된 부분을 발견해내어 시정조치를 하는 것이 나의 본업이었다. 그런데 가끔은 현장을 돌다가 화장실과는 거리가 있는 곳에서 쉬가 마려운 난처한 상황이 발생한다. 이러한 경우, 직책이 말단이었을 때에는 어둡고 구석진 곳을 찾아 실례를 할 수도 있지만 소장쯤 되면 체면이 있으니 그럴 수는 없다. 얼른 현장사무실로 철수하거나 참을 정도가 되면 참아야 한다. 오늘 새벽에 꾼 꿈도 현직에 있을 때의 배경으로 대체로 생생한 꿈이었다. 꿈의 내용인즉, 여느 때와 마찬가지로 현장을 돌아다니는 장면이었는데 소변이 마려웠다. 여기저기 명당(?)을 찾아 헤매다가 마땅한 자리를 발견하고는 실례를 하게 되었다. 그런데 이게 웬일인가? 한번 시작한 소변이 멈출 수도 없고 끝도 없이 나온다. 소변 줄기도 폭포수와 같이 콸콸콸 소리 내어 쏟아져 아래층으로 흘러내리고 있다. 신체는 말할 수 없이 시원하고 쾌감이 따로 없다. 얼마나 쏟아부었을까? 한참을 쾌감에 몸서리를 치는데 그만 꿈을 깨고 말았다. 그 시원했던 느낌은 꿈을 깨고 나서도 오래도록 여운이 남는다. "오늘은 좋은 일이 있으려나?" 혼자서 중얼거리며 PC를 켜고 앉아 아침 업무를 본다. 울산에 간 집사람한테서 전화가 왔다. 다급한 목소리다. "여보, 2층에 한번 올라가 봐요. 작은 방바닥에 물이 새는지 젖어있다고 좀 전에 전화가 왔어."

## 해야 하는 공부와 하는 공부

요즘도 가끔은 공부를 한다. 의미가 없고 말장난 같지만, '해야 하는 공부'와 '하는 공부' 사이에는 분명 큰 차이가 있을 거라는 생각이 들어 자판을 열었다. 전자는 피동적이거나 수동적인 반면, 후자는 자발적이고 능동적이다. 젊어서는 공부를 '해야 하는 것'이고, 나이가 들고 나서는 공부를 '하는 것'이라고 정의해두고 싶다. 물론 사람에 따라서는 아닐 수도 있고 순서가 바뀔 수도 있다.

학창시절에 부모님께서 그렇게 공부하라고 애걸복걸하고 윽박지르기도 했었지만, '해야 하는 공부'는 하지 않고 또래들과 어울려 기타며 야전을 울러 메고 온 동네를 휘젓고 다닌 일들이 학창시절의 전부였다는 것은 이미 수차 밝힌 바 있다. 그렇게 동네를 휘젓고 다니던 그 시절에는 철이 없다 보니 그게 그렇게 나쁜 행동인지도 와 닿지 않았지만, 나이를 먹고 나니 천추의 한으로 남는다. 어쨌거나 그 후 사회에 진출하고는 조금씩 반성하고 인생을 걱정하다가 마흔이 넘어서야 비로소 정신을 차리고, 누가 시키지도 않은 공부를 자발적으로 '하는 공부'를 시작하게 되었다. 젊었을 때 '해야 하는 공부'는 때려죽여도 싫었지만, 늙어가면서 '하는 공부'는 하고 싶어도 여러 가지로 곤란하기만 하다. 정신적으로는 밀려오는 유혹 때문에 그렇고, 육체적으로는 생각대로 몸이 말을 듣지 않기 때문에 더욱 그렇다.

살아가면서 주색잡기, 음주가무 등등 공부 외적으로 배워뒀던 흥미로운 일들이 잡다하게 많아 공부를 하다가도 유혹에 빠진 나머지 “이 나이에 무슨!” 하고 공부가 배척당할 위험이 크고, 특히 육체적으로 몸은 마음먹은 대로 따라주지를 않는 가운데 말초신경만 예민해져 편향적인 논리 속에서 자기합리화에 빠져들 소지가 있다. 이는 공부를 시작할 때뿐만 아니라 공부를 하는 도중에서도 약간만 권태가 느껴지면 시도 때도 없이 회의적인 생각이 엄습해오고, ‘계속해야 할까? 말아야 할까?’ 선택을 요구받거나 당위성을 재삼 확인받게 되는 것이다.

보통사람은 쉰 살을 넘기면서 노안이 오기 시작한다. 노안이 오면 가까이 있는 물체가 흐릿하게 보이기 마련인데, 이때는 돋보기를 쓰거나 근시 안경을 낀 경우 안경을 벗어야 잘 보인다. 학창시절 때 학자풍의 대명사였던 사회 선생님이 어느 날 수업 중에 안경을 벗었던 일이 있었는데, 안경을 벗은 선생님의 모습에 조금은 충격을 받은 적이 있다. 콧잔등에 안경 자국 하며 들어간 눈이 선명하게 나타나서 그 잘생겼던 얼굴이 하루아침에 사라져 버렸던 생각에 남들 앞에서는 웬만하면 안경을 벗지 않으려고 노력하는 편이었다. 누군가를 만나서 서로 인사하고 명함을 건네받으면 명함의 작은 글씨가 안경을 통해서는 잘 보이지 않는다. 그러한 경우에는 대충 받아 보는 척하고 지갑에 넣거나, 어떤 때에는 상대방의 정체가 너무 궁금한 나머지 자신도 모르게 눈을 치켜뜨면서 안경 너머로 보기도 한다. 생긴 것을 은폐하려다 오히려 불쌍한 몰골이 펼쳐지게 되는 것이다.

요즘은 공부를 할 때, 책에서 의문이 나는 점이 있으면 웹상에서 자료를 찾아 참고하기도 하고, 파일로 노트를 만들어 PC에 저장하고는 필요할 때마다 파일을 열어 책과 대조하면서 공부를 할 경우가 많은데, 이때는 안경을 썼다가 벗었다가, 또는 올렸다가 내렸다가 온갖 궁상을 다 떨면서 공부를 해야 한다. 젊은 사람은 정신회전의 속도가 곧 육체의 순발력으로 나타나지만, 늙은 사람은 정신과 육체가 따로 노는 경우가 다반사다. 가족을 동반하여 등산을 간다고 할 때, 젊은 사람은 '가족과 함께' 등산을 간다고 하지만 늙은 사람은 노구를 '이끌고' 등산을 간다고 표현한다. 젊은 사람은 가족의 안녕과 평화를 위해 가족구성원을 챙겨야 할 필요가 있지만, 늙은 사람은 자기 육신 하나 챙기는 것도 바쁜 것이다. 게다가 필자의 경우는 '노구와 거구를 동시에 이끌고' 등산을 가야 하니 얼마나 힘이 쓰이겠는가? 마누라 등쌀에 못 이겨 가끔은 그렇게라도 등산을 가는 편이다.

흡연으로 낭비되는 시간 또한 무시할 수가 없다. 다행히 나는 오래전에 죽기 살기로 힘들게 담배를 끊었지만, 대략 이십 년간의 흡연경험이 있었던 나는 단순흡연자가 골초가 되어가는 과정을 어느 정도 알고 있다. 골초인 경우, 최소한 한두 시간마다 십 분 정도를 시간을 연기로 날려 보낸다. 정말 아까운 시간 아닌가? 물론 오른손에는 볼펜을 왼손에는 담배를 손가락에 끼고 한꺼번에 두 가지를 진행할 수도 있지만, 이러한 경우 대단한 숙련을 요한다. 잘못했다가는 손가락을 담뱃불에 델 염려가 있고, 책에 떨어진 담뱃재를 수습하다가 시간 다 보내고 만다. 이미 고인이 되신 분이지만 먼 친척 자형 중에는 왼쪽 입술에 담배를 문 채로 오른쪽 입술로 커피를 마시던 분이 계셨었다. 실제로 집사람과 함께 셋이서 부산의 어느 다방에서 만나서 대화 중에 집사람이 옆구리를 쿡쿡 찔러 발견했던 사실인데, 적어도 그 정도는 돼야 두 가지 일을 한꺼번에 진행한다고 말할 수 있지 않을까?

문득 '하늘의 조화'라는 말이 생각이 난다. 뭔가를 복수로 기대하고 있을 때 하늘은 전부를 한꺼번에 주거나 연속하여 퍼주지는 않는다. 반면 아무것도 기대하지 않고 있을 때 비로소 하나든 둘이든 자기 주고 싶은 대로 내려준다. 생각해보면 참으로 고약한 성격의 소유자가 바로 하늘이다. 아주 절실하다면 뭔가를 하나만 달라고 집요하게 요구해야 한다. 이것도 주시고 저것도 주시고…. 이렇게 되면 아마 헷갈려서도 줄 수가 없게 되는 것 같다. 요행은 곧 우연이라는 것이 구체화되어 나타나는 것인데, 엄격히 따지자면 이 세상에는 존재하지 않는 것이다. 만약에 인생의 모든 과정이 우연이라면, 또는 필연이라면, 뭔가를 할 이유도 없고 해야 할 이유도 없다. 나의 일거수일투족이 이미 결정되어 있다면, 또는 노력이나 의지에 전혀 관계없이 지극히 우연히 발생된다면 '해야 하는 공부'나 '하는 공부', 이따위의 짓은 해야 하거나 할 이유가 전혀 없는 것이다.

우리는 봉선화의 씨앗이 '톡!' 하고 저절로 터지는 것으로 알고 있다. 우연인 것처럼, 또는 필연인 것처럼, 그러나 무언가의 힘이 작용하지 않고서는 터질 까닭이 없다. 대기압이 작용했거나 햇볕이 작용했거나 나비의 날갯짓이 바람으로 작용했거나 개미의 발자국이 진동으로 작용했거나 가장 의심되는 원인으로 씨앗의 주머니에서 모멘트가 작용했거나, 여러 가지의 원인 중에 그 무엇이 도래하였기 때문에 터진 것이다. 씨앗의 주머니에 모멘트가 작용한 것이 원인이라고 하더라도 모멘트의 작용에도 원인이 있다. 씨앗의 주머니를 이루고 있는 섬유질에 수분의 변화가 있었거나 세포막에 어떤 압력이 작용했거나, 자연의 모든 결과에는 어떤 원인이 작용했으므로 성립할 수가 있는 것이다.

나이가 들수록 정말 쉽지가 않은 공부다. 공부도 공부지만 가끔 가뭄에 콩 나듯이 나는 책을 읽는다. 그것도 한 권 읽는 데 족히 보름은 걸린다. 어떤 사람은 하루 만에 읽어버리는 책인데, 나는 보름을, 경우에 따라서는 근 한 달은 세월아 네월아 하고 읽어야 다 읽는다. 한 번에 수 페이지 읽고는 읽던 책을 덮어버리기도 하고, 딸랑 몇 줄 읽고 덮어버리기도 한다. 읽다 보면 독서보다는 공부를 해야 한다는 압박감이 밀려오기도 하고, 어떤 때는 공부할 때와 마찬가지로 주색잡기의 유혹에 넘어가 책 한 권을 읽는 것을 포기해 버리는 경우도 없잖아 있다. (몇 해 전의 이야기다. 요즘은 거의 매일 책을 읽는다.)

지금까지의 이야기는 별 영양가가 없었으니 약간은 영양가 있는 말씀을 인용하자면, 옛날 독서방법으로는 다섯 가지 방법이 있었다고 하는데, 첫 번째 방법은 박학(博學)으로 두루 혹은 널리 배운다는 것이다. 두 번째 방법은 심문(審問)으로 자세히 묻는다는 것이고, 세 번째 방법은 신사(愼思)로 신중하게 생각한다는 것이다. 네 번째 방법은 명변(明辯)인데 명백하게 분별한다는 것이다. 마지막 다섯 번째 방법은 독행(篤行)으로 곧 진실한 마음으로 성실하게 실천한다는 것이다. 그러나 세월이 고속도로 상에서의 주행속도에 비견되고, 세상이 급변해가는 요즘에는 정독과 속독이라는 독서방법이 있을 뿐이다. 정독은 단어의 뜻을 알아가며 자세히 읽는 것이고, 속독은 빠른 속도로 필요한 정보만을 파악하면서 읽는 방법이다.

그런데 나는 이도 저도 아닌 지독(遲讀)이라는 나만의 독서방법으로 읽는다. 더딜 遲에 읽을 讀이라! 지독하게 느리게 생각날 때마다 천천히 읽는다는 뜻이다. 나는 책을 읽을 때 단어 하나하나를 꼼꼼히 음미해가면서 읽는 편이다. 한참 읽다가 아까 읽었던 중요한 문장이 머릿속을 스치면 되돌아가서 거기부터 다시 시작하여 읽기도 하고, 문장의 뜻이 이해가 가지 않을 때는 그 절만 되풀이해서 몇 번이고 읽기도 한다. 정말 지독(遲讀)한 독서방법이 아닐 수가 없다. 진도가 문제일 뿐 이건 독서라기보다는 숫제 고시공부수준이다.

최근 들어 나는 마음이 내킬 때마다 오늘처럼 일기를 쓴다. 보통 일기라면 그날 있었던 일들을 글로써 기록하는 것으로, 저녁에 쓰거나 그다음 날 아침에 쓰거나 하루 만에 써야 하는 게 일기인데, 나는 일기를 몇 날 며칠씩 쓴다. 여유가 생길 때마다 조금 쓰고는 덮어두고 생각나면 또 쓰고, 이렇게 여유를 두고 쓴다. 아주 가끔은 하루 만에 쓸 때도 있지만, 보통은 최소 사나흘은 쓰는 것이 나의 일기다. 일기를 쓰면서 이 생각, 저 생각, 옛날 생각을 애써 떠올리려 노력을 한다.

일기를 쓰다 보면 평상시에는 미처 생각지도 못한 쓸모 있는 소재들이 자주 지면 위에 떠오르는 편이다. 쓸모 있다고 해봐야 자아도취에 빠진 것에 불과하겠지만. 깊숙이 잠겨있는 많은 생각들 중에 괜찮은 뭔가를 하나 건져내면 월척을 낚은 것처럼 흥분되고 가슴이 두근거린다. 보통 일기는 훗날 자신만이 추억하고자 현재를 배경으로 써두는 것인데, 나는 옛날이건 현재건 시간적인 개념에 구애받지 않고 또한 사실에 얽매이지 않은 채 주로 그때그때 떠오르는 생각들을 지면 위에 기록해두는 것이다.

그리고 중요한 것은 그 누군가에게 읽혀지기를 바라고 쓴다는 거다. 일기를 쓰고 나서 자아도취에 빠지면 그때는 일기를 블로그에도 올리고 카페에도 올린다. 그래서 맞춤법도 문장도 썼다가는 고치고, 출품할 작품처럼 신경을 많이 쓰는 편이다. 그러다 보니 이건 일기와는 사뭇 다른 남이 쓴 수필처럼 되고 만다. 그래서 시도한 것이 신문에 올리는 칼럼이다. 나는 듣기 좋게 내가 쓴 일기를 감히 칼럼이라고 부른다. 나는 오늘도 일기라는 이름을 빌려 한 편의 칼럼을 쓴다.

## 암기와 이해의 진실

눈으로 한번 훑어본 정보가 머릿속에서 지워지지가 않는다면? 아마 우리가 평소에 공부하듯이 단어든 요점이든 죽어라 외울 필요까지는 없을 것이다. 그냥 책을 한번 읽는 것만으로 모든 내용이 머릿속에 그대로 저장될 테니 말이다. 그런데 우리가 한번 본 것을 죄다 기억만 하고 잊을 수 없다면 그것도 참을 수 없는 고통일 것이다. 살다 보면 잊고 싶은 부끄러운 순간들이 쉽게 잊히지 않아 괴로웠던 날들이 있다. 자폐증의 일종인 서번트(Savant)는 두뇌로 들어온 감각 자료를 사진처럼 기억하는 것으로 알려져 있다. 주변을 훑어보면 남들보다 기억력이 출중하게 좋은 사람이 있다. 그러한 사람을 기억력이 나쁜 나로서는 부러워할 수밖에 없는데, 사진처럼 기억력을 가진 사람을 우리는 기억력을 담당하는 기능이 뛰어나서 생기는 결과로 알고 있지만, 그것은 어디까지나 망각능력이 '부족하여' 나타나는 증상이라고 한다. 즉, 망각기능도 하나의 능력으로 자연스러운 생체기능의 일종이라는 것이다.

한때 기술사시험은 시험 자체가 암기 위주에, 달달달 외우기만 하면 합격하기 때문에 진정한 자격평가가 될 수 없다고 폄하하여 시험을 폐지하자는 주장이 쇄도한 적이 있다. 위에서의 서번트와 관련한 설명대로라면 암기 위주의 시험제도는 우려할 만한 사실이다. 그러나 공부를 해보면 암기만으로는 기술사시험에 절대 합격할 수가 없다는 걸 깨닫게 된다. 사실은 한참 시험 준비 중에 그러한 의견이 개진되고 있는 사실을 알고 퍽이나 걱정을 했던 기억이 있다. 시험폐지를 주장하는 사람들에 의하면 암기력을 평가할 것이 아니고 이해를 하고 있는지를 평가해야 한다는 것인데, 그렇다면 과연 암기하지 않고도 이해를 하고, 그것을 머릿속에 넣을 수 있는 방법이란 대체 어떤 것을 두고 하는 말일까?

어떤 사람은 우리나라도 미국처럼 '책을 보면서' 시험을 볼 수 있도록 하는 'open book examination'이 해결책이라고 했다. 그렇다면 미국 기술사는 내용을 이해만 하고 머리에 기억하고 있는 것이 정말 아무것도 없단 말인가? 만일 그것이 사실이라면 건설 관련 기술사의 경우, 한국의 기술사는 현장에서 자(尺)만 들고 다니지만 미국 기술사는 한 손엔 자(尺)를, 다른 한 손엔 책을 들고 다녀야 하는 것이 아닌가? 우리는 현장에서 문제가 발생하면 머리로 해결책을 찾아내지만, 미국 기술사들은 책 속에서 찾아내야만 한다. 머리로 기억하고 있는 게 없으니, 책을 펴서 '그게 몇 페이지였더라?' 하고 찾아내야 하는데, 그렇다면 최소한 책 속에 든 내용이 몇 쪽에 있는지, 페이지 정도는 암기를 해야 하지 않을까? 당시의 나의 생각들이었다.

역시 그 의문은 지금도 변함은 없다. 시험문제에 '흙의 전단강도'가 나왔다고 치자. 그 공식을 다음과 같이 표현해야 한다. '$\tau=C+\sigma \cdot \tan \varphi$' 이해를 하지 않고 머릿속에 넣어둘 수 있는 방법은? "타우는 씨 플러스 시그마 탄젠트 파이."라고 달달달 외우면 되겠지. 그래, 외우기는 외웠는데 세월이 지난 후에는 그것이 무엇에 쓰는 물건인지 알 수가 없다. 당연히 암기 위주라고 걱정할만한 일이다. 처음 영어를 배우기 위해서는 단어를 외워야 한다. 우리가 태어나서 말을 배우는 것도 머릿속에 낱말들이 하나하나 암기가 되면서 시작하는 것이다. 기술사도 마찬가지다. 어떤 용어를 이해 없이는 기억도 어렵거니와, 용어가 머릿속에 들어있지 않고서는 서술형의 답안을 작성할 수가 없다.

나는 공부를 하면서 다음과 같은 원칙을 발견했다. "암기되는 모든 것은 이해를 전제로 한다. 이해 없이 토씨 하나하나를 외운다는 것은 IQ 100의 내 머리로는 불가능에 가깝다. 그러나 이해되지 않던 것도 외우고 나면 이해가 된다." 살펴보면 앞뒤가 맞지 않는 논리이다. 그러나 직접 해보면 느낄 수가 있다. 정말 처음에는 눈으로도 외우고 입으로도 외웠던 것이다. 원시적인 암기방법을 하나 소개하자면, 예를 들어 PC공사의 필요성을 외운다고 할 때, 그 내용이 ①공사의 대형화, ②공기 단축, ③원가절감, ④노동인력의 부족, ⑤인건비상승, ⑥재료의 낭비적 요소가 되는데, 각 내용의 머리글자를 뽑아서 키워드로 만들어 외우는 것이다. 이를테면 대-공-원-노-인-재. 여기서 재는 있을 在로 연상한다. 즉, PC공사의 필요성은 '대공원에 노인이 있기 때문'이라고 외우는 것이다. 물론 이 경우에도 내용을 이해해야 함은 필수다.

기억이란, 감각정보(시각, 촉각, 미각, 후각, 청각 등)가 뇌간을 통하여 시상으로 전달되고, 시상에서 각각의 정보로 분류되어 뇌의 각 부위로 전달되어, 이를 분석하고 전두엽에서 최종승인을 거쳐 의식으로 구체화되면, 이것이 해마를 통하여 조각조각 기억으로 저장되는, 복잡한 프로세스를 거쳐야 하는 지극히 과학적인 것이다.

기술사 시험에서의 답안은 대개 요약된 논문의 형식을 차용하고 있다. 크게는 '서론 – 본론 – 결론'의 형식을 취하는 것이 보통인데, 여기서 우리는 이론을 도출하고, 전개하고, 체계화시켜 논리에 맞게 배치하는 방법에 대해 끊임없이 학습한다. 서론이나 결론부에서는 문장을 창작하는 연습도 한다. 긴 세월을 그렇게 하다 보면, 시험에 패스할 때쯤이면 그 두꺼운 기술사수험서 서술형과 단답형 책 속의 내용은 자연적으로 머릿속에 들어와 앉기 마련이다. 제아무리 '아인슈타인'이라고 해도 암기로 그 많은 내용을 외울 수는 없다. 이해를 하고 그것을 체계화시켰기 때문에 가능한 것이다. 다만 약간은 위험한 것은 이론 중에 정말 이해가 가지 않는 부분에 있어서는 자신의 주관에 따라 이론을 전개해나간다는 데 있다. 즉, 자신의 주관적 논리에 따라 이론을 만들어 정당화하고는 다른 이론과 연결지어 암기해나간다는 뜻이다.

이솝우화 중에 '여우와 포도' 이야기가 있다. 여우가 탐스럽게 익은 포도를 발견하고 따먹으려고 손을 뻗쳐보지만 닿지가 않는다. 수차례 시도해도 끝내 따먹지 못하고 돌아서면서 하는 말. "저 포도는 시어 터져서 먹지도 못해!" 암기 위주라고 문제를 제기하는 사람들은 아마 저 여우로부터 인생을 배운 듯하다. 사실 따지고 보면 어느 부분에서는 나도 이해를 배제하고 암기만을 위주로 공부를 한 경우가 없지는 않다. 최소한의 요점은 암기가 불가피하기 때문이다. 즉, 요점은 암기하되 부수적인 것들은 끈을 연결하듯이 연결고리에 달아두면 되는 경우다. 암기를 하지 않겠다는 말은 곧 그것을 머리에 담아두지 않겠다는 말과 같다. 공부하는 데 창의력이 필요하다는 말은 답안작성요령 외에도 암기할 때의 요령을 두고 하는 말이다.

공부를 하면서 발견한 원칙 중에서 또 하나 추가해야 할 것이 있다. 창의력이다. "창의력은 곧 암기능력의 정성적 표현이고, 이해는 암기에서부터 공짜로 얻어지는 과실이다." 제법 기성 경구와도 같은 이 말은 어디에서 인용한 것이 아니고 필자의 경험이다. 공부에는 암기가 그만큼 중요하고 암기를 위해서는 창의력이 필요하다는 뜻이다. 참고로 필자가 공부 중에 창의력을 동원하여 만든 발명품 중 두 개를 아래에 소개한다.

[텍스트-1]

○ 단위시멘트 양이 증가할수록 나타나는 콘크리트배합성질

1) 동일 W/C비일 때 부배합일수록

① Slump 값은 커진다.

② 단위 수량도 많아진다.

2) 동일 Slump일 때 부배합일수록

① W/C비는 작아진다.

② 단위 수량도 적어진다.

3) 동일 단위 수량일 때 부배합일수록

① W/C비는 작아진다.

② Slump 값은 커진다.

● 암기방법

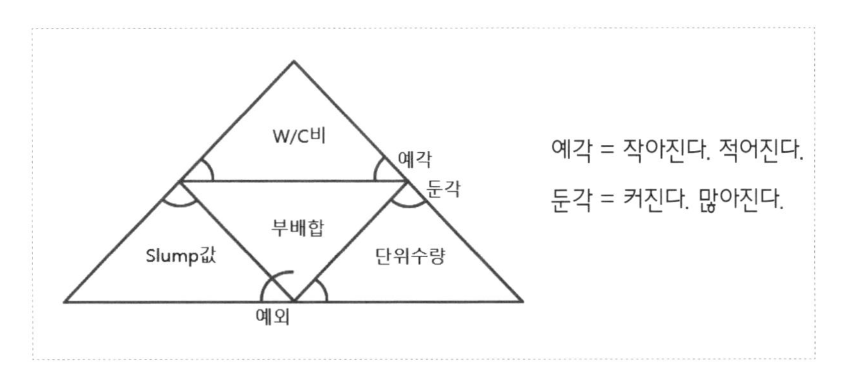

[텍스트-2]

[표] N치와 흙의 상대밀도

| 사질지반 | 상대밀도 | 점토지반 |
|---|---|---|
| 0~4 | 대단히 연약 | 0~2 |
| 4~10 | 연약 | 2~4 |
| 10~30 | 보통 | 4~8 |
| 30~50 | 밀실 | 8~15 |
| 50 이상 | 대단히 밀실 | 15~30 |
| – | 경질 | 30 이상 |

● 암기방법

[표] N치와 흙의 상대밀도

| 사질지반 | 상대밀도 | 점토지반 |
|---|---|---|
| 0~4 | 대단히 연약 | 0~2 |
| **4~10** | **연약** | **2~4** |
| 10~30 | 보통 | 4~8 |
| **30~50** | **밀실** | **8~15** |
| 50 이상 | 대단히 밀실 | 15~30 |
| – | **경질** | **30 이상** |

| |
|---|
| **사장**(4,10)이 **연약**하면 **이사**(2,4)도 **연약**하다.<br>**30**년대부터 **50**년대까지 **밀실**에서 **8.15**(광복절)만 기다렸다.<br>기술사시험 **30점** 받으면 **경질**되고 만다. (30, 점토, 경질) |
| ※ 다 외우지 말고 표 안의 **굵은** 글씨만 외워서 숫자끼리 서로 연결하듯 끼워 넣으면 된다. |

기술사 공부는 자격증 외에도 나의 인격에 여러 가지 변화를 가져왔다. 생각의 깊이나 기억력의 향상은 물론이거니와, 지금 쓰고 있는 이 알량한 글도 기술사 수험기간에 습득한 또 하나의 과실이다. 꼭 기술 이론이 아니더라도 글을 써보면 어설프지만 글이 된다. 그래서 이렇게 칼럼도 쓰고, 어떤 때는 글을 쓰고 싶어 안달이 날 때도 있다. 이 모든 것이 눈으로든 입으로든 뭔가를 머릿속에 넣어두었기 때문에 가능한 일이다. 암기를 하면 머리 회전에도 도움이 되고 치매를 예방하는 기능까지도 있다고 한다.

## 기술사 쟁취기

계획을 세우고 실천해 나간다는 것. 인간이 여타 동물과 다른 점이다. 목표가 있다는 것은 인생에서 가장 소중한 자산이다!

공자께서는 열다섯에 학문에 뜻을 세우셨고, 대부분의 청년들이 스무 살 안팎이면 자신의 나아갈 바를 결정하는데, 나는 대책도 없이 살다가 마흔이 다돼서야 정신을 차렸습니다. 불혹의 나이에 건축기사를 취득하고 쉰을 넘기면서 기술사를 땄습니다. 늦게 시작한 것이 결코 자랑할 일은 아니지만, 목표를 세우고 정진한다는 것. 나이와는 전혀 상관없는, 그러나 인생에 꼭 필요한, 성공의 공통분모임에는 틀림이 없다는 생각입니다.

대학을 나왔거나 자격증을 가진 사람이 한없이 부러웠던 시절이 있었습니다. 나는 백 년을 따라가도 다다르지 못할 것이라고 생각했습니다. 그래서 살아온 평생을 열등감 속에서 헤매야 했습니다. 한때 그 길 말고 다른 길이 있다고도 생각했습니다. 돈이었습니다. 따지고 보니 돈은 길이 아니었고, 길을 가기 위한 극히 작은 수단일 뿐이었습니다. 자격증을 따고 또 하나의 목적지를 향해 가고 있는 지금, 일확천금이 들어온들 지금처럼 뿌듯한 마음과는 견줄 수 없을 것입니다.

## 들어가면서

불과 얼마 전, 학력위조사건이 폭풍처럼 몰아닥쳐 연일 꼬리를 물고 뉴스매체마다 폭로성 기사로 헤드라인을 장식하고 있었을 때, 문득 지난날 학력을 아득한 동경의 대상으로 생각했던 시절들이 떠올라 자신의 일인 양 부끄러움과 수치심에 내내 마음을 졸이고 있었다. 돌이켜보면 나는 평생을 학력에 대한 열등감에 사로잡혀 제도와 현실을 비관하며 폐쇄적으로 살아왔었고, 황금 같은 젊은 세월을 아무 생각 없이 맞이하고 무심하게 보내 버렸던 것이 생각할수록 후회스럽고 아까울 수가 없다. 그래도 조금은 다행이라면 불혹을 넘기면서부터 천신만고 끝에 취득한 자격증이 있다는 것이다. 이 자격증 취득과 함께 나는 비로소 진정한 나를 찾은 느낌으로 그 어느 때보다도 활기찬 인생을 살아가고 있다.

### 유년기(幼年期)와 바깥세상

나는 산과 들과 바다와 하늘이 잡힐 듯이 가까이 있는 울산의 변두리 시골 마을에서 삼남사녀 중 막내로 태어났다. 뒷산에 올라가면 드넓은 바다가 눈 아래로 펼쳐지고, 밤에는 별빛 초롱한 하늘이 유난히 아름다웠던, 그림 같은 정서를 마음껏 향유하면서 때로는 오대양을 유유히 항해하는 마도로스가 되기도 하고, 때로는 저 신비롭고 광활한 우주를 연구하는 과학자가 되기도 하는 상상의 나래를 펴면서 꿈 많은 어린 시절을 보냈다. 내가 세상모르고 유년기를 보내고 있을 때, 큰형님과 누님들은 찢어지는 가난에 볼모로 잡혀(!) 큰형님은 중학교 문턱만 겨우 넘으셨고, 누님들은 초등학교를 겨우 나오거나 다니다 말 정도였다.

가끔 빛바랜 화보를 보아 짐작건대, 해방 전후의 사정은 물론이었거니와 6·25를 거치면서 우리나라 극빈층의 생활이 어디 사람의 그것이라 할 수 있었을까? 이러한 열악한 환경 속에서도 다산(多産)은 미덕이었으며 '자식은 곧 밑천'이라고 생각할 정도로 출산은 가난을 극복하기 위하여 시도되는 투자의 개념으로 이해하기 일쑤였고, 도시보다는 농촌이, 부촌보다는 빈촌이 자식에 대한 애착은 컸었던 게 아닌가 생각이 든다. 오글오글 대식구에 보릿고개까지 겹치니, 학교는 차치하고 식구들 연명해나가는 것이 더 관건이었다. 가끔 둘러앉아 어머니께서 들려주시던 피난 이야기며, 그 옛날 고생담에 어머니도 울고 우리도 울었던 슬픈 기억이 내 머릿속에는 엊그제 같은 이야기로 아직도 선명히 남아있다.

가난은 참으로 잔인했다. 내 어린 기억으로 천사처럼 아름답던 둘째 누님이 계셨는데, 누님은 그 출중한 용모뿐만 아니라 마음씨도 곱고 너무도 따뜻한 분이었으며 바느질 솜씨 하며 그림에도 남다른 재능을 가진 분이라, 나는 지금도 그 누님만 생각하면 우리나라 어머니의 상징인 신사임당이 머릿속에 떠오르곤 한다. 그러한 누님이 어느 날 몸져누워 앓다가 열여덟 꽃 같은 나이에 세상을 뜨고 말았다. 요즘 같아서는 병도 아닌, 당시에라도 돈만 있었으면 쉽게 고칠 수 있는 병이라고 했다. 생각할수록 애달프고 가슴이 미어지는 일이 아닐 수 없다. 내 마음이 이럴진대, 당시의 부모님 마음이야 오죽했으랴! 그토록 처참하게 우리 가정을 유린하던 빈곤은 내내 머물다가 부모님의 억척스러움에 굴복하고는 늦게야 떠나갔다.

## 직업관(職業觀)과 진학 포기

그 후 생활형편이 나아지면서 작은형님과 작은누님과 나는 그나마 고등학교는 졸업했다. 대학갈 형편도 되었고 모두들 진학을 바라고 계셨지만, 나는 그동안 가족들이 경험했던 가난이 한이 맺혀 진학 포기를 결심하고 군 복무를 마치고는 바로 산업전선에 뛰어들었다. 어리석게도 일찍 시작해야 일찍 돈을 벌어 남보다 먼저 성공할 수 있을 것이라는 허무맹랑한 생각 때문이었는데, 지금 생각하면 이러한 나의 돌발적 생각과 행동은 미숙한 판단력에서 비롯된 일생일대의 되돌릴 수 없는 착오로, 이 사건이 내가 평생 열등감의 노예가 된 동기가 되었다.

나에게 최종학력을 부여해준 학교가 인문계인 울산고등학교였는데, 1학년 때의 일인가 싶다. 과목이 산업 일반시간이었던 어느 날, '적성에 맞는 직업을 갖는 것이야말로 산업사회에서 인간이 누리는 최선의 덕목'이라는 내용을 접하고는 내가 앞으로 가야 할 길이 무엇인가를 깊이 생각하게 되었는데, 창의력도 그렇고 예능 방면에 특별히 소질이 있었던 나는 대학을 가더라도 미대에 진학해서 응용미술을 전공해야겠다는 생각을 굳히게 되었다. 디자이너라는 직업이 그렇게 멋있을 수가 없었고, 적성에 꼭 맞는 직업으로만 느껴져 그때부터 선배의 아틀리에(atelier)에서 그림공부를 하면서 꿈을 펼쳐갔지만, 진학 포기와 함께 디자이너의 꿈은 다시 접고야 말았다. 사실 진학을 포기한 데는 가장 결정적인 이유가 따로 있었다. 먼저 사회에 진출한 친구들이 부모의 간섭 없이 자립하는 모습이 그토록 부럽게 느껴졌던 것이다.

## 사회진출과 실직(失職)

고등학교를 졸업하고는 보일러 시공업으로, 광고간판공으로, 여기저기 떠돌다가 마침 강원도에서 아파트사업을 하게 된 작은형님 휘하에 들어갔다. 형님은 사회적으로 교분이 있는 사람과 함께 주택사업자면허를 가지고 처음에는 주로 임대아파트사업을 하다가 나중에는 일반건설업 면허를 인수하여 점차 관급공사 위주로 사업을 전환해나갔는데, 어릴 적부터 나에게 훈육 선생님과도 같았던 형님은 나의 장래를 의식하여서인지 계획적으로 현장부서에 나를 배치하고 말단부터 체험하도록 하여 때때로 기술이나 행정 전반에 관하여 자상하게 설명해주곤 했다. 이때부터가 내가 건축을 천직으로 맞이한 시발점이 됐다.

생활이 안정되면서 결혼도 하고 아들 하나 낳고는 불임시술도 했다. 당시 산아제한정책을 펼치고 있던 국가와 사회에 대한 최소한의 기여를 구실로 불임시술을 했지만, 한편으로는 어릴 적 뼈저리게 경험했던 빈곤의 잔상 때문이 아니었던가 싶다. 아이러니하게도 불과 이십여 년 전에 "둘도 많다. 하나만 낳아 잘 기르자!"라던 구호는 최근 출산력 제고 정책의 출현과 함께 완전히 전복되고, 애국자라고 자처하던 저출산 가정은 졸지에 안티에 내몰리고 있는 형국이다.

그렇게 젊음은 훌쩍 지나가고, 어느새 내 나이 마흔에 접어들고 있을 때였다. 건설업 면허절차가 허가제에서 등록제로 변경되고 신설업체가 우후죽순으로 생겨나면서 형님의 사업에 위기가 닥쳤다. 나는 어딘가로 내 갈 길을 가야 했는데, 그동안은 형님 덕분에 입에 풀칠은

하고 살았지만, 막상 일자리를 찾아보려니 막막하기만 하였다. 형님 밑에서 배운 게 기능직이 아니고 시공관리직이다 보니, 들어가더라도 공사 과장이나 현장소장 정도의 차원 높은 보직을 구해야 하는데, 내가 아무리 유능하고 뛰어난 기술을 가지고 있다고 하더라도 자격증 없이는 현장대리인이 될 수가 없고, 학·경력제도가 생겨났으니 인문계 고졸 출신인 나로서는 더욱 설 자리가 좁아져 가고만 있었다. 젊은 시절에 배워뒀던 보일러공이나 광고업계로의 진출도 잠깐 생각해 봤지만, 이미 용도폐기 된 나이다. 앞이 깜깜하고 도저히 해답이 없는 현실이었다.

## 도전(挑戰)과 희열(喜悅), 그리고 재취업(再就業)

생활비 걱정을 하면서 지내온 지 수개월째, 궁리 끝에 건축기사(1급) 자격증 도전을 결심하였다. 고졸이라도 일정 경력을 쌓으면 응시자격이 부여되는, 천만 다행한 사실 때문에 건축기사는 오래전부터 생각해 오던 유일한 희망이었으며 내 인생의 목표였다. 일정 경력이란 게 최근에 와서는 많이 완화가 되었지만, 당시에는 고졸 출신인 경우 11년 이상이었던가 기억되는데, 입사 후 처음 몇 년간의 기간 증빙에 문제가 있어 생각 자체를 미뤄왔던 터였다. 홍수에 떠내려가면서 실오라기를 잡는 처절한 마음으로 이번에는 꼭 한번 해보겠다고 이십 년째 애용하던 담배까지 끊고 비장한 각오를 다져보지만, 이 늦은 나이에 헛수고하는 게 아닐까 의구심이 앞선다. 그렇지만 아무리 따져 봐도 이 길 말고는 더 이상 길이 없다. "그래, 늦다고 생각될 때가 가장 빠를 때다!" 나는 다시 태어나도 이 길을 가겠노라고 마음을 다잡고 책을 잡아 보지만, 이미 노화되고 폐색(閉塞)돼버린 머리는 그 생소한 단어와 난해한 공식들로 이루어진 공학 서적을 감당해 낼 수가 없었다. 내게는 너무나 높은 산이었구나! 실감하면서 거의 실성한 상태로 몇 달을 책과 엎치락뒤치락 씨름하다 보니 자신도 모르는 사이에 뭔가 가닥이 잡혀가고 있는 것을 느끼게 되었다. 이제까지 마지못해 해야 했던 공부가 언제부턴가 재미가 나기 시작했고, 책상에 앉아 버티는 시간도 점점 길어지기 시작했다.

그때부터 몇 달간 거의 밤새워 공부하게 되었는데, 독학이다 보니 출제범위가 어느 정도인지, 합격 수준이 어느 정도인지 감을 잡을 수가 없어 이쯤 해서 출제 경향이나 관찰하자고 응시원서를 냈다. 요즘에는 고사장이 강릉에도 있다고 들었는데, 당시에는 거주지인 강원도 동해에서 가장 가까운 곳이 춘천이나 안동뿐이었고 길눈이 익숙한 곳이 안동이라 동해에서 안동까지 가서 시험을 봐야 했다. 응시 후 한 달쯤 뒤에 발표가 났는데, 여러 가지 궁금한 점도 있고 다음 시험 원서도 교부할 겸 직접 가서 확인을 해야겠다고 산업인력공단엘 갔다. 지역별로 발표했는지 확인해보니 합격자가 네 명뿐이다. 그런데 그 네 명 중에 내 이름이 있다. 시험이 끝난 직후 메모를 하고 나름대로 채점을 해본 결과, 어느 정도는 예상은 했지만 그래도 도저히 믿기지 않는 순간이었다. 혹시 동명이인은 아닐까 하고 수험번호를 재차 확인했지만, 확실히 내 이름이 맞다. 나 자신도 놀라웠지만, 집에 오니 식구들은 더 난리들이다. 정규대학을 나오고도 몇 번 만에 붙을까 말까 하는 시험을 단방에 붙었다고 온 동네 자랑이다. 덩실덩실 춤을 추면서 2차원서도 냈다. 아니나 다를까, 또 합격이다. 평생 이렇게 기쁜 날은 일찍이 없었다. 이제 마음만 먹으면 못해낼 것이 뭐 있으랴?

어느 늦깎이 대학입시생이 그랬던가? 세상 모든 일 중에 공부가 가장 쉬웠다고. 공부만 하고 살았으면 좋겠다는 생각이 들었다. 그러나 목구멍이 포도청인지라 우선 민생고부터 안정시켜 놓고 볼 일이다. 여기저기 구직원서를 의기양양하게 남발(!)하고 곧 새 직장의 문이 열렸다. 본격적인 현장소장취업과 함께 암흑같이 느껴지던 앞날이 하루아침에 보랏빛이다. 혹 너무 안일한 생각만 하여 나태해질지도 모른다는 조심스러운 생각에 자신을 단속하면서 틈나는 대로 또 책을 들었다.

### 도약(跳躍)

기술사! 감히 범접할 수 없는, 하늘처럼 높게만 여겨지던 '기술사'에 여생을 걸기로 했다. 내가 살아 있는 동안 한 번은 도전해보고 죽자는 막연한 목표의식을 가지고 기술사 관련 서적을 사 모으기 시작했다. 경험과 이해 없이는 기술사가 될 수 없다는 참고서의 지적대로, 기술사 공부를 시작하고부터는 길을 가다가 공사현장을 발견하면 예사로 지나치는 경우가 없었고 때로는 남의 현장을 기웃거리다가 수상한(?) 사람으로 오인받기도 하면서, 경험해보지 못한 공법들은 직접 눈으로 확인하고 이해하여 책 속의 이론과 일치시켜 완전히 내 것으로 만들어 나가도록 노력하였고, 특히 자신이 고졸인 점을 감안하여 건성으로 공부하거나 달달 외우기보다는, 훗날 기술사가 된 뒤에라도 무식이 탄로 나지 않도록 하려면 하나를 알아도 확실히 알아야 할 것이라는 생각으로 교재를 구입해도 저자(著者)만 달리하여 꼭 세 권씩은 사서 보는 습관이 생겼다. 그러다 보니 책장에는 기술사 관련 서적만 수십 권이다.

이렇게 적극적으로 대시를 하여 거의 2년여의 세월을 보내면서 호기심이 발동하여 1차 연습도전을 시도하기에 이르는데, 장장 여덟 시간 동안의 사투 끝에 파김치가 돼서 돌아온 나에게 또 하나의 시련이 기다리고 있다. 기술사답안이란 게 알고 모르고는 차치하고라도 아침부터 저녁까지 4교시를 꼬박 쉬지 않고 글씨를 줄줄 써내려가야 하는데, 글씨가 워낙 느리다. 태산 같은 공부분량은 뒷전이고 죽으라고 글씨 연습부터 다시 해야 했다. 직장에서나 집에서나 볼펜을 손에 달고, 심지어는 손님과 대화 중에도, 무슨 글자든 닥치는 대로 글씨만 써댔다. 영세업체에서 전전하다 보니 현장이 있을 때만 일을 나가게 되고, 그렇지 않으면 집에서 쉬어야 했는데, 한번은 몇 달을 쉬게 되어 기회다 싶어 내내 글씨 연습에만 몰두했다. 물론 참고서나 서브 노트를 베껴 쓰는 것이지만 주목적은 글씨 연습이었다. 글씨를 얼마나 썼는지, 나중에는 긴 손가락 마디가 짓물러져 가는데도 붕대를 감고 또 미친 듯이 글씨만 써대는 자신을 발견하고는 겁이 덜컥 났다. 기술사, 기술사 하더니 기어이 돌아버린 게 아닌가 하고, 이렇게 모질게 강행군하여 글씨 연습에만 꼬박 이태를 소진했다.

공부를 하면서 또 하나 발견한 것이 변화무쌍한 자신감의 기복이었는데, 스스로의 두뇌활동을 가만히 관찰해보니 어떤 때는 정신이 맑아지고, 공부가 머리에도 잘 들어가고, 기억력도 대단히 좋아지는 것을 느끼다가 어떤 때는 갑자기 돌변하여 몽롱해지면서 아무것도 생각나지 않고, 걱정만 앞서게 되고, 자신감이 완전히 상실되는 것을 느끼게 된다. 이러한 현상이 길게는 이삼일에 한 번씩, 어떤 때는 하루에도 몇 번씩 뚜렷하게 교차하고 몽롱한 상태는 좀 더 길게 지속되는 것을 느낄 수 있었는데, 만약 시험장에서 이런 현상을 맞게 되면 어떻게 하나 항상 걱정이었다. 이것이 일반적인 문제가 아니고 자신만이 안고 있는 정신적 결함으로부터 파생되고 있다고 믿고 있었으니 심각한 문제였다.

그렇게 걱정이 심해지거나 한계에 부닥칠 때마다 의례 찾아오는 포기의 유혹들…. "이 나이에 웬 고생을 사서 하고 있지?", "내가 과연 해낼 수 있을까?", "실패하면 어쩌지?", "허송세월하는 건 아닐까?" 세월이 갈수록, 또 공부에 깊숙이 파고들수록 마음은 조급해지고 의구심은 더해갔지만, 그럴수록 "나는 해낼 수 있다! 기어코 하고야 만다!" 스스로 착각에 빠질 정도로 매일 자신을 다독거리면서 외롭게, 외롭게 싸워오기를 석삼년. 과연 문은 두드리는 자에게 열린다고 했던가! 수차례 낙방을 경험하고 내 나이 쉰을 넘기면서 기어이 기술사를 따내고야 말았다. 철옹성같이 느껴지던 거대한 학력의 장벽도, 벼랑처럼 느껴지던 나이도, 고난과 역경의 연속에도 아랑곳하지 않고 묵묵히 정상을 향해 도전하는 알피니스트의 곧은 신념 앞에서 일거에 평정되는 순간이었다.

## 회고(回顧)

문득 헤밍웨이의 『노인과 바다』가 생각이 난다. 거대한 청새치와 외롭게 사투를 벌이는 장면들, 항구에 돌아왔을 때의 허탈함. 기술사 공부 또한 자신과의 외로운 싸움이었으며, 오직 바위처럼 인내하며 인고의 세월을 보내고 있을 때 외로움과 서러움에 북받쳐, 만일에 내가 합격하게 되면 집사람을 부둥켜안고 하염없이 펑펑 울어버릴 것이라고 생각했었는데, 정작 합격하고 나니 눈물은 고사하고 왠지 허무한 마음뿐이다.

차제에 그동안 수치심 때문에 밝히기를 꺼리던 것을 몇 가지 고백하건대, 앞서 말한 학력이나 늦은 글씨 말고도 나에게는 늘 핸디캡으로 작용해 오던 것이 여러 가지가 있었다. 남들보다 한참 둔하다고 생각되는 머리와 거의 치매 수준의 건망증, 거기에 대중 앞에 서기만 하면 횡설수설하는 말주변에다 덜덜 떨리는, 이른바 연단 공포증이었다. 대화형식의 주고받는 말은 문제가 없는데, 혼자 일어서서 인사말을 하거나 연단에라도 서게 되면 용케 말머리는 꺼내놓고는 처음 시작한 말을 수습하지 못해 횡설수설하다가는 그냥 내려온다. 어휘 구사 능력도 그렇고 한 페이지 이상의 글은 거의 써보지 못한 초라한 문장 실력 등이 그것으로, 나에게 한결같이 포기를 종용해오던 요소들이었고 이러한 것들은 자신이 학력이 짧고 배우지 못한 까닭에 노력해봐야 더 이상은 발전할 수 없는 인격상의 한계라 치부해버리고 있었던 게 더 큰 문제였다. 그래서 이러한 부분들을 개선해보기 위해 혼자 운전하고 다닐 때는 연설문 같은 것을 돈키호테처럼 큰소리로 외워대거나, 답안연습 때 서론이나 정의, 결론에 해당하는 부분은 문어체(文語體)로 가능한 한 길게, 나름대로 문장을 창작하여보려고 노력했다. 이럴 때는 옆에 관련 용어 사전은 물론이고, 시사용어, 국어, 영어, 한문, 심지어는 일본어 사전까지 쌓아두고 공부를 했다. 워낙 오랜 기간을 그렇게 의도적으로 학습하다 보니 졸필이지만 지금 쓰고 있는 이 장문의 수기도 어렵지 않게 작성할 정도가 되지 않았을까 생각해본다. 그런데 요 얼마 전, 기술사 합격자모임에서 '한마디'하게 되었는데, 불행히도 그 무서운 연단 공포증은 떠날 기미를 보이지 않고 있다. 기술사는 모름지기 자신이 쌓아온 전문적인 지식의 모든 부분에서 응용, 표현, 자문, 평가는 물론, 대중 앞에서 발표도 가능해야 할 것으로 생각되는데, 진정한 기술사까지는 아직도 갈 길이 멀기만 하다. 아마 대중 앞에 서본 경험이 없다 보니 당연한 결과가 아니겠냐는 반문을 해보면서 약간의 위안을 삼고 있을 뿐이다.

그동안 모아두었던 연습지(練習紙)를 유품(遺品)을 모시듯 조심스럽게 정리해 본다. 두꺼운 대학노트가 스물여섯 권이고, A4 연습지 두 박스에 서브 노트 정리본(定理本) 여덟 권이다. 볼펜 빈 자루가 무려 120여 개다. 서브 노트들은 초기 작성 기간이 꼬박 1년여 정도 소요됐고, 공부 기간 내내 몇 번이나 수정에 수정을 거듭한 것으로, 내용 중에는 거의 발명품(?)에 가까운 다이아그램이나 아이템들도 많다. 당장 하나의 책으로 엮는다 해도 손색이 없을 정도다. 훗날 자서전을 겸하여 기술사수험서나 한번 내볼까 하는 생각이다. 자격증이 무형의 결실이라면 이 자료들은 유형의 결실인 셈이다. 합격 여부를 불문하고 내게 있어서 너무나 소중한 재산이 됐다.

💬 황혼에 느껴보는 가치관의 변화, 그리고….

기술사취득 후, 지난여름에는 젊은 시절에 가보고는 한 번도 찾아보지 못했던 바다에도 갔다. 식구들과 계곡에도 가고 음악회도 갔다. 여유롭게 사는 것과 그러하지 않은 것의 차이가 이렇게 작고 단순한 것이었다는 걸 새삼 깨닫게 된다. 아등바등 살아온 지난 과거가 주마등처럼 뇌리를 스치며 지나간다. 돈이 인생의 전부가 아니었구나! 가치관의 수정이 요구되는 순간이다. 그동안 생활환경, 사고방식, 신변의 변화를 느끼고 많은 것이 달라졌다. 누군가가 기술인의 궁극적 목표라고 하던 기술사. 그 아득했던 곳에 지금 내가 서 있다.

그리고 나는, 또 하나의 목표를 향해 오늘도 쉬지 않고 질주하고 있다.

## 꿈 이야기

### 1. 상징적인 꿈(기술사 합격)

장가도 안 간 아들놈이 꿈속에 나타났는데, 눈이 부실 정도의 황금색 용포를 입고 왕관을 쓰고 중전(나의 며느리인 셈)과 함께 빙그레 웃으며 앉아있다. 나는 "우리가 경주 이씨인데 어째서 재가 용포를 입고 있지?" 하고 옆에 있는 집사람에게 물으니, 집사람 왈, "어머니가

입혀주셨어요." 한다. 나는 "아하, 어머니께서 우리가 전주 이씨인 줄로 착각하셨나 보네." 하고는 잠을 깼는데 생시같이 생생한 꿈이었다. 이 꿈을 꾼 날, 필기시험을 보고는 합격을 했다. 그리고는 대략 두 달 후에 면접시험이 있었고 당일 새벽에 또 한 번 생생한 꿈을 꾼다. 배경은 어릴 적 시골집이었다. 사랑채에 사람들이 와글와글 많았었고 이 사람들이 전부 우리 집에 세 들어 사는 감리들이라는 걸 나는 이미 알고 있는 듯하다. 안채 쪽으로 가보니, 갑자기 운동장이 펼쳐지고 축구경기를 막 시작하려는 참이었다. 내가 들어가니 선수들이 상기된 얼굴로 "결승전이다!"라고 하면서 경기를 시작하는데, 경기는 승부차기처럼 골대가 일방으로 한쪽에만 있었고 누군가가 공을 차기 시작해서 들어가기도 하고 튕겨져 나오기도 하다가 내 쪽으로 공이 왔다. 슈팅 찬스를 잡은 나는 헤딩을 한다는 것이 손을 머리 뒤통수에 댄 채로 기지개를 켜는 자세로 헤딩을 하여, 공이 머리에 맞지 않고 손에 맞아 골문을 통과하여 들어가는 것이었다. 핸드링을 한 것이다. 여기서 나는 걱정스럽게 주위를 살펴보니, 아무도 내 반칙을 알아차리지 못해서 나는 참 다행이라고 생각을 하였다. 나는 이날만큼은 이 꿈을 철석같이 믿고 과감하게 면접에 임하니, 면접 분위기가 한층 부드러워졌고 시종일관 화기애애한 분위기를 연출해 낼 수가 있었다. 사실 지나고 나서 면접 과정을 곰곰이 생각해보니 당당하게 실력에 의하지 아니하고 '면접 시나리오'를 달달 외워서 합격한 것이 반칙이나 다름없는 것 같아 약간은 씁쓸하다.

## 2. 과학적인 꿈

직업은 꿈에서도 못 속이는지 배경이 공사현장부터 시작된다. 호텔 정도의 규모랄까? 건축공사 신축현장이었다. 작업자들이 실내바닥 모르타르를 타설하고 있었으며 나는 그 공사를 진두지휘하고 있었는데, 공사 과장쯤 되는 친구에게 "현관은 타일로 처리할 테니 현관만 빼고 타설하라!"고 당부한 뒤 옆문으로 나가면서 바깥을 보니 일직선으로 된 도로가 아래로 내려다보이는 게 전망이 참 좋다는 생각이 들었다. 바깥에 나가 하늘을 보니, 각각 다른 방향에서 온 비행기 두 대가 날아가다가는 머리 위에서 멈칫멈칫하면서 나아가지를 못하고 있다. 비행기 주변에는 별이 반짝거리듯이 섬광이 반짝거린다. 문득 생각에 "'자기장'이 발생하여 비행기가 날아가지를 못하는구나!"라고 생각하면서 주변을 보니, 뒤뜰이고 마당이고 땅이 군데군데 벌겋게 달아올라 불덩이가 되어있다. 너무 밝아 눈이 부실 지경이다. 곧 화산처럼 폭발할 것만 같아서 안절부절못하고 있는데, 아까 하늘에서 오락가락하고 있던 비행기들은 따로따로 왔던 길로 되돌아가고 다른 비행기가 저 위쪽에서부터 낮게 내려오더니 대략 30미터쯤 위에서 마치 '공중급유기'처럼 기다란 호스 같은 것으로 포물선을 그리며 늘어뜨려 땅에다 박아놓는다. 물론 땅에 사람이 내려와서 박는 게 아니고, 비행기 자체조종으로 땅에 박아놓고는 한참 기다리고 있다. 뭐 하는 비행기인지 궁금해서 알아봤더니, 땅속의 '자기장'을 흡수하고 있다나? 참 엉뚱하면서도 신기하고 생생한 꿈이다.

## 3. 논리적인 꿈

새벽에 매우 논리적이고 선명한 꿈을 꿨다. 설비재료상회에서 대략 25mm 규격의 백강관 1롯트를 구매했다. 재료상과는 특별한 협의 없이 자신의 생각에 따라 시장공표가격이라는 가격으로 물품 값이 얼마인지 계산하여 업체의 사장에게 일방적으로 통보하고, 물품은 현장 도착불이니 내일까지 현장에 배달해 달라고 부탁하면서 배달 즉시 송금하기로 약속한다. 구매계약을 하고 난 후 그들(업체 관계자들)의 표정을 보니 음흉한 기색이 역력하다. 내가 지불을 약조한 가격에 뭔가 야료가 있었던 것이었다. 곰곰이 생각해보니 시장의 거래가격은 공표가격대비 인하율이 적용되는 것이었다. 그 관행은 꿈속이 아니더라도 현실에서도 마찬가지다. 그런데 내 입으로 가격을 정했으니 도리가 없다. 그래서 묘안을 생각해냈다. 10퍼센트는 돌려받을 수 있는 묘안이다. 부가세에 관한 명시는 약정에 없었던 것이다. 시차가 있었는지 현장에 배관재가 배달된 상황이 연출된다. 얼른 업체의 사장을 찾아갔다. 그 사람은 동료들과 회식 중이었다. 그 자리에서 내가 소리쳤다. "사장, 그 가격은 부가세 포함 가격이오! 계산서를 끊으세요!" 논리적인 꿈의 내용도 내용이거니와, 꿈을 깬 지금도 그 업체 사장이라는 사람의 얼굴이 선명하다. 분명 처음 보는 얼굴이었는데, 과연 그 얼굴은 나의 의식이 창조한 얼굴일까, 아니면 무의식 속에 숨겨둔 지난 언젠가는 만났던 사람일까?

## 4. 구체적인 꿈

어느 관청의 과장이라는 사람을 만나 서로 인사하고 그로부터 설계 도면을 건네받았다. 내가 무슨 공사를 낙찰했었던 것이다. 그러고는 삼십 대 후반쯤으로 보이는 담당자와 대담 중에 "제가 이번 공사에 총괄소장으로 와서 일할 계획입니다."라고 말하고는 가만히 생각해보니, 이번 공사가 18억 얼마밖에 되지 않는 소규모 공사였던 것이다. 그렇게 소규모의 공사에 '총괄'이라는 단어를 쓴다면, 회사가 그토록 영세하다는 뜻이다. 그러한 오해가 있을지도 모르겠다 싶은 순간 순발력을 발휘하여 얼른 말을 바꾼다. "저희 회사는 여러 현장을 하나로 묶어 관리하는 총괄소장제도를 두고 있습니다." 물론 본인에게는 이 공사가 그리 소규모는 아니었고, 무엇보다도 이 공사에 올인할 생각이었지만 공무원에게 영세업자로 비치게 되면 미리부터 하자발생이나 회사부도를 의심하게 됨으로 인하여 기성금의 유보나 공사 진행에 쓸데없이 제동을 가하는 등 불이익을 당할 수 있다는 사실이 불현듯 뇌리를 스쳤던 것이다. 이러한 나의 행동은 어떻게 보면 행동이 정직하지 못한 부도덕한 처신이라 할 수가 있고, 다른 한편으로는 운영의 묘라고도 할 수가 있다.

## 5. 현실적인 꿈

건축현장 소장 출신이라서 그런지 공사장 꿈을 자주 꾼다. 현직에 있을 때는 기성서류나 공정분석 같은 사무실 내근업무를 제외하고는 온종일 현장을 돌면서 작업현황을 살피고, 작업자들에게 작업을 독려하거나 잘못 시공된 부분을 발견해내어 시정조치를 하는 것이 나의 본업이었다. 그런데 가끔은 현장을 돌다가 화장실과는 거리가 있는 곳에서 쉬가 마려운 난처한 상황이 발생한다. 이러한 경우에 직책이 말단이었을 때는 어둡고 구석진 곳을 찾아 실례를 할 수도 있지만, 소장쯤 되면 체면이 있으니 그럴 수는 없다. 얼른 현장사무실로 철수하거나 참을 정도가 되면 참아야 한다. 오늘 새벽에 꾼 꿈도 현직에 있을 때의 배경으로 대체로 생생한 꿈이었다. 꿈의 내용인즉, 여느 때와 마찬가지로 현장을 돌아다니는 장면이었는데 소변이 마려웠다. 여기저기 명당(?)을 찾아 헤매다가 마땅한 자리를 발견하고는 실례를 하게 되었다. 그런데 이게 웬일인가? 한번 시작한 소변이 멈출 수도 없고 끝도 없이 나온다. 소변 줄기도 폭포수와 같이 콸콸콸 소리 내어 쏟아져 아래층으로 흘러내리고 있다. 신체는 말할 수 없이 시원하고 쾌감이 따로 없다. 얼마나 쏟아부었을까? 한참을 쾌감에 몸서리를 치는데 그만 꿈을 깨고 말았다. 그 시원했던 느낌은 꿈을 깨고 나서도 오래도록 여운이 남는다. "오늘은 좋은 일이 있으려나?" 혼자서 중얼거리며 PC를 켜고 앉아 아침 업무를 본다. 울산에 간 집사람한테서 전화가 왔다. 다급한 목소리다. "여보, 2층에 한번 올라가 봐요. 작은 방바닥에 물이 새는지 젖어있다고 좀 전에 전화가 왔어."

## 6. 어떤 예지몽

누군가를 만나고는 내 집이라고 생각되는 어떤 낯선 집(꿈을 깨고 보니 낯선 집이었다)으로 왔는데, 주변이며 마당에 온통 군인들이 진을 치고 있다. 마당에 들어서니 바닥에 천막을 깔고, 그 위에서 군수물자를 펼쳐놓고 분류작업을 하는 것 같아 보였다. 내가 어느 한 병사에게 여기서 뭘 하고 있느냐고 조심스럽게 물어보았다. 그러자 그 병사가 나더러 "왜 그래요? 빨리 여기서 나가요!"라고 다그친다. 나는 "내 집 마당에서 이러고 있으니 물어 본 거요!"라고 대답했다. 그러자 그 병사는 "그런다고 집이 망하지 않았잖아요!"라면서 화를 냈고, 나는 바닥의 천막을 가리키며 "내가 밟는다고 이것도 상한 거 없잖아!"라고 응수했다. 옆에서 보고 있던 또 다른 병사 하나가 동료를 말리자 자기네들끼리 싸우기 시작한다. 꿈의 내용은 대충 여기까지다. 꿈을 깨고 나서 곰곰이 생각해보니, 병사의 "그런다고 집이 망하지 않았잖아요!"라는 말에 신경이 쓰인다. 왜 '파손되다'가 아니고 '망하다'일까? 단어를 추적해보면 군인들은 좌익들이었고 집은 대한민국이라고 해석할 수가 있다. 꿈을 꿀 당시의 필자는 매우 심각한 우익이었다. 지금 생각해보면 신기할 정도로 들어맞는 꿈이었다. 정부는 바뀌었어도 국가는 망하지 않았고, 내가 이 땅을 밟고 있어도 속상해하는 사람은 없다.

### 7. 어떤 징조-1

이건 꿈은 아니지만, 행동 중에 어떤 징조가 나타난 경우다. 탄핵정국에서 필자는 국민이라면 정체성이 뚜렷해야 한다는 매우 무식하고도 위험한 사고방식을 가지고 있었다. 필자의 정체성은 이미 밝혔지만 보수주의자였다. 대통령 탄핵 선고일 아침에 집회에 참석하기 위해 준비를 하는 중에 목을 축이려고 페트병을 땄다. 페트병 뚜껑을 따는 순간 실수로 뚜껑이 바닥에 떨어졌다. 곧이어 커피를 마시려고 종이컵을 들다가 종이컵을 또 바닥에 떨어뜨렸다. 뭔가가 떨어졌다는 사실, 그것도 한번이 아니고 두 번씩이나 연달아 떨어졌다는 사실에서 불안한 마음이 엄습해온다. "혹시 탄핵인용이 아닐까? 아니다! 하야에도 아래 '하'를 쓰지만, 각하에도 아래 '하'를 쓴다. 둘 다 아래로 떨어진다는 뜻이 포함되어 있다!" 나는 박 전 대통령에게 탄핵선고가 내려지는 그 시간까지 애써 자신이 편리한 대로만 생각을 유도하고 있었다. 그러나 징조는 적중했다.

## 8. 어떤 징조-2

교육청에서 시설 관련 심의위원회가 있었다. 차를 운전하여 춘천을 향하고 있는 중에 문득 이십여 년 전에 만났던 어떤 공무원의 얼굴이 떠오른다. 이십여 년 전이라면 필자는 주로 강원도지역에서 관급공사 위주의 현장에서 뛰고 있었다. 당연히 시설 관련 공무원을 자주 접하던 때였다. 굳이 생각을 떠올리자면 수많은 얼굴들을 떠올릴 수가 있다. 그런데 아무런 동기도 없이 이십여 년 전의 발주처 담당자라고 추측되는 어떤 한 사람이 불현듯 생각이 나는 것이다. 강원도의 어느 군청에서 근무했었던 것 같기도 하고 어느 교육청인가에서 근무했었던 것 같기도 하는, 어디서 만났는지는 어렴풋하게 기억이 가물가물하지만 얼굴은 매우 또렷하게 기억이 나는 그런 사람이었다. 교육청에 도착을 하여 차를 주차하고는 2층의 회의 장소에 갔다. 그런데 아뿔싸!

아까 오면서 생각하던 그 사람이 거기에 있다. 이십여 년이 지났지만, 그 얼굴이 그대로 있다. 회의를 주재하는 위원장의 자리에 앉아있는 것이었다. 그제야 좀 전에 궁금했던 그 사람의 정체가 또렷이 생각이 난다. 맞다! 저 사람은 모 교육청의 경리담당이었다. 내 자리를 찾아서 착석을 하자, 그 사람이 내게로 와서 인사를 건넨다. 원래 오늘 회의는 주무부서장이 주재하여야 하는데, 그분이 급한 일로 출장을 가는 바람에 자신이 대신 회의를 주재하게 되었다는 것이다. 바야흐로 나에게 예지력이 생겼다는 건가?

## 엑셀로 조감도 그리는 방법

누차 하는 이야기지만 캐드나 여타 그래픽파일은 나는 구사할 줄 모른다. 아는 거라고는 한글과 엑셀 등 아주 기본적인 유틸만 조금 사용이 가능할 뿐, 그러한 것들도 누구로부터 전수받은 것도 아니고 오래전부터 독학으로 배웠다. 컴퓨터가 본격적으로 보급되기 시작할 즈음, 나는 휴대용 타자기를 들고 다니면서 문서를 작성했었는데, 누군가가 '컴퓨터 대세론'을 강조하기에 솔깃해져 컴퓨터 '컴' 자도 모르면서 즉각 목돈을 들여 컴퓨터를 한 대 구입하고 독학으로 배우기 시작한 게 지금의 독수리타법의 컴 실력이 전부다. 따지고 보니 내 인생의 결정적인 순간 대부분이 독학으로 해결되고 있음을 또 한 번 깨닫는다. 건축을 독학으로 배우고, 독학으로 건축기사에 도전해서 자격증을 따고, 독학으로 공부하여 기술사를 따고, 더 젊은 시절 그림 출신 친구를 두어 번 따라다니며 배웠던 간판기술을 혼자 집에서 연습하여 익히고는 광고사에 간판숙련공으로 취업한 간 큰 행동 하며, 처음 현장소장으로 발탁되었을 때 "현장소장이란 작자가 측량도 못 해?"라는 소리 들을까 봐 당시 시세로도 수백만 원이나 하는 데오도라이트(측량기)를 자비로 구입하여 혼자 터득한 사실, 심지어는 자동차 운전도 독학으로 배웠는데 외진 곳에서 경사지를 혼자 차를 몰고 올라가다가는 차가 그만 서버려 가속페달을 밟으려니 브레이크를 떼는 순간 차가 나뒹굴 것 같아 한 시간을 달달 떨고 사람 지나가기만을 기다리고 있다가 구출된 일 하며, 독학에서 얻은 추억도 많다.

독학이란 혼자 학습하는 뜻도 있지만, 독하게 공부하는 뜻도 담겨 있으리라. 공부할 때 나는 담배도 독하게 끊고, 술도 독하게 끊고, 친구도 독하게 끊었다. 담배는 그때 끊은 채로 계속 금연을 유지해 오고 있지만, 술과 친구는 소정의 목적달성 후에는 다시 원상태로 돌아갔다. 자, 이쯤하고 독학으로 얻은 또 하나의 과실을 여러분께 소개할까 한다. 이름하여 '엑셀로 조감도 그리는 방법'이다. 필자가 추진했던 어느 회사 공장건물 리모델링 공사를 소재로 하여 작성해본다.

① 전경사진

적당한 위치에서 대상 건축물의 전경사진을 찍는다. 이때 카메라가 수평을 유지하도록 하고 보통사진과 더불어 좀 더 밝은 사진을 여러 방향에서 찍어둔다. 디지털카메라라면 많이 찍는다고 돈 드는 것이 아니니, 가능한 한 양껏 찍어두자! 이때 찍은 사진은 조감도의 목적에도 사용되지만, 리모델링 공사에서 필수적인 '공사 전 사진'으로 이용할 수가 있다. 찍은 사진을 컴퓨터에 담고, 그중에서 수평, 방향, 각도, 주변 구조물 등이 최대한 조감도 그리기에 효과적인 사진을 골라둔 다음, 엑셀 파일을 열어 골라둔 사진을 엑셀로 불러온다. 엑셀 파일을 이용하여 사진에 오버레이(Overlay) 하여 조감도를 그리는 것이다. 허접하지만 본인의 컴퓨터 실력이 이게 전부니 달리 방법은 없다.

② 소실점

소실점을 찾아 소실점 방향으로 수직, 수평선 및 각각의 평행선을 긋는다. 평행선은 전부 각 방향의 소실점을 향한다. 원근법에 따르면, 가까운 물체는 크게, 멀리 있는 물체는 작게 보이기 마련인데, 실제로는 서로 평행한 두 선(또는 여러 선)이 시각에서 점점 멀어지면서 작아지거나 서로 가까워져서 마침내 한 점으로 만나게 될 때의 점을 소실점이라 한다. 수직선의 경우에도 당연히 원근법이 적용되므로 상하 양쪽 방향에 소실점을 두어야 하지만 여기서는 작도의 편의상 수직 방향의 원근법은 무시하기로 한다.

③ 라인마킹

표현하고자 하는 수직, 수평, 사선은 전부 긋는다. 이때 모든 선의 양단부 중 한쪽은 그림 바깥까지 인출하여 둔다. 그래야 완성 후 선을 삭제하기 쉬워진다. 양단부가 그림 속에서 끝나게 되면 그림완성 후 선을 삭제할 수 없다. 불투명이면 몰라도 반투명효과를 적용한 그림의 경우 그림 속에 선이 그대로 남는다.

④ 바탕처리

다각형 그림 도구를 사용하여 바탕면의 테두리를 그리고 아무 색상이나 관계없이 반투명으로 색상을 넣어둔다. 창호 등 개구부를 표현하되, 반드시 순서에 입각하여 조색은 않더라도 바탕부터 먼저 그린 후에 창호나 기타 개구부를 그려야 한다. 창호를 먼저 그리고 바탕을 그리게 되면 바탕에

색상을 넣는 순간 창호가 그림 속에서 사라져버릴 것이다.

⑤ 바탕조색

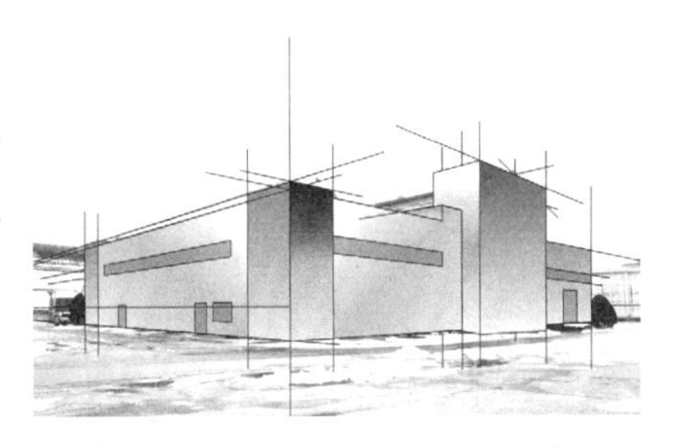

반투명으로 조치해둔 바탕에 엑셀의 여러 가지 그리기도구나 외부 그림을 삽입하여 마감재를 표현하면 되는데, 여기서는 도형 채우기의 그라데이션을 이용하여 색상이나 질감을 표현해보기로 한다. 전체 바탕 벽면은 각 파이프로 하지를 걸어 알루미늄 복합 판넬 메탈릭톤으로 시공하고 전면 계단실 돌출부는 그린 반사유리 커튼 월을, 코너 부위는 바탕 벽체보다 약간 돌출시키고 색상을 벽체와 구별하여 브라운계열로 포인트를 주기로 한다. 미술용어 중에는 하이라이트(high light)와 다크사이드(dark side)가 있다. 하이라이트는 물체의 가장 밝은 부분이고 다크사이드는 음영 부분에서도 가장 어두운 부분을 이르는 단어이다. 위치적으로 꼭 법칙에는 따르지 않더라도 어느 정도 표현이 되므로 잘만 쓰면 그림을 훨씬 더 현실감 있게 연출해낼 수가 있다.

⑥ 줄눈처리

가는 실선을 사용하여 각종 마감재 부분의 줄눈을 그려 넣는다. 시간이 가장 많이 소요되고 짜증 나는 작업이다. 성격이 꼼꼼한 사람에게 어울리는 작업이며, 성격이 덜렁대는 사람에게는 그야말로 부적격의 작업이다. 그러나 성격이 덜렁대는 사람일수록 참고 견뎌야만 한다. 여기서 참고 견디는 것은 인생에 있어서 미래에 닥칠지도 모르는 난관을 극복하는 훈련이 되는 것이다. 그리고 더 중요한 것은 성격이 꼼꼼하다거나 덜렁댄다는 사실 하나로 어떤 사람의 성격을 특징지을 수는 없다. 왜냐하면, 그것은 시시각각 변하기 때문이다. 성격이 꼼꼼하다고 생각되더라도 그 사람이 현재 수백억을 쥐락펴락하고 있는 사업가라면 이런 작업을 맡기게 되면 덜렁댈 수밖에 없을 것이다. 또한, 덜렁대는 성격의 소유자라도 필자처럼 먹고살아야 하는 일이라면 꼼꼼할 수밖에 없다.

⑦ 정리

수직, 수평선 등 불필요한 선을 지우고 엑셀의 '그림 효과' 기능을 이용하여 바탕 사진의 가장자리를 부드럽게 조절하여 그림을 완성한다. 아래의 완성 사진은 최종정리과정에서 줄눈이나 각종 선을 흐리거나 진하게 조절하여 좀 더 현실감을 부여하였으며, 연습과는 별도로 작성하여 수직 방향의 원근법을 적용한 상태이니 참고하기를 바라고, 작도상에 한계가 있어 표현하지 못한 부분, 즉 외벽벽체에 면해있는 계단 또는 덕트 부분이나 기타 돌출 정도가 심한 철재 구조물 등은 각각 상세계획을 세우고 벽체 속에 넣어야 할지 노출시켜야 할지 발주처와 추후 협의키로 한다.

⑧ 완성

마천석(트러스공법)
반사유리커튼월(그린)
푼더막스판넬(NT)
알루미늄복합판넬(지정색)
그린반사유리(커튼월바)
갈바불소수지도장(지정색)

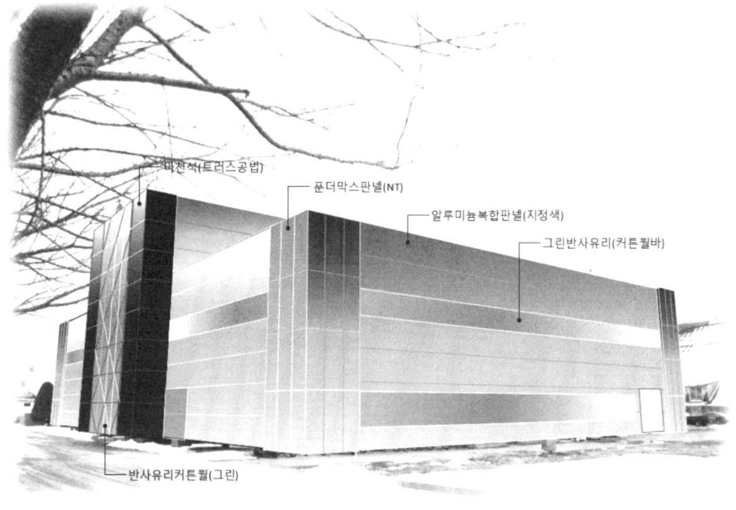
마천석(트러스공법)
푼더막스판넬(NT)
알루미늄복합판넬(지정색)
그린반사유리(커튼월바)
반사유리커튼월(그린)

알루미늄복합판넬(지정색)
알루미늄복합판넬(지정색)
푼더막스판넬(NT)
그린반사유리(커튼월바)
갈바불소수지도장(지정색)

## 비슷하지만 전혀 다른 두 집

위 좌측사진과 우측사진은 중간에 나대지 한 필지를 사이에 두고 서로 이웃하고 있는 어느 전원주택사진이다. 둘 다 비슷한 시기에 지은 신축건물이다. 그러나 둘은 비슷한 것 같지만, 수준은 전혀 다른 집이다. 외장만으로 평가해보면 공히 외벽은 시멘트 사이딩에 지붕은 아스팔트 슁글로 꾸며져 거의 비슷한 돈을 들여 지은 비슷한 집이다. 따라서 시중가치로 따지면 별반 차이는 없겠지만, 필자의 기준가치로는 대단한 차이가 있다.

얼핏 보더라도 왼쪽 집은 오른쪽 집에 비해 어딘가 모르게 조잡해 보인다. 지붕의 박공 부분이 얇아 보이고 모서리의 세로띠라든가, 창틀의 띠는 그렇다손 치더라도 이층집에다 여기저기 달아낸 듯 신축의 양태는 거의 찾아볼 수가 없다. 건축에 관한 한 결벽증에 가까운 논리와 시각을 가진 필자가 만약 저 집을 현재 상태로 인수한다면 외벽에 덕지덕지 붙어있는 저 부분을 철거하거나 수정하는 데 드는 비용이 만만찮을 것 같다.

둘 다 박공지붕이지만 지붕양식도 서로 다르다. 왼쪽은 맞배지붕과 쉐드지붕[1]의 조합이고 오른쪽은 합각, 우진각, 맞배지붕의 조합이다. 집을 설계하는 과정은 한식인지 서양식인지 양식부터 머릿속에 떠올리고 평면을 결정한 후 건축의 3요소인 미관, 구조, 기능을 차례로 생각하는 것이 종합예술로서의 건축의 순서가 아닐까 생각한다.

그러나 미관-구조-기능의 순서에 있어서는 대개의 경우에 교과서에 배치된 순서에 따라 '구조-기능-미'와 같이 그 순서를 반대로 생각을 하게 되고, 그러다 보면 동선의 길고 짧음, 또는 장래 거주자의 일거수일투족에 평면이 지배되고 만다. 기능에 치우쳐 미관은 사치로 전락하고 마는 것이다. 또한, 평면에만 치우치다 보면 외관에 작품성을 부여하기란 쉽지가 않다. 물론 외관에만 치우치거나 어느 한쪽에만 신경을 쓰다 보면 다른 쪽이 부실해지거나 조악해질 수 있으므로 과정 내내 3요소를 적절히 안배하는데 신경을 집중할 필요가 있다.

왼쪽 집은 신축과정에서의 숱한 갈등과 대립이 눈에 선하다. 지으면서 그때그때 건축주의 기분에 따라 즉흥적으로 변경을 거듭한 모양이다. 그러다 보니 수차례 증축을 한 형상이 되고 만다. 건축에서의 모든 갈등은 설계과정에서 발생되고 해결되는 것이 작품의 경향에 있어서 유리하다. 설계과정에서는 모든 수정이 종이 위에서 이루어지지만, 시공과정에서는 헐고 재시공해야만 수정이 가능하다. 즉, 설계에서는 연습이 가능하지만, 시공에서는 연습을 할 수가 없다.

"반풍수 집안 망한다."라는 속담이 있듯, 남의 집 짓는 광경을 훔쳐 배운 건축주와 어설프게 배운 시공업자 두 사람이 나란히 노를 젓다가 보면 놋좆이 빠지거나 배가 산으로 향할 뿐이다. 결론을 내리자면 왼쪽은 전원주택단지에 지은 농가주택이고, 오른쪽은 "저 푸른♬ 초원 위에♪ 그림 같은 집♬"이다.

---

1) 쉐드지붕: 한쪽으로만 경사진 단경사 지붕

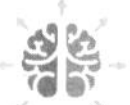

# 마치면서

누군가 인생은 25세까지를 봄, 50세까지를 여름, 75세까지를 가을, 100세까지를 겨울로 보는 것이라고 했다. 여기에 따르면 필자의 나이는 들녘이 누렇게 물든 중추가절이다. 이 아름다운 계절, 그냥 흘려보내 버릴 수는 없지 않은가? 청춘은 꽃이 피는 봄이기에 아름답고 황혼은 낙엽이지는 가을이기에 아름다운 것이다. 그러나 아름다움도 스스로 그것을 느끼지 못한다면 흙 속에 묻힌 보석과도 같다. 인간에게 영혼과 육신 두 가지의 기구(mechanism)가 존재한다면 피부로 느끼든지 마음으로 그것을 느낄 수가 있을 것이다. 그러기 위해서는 현실세계로 빠져들던가, 아니면 정신세계로 빠져들어 가는 방법도 있을 것이다. 아름다움이 우리의 육신 속에 녹아들 수 있도록 세포를 열어두자. 우리의 기억 속에 스며들 수 있도록 뉴런과 시냅스를 양껏 작동하자. 그리하여 저 아름다운 세상을 만끽하자!

지난날을 돌이켜보면, 필자는 인생에서 다섯 가지의 전문가에 도달한 적이 있다. 이십대에서의 건축설비전문가에서부터 시작하여 간판 전문가, 인테리어 전문가, 건축시공전문가를 거쳐 현재 건설감정전문가에 임하고 있다. 참고로 여기서 전문가라고 하면 그 분야에 취업을 했을 때 최고의 보수를 받을 정도가 된다는 뜻이다. 영위했던 직업은 이보다 많다. 이미 말했지만, 필자의 글 중에는 자주 IQ라든가 청소년기의 탈선에 대한 이야기가 있다. 필자의 IQ는 100이었고 최종학력은 탈선의 결과였다. 자랑이 아닌데도 자랑처럼 자주 노출시키는 것은 바로 이 행위가 필자에게는 '안도의 한숨'이기 때문이다. 십 대 후반. 정신이 미성숙한 시기에 또래들과 어울려 다니다가 정신을 차린다는 것이 포경선 선원으로의 진입이었다. 인생에서 처음으로 가져보는 직업으로 대략 6개월간의 선원생활을 경험하고는 두 번째 직업으로 공사판에 뛰어들게 된다. 직업이라고는 했지만 어디까지나 부모님의 명을 어긴 젊은 날의 탈선이었다. 결과적으로는 그 누구도 책임질 수 없는, 스스로의 인생에서 언젠가는 책임을 지고야 마는, 젊은 날의 그 일탈이라는 이름으로 인생의 전도금을 물 쓰듯이 탕진하고 있을 그때, 필자를 끌채로 건지다시피 건져 올린 사람은 필자의 바로 위 친형님이었다. 형님은 부모님을 설득시켜 필자를 고등학교에 재진입시켰고, 고등학교 졸업 후에는 필자가 기를 쓰고 요구하던 용접학원에 다닐 수 있도록 허락을 했다. 조건부 허락이었다. 대학진학을 포기함에 있어서 향후 그 누구에게도 원망하지 않을 것을 서약하는 조건이었다. 부모님은 형님의 말이라면 인정을 해주었기 때문에 필자에게 형님은 거의 부모나 다름없는 위치에 있었다. 차제에 지면으로나마 형님의 그 자상한 은혜에 감사드린다.

용접기술(정확히는 용접기술이 아니고 용접기능이다)을 배우고 난 뒤 공사현장에서 용접공으로 잠깐 일한 적도 있다. 그러나 용접실력이 영 그렇고 체질상에도 맞지 않아 전전긍긍하던 중에 어찌어찌하다가 형님이 하던 설비업체를 인수하게 되었고, 이십 대 중반부터 업체사장이라는 직함을 얻는다. 당연히 잘될 리가 없다. 대략 3년 만에 폭삭 주저앉고 말았다. 그러나 그 와중에도 남는 것은 있었다. 건축이 종합예술이라면 설비는 종합기술이었다. 설비사업에 종사할 때는 열심히 그 분야의 공부를 했다. 이상하게도 학교공부는 싫었지만, 생활에 필요하여 자발적으로 하는 공부는 재미를 느꼈다. 건축설비전문가라면 누구나 느낄 수 있겠지만, 건축설비는 기계에서부터 물리, 전기, 심지어는 방수 미장까지 열과 유체 및 건축에 관련한 거의 모든 분야를 두루 섭렵한다. 여기서 방수 미장이라 함은 설비분야와 건축분야가 자주 방수문제로 다툼이 발생하기 때문이다. 이때는 파고들지 않을 수가 없다. 그 결과, 그때의 설비경험을 통하여 통달한 지식을 지금도 줄기차게 우려먹고 있다.

설비사업을 그만두고는 간판전문가 및 인테리어 전문가로 변신을 하게 된다. 그림 출신 친구의 간판작업장에 몇 번 따라다니다가는 그것이 바로 나의 적성이라고 생각을 하게 된 것이다. 이윽고 부산의 어느 광고업체에 정식 간판 기술자로 취업을 했다. 간판업계 체질상, 기술이 돋보이면 스카우트 제의가 들어오게 마련이다. 스카우트를 통하여 두어 번의 진급(?)이 있었다. 인테리어 전문가는 간판전문가로 임하면서 투잡(two job)으로 획득한 타이틀이다. 인테리어 전문가 시절에는 성이 이씨였기에 현장에서는 '이 목수'라는 이름으로까지 불리고 있었다. 이 목수! 예로부터 '김 대목', '이 대목'과 함께 과연 전문가 중의 전문가가 아니던가? 훗날 필자의 삼십 년 건축현장소장 시절 동안 전개되었던 수많은 인테리어 공사라든가, 심지어 내 집의 인테리어 공사에도 이때의 전문가 기질은 어김없이 발휘되고 있다. 어쨌거나 그때까지는 업계에서 인정도 받고 세상을 그런대로 잘 헤쳐 나가고 있었다. 그러던 중 필자의 인생에 또 한 번의 변화가 기다리고 있다. 이번에도 형님이 나타났다. 형님의 아파트사업에 직원으로 스카우트된 것이다. 잡동사니전문가의 타이틀을 다 팽개쳐버리고, 마침내 건축전문가로의 대도약이다. 오해 없기를. 대도약이라는 이 표현은 직업의 귀천에 대한 이야기가 아니고 단지 개인의 신상에 따른 결과의 표현일 뿐이다. 그전까지는 연습이었고, 필자의 인생은 여기서부터 비로소 시작되었던 것이다. 말단에서부터 시작하여 현장소장까지, 그리고 무자격에서부터 기사자격을 따고 기술사까지 장장 이십여 년의 세월이 걸렸다.

"나는 언제나 자신을 앞질러 간다." 에셔(Maurice Cornelis Escher)의 그림과도 같은 이상한 이 논리는 언제나 주어진 자신보다는 이상을 높게 가지고 있다는 뜻이다. 자신과 나는 동일한 주체다. 그러나 자신이 현재라면 나는 미래다. 자신의 현재 위치가 '과장(課長)'이라면 나라는 존재는 '부장(部長)'의 위치에서 부장을 미리 배우며 자신을 앞질러가고 있는 것이다. 필자 자신은 그 누구도 원망할 수 없는 고졸이다. 고졸을 최종학력으로 정규학업은 정지되어있는 상태다. 자발적으로 학업을 중단했지만, 언제부턴가 학력은 부끄러운 과거가 되고 말았고 대졸은 동경의 대상이었다. 나는 그때부터 가능한 책을 끼고 살았다. 지금도 화장실에서 멍하니 앉아있는 시간이 아까워 뭔가를 들고

들어간다. 자신은 고졸이지만 나는 대졸을 배우면서 자신을 앞질러가고 있는 것이다. 무자격이었을 때는 기사자격자가 그렇게 선망의 대상이었고, 기사자격을 따고부터는 곧바로 기술사가 선망의 대상으로 급선회하는 것을 느낄 수가 있었다. 그때마다 바로 앞질러 가는 것이다. '자신'은 '나'를 따라 허겁지겁 정신없이 따라가고 있는 것이다. 이제 무려 삼십여 년의 건설 관련 전문가 생활을 뒤로하고는 또 하나의 전문가를 꿈꾸고 있다. 또 한 번 내가 저 앞에 가고 있는 것이다. 지금 여러분이 읽고 있는 이 글, 비로소 자신이 쓴 글로 책을 낸다. 이른바 책의 저자, 작가, 글쟁이, 수필가, 문학가, 저술가, 기타 등등…. 지금부터는 그 이름도 다양한 '문학적 전문가'에 진입을 시도하게 된 것이다.

# 가끔 깊어질 때가 있다

**펴 낸 날** 2017년 08월 25일

**지 은 이** 이창우
**펴 낸 이** 최지숙
**편집주간** 이기성
**편집팀장** 이윤숙
**기획편집** 장일규, 윤일란, 허나리
**표지디자인** 장일규
**책임마케팅** 하철민
**펴 낸 곳** 도서출판 생각나눔
**출판등록** 제 2008-000008호
**주 소** 서울시 마포구 동교로 18길 41, 한경빌딩 2층
**전 화** 02-325-5100
**팩 스** 02-325-5101
**홈페이지** www.생각나눔.kr
**이 메 일** bookmain@think-book.com

• 책값은 표지 뒷면에 표기되어 있습니다.
ISBN 978-89-6489-752-2 03810

• 이 도서의 국립중앙도서관 출판 시 도서목록(CIP)은 서지정보유통지원시스템 홈페이지(http://seoji.nl.go.kr)와 국가자료공동목록시스템(http://www.nl.go.kr/kolisnet)에서 이용하실 수 있습니다(CIP제어번호: CIP2017020123).